COL

Catherine Hermary-Vieille

# Le Jardin
# des Henderson

Gallimard

© *Éditions Gallimard, 1988.*

Catherine Hermary-Vieille est née à Paris. Elle a fait des études d'arabe et d'hébreu aux langues orientales, et de littérature américaine aux Etats-Unis où elle a vécu deux ans.

Outre ses romans *Le grand vizir de la nuit* (prix Femina 1981), *L'épiphanie des dieux* et *L'infidèle* (prix R.T.L.-Grand Public 1986), elle est l'auteur de deux biographies, l'une de la Marquise de Brinvilliers, *La Marquise des Ombres*, et l'autre de l'actrice Romy Schneider, *Romy*.

*A la mémoire de Jean Henson
et à Leïlla Menchari*

« On n'atteindra la vérité qu'à force d'imagination. »

LOUIS ARAGON

« S'il est un paradis sur terre, il est ici, il est ici. »

*Inscription portée
sur l'un des jardins
de l'empereur moghol Akbar.*

# CHAPITRE PREMIER

Virginie, mai 1929.

Debout au bord de la baie, là où l'herbe rejoignait la plage, Patrick considérait le mouvement de la lumière sur l'eau et l'ombre des feuilles des magnolias chevauchant les minces vaguelettes. Tout proche de lui, sur le sable, un héron gris parfaitement immobile attendait le passage d'une proie. Il faisait chaud déjà. En Géorgie, les soirées devaient se prolonger dans les vérandas tard dans la nuit, au milieu du crissement des insectes et de l'appel des crapauds. Des souvenirs seulement. Le présent était sur ce rivage de Virginie devant la baie de Chesapeake où il allait épouser Elaine dans quelques instants.

Pour les gens riches et influents qui assisteraient à la cérémonie, il était un garçon beau et obscur, un ambitieux, peut-être même un parvenu, il le savait et s'en moquait. A ses propres yeux, il était celui qui avait la chance de partager désormais sa vie avec Elaine. Un autre pari gagné pour lui après tant d'autres, une sorte d'arrivée au port avant un nouveau départ qui ne serait plus jamais une course solitaire.

Le héron s'avança légèrement et son ombre vint frôler les pieds de Patrick, qui fit un geste. Le héron s'envola.

« Tu ne peux t'enfuir comme lui, s'exclama une voix joyeuse, toi, tu ne m'échapperas pas ! »

Dans sa robe longue de crêpe blanc, ses cheveux noirs serrés dans une résille de perles retenant le voile, Elaine riait, de ce rire qui enchantait Patrick parce qu'il n'était teinté d'aucune souffrance, d'aucune déception. Un rire vierge comme ni lui, ni ses sœurs, ni ses frères, n'en avaient jamais eu. Un rire d'enfant heureuse.

Il la prit par la taille. Avoir autant envie d'une femme était nouveau pour lui. Les autres l'avaient sans doute trop désiré pour qu'il se donne la peine de les vouloir vraiment. Cette envie d'elle était un bonheur.

Leurs bouches se frôlaient doucement pour se vouloir plus encore, ce fut Elaine qui s'écarta, relevant d'un geste l'une des mèches blondes des cheveux de Patrick.

« Allons-y maintenant », murmura-t-elle.

Dans la maison, la famille d'Elaine les attendait, tout était prêt pour la réception qui allait suivre la cérémonie religieuse. Des bouquets de fleurs avaient été disposés sur toutes les tables du grand salon, des vérandas, dans des vases, des timbales d'argent, des coupes de verre teinté, des corbeilles. Les serviteurs noirs installaient les buffets, mettaient les bouteilles à rafraîchir dans de grandes bassines où flottaient des pains de glace. L'air embaumait le magnolia. Derrière les stores déjà tirés, le soleil teintait de rose les violines, les mauves des pétales de rhododendrons et le courant de la lumière se faisait lent dans la masse verte des feuilles.

« Voilà notre fiancé ! s'écria William Carter. Je craignais que vous n'ayez changé d'avis au dernier moment. Ma fille vous cherchait partout.

— Peur, papa ? »

William Carter la prit par les épaules. Derrière eux,

une servante disposait une corbeille de melons et de fraises.

« Depuis que tu es née, je crois que tu t'es toujours amusée à me pousser jusque dans mes dernières limites et toujours je me suis aperçu que ces dernières limites n'en étaient pas, juste de ridicules lisières déplacées en un instant. »

« Monsieur Carter, la calèche vous attend, Mme Carter dit qu'il faut partir ! »

Le serviteur tenait ouverte la porte du vestibule et le vent faisait gonfler les rideaux de dentelle comme autant de fantômes d'épousées disparues venant saluer la mariée nouvelle.

La vieille calèche achetée par le père de William Carter avec la plantation, juste après la guerre civile, avait été nettoyée, astiquée, les chevaux brossés et dans leurs crinières on avait tressé des rubans de satin blanc.

Mary Carter était déjà installée, étalant sur une des banquettes les plis de sa robe pivoine.

« Enfin, vous voilà ! Le pasteur va nous juger inexacts et je ne trouve pas correct de faire attendre nos invités davantage. » Elle avait gardé son accent d'aristocrate anglaise et quelques tournures de phrases victoriennes qui avaient toujours fait sourire Elaine.

William installa sa fille, monta à son tour, s'asseyant à côté de sa femme. Patrick vint le dernier. Un instant, il se retourna pour regarder la plantation, les pelouses, les massifs de fleurs, cette nature préservée comme une femme pour le seul bonheur de ceux admis à la contempler.

« C'est cela la richesse, pensa-t-il, la jouissance solitaire. » Le cocher l'attendait, il s'assit à son tour et prit la main d'Elaine. Un instant, il eut la sensation qu'elle était devenue Ada, sa sœur, et qu'il allait l'épouser.

Les plus jeunes invités s'étaient installés sur les pelouses à l'ombre des pins et des magnolias tandis que les parents préféraient la fraîcheur des salons et des vérandas. Le champagne, les sorbets, circulaient dans des coupes et les mêmes conversations alimentaient les mêmes émotions, des indifférences semblables. Tous avaient grandi ici, avaient fréquenté les mêmes écoles, les mêmes universités, s'étaient mariés dans les mêmes familles. Alors, pourquoi Patrick ? Ce garçon venant de nulle part, d'un coin de Géorgie que personne ne connaissait, d'une famille obscure, inconnue des grands noms du Sud. Des petits Blancs probablement, des « cous rouges », fermiers misérables vivant côte à côte avec les familles noires dans le labeur et la pauvreté. Personne n'osait poser la moindre question à William Carter et encore moins à Mary mais chacun était convaincu qu'avec l'éducation tellement permissive qu'Elaine avait reçue, elle finirait bien par faire n'importe quoi. « Ma chère », déclara Margareth Brewner, la reine de beauté de la région (elle passait pour avoir un amant à Washington dans un milieu tout proche du président), « tu as choisi un beau garçon et c'est le plus important. Tu verras ce soir combien j'ai raison. Regarde un instant nos vieux Virginiens, lequel aimerais-tu avoir dans ton lit ?

— Indiquez-moi celui qui en vaut la peine, vous le connaissez certainement, n'est-ce pas Margareth ? »

Elaine avait ôté son voile, laissant ses cheveux noirs torsadés sur la nuque attachés par de gros peignes de nacre. Avec la chaleur, les trois coupes de champagne qu'elle avait bues, la tête lui tournait un peu. De temps à autre, elle jetait un regard vers Patrick et pensait qu'il s'ennuyait. Ce qu'elle savait de lui, ce qu'elle avait deviné avant qu'elle n'ait accepté de l'épouser, le rendait à ses yeux encore plus exceptionnel parce que différent des garçons qui, dehors, écoutaient rire les jeunes filles sous les magnolias. Ce qu'était Patrick, elle l'acceptait entièrement, sans la moindre restriction.

Un vent léger venant de l'Atlantique poussait quelques nuages, il faisait moins chaud mais les pales des ventilateurs continuaient à tourner lentement tandis que les serviteurs offraient du thé glacé, du vin et des fruits.

Elaine s'éloigna d'un groupe pour rejoindre Patrick qui parlait de Rome avec un ancien officier.

« Cette ville m'a laissé le souvenir inoubliable d'un dîner chez le comte Ugo Versini dans le merveilleux palais qu'il possède sur le Tibre, disait pour conclure le vieil homme afin de bien situer à son interlocuteur quel genre de société il fréquentait.

— J'ai eu le plaisir d'être moi-même plusieurs fois son hôte, répondait Patrick, Ugo est un ami. »

L'officier eut un mouvement d'étonnement. Ce petit jeune homme obscur le surprenait. On le disait venant de n'importe où en Géorgie, et il dînait chez les comtes italiens !

Elaine prit le bras de son mari.

« Je vous l'enlève, cher Robert, n'est-il pas tout particulièrement à moi aujourd'hui ? »

Ils s'éloignèrent vers la véranda.

« Viens, dit Patrick, j'ai envie d'être seul avec toi. »

Le soleil déclinait. La chaleur plus caressante rendait la mer douce et passive. Elaine et Patrick traversèrent la véranda en adressant de petits signes aux derniers invités qui buvaient du thé glacé, et n'échangeaient plus que quelques bribes de phrases que personne n'écoutait.

L'odeur des magnolias les fit s'arrêter un instant.

« Voilà Springfield, murmura Elaine, toute une enfance qui aboutit à toi. Chaque année, lorsque nous quittions Richmond en juin après la sortie des classes, je savais que dans ce domaine m'attendaient deux mois d'un été magique, le cri des grenouilles, les oiseaux de nuit. Il n'y a pas un coin de la plantation que je ne connaisse avec ses légendes, ses secrets, ses beautés ! Mais tu ne veux pas les connaître, n'est-ce pas ? Tu veux aller ailleurs ? »

Patrick ne regardait pas Elaine, il avait pris ses épaules et la serrait contre lui.

« Que t'a fait le Sud pour que tu le rejettes ainsi ?
— Viens, marchons », proposa-t-il.

Il avait encore l'accent lent, chantant, de Géorgie.

Ils arrivèrent au bois de pins. L'allée, bordée de crêpes myrtes et de pecans, comme un chemin d'honneur menait vers le couvert de la forêt. La robe blanche d'Elaine frôlait l'herbe et les graviers, ramassant des brindilles et des herbes desséchées par le soleil.

« Regarde, voilà mon banc ! » s'exclama Elaine joyeusement. Elle désignait un tronc d'arbre couché sur un sol couvert d'aiguilles sèches. Les insectes crissaient sans relâche et des écureuils gris traversaient le sentier, s'arrêtant un instant pour les regarder avec effronterie.

Patrick ôta la veste de son habit, la posa sur le tronc et, prenant sa femme par la taille, la fit s'asseoir.

« Ne dis pas que je rejette le Sud, je fais viscéralement partie du Sud. Il n'y a pas ici une herbe, une fleur, un oiseau dont je ne pourrais te dire le nom ! Je refuse seulement d'en être prisonnier. »

Sa main caressait les épaules d'Elaine, descendait vers la poitrine qu'il effleura à travers le crêpe fin de sa robe de mariée, allait plus bas encore. Elle avait fermé les yeux.

La main de Patrick descendait maintenant vers les cuisses, là où les bas de soie s'arrêtaient, retenus par les jarretelles de satin. Ils s'allongèrent sur les aiguilles sèches, Elaine voulut dégrafer les boutons de la chemise de Patrick mais ses doigts tremblaient, et ne lui obéissaient plus.

« Aide-moi », implora-t-elle, la bouche contre la sienne.

Ils riaient, cherchant à débarrasser leurs vêtements des aiguilles qui y étaient piquées. Elaine prit la main de son mari et l'embrassa au creux de la paume.

« Viens maintenant, demanda-t-il, je veux dire à ma femme ce que je ne désirais pas confier à une fiancée. Je vais te raconter comment je suis arrivé à toi.

— Je sais déjà beaucoup de choses, Patrick !

— Tu connais Charles, tu sais les moments qui ont précédé notre mariage. Je vais te remettre la clef de tout cela, des médisances, des jalousies. Allons vers la mer ! »

Au loin, la grande maison blanche semblait parfaitement paisible.

Patrick et Elaine marchaient, se tenant par la taille. L'habit de flanelle grise et la robe de crêpe blanc passaient entre les troncs rouges des pins, avec une tache de soleil venant s'y poser de temps à autre.

« A dix-huit ans, je me suis engagé dans la Navy. A cette époque de ma vie, c'était pour moi la seule issue possible. On m'affecta en Caroline du Sud, à Charleston.

— Tu m'as dit cela. »

Un voilier passait devant eux dans la baie, sa coque de bois verni éclairée par la lumière faisait gicler de l'eau frangée d'une écume légère. A son bord, trois marins en blanc hissaient un spinnaker rouge et bleu.

« Oui, je t'ai déjà raconté combien j'ai aimé Charleston. Un bonheur absolu ! Tous les soirs, après mon service, j'allais danser, jusqu'à l'aube parfois. On ne savait plus très bien alors qui on était et où on se trouvait. Je regagnais la caserne absolument ivre de musique, de bruit, de fatigue. Les filles de Charleston étaient faciles à conquérir, faciles à prendre, faciles à oublier. On faisait l'amour ici ou là, dans la chaleur moite, les odeurs âcres de sueur, au son d'une musique effrénée. C'était brutal et magique. »

Elaine et Patrick étaient arrivés au bord de la baie, quelques notes leur parvenaient de la maison et, dans la véranda, ils pouvaient apercevoir des couples qui dansaient.

« Rien à voir avec Charleston, remarqua Elaine en riant. Les Virginiens tiennent beaucoup aux convenances. On danse ici la valse plutôt que tes danses nègres. »

Ils s'assirent sur un banc, considérant distraitement les ondulations de l'eau que le vent étirait vers l'Atlantique. Au-dessus d'eux, un arbre allongeait ses branches couvertes de fleurs pourpres.

« A Charleston, poursuivit Patrick, il m'est arrivé deux événements majeurs, l'un fut la maladie de mon frère Mark, l'autre ma rencontre avec Shirley.

« Un matin, je reçus un télégramme de mon frère aîné, Ray. Il m'apprenait que Mark se mourait à Atlanta. Mark avait été celui de mes frères dont je m'étais senti le plus proche pendant mon enfance. J'ai demandé une permission et je suis parti pour la Géorgie. Mark était effectivement au plus mal. On lui avait administré une série de piqûres qui ne semblaient faire aucun effet. Il était dans le coma.

« Mon père avait fait le voyage depuis Sugar Valley afin de se rendre au chevet de son fils. Il se trouvait là, immobile et taciturne comme à l'accoutumée, priant, lisant la Bible. J'ai demandé à voir le docteur. " On ne peut rien tenter de plus, me déclara-t-il, votre frère ne supporterait pas de doses plus fortes. " »

Elaine avait posé sa tête sur l'épaule de Patrick, pris sa main dans la sienne. Depuis qu'elle le connaissait, c'était la première fois qu'il parlait aussi longuement de son passé.

« " Si, ai-je répondu, il les supportera, il veut vivre. " J'ai exigé que l'on doublât la dose. Je connaissais Mark si bien, je savais qu'il ne voulait pas mourir. Le docteur accepta, Mark se rétablit.

« Lorsqu'il fut hors de danger je raccompagnai mon père à la gare. J'achetai son billet, l'installai dans le compartiment. Depuis notre départ, nous n'avions pas échangé dix mots. Il me considéra longuement de son regard à la fois sévère et fragile. Un inconnu pour moi. Le train allait s'ébranler, il tendit la main. J'entendis le sifflet du chef de gare, le temps pressait et j'étais stupéfait. Alors, je tendis la main aussi et nos doigts se rejoignirent. C'était le premier contact physique que j'avais avec mon père, le dernier sans doute. Je ne trouvais pas un mot à lui dire. » Elaine se taisait, elle ne voulait pas même regarder Patrick afin de ne pas l'embarrasser. Il fallait juste écouter et regarder les vaguelettes, toutes semblables, qui immobilisaient le temps.

« Le second événement capital qui survint alors fut ma rencontre avec cette femme, Shirley. Elle était assistante sociale à la Navy, la cinquantaine, menue, discrète, avec un regard bleu clair d'une intensité exceptionnelle. Nous nous liâmes. Elle était la première femme avec laquelle je pouvais avoir de vraies conversations. Shirley connaissait l'Europe, elle avait beaucoup lu, écrivait elle-même quelques nouvelles. Pendant des heures, nous marchions côte à côte dans les jardins de la Navy, sous les chênes où pendaient des lambeaux de mousse espagnole. Elle me disait la Méditerranée, le mot lui-même me faisait rêver, les oliviers, les toits de tuile rose, les murs de pierre sèche et le bleu si particulier du ciel en harmonie avec celui de la mer. Comme un mariage. Je sentais les odeurs, j'avais dans la bouche le goût du vin, celui de l'huile d'olive, la saveur du pain.

« Le dimanche, nous allions nous promener dans les

Jardins des Magnolias. Tout ce que j'aime au monde se trouvait dans cette plantation ; les fleurs, les arbres, l'eau, les bassins couverts de plantes aquatiques, les animaux en liberté. Nous marchions, parlant de littérature, de poésie sous les cèdres rouges, les platanes, les chênes d'eau, les pecans. Au bord des étangs, le long de la rivière, les hérons de Louisiane, les cormorans, les petits hérons bleus, les ibis blancs semblaient nous attendre, immobiles et indifférents. Des oiseaux de proie tournaient dans le ciel, j'avais la certitude que j'avais déjà vécu dans ce décor et que j'y vivrais encore. Là était ma place sur cette terre. »

Patrick se leva, marcha encore un peu vers la baie jusqu'à l'endroit exact où il se tenait le matin. Elaine ne bougea pas.

Les mains dans les poches, Patrick se retourna soudain, la regardant avec attention.

« Tu es belle, Elaine, et tu es forte. Veux-tu vraiment de moi ?

— Je pense être assez folle pour vouloir de toi. »

Il alla vers elle et s'assit à nouveau, chevauchant le banc afin de se trouver en face d'elle.

« Parfois le dimanche, nous allions au Charleston Hotel où la nourriture était délicieuse. Nous déjeunions sous les pales d'un grand ventilateur d'acajou. Une harpiste jouait tout près de nous. Shirley me disait que j'avais beaucoup lu pour un garçon de mon âge et qu'il était rare de pouvoir tenir entre homme et femme de telles conversations. Je prenais les roses qui décoraient la table et les lui offrais. Elle me rendait fier et heureux.

— Qu'est devenue Shirley ? » demanda Elaine.

Ils se parlaient chacun à une extrémité du banc. Le vent enroulait parfois le crêpe blanc de la robe autour des pieds de bois et parfois le déposait sur l'herbe.

« Je l'ignore. Elle comprenait que nous ne pouvions avoir de relations en dehors de Charleston. Cette ville était notre lien, notre histoire. Lorsque j'allais danser avec mes bizarres amies à l'île des Palmes, elle ne m'accompagnait jamais, ne me demandait pas de lui raconter nos pique-niques, nos baignades, nos danses, nos folies dans ces baraques de bois où, tous les week-ends, les Noirs venaient faire de la musique. Nous mangions du poulet frit, des poissons, des crevettes au piment. Les filles s'allongeaient sur la plage, elles riaient de ce rire aigu qu'ont les femmes après avoir bu, puis se relevaient pour danser encore. Lorsque nous reprenions le bateau le soir pour rejoindre Charleston, j'avais l'impression d'avoir été au bout de mon propre corps...

« Mon engagement s'achevait. J'étais si amoureux de Charleston que l'idée de m'y installer, de trouver du travail me poursuivait. On me proposa un emploi aux chemins de fer, j'étais sur le point de l'accepter lorsque j'eus peur soudain de ces délires, de ces excès, peur de ne plus voir les Jardins des Magnolias avec les mêmes yeux, peur de ne plus rêver. " Tu dois aller à New York, me déclara Shirley, cette ville sera ton point de départ vers la vie. " Je suivis son conseil. Je fis ma valise laissant dans ma chambre, chez ma logeuse, toutes mes affaires. " Je reviendrai dans quelques semaines ", lui ai-je promis. C'était une Noire, une femme qui devinait l'avenir. " Non, me répondit-elle, après m'avoir longuement dévisagé, non, tu ne reviendras plus. " »

Un autre voilier passa devant Elaine et Patrick, tout proche. Le barreur fit un signe de la main, Elaine lui répondit. Ils percevaient le sifflement de l'étrave et le claquement du vent dans les voiles.

« Tom Hamilton, expliqua Elaine, et son frère Steven.

— Celui qui voulait t'épouser ?
— Un de ceux qui voulaient m'épouser. »
Ils rirent ensemble.

« Et tu n'es jamais retourné à Charleston ?
— Jamais. New York m'a pris brusquement, avec violence. J'ai trouvé à me loger à l'YMCA de Brooklyn, je partageais ma chambre avec un ancien camarade d'Atlanta venu à New York tenter sa chance comme comédien. Il était encore plus pauvre que moi si c'était possible mais nous arrivions quand même à mettre un peu d'argent de côté pour voir les pièces de Broadway. J'étais abasourdi par le talent de Florence Milles dans *Dixie to Broadway*, par les boîtes de Harlem, par cette cité yankee bruyante, sale, fascinante.

« Durant les premiers jours qui suivirent mon installation, je me contentais de marcher dans les rues, de regarder, de flairer, j'étais comme un chien du Sud, le nez au vent, essayant d'identifier de nouvelles odeurs, des formes différentes. Un matin, alors que je remontais la Cinquième Avenue, je tombai en arrêt devant un fleuriste. Là, sous mes yeux, dans la vitrine, je vis le plus extraordinaire bouquet de lis d'eau bleus que j'ai pu contempler dans ma vie. »

Patrick se tut un instant, en parlant de fleurs, ses yeux s'étaient mis à briller comme ils ne l'avaient pas fait lorsqu'il évoquait ses nuits de Charleston.

« Je suis entré dans le magasin. Un vendeur en complet gris, impeccable, est venu me demander ce que je désirais. Je n'avais pas sur moi de quoi acheter un sandwich. " Je suis venu pour regarder les lis d'eau, jamais je n'en ai vu de plus beaux. " Il recula d'un pas et me considéra longuement. " Vous êtes du Sud n'est-ce pas ? " Sa mère était du Sud, de Savannah. Nous échangeâmes quelques mots. Il me demanda où je logeais. " L'YMCA de Brooklyn ? Oui, je connais, beaucoup de jeunes gens nouvellement arrivés à New York y vivent. " Un client entrait dans le magasin, une jeune femme parfumée, les cheveux coupés court. L'homme me fit un signe de tête, je sortis.

« Le soir même, en rentrant dans ma chambre, je trouvais le bouquet de lis bleus, sans carte, seulement les fleurs.

« En mars, mon ami Alexander décida de quitter l'YMCA. Il trouvait l'endroit immoral parce que plein de garçons qui lui faisaient des avances. Je n'avais rien constaté de tel, personne ne m'avait importuné depuis Charleston où je m'étais battu avec un marin qui m'assaillait de ses assiduités.

« Alexander avait des relations à Brooklyn. Par ses parents, il trouva une famille qui acceptait de l'héberger et je décidai moi aussi de quitter l'YMCA afin de me sentir plus libre. Je travaillais alors dans une compagnie d'assurances comme démarcheur et avais un peu plus d'argent. Je trouvai une chambre à Brooklyn chez une vieille demoiselle, miss Chapin. Neurasthénique, miss Chapin n'était pas sortie de chez elle depuis dix ans mais elle me faisait d'excellents petits déjeuners et avait pour moi mille attentions.

— Je serai une autre miss Chapin, intervint Elaine, et tu ne perdras pas au change. »

Une mouette plongea devant eux, une deuxième tournait au-dessus de leurs têtes. Elaine comprenait que Patrick allait maintenant lui parler de Charles, que le moment était venu pour lui d'évoquer cette relation que, jamais, elle n'avait cherché ni à minimiser, ni à dramatiser.

« C'est à ce moment que j'ai rencontré Charles, poursuivit Patrick, au Metropolitan Museum, un dimanche matin, à l'étage des antiquités grecques. Charles était le type même du vieux gentleman newyorkais que je voyais sortir des restaurants chers et des magasins à la mode. Très britannique, parfait. Toujours le mot qu'il fallait, le geste approprié. Nous parlâmes d'art, je lui posai des questions sur la Grèce et, à l'instant, comme au temps où je me promenais avec Shirley dans les Jardins des Magnolias, la magie de la Méditerranée agit sur moi. Il m'invita à déjeuner, j'acceptai. Nous allâmes dans le Village, au Romany Marie's que tu connais bien et que je savais fréquenté par l'élite intellectuelle, les peintres, les romanciers. A cette époque je venais de découvrir Hemingway, Faulkner. Charles les appréciait aussi pour le désespoir, la résignation, la fierté et la déraison qui imprégnaient leurs œuvres. La mère de Charles était de Louisiane, il aimait le Sud, il me comprenait. Nous parlâmes ce jour-là jusqu'à trois heures de l'après-midi. Romany Marie avait bu un café avec nous, elle m'avait adopté.

— Cette femme est une entremetteuse, s'écria Elaine, elle s'est toujours débrouillée pour me faire dîner à côté de jeunes gens charmants en m'observant du coin de l'œil.

— Elle est effectivement curieuse et ingénieuse. Connaissant Charles depuis longtemps, je suppose qu'elle avait compris dès ce premier déjeuner qu'il était amoureux de moi.

« Alors que nous allions partir, je ne sais pas exactement pourquoi mais probablement parce qu'il se montrait tellement sensible et intéressé par moi, je confiai à Charles que je désirais écrire un roman. Il m'encouragea immédiatement, me dit que lui aussi écrivait des poèmes qu'il me montrerait un jour. Ils étaient détestables.

— Tu le lui as dit ?

— Il y a beaucoup de choses que j'ai dites à Charles et beaucoup de choses également que je ne lui ai jamais dites.

« Le soir même me furent apportés chez miss Chapin trois livres magnifiquement reliés : un de Faulkner, l'autre de Caldwell, le troisième de Russel, accompagnés d'un bouquet d'orchidées jaunes. Je gardai tout, il avait su exactement choisir ce que j'aimais. Une première erreur lui aurait été fatale. A ce moment de ma vie, j'étais encore un jeune homme rétif et susceptible comme tous les êtres n'ayant que cette rigidité pour s'affirmer.

« Charles me présenta à quantités de gens qui m'adoptèrent. J'observais, j'écoutais, mon existence était comme un livre dont je m'apprêtais à lire le premier chapitre après une longue introduction. Tout ce que tu as su dès ton berceau, Elaine, moi, j'ai eu à l'apprendre.

« Avec Charles et ses amis, nous sortions chaque soir : Speakeasie's, Cotton Club, Montmartre, des soirées à parler de voyages, de littérature, de peinture. Je lisais jusqu'à l'aube les auteurs que nous avions évoqués, j'étais comme grisé d'être au centre de tout cela, de rencontrer Bertrand Russel et Scott Fitzgerald qui me poussaient à écrire. Je commençais un roman et découvrais que l'écriture ne vient pas comme une recette de cuisine. Il me fallait apprendre, échouer sans doute avant de réussir, faire ma propre place au milieu de ces êtres qui occupaient si brillamment la leur, ne jamais les imiter. Mes rapports avec Charles étaient clairs à mes yeux. Il m'aimait, et parce qu'il m'aimait vraiment, il était prêt à tout m'enseigner, tout m'offrir. Moi qui l'estimais sans l'aimer, j'étais prêt à tout recevoir. Charles était la chance qu'une existence ne donne pas deux fois. »

Elaine n'avait pas quitté son mari du regard. Il était sa chance à elle, les êtres s'accrochaient les uns aux autres comme une succession de maillons.

Patrick tendit les deux mains, et doucement les posa sur le visage d'Elaine, la contemplant longuement, puis, fermant les yeux, il offrit son visage aux derniers rayons du soleil.

« C'est alors qu'est venue l'Europe, la France et

l'Italie. Charles m'a offert ce cadeau parce qu'il savait que j'en rêvais. Nous sommes partis en bateau jusqu'au Havre, première classe, champagne, caviar et fêtes. J'étais conscient à chaque instant combien mon rôle était difficile et combien il me fallait de talent pour le jouer avec honneur, mais il me suffisait de me connaître, de savoir que ce que je faisais, je le faisais bien. L'opinion des autres m'a depuis toujours été absolument indifférente.

— Et Paris ? » demanda Elaine. Elle voulait éviter que Patrick ne cherche à s'expliquer davantage.

« Nous y sommes peu restés et je me suis juré d'y revenir. Deux semaines après notre arrivée, nous partions en train pour Venise, puis pour Rome. »

Le regard de Patrick brillait.

« J'ai découvert mon premier olivier et suis resté ébloui devant le vieil arbre tordu que je contemplais. Charles riait : " Tu le veux, tu veux que je le fasse abattre pour que tu puisses l'emporter ? " J'étais comme un fou en Italie, le ciel, la terre, le soleil, l'ocre, le jaune, le pourpre, tout me fascinait. J'aurais voulu m'allonger sur le sol pour m'assimiler à la terre, ne plus bouger, devenir minéral, végétal, sentir pousser sur moi, sortant de mon ventre, des racines d'olivier, des ceps de vigne.

« A Rome, nous fûmes invités par tous les amis de Charles, des aristocrates tellement plus légers, amusants que les rejetons de nos grandes familles. Ils semblaient n'avoir d'autres soucis que de dépenser leurs fortunes dans des fêtes raffinées et superbes. J'ai découvert là-bas la vraie générosité, le mépris des choses mesquines et basses. La classe.

« Le comte Ugo Versini, dont je parlais tout à l'heure avec ton ami officier, nous reçut. Il était marié à une Russe parfaitement mélomane et cultivée. Le lendemain, nous devions partir pour Naples, je trouvais cet homme très beau, très étrange, je lui demandai de nous accompagner. Charles avait une trop bonne nature pour faire la moindre objection, Ugo pour refuser. Nous partîmes. De Naples, nous nous rendîmes à Capri puis dans le sud de l'Italie. Avec Ugo qui était un grand seigneur, les musées, les églises s'ouvraient pour nous seuls, comme par enchantement. Un jour, Ugo manifesta le désir de déjeuner dans une villa de Pompéi, le gardien nous apporta des olives, du pain, du vin, des poissons grillés et des fruits. Nous les mangeâmes assis sur les mosaïques antiques, dans le silence le plus total. C'était comme un rêve, ces ruines, ces fresques, cette sensation que ces siècles passés n'étaient qu'un mirage.

« Charles devait rentrer à New York. Un instant, j'avais souhaité le quitter et rester en Italie. Je ne pouvais l'abandonner, je suis revenu avec lui en Amérique.

« A New York, j'appris que ma place avait été prise dans la compagnie d'assurances qui m'employait. Il me fallait chercher un nouveau travail. J'établis des contacts, je rappelai d'anciens amis. Charles aurait voulu me voir oisif, dépendant de lui, pas une seconde je n'aurais supporté cette servitude. Il le savait mais ne pouvait s'empêcher de me faire des scènes horribles de jalousie. Déjà neurasthénique lorsque nous nous sommes rencontrés, il se plaisait de plus en plus dans ses dépressions. Cela m'agaçait et me révoltait. On n'a pas d'indulgence pour les êtres qui vous ont fait accepter leur générosité.

« Après ses esclandres, Charles m'envoyait des cadeaux disproportionnés, des fleurs rares, des livres. Je les lui renvoyais. Miss Chapin prenait des airs offensés, elle m'imaginait protégé par une femme riche et c'était à ses yeux totalement diabolique. A considérer le fond des choses, je crois qu'elle était un peu jalouse.

« A ce moment précis, tu es arrivée dans ma vie

lorsque je suis entré. Tu parlais avec ton amie Johanna toi en jaune, elle en bleu, tu ressemblais à une femme de chez moi avec en plus ces attitudes terriblement britanniques que tu as héritées de ta mère. »

Elaine poussa un cri, Patrick, d'une main, lui ferma la bouche.

« J'ai toujours rêvé d'épouser une des petites-filles de la reine Victoria mais la convaincre qu'elle était faite pour moi n'a pas été facile. Tu as joué avec moi un jeu très cruel.

— Tu n'avais pas bonne réputation. Les petites-filles de la reine Victoria ne s'intéressent qu'aux hommes vertueux. »

Du bout de la pelouse, William Carter s'avançait. Elaine se leva et lui fit un signe.

« J'adore papa, il a été mon premier confident et mon plus ardent défenseur. Je lui dois bien une danse. »

## CHAPITRE II

La chaleur était venue tardivement à New York, mais à partir du mois de juin la température ne descendit plus au-dessous de trente degrés. Le ciel était d'un bleu très clair, immuable, au-dessus de l'Hudson et des voiliers qui le parsemaient de taches plus claires encore.

Elaine gara sa Cord blanche devant la petite maison de Gramercy Park qu'elle venait d'acheter, une maison de poupée avec trois chambres seulement, un salon, une salle à manger et une cuisine en sous-sol. Un décorateur y travaillait depuis quelques semaines déjà, il avait promis qu'ils pourraient emménager quelques jours plus tard.

« Johanna, tu vas me dire exactement si la laque de la salle à manger te plaît. Je la voulais crème, il me l'a faite champagne. Il paraît que cette couleur convient mieux à mes meubles, mais comme j'ai acheté les meubles en fonction de la peinture, je ne sais plus très bien où j'en suis. »

Johanna portait ses cheveux courts et bouclés, avec une raie sur le côté. Elaine avait gardé les siens mi-longs, elle les laissait onduler sur ses épaules, simplement séparés par une raie au milieu et retenus au-dessus de chaque oreille par de petits peignes d'écaille. Elles étaient vêtues l'une et l'autre de crêpe blanc et en avaient ri lorsqu'elles s'étaient retrouvées.

Le décorateur, un jeune homme d'origine française, les attendait. Il avait des gestes emphatiques mais parlait à peine, gêné sans doute par sa médiocre connaissance de l'anglais. Johanna et Elaine se regardaient souvent, prises d'une folle envie de rire. Tout était pratiquement achevé. Le décorateur attendait le fleuriste qui devait livrer des arbustes pour le salon, des jardinières pour l'entrée, le menuisier qui achevait les bibliothèques du bureau de Patrick et une merveilleuse cuisinière française recommandée chaleureusement par son précédent employeur, un comte russe partant pour le Brésil. Tous devaient prendre leurs fonctions respectives dès le début de la semaine suivante.

Devant le grand lit recouvert de satin crème, Johanna s'arrêta un instant.

« Epouse Dickie, décida soudain Elaine, c'est mon dernier conseil. Et maintenant, allons déjeuner ! Je t'emmène chez Sam Schwarz. Au revoir monsieur Jouan, vous avez fait un magnifique travail ! »

Elles sortirent en se tenant par le bras. A midi, la rue était calme, dans le square sommeillait une vieille dame. La chaleur rendait l'air opaque.

« Un pas de plus et je mourrais ! » s'écria Johanna.

Elles entrèrent chez Sam Schwarz et aussitôt un homme ventru se précipita pour les accueillir.

« J'ai réservé votre table, mademoiselle Carter !

— Madame Henderson, mon cher Sam, il ne faut jamais oublier l'essentiel !

— L'essentiel est toujours un détail de nos jours », répondit le gros homme.

Il les conduisit à une table tranquille d'où Elaine et Johanna pouvaient voir le passage de la rue.

Elles commandèrent deux thés glacés et un déjeuner léger. Une femme très maquillée vint les saluer, à deux pas d'elle se tenait un jeune homme timide.

« Troisième mariage, commenta Elaine, des maris de plus en plus jeunes, comme si elle désirait inconsciemment se voir sombrer dans la vieillesse. Une suicidaire. Je l'aime beaucoup parce qu'elle choque terriblement ma mère. »

Johanna prit une crevette délicatement au bout de sa fourchette et considéra Elaine.

« Et que pense ta mère de Patrick ?
— Elle le supporte.
— Cela signifie qu'elle ne l'aime pas ?
— Elle l'accepte, et c'est déjà beaucoup. Elle l'accepte pour moi et à travers moi. Si je le quittais, elle n'aurait pas assez de mots pour l'accabler ou plutôt pas assez de silences pour le mépriser mais ma mère et toute sa famille anglaise lui feront toujours bonne figure. »

Un serveur déposa sur leur table une corbeille de petits pains chauds. Elaine en prit un qu'elle émietta distraitement.

« Je suis heureuse, Johanna, et c'est la seule chose importante. Il m'a fallu me battre pour avoir Patrick et maintenant je savoure ma victoire. C'est un homme étrange, difficile, séducteur et indifférent en même temps, passionné et revenu de tout. A l'observer, à l'écouter, je pourrais passer des jours entiers. Parfois, il me déroute, parfois, il est comme un frère jumeau. J'ai le pressentiment que ma vie avec lui sera toujours déconcertante, qu'il me mènera quelque part dans un monde imaginaire où je veux me trouver moi aussi.

— Et Charles ? »

Elaine eut un geste brusque et laissa tomber à terre le reste du morceau de pain qu'elle tenait dans sa main. Elle posa les coudes sur la table, croisa les doigts, les serrant si fort que Johanna pouvait les voir blanchir.

« Que veux-tu dire avec ton " Et Charles ? " ? Johanna, il n'y a plus rien entre Patrick et lui, on ne va pas revenir sans cesse sur le passé n'est-ce pas ? »

Johanna eut un petit rire clair, presque moqueur.

« Tu penses donc que ce genre de relation ne l'attirera plus jamais ?

— Comment veux-tu qu'une femme amoureuse puisse imaginer être trompée ? Avec qui n'a aucune importance, ce que je rejette absolument est l'idée que Patrick puisse aimer un jour quelqu'un d'autre que moi. Comment pourrais-je tenir un autre langage après un mois de mariage ? »

Johanna tendit la main et la posa sur celles de son amie.

« Ne te fâche pas mais ton mari est un homme qui effraye parce qu'il est secret. Maintenant, parlons de vos projets. »

Johanna ouvrit son sac et se regarda furtivement dans la glace qui était glissée dans le rabat. Elle s'aimait en confidente et avait toujours su se faire livrer les secrets les mieux défendus. On la recherchait parce qu'elle avait le mot exact pour consoler, aiguillonner, dénoncer une situation comme vile ou méprisable. Elle-même n'était pas vraiment sûre d'elle et hésitait à épouser un jeune homme riche qui lui était indifférent.

« Patrick commence un roman. »

Il avait fait jurer à Elaine de n'en pas parler mais jamais elle n'avait pu cacher quoi que ce fût à Johanna.

« Ne le dis à personne, ajouta-t-elle aussitôt.

— Cela va de soi, ma chérie. T'a-t-il révélé le sujet ? A-t-il déjà un éditeur ? »

Johanna s'était redressée. Les artistes, même inconnus, la remplissaient de respect. A un écrivain, on pardonnait bien évidemment la naissance obscure, l'accent du Sud et Charles. Désormais elle serait son meilleur défenseur.

La salle du restaurant s'était remplie et les deux amies devaient se pencher l'une vers l'autre pour s'entendre. Chez Schwarz se côtoyaient des peintres, des musiciens, des poètes, des écrivains, quelques artistes de Broadway et des jeunes gens du monde. Les femmes fumaient du tabac d'Orient au bout de longs fume-cigarettes, elles étaient habillées par Chanel, par Vionnet ou par une couturière de famille, portaient des bijoux de Fulco, ce marquis sicilien qui créait des choses exquises, lisaient *Vogue* et évoquaient d'un ton léger la précarité de leur bien-être s'il fallait en croire les prédictions des mauvais augures annonçant d'incroyables difficultés à venir. On ne buvait pas d'alcool officiellement et l'amusement de la clandestinité s'estompait. Les mots : « Repeal the 18th amendment » s'étalaient sur les murs, sur les trottoirs, jusque sur les plaques d'immatriculation des voitures. C'était fou d'interdire aux gens de boire de l'alcool lorsqu'ils en avaient envie, parfaitement contraire à l'esprit américain.

Elaine et Johanna achevèrent leur café, s'arrêtèrent à quelques tables pour serrer des mains, embrasser et dire deux ou trois mots amicaux avant de se retrouver dans la chaleur de Greenwich Street. La petite Cord blanche les attendait devant la maison. Le décorateur en partant avait tiré les stores.

« Je te dépose ? demanda Elaine.

— Evidemment. Crois-tu que je vais attendre un taxi par cette chaleur d'enfer ? »

Elles remontèrent la Cinquième Avenue jusqu'à Central Park et tournèrent vers Park Avenue. Johanna y partageait un appartement avec sa mère qui, passant la plus grande partie de l'année à faire des croisières, lui laissait en fait la disposition des lieux. Johanna s'y était arrangé une liberté contrôlée.

Jamais elle n'avait permis à un homme seul de monter chez elle après dix-sept heures.

Johanna descendit de voiture et se pencha vers Elaine :

« Nous rejoindrez-vous au Cotton Club ce soir ? Un nouveau chanteur s'y produit. Nous filerons ensuite chez Condé Nast, il donne une soirée pour je ne sais plus quel Français travaillant au *Vogue* de Paris. Ses réceptions sont toujours étonnantes.

— Ne nous attendez pas. Patrick veut travailler et j'ai à consulter les factures de ce cher Raymond Jouan. Il me semble que ce n'est pas du fer forgé qu'il a choisi pour notre lit mais de l'or massif. Et puis, j'hésite encore entre le rouge et le champagne pour la laque du paravent de notre petit salon. Je dois donner une réponse demain.

— Prends le rouge ! cela te ressemble plus. Tu es un joli petit taureau noir qui aime foncer, énergique et passionné. Tout ce que je ne suis pas... »

Elaine éclata de rire.

« C'est pour cette raison que nous nous aimons, parce que nous ne marchons pas du même pas. Il y a toujours l'une de nous qui attend et l'autre qui court. Nous nous espérons à tour de rôle. Voilà l'amour ! Et maintenant bonne soirée, ne brise pas le cœur de Dickie, à Princeton, on ne lui a pas appris à perdre. »

Elaine fit demi-tour dans Park Avenue, elle avait hâte de rejoindre Patrick. Depuis qu'elle était sa femme, ses amis de jeunesse perdaient de leur influence et de leur prestige. Il leur manquait, non pas d'avoir souffert, chacun d'entre eux avait eu à affronter des situations parfois pénibles, mais de mettre en doute des croyances qu'ils considéraient tous comme des vérités. Depuis sa petite enfance, si elle s'était toujours sentie plus spectatrice qu'actrice, elle était demeurée un témoin passionné.

En attendant que les travaux de leur maison soient

achevés, le jeune ménage avait loué un appartement sur Washington Square. L'endroit avait dû avoir ses jours de splendeur quinze années auparavant mais sa décoration d'avant-guerre datait déjà. Patrick et Elaine n'occupaient que le petit salon, leur chambre et un bureau. Les autres pièces demeuraient closes, gardiennes des regrets mélancoliques d'un temps révolu.

Arrivée dans l'entrée, Elaine ôta ses gants et se regarda au passage dans la glace vénitienne qui décorait un des murs. Les traits de son visage réguliers et marqués (tout est trop grand chez toi lui disait son père, c'est pour cela que tu es belle, la beauté c'est la démesure), son teint mat, l'éclat noir de ses yeux, ne lui avaient jamais vraiment plu mais elle se savait du charme et avait la certitude qu'elle serait une éblouissante vieille dame.

Patrick l'attendait dans le petit salon où il lisait un journal. Aussitôt qu'elle eut passé le pas de la porte, Elaine sentit qu'il était malheureux.

« Charles est mort », dit-il simplement et il posa son journal.

Elaine ne sut quoi répondre. Aucun mot ne lui semblait convenable et elle savait que dans de telles situations les erreurs pouvaient devenir odieuses ou pis encore, sordides.

Un instant, elle demeura immobile, silencieuse, puis elle s'approcha et, s'agenouillant aux pieds de Patrick, posa la tête sur ses genoux.

« Je t'aime, dit-elle doucement, et je suis avec toi. »

Elle sentit sa main sur ses cheveux, les caressant doucement.

« Il m'avait annoncé qu'il ne vivrait pas et je ne l'avais pas cru.

— Si tu avais cru Charles, peut-être ne m'aurais-tu pas épousée ?

— Ne dis pas cela, je ne suis pas désespéré, Elaine, mais je me sens coupable et je déteste cette sensation.

— Charles avait envie de mourir. Tu m'as dit cent fois qu'il était atteint de neurasthénie. Il ne savait pas profiter du bonheur.

— Elaine, Charles m'avait dit : Si tu me quittes, dans trois mois, je serai mort. »

Avec violence, Elaine se redressa.

« C'était du chantage, Patrick, un caprice de vieux monsieur gâté. Je déteste ces êtres qui menacent en prenant comme arme les sentiments des autres. Tu lui as donné ce que beaucoup aimeraient avoir, ta présence, ta jeunesse. Tu n'avais aucune dette envers lui ! »

Patrick saisit Elaine par les mains, la releva et la prit sur ses genoux. Il souriait.

« Comme tu es belle quand tu es en colère. Une Elaine ardente et fougueuse ! Mais la vie n'est pas une ligne droite et nette comme tu la conçois, elle est faite de tours et de détours, d'impasses, de raccourcis. Chacun vit sa propre histoire dans son propre chemin. Charles aurait dû être heureux de ma présence, je devrais être désespéré de son départ. Les choses n'ont pas été ainsi, ni bonheur, ni désespoir. L'homme n'est totalement maître que de ses créations, pas de ses émotions. »

A travers les stores vénitiens à peine ouverts, la lumière frémissait, posant sur les livres de la bibliothèque, sur le tapis d'Anatolie, sur les bibelots d'argent, des images vacillantes. Elaine avait noué les bras autour du cou de Patrick. Faire l'amour était encore pour elle une réponse à tous les problèmes qu'elle ne pouvait résoudre.

Patrick la prit dans ses bras, quitta le petit salon et, passant dans leur chambre, la posa sur le lit. La tristesse qu'il éprouvait venait de l'espèce d'indifférence avec laquelle il avait appris la mort de Charles, indifférence teintée de satisfaction. Lui en avait-il voulu inconsciemment à ce point ? Qu'avait-il espéré de cette relation où l'agressivité l'emportait sur la confiance, la sensualité sur la tendresse ? Charles l'avait cependant rendu heureux et lui, était resté librement son compagnon.

Elaine avait fermé les yeux, imaginer Patrick avec Charles la troublait et elle jouissait de cette confusion. Il faisait sombre dans leur chambre à coucher. Patrick, lentement, ôta la robe de sa femme, sa combinaison, sa culotte de soie vanille, laissant les bas qu'elle portait roulés au-dessus des genoux. Il aimait les courbes un peu aiguës d'Elaine, son ventre plat, sa poitrine à peine marquée, il aimait son mélange de pudeur et de hardiesse, les mains qu'elle appliquait sur son visage lorsqu'elle ne voulait pas qu'il y vît les marques du plaisir. Il aimait qu'elle crût en l'amour et qu'elle voulût aussi fort être heureuse.

Sa bouche se posait sur les épaules, au creux du cou, au pli de l'aine, et le corps d'Elaine se tendait vers lui. Parfois, il savait tout oublier, se fondre en elle, devenir elle, parfois il se regardait lui faire l'amour et c'était alors qu'il lui donnait le plus de plaisir.

La bouche d'Elaine cherchait la sienne, sa peau venait le rejoindre, Patrick savait que ce jour-là, ayant besoin d'affection, il ne lui donnerait pas beaucoup de plaisir. Il voulait la serrer contre lui, sentir son odeur, sa chaleur. Il avait besoin d'Elaine autour de lui, de sa voix disant les mots tendres qui lui étaient nécessaires. Elle était sa femme, celle qui serait toujours là pour le comprendre, pour le reprendre, pour le soutenir, pour l'approuver.

Lorsqu'il la prit, il eut l'impression d'être sur la mer, seul, et merveilleusement heureux.

## CHAPITRE III

Ce jeudi 24 octobre 1929, New York avait la fièvre. Patrick, qui était sorti à l'heure du déjeuner, revint l'esprit en effervescence. On parlait d'un effondrement brutal de la Bourse. Des actionnaires affolés s'agglutinaient dans Wall Street, essayant de mesurer l'ampleur du désastre.

« Papa est ruiné ! » s'écria Elaine qui buvait une tasse de café au coin du feu dans leur nouveau salon champagne et bleu. Et elle se précipita sur le téléphone. Au bout du fil, la voix de William Carter était calme.

« Ne t'en fais pas ma petite fille, voilà trois semaines que je prévoyais la chose et je me suis mis à l'abri. Mais d'autres vont y laisser leur peau, c'est terrible ! Mes téléphones sonnent constamment, il faut que je te laisse, dors tranquille dans ta jolie maison, nous ne la revendrons pas ! »

La femme de chambre qui était entrée afin de débarrasser le café suivait attentivement la conversation. Avec la cuisinière, elle avait écouté la radio et toutes deux craignaient de perdre leur place. Le sourire d'Elaine la rassura, elle prit le plateau et sortit.

« Allons-y, décida Elaine, il faudra que nous puissions raconter ce jeudi noir à nos enfants. »

Elle prit son chapeau, des gants et attrapa le bras de son mari.

« Nous allons nous faire piétiner, c'est idiot !
— Allons, allons », répétait Elaine.

Sachant désormais que ce désastre ne la touchait pas, elle se sentait terriblement excitée.

Au moment où ils sortaient, le téléphone sonna, c'était Johanna.

« Ma chérie, tu sais la nouvelle ? Je viens de parler à Dickie, sa famille est ruinée.
— Alors, épouse-le tout de suite. »

Elaine devint grave soudain. Son monde familier allait se trouver bouleversé, ses amis souffriraient, ce jeudi marquait peut-être la fin d'une époque.

Johanna se taisait au bout du fil. Habituée à conseiller les autres, elle ne savait quoi choisir pour elle-même.

« Je sors ma chérie, mais je passerai te voir vers quatre heures, assura Elaine. Ne pleure pas. Ce n'est pas si terrible d'épouser un homme pauvre ! »

Dans la rue, tout était calme. On avait l'impression que rien ne pouvait arriver, dans cette enclave préservée de Gramercy Park.

« Marchons, décida Patrick, nous ne trouverons jamais de taxi. » Peu à peu les rues s'animaient, des petits groupes échangeaient avec fièvre quelques mots au coin de Broadway et de Liberty Street. En approchant de Wall Street, des bruits confus leur parvinrent, il y avait foule. Les sons et les corps formaient comme une masse compacte. Patrick fit arrêter sa femme.

« N'allons pas plus loin, ce serait absurde », conseilla-t-il.

Quelques voitures tentaient de passer et klaxonnaient bruyamment, des cyclistes se faufilaient derrière elles mais la foule, constamment, les obligeait à mettre pied à terre.

La base des colonnades de la Bourse ressemblait à une fourmilière sur laquelle un passant aurait donné un coup de talon. Certains, plus légers ou plus habiles que d'autres, avaient escaladé la façade des immeubles et s'étaient installés sur les rebords des fenêtres du premier étage. Le bruit empêchait toute conversation et cependant, chacun essayait de saisir les paroles de ceux qui sortaient de la Bourse afin de les transmettre de rang en rang. « Trente pour cent » disaient certains, « cinquante pour cent » ajoutaient d'autres.

Il n'y avait pas de colère ou de violence ostensible, seulement une immense stupeur, un affolement latent, prêt à éclater, comme un feu qui couverait encore.

Patrick regardait, stupéfait. La poignée d'hommes qui possédait vraiment de l'argent aux Etats-Unis ne se trouvait pas là. Ceux qu'il voyait étaient des boursiers modestes, de petits industriels, des épargnants. Ils avaient tous des visages interdits et des regards interrogatifs. Pendant son enfance, son adolescence, il n'avait connu que ces êtres-là, vulnérables parce que sans richesse, durs parce que contraints sans cesse à se défendre. Ces investisseurs yankees et les pauvres fermiers blancs du Sud se ressemblaient soudain dans leur détresse et il observait les uns comme il avait considéré les autres, avec pitié.

Soudain, il éprouva le besoin de lever la tête, de regarder le ciel et le passage des nuages pour se sentir vivant encore.

Elaine essayait de découvrir des visages connus mais le mouvement de la foule était si désordonné qu'elle n'apercevait que des feutres gris ou noirs, quelques chapeaux de femmes où étaient fichées des aigrettes semblant voleter au-dessus des têtes comme des poussins perdus.

Tout à coup, elle eut un sursaut, là, à quelques pas d'elle, se tenait un ami de son père.

« Steven, s'écria-t-elle, Steven, donnez-moi des informations, on devient fou dans ce brouhaha. »

L'homme s'approcha, ôtant son chapeau. Il portait un nœud papillon, une chemise rayée à col blanc épinglé, un costume croisé gris foncé. Rien dans son apparence ne donnait l'impression qu'il venait de s'extraire de la fournaise.

« Ma petite fille, la plupart des gens que vous voyez ici sont ruinés et ce n'est pas le plus grave. Nous allons tous vers des jours difficiles, très difficiles. Bientôt, vous allez voir s'allonger les files des chômeurs devant les bureaux d'emploi, vous verrez se fermer les magasins, puis les usines.

— Mais comment est-ce possible, Steven ? Tout semblait marcher si bien en Amérique ! »

L'homme remit son chapeau.

« Vous permettez n'est-ce pas ?

— Faites, je vous en prie », répondit Elaine d'une voix impatiente. Elle avait toujours trouvé Steven Dowles horriblement compassé. Il s'entendait à merveille avec Mary Carter.

« C'est le crédit, mon enfant, son utilisation démesurée en Amérique, c'est aussi la spéculation, l'isolationnisme, les prix trop élevés qui nuisent à la consommation, beaucoup de raisons encore ont précipité les choses, mais c'est un sujet de conversation un peu ennuyeux pour une jeune femme. »

Il parut s'apercevoir alors de la présence de Patrick. Un des premiers parmi les amis des Carter, il avait désapprouvé ouvertement le mariage d'Elaine. Sa propre fille avait épousé un Vander Bilt, cousin lointain des milliardaires, mais dont le seul nom ouvrait toutes les portes.

« Bonjour, cher ami, j'espère que vous ne possédez pas un portefeuille trop conséquent ? »

Il lui serra distraitement la main et s'éloigna.

« Je le déteste », murmura Elaine.

Elle s'en voulait d'avoir obligé Patrick à serrer la main de cet homme. Depuis leur mariage, il avait eu à affronter quelques humiliations de cette sorte, mais il semblait n'en tenir aucun compte. Son détachement, le sourire froid qu'il arborait alors, rendaient les moqueurs pitoyables.

« Rentrons, veux-tu ? Tu as vu ce que tu voulais voir ! »

Patrick prit Elaine par les épaules et ils s'apprêtaient à faire demi-tour lorsqu'ils entendirent un grand cri.

Au coin de Wall Street et de Broadway, un homme se tenait debout sur une corniche au quinzième et dernier étage d'un immeuble. Par la fenêtre, quelqu'un essayait de le retenir mais n'avait pu attraper qu'un pan de sa veste. L'homme semblait hésiter, il avait la tête baissée, le dos arrondi comme un baigneur s'apprêtant à plonger, mais il ne bougeait pas.

En bas, dans la rue, un groupe s'était formé. On essayait de crier à l'homme des mots qu'il ne devait pas entendre. Une femme hurlait.

« Voilà les résultats du capitalisme, prononça à voix haute un homme debout juste derrière Elaine. Voilà ce que cette société corrompue fait de la vie d'un être humain. »

Un vent léger s'était levé, soulevant les papiers et les feuilles sur les trottoirs, faisant trembler les aigrettes et les plumes sur les chapeaux des femmes. C'était une belle journée d'octobre.

« Que pouvons-nous faire ? » murmura Elaine.

Le petit être recroquevillé, posé là-haut dans le ciel au bord de cette corniche, lui paraissait presque irréel. Elle n'aurait pas supporté de voir son visage, l'expression de son regard. Les émotions qui la bouleversaient venaient de sa propre peur, elle n'imaginait pas celle de l'homme s'apprêtant à sauter.

Elle avait envie de tourner le dos, de s'enfuir, mais

elle ne pouvait s'y résoudre et restait immobile, la tête levée, les yeux fixes. Patrick ne disait rien, il connaissait la fascination de la mort. Enfant, il avait vu des êtres se battre pour vivre avant de céder en un instant, des bêtes agoniser, et sa souffrance toujours avait été la même. Depuis la mort d'Ada seulement, il avait l'impression que personne, rien ne pouvait plus l'atteindre vraiment. Des fragments d'un poème lui revenaient en mémoire, il l'avait lu quelques années auparavant à Charleston en compagnie de Shirley : « Et voici que ton navire est arrivé, l'heure du départ a donc sonné pour toi. »

L'homme sauta. Il ressemblait à un vieux chiffon jeté par inadvertance d'une fenêtre. Celui qui tentait de le retenir avait gardé sa veste à la main, elle claquait doucement comme un petit drapeau noir levé contre la façade de l'immeuble gris.

Il y eut des cris stridents, puis le silence. L'homme était tombé la face contre le sol, personne n'osait encore l'approcher.

« Partons ! demanda Patrick d'une voix ferme. Je déteste la curiosité autour de la mort. J'ai besoin de calme. »

Il prit la main d'Elaine afin de la sentir chaude et vivante dans la sienne.

La maison de Gramercy Park était chaleureuse, animée. De la cuisine, venait l'odeur d'un gâteau que la cuisinière avait préparé pour leur dîner. La femme de chambre arrangeait des fleurs dans un vase du salon. La vie continuait, mélange de gestes, d'odeurs, de dialogues et de silences, avec la lumière pour en mesurer l'unité. Elaine demanda du thé.

Patrick resta avec elle. Il désirait lui parler, lui dire qu'il sentait nécessaire un prochain départ.

Le feu presque éteint donnait une chaleur douce, ils s'étaient assis côte à côte sur des fauteuils différents.

« N'abordons pas tout de suite ce sujet », protesta Elaine.

La femme de chambre apportait le thé dans une théière d'argent, deux tasses de porcelaine grise, cerclée de blanc, une corbeille de biscuits. Wall Street, ses rumeurs et son désespoir appartenaient à un autre monde.

« J'ai terminé mon roman », dit Patrick.

Et, ne laissant pas Elaine réagir :

« Mon éditeur l'a reçu ce matin, il sera publié fin décembre, nous partirons en janvier. »

Elaine posa la tasse qu'elle tenait à la main. Elle fixait Patrick sans comprendre ce que ses mots signifiaient. La lumière baissait, avant six heures, il ferait nuit.

« Nous quitterons New York. Je veux aller en Europe le plus vite possible, ne plus me contempler dans les mêmes miroirs.

— Dans quel pays d'Europe, demanda seulement Elaine, chez moi en Angleterre ? »

Son imagination la portait déjà vers l'avenir, le premier choc passé. Après le drame de Wall Street, elle avait besoin de se passionner à nouveau.

« A Paris, répondit Patrick.

— Paris ? Mais la famille de maman vit en Angleterre et nous y serions merveilleusement accueillis. Qu'irais-je faire à Paris, je n'y connais personne. »

Elaine s'était levée, elle se tenait debout devant son mari, le regard brillant, réprobateur. Plus que jamais, elle ressemblait à un petit taureau noir prêt à la lutte.

Patrick continuait à boire son thé, comme si les paroles de cette femme frémissante qui se tenait devant lui n'étaient qu'une suite de mots sans signification.

« Tu aimeras Paris, précisa-t-il tranquillement. C'est une ville musicale, une ville excessive, elle est faite pour toi. L'espace y est habitable, je pourrai y écrire, respirer, vivre et je te montrerai la Méditerranée. »

Elaine s'assit à nouveau. Le regard heureux de Patrick, le calme de sa voix lui indiquaient qu'il avait pris sa décision. Elle irait à Paris, elle y serait bien puisqu'ils seraient ensemble. Ils voyageraient, elle irait à Venise, à Rome, à Tanger.

« Parle-moi encore de la Méditerranée », demanda-t-elle.

## CHAPITRE IV

Le roman de Patrick avait été publié en décembre, salué par une série d'articles élogieux. Les amis d'Elaine, qui avaient jusqu'alors tenu Patrick à l'écart, cherchèrent soudain à lui prouver qu'ils le tenaient désormais pour l'un des leurs. Ils surgissaient dans la soirée, une bouteille de whisky sous le bras, s'installaient dans le salon, mettaient une animation qui enchantait Elaine et agaçait Patrick. On l'interviewa à la radio, le journaliste tenta de lui poser quelques questions sur son enfance. Patrick, souriant, distant, n'y répondit pas, orientant délibérément la conversation vers l'avenir. Il allait partir en Europe, écrire à Paris. C'était indispensable pour un jeune auteur américain. Depuis la France, il irait certainement en Italie, en Grèce, en Espagne. Le livre qui l'avait le plus marqué cette année 1929? Certainement *L'adieu aux armes* d'Ernest Hemingway et *Le bâtard* de Caldwell aussi, mais il lisait et relisait *Gatsby le magnifique* de Fitzgerald, *Main Street* de Sinclair Lewis, *Le bruit et la fureur* de Faulkner et Edgar Poe, Mark Twain, qui avaient accompagné son enfance.

Un soir, Johanna et Dickie vinrent dîner à Gramercy Park. Ils allaient se marier en janvier et suppliaient Elaine de différer son départ afin qu'elle pût être leur témoin. Dickie félicita Patrick pour son interview et lui fit remarquer qu'il avait omis de mentionner Eugene O'Neill. Il le tenait pour un des meilleurs auteurs américains contemporains. Se souvenait-il d'Anna Cristie ?

Patrick prépara des cocktails, Johanna et Elaine bavardaient au coin du feu. Dans quelques semaines, la maison de Gramercy Park serait vendue, les deux couples seraient séparés peut-être pour toujours et cependant tout paraissait inscrit dans la durée : les cocktails ambrés dans les verres de cristal, les robes de satin des femmes, l'une noire, l'autre beige, les chrysanthèmes jaunes et pourpres rassemblés dans un vase de Chine, l'odeur de santal enveloppant les velours des coussins, la soie lustrée des fauteuils, le cuir des canapés. La femme de chambre déposa sur la table, devant le foyer, un plateau d'argent où étaient disposés de petits sandwichs multicolores. Johanna contemplait les flammes, elle prit le verre que lui tendait son fiancé sans même tourner la tête.

« Maman ne viendra pas à notre mariage, elle est amoureuse d'un prince yougoslave ou roumain, je ne sais plus, et part pour le Proche-Orient où il a ses affaires.

— Je serai là, promit Elaine, nous ne partirons qu'après la cérémonie.

— Nous-mêmes quitterons aussitôt New York pour Jackson, intervint Dickie. Je ne peux plus vivre ici, je n'en ai plus les moyens. A Jackson, j'essayerai avec mon frère de recoller les morceaux.

— Tu aimeras Jackson », dit doucement Elaine.

Elle avait prononcé ces mots pour dire quelque chose et n'y croyait pas un instant. Johanna mourrait certainement d'ennui dans le Mississippi.

« Tu aimeras le Sud », précisa Patrick.

Mais lui, croyait vraiment à ce qu'il venait de dire.

« Il faut que tu te laisses bercer, prendre par son

rythme, continua-t-il, il faut devenir le Sud, ne jamais vouloir se l'annexer. Tu dois oublier New York, si une partie de toi-même lui échappe, le Sud ne te le pardonnera pas. Il te rejettera. N'essaye pas de retrouver à Jackson ce que tu as ici. Commence une vie nouvelle, regarde le ciel, prends le temps de remercier Dieu.

— J'essayerai », promit Johanna.

Mais elle semblait convaincue que le combat serait trop rude pour elle.

Maintenant qu'elle avait dit oui à Dickie, elle ne se sentait pas la force de faire marche arrière. Dickie, descendant d'une grande famille du Sud, allait lui offrir une vie monotone, Patrick, fils d'inconnus, donnait à Elaine le genre d'existence qu'elle aurait aimé avoir : Paris, l'Europe, le monde littéraire. Ils passèrent à table. A la lumière des bougies s'estompaient les contours des meubles cirés, l'argenterie des vitrines, le cristal transparent sur la nappe de fil damassée. Point fragile et résistant, la beauté du fer forgé des consoles surgissait de la pénombre, sculptant ce qui restait de clarté.

« A votre bonheur ! », souhaita Elaine en levant sa coupe de champagne.

Dickie et Johanna se marièrent le 15 janvier 1930. Elaine et Patrick quittaient New York dès le lendemain pour la France. Un agent immobilier s'occupait de la vente de la maison de Gramercy Park, les meubles étaient déjà en route vers l'Europe. L'*Ile-de-France* appareillant dans la matinée, ils passeraient leur dernière nuit américaine au Plazza.

Après la cérémonie religieuse, les jeunes mariés prenant aussitôt un train pour le Mississippi, il y eut une petite réception au Waldorf Astoria. Johanna portait une robe très simple de satin blanc, drapée sur les hanches, le col châle bordé de cygne, un bonnet de satin tenait un voile ne dépassant pas la longueur de la robe. Comme bouquet de mariée elle n'avait voulu qu'un seul lys. Tous leurs amis étaient présents, cette bande joyeuse ayant accompagné tant de mariages et dont beaucoup se trouvaient déjà parents. Certains hommes avaient apporté du gin et du whisky qu'ils mélangeaient aux sodas, aux jus de fruits posés sur le buffet. Les femmes se regroupaient, embrassaient la mariée. Johanna paraissait absente, comme si ce remue-ménage autour d'elle ne la concernait pas. Le départ d'Elaine pour la France lui procurait un sentiment douloureux, mélange de tristesse, d'inquiétude et de jalousie. Elles s'embrassèrent, promettant de s'écrire, de se rendre visite. Un ami se mit au piano, jouant un air de jazz, il faisait un peu trop chaud et le parfum des femmes entêtait. Dans les corbeilles, les lys, les orchidées, les camélias trop serrés se fanaient, un couple se mit à danser et le sautoir de perles de la femme semblait battre la mesure comme un métronome.

« Il est temps de partir, annonça Dickie, le train ne nous attendra pas. »

On fit cercle autour d'eux. Johanna agita la main, esquissant un ou deux pas de danse sur l'air que leur ami ne cessait de taper sur le piano. Elle s'était changée dans une chambre du Waldorf et portait une blouse de crêpe blanc sous un tailleur de tweed beige, une cape de fourrure sur les épaules, un petit chapeau de feutre enfoncé sur son visage. Dickie lui prit le bras, l'entraînant vers la sortie. On leur fit un long hourra, puis le silence revint, pesant. Tout le monde avait envie de partir maintenant, l'homme s'était arrêté de jouer du piano.

« Ne t'inquiète pas, dit Patrick à Elaine, Johanna sera heureuse. Elle vit trop dans le présent pour avoir longtemps des états d'âme. A Jackson, elle deviendra rapidement indispensable à tous. »

Elaine restait songeuse. Elle avait le pressentiment que Patrick avait raison, que l'avenir de Johanna ne ressemblerait en rien au sien mais que le bonheur que son amie goûterait, elle, ne le connaîtrait jamais.

Il y eut deux appels de sirène, le paquebot vibra plus fort et se mit en mouvement. Sur le quai, William et Mary Carter agitaient la main, Elaine avait décelé une vive et inhabituelle émotion sur le visage de sa mère alors qu'elles se faisaient leurs adieux et en avait été bouleversée. Ainsi Mary Carter était capable d'avoir les larmes aux yeux ! Peut-être avait-elle eu tort de la traiter avec froideur, mais sa mère ne repoussait-elle pas habituellement les marques d'affection trop vives ?

« Je lui écrirai, pensa-t-elle, on s'entend tellement mieux avec les êtres lorsqu'ils vous manquent un peu. »

Il faisait froid. Un vent glacé descendait l'Hudson mais l'atmosphère était transparente, nette et brillante entre les immeubles s'élevant de plus en plus haut vers le ciel de New York.

Les passagers regagnaient leur cabine, on ne voyait presque plus les petits personnages s'agitant encore sur le quai, dans un instant, lorsque l'*Ile-de-France* aurait gagné l'océan, tout se fondrait à l'horizon, les maisons, la ligne du fleuve, la tache imprécise, mouvante et grise de la ville.

Elaine fit un dernier au revoir de la main à cette terre qu'elle quittait pour un temps illimité, la direction de sa vie était désormais l'Europe puisque Patrick le voulait ainsi et déjà l'Amérique, comme les formes vagues qu'elle entrevoyait encore dans le lointain, était frappée d'irréalité. Son regard se détourna et elle suivit son mari.

La cabine de première classe qu'ils occupaient était vaste, claire, tendue de reps de soie bleue, meublée d'un grand lit, d'une coiffeuse, d'une commode, d'une armoire en bois fruitier. La salle de bains était de marbre et d'acajou. Il y avait un bouquet de roses blanches dans un vase de verre bleuté, une corbeille de fruits, une bouteille de champagne dans un seau en argent. Un court instant, Patrick ressentit une légère sensation de malaise, il avait voyagé avec Charles dans un décor presque semblable. Sa cabine était plus petite car il l'occupait seul, elle était meublée différemment mais il y retrouvait la même harmonie, des odeurs identiques. L'euphorie éprouvée à cette époque était mêlée d'anxiété, il réalisait enfin son rêve et se sentait à la fois fragile, candide et invulnérable. La présence d'Elaine, le succès, les relations, les projets qu'il avait maintenant en faisaient un homme différent mais ce simple décor retrouvé lui montrait soudain l'immutabilité du temps. Elaine avait jeté sur le lit sa cape de renard et faisait le tour de la cabine, se penchant sur les fleurs, ouvrant un tiroir, passant la tête à travers l'ouverture de la salle de bains.

« Débouche le champagne ! s'écria-t-elle, l'époque des fêtes vient de commencer. »

Elle ne pensait plus au visage triste de ses parents prise par l'excitation du voyage. Pour Paris, elle s'était fait couper légèrement les cheveux qu'elle portait flous désormais avec une raie sur le côté. Cette nouvelle coiffure lui allait bien, adoucissait ce que ses traits avaient de trop nets et laissait au regard son intensité. Elle était revêtue d'une jupe plissée de tricot rouge et d'un long pull orné d'un simple rang de perle.

Avant même leur entrée dans la cabine, leurs valises avaient été défaites, les vêtements rangés. La femme de chambre avait disposé deux peignoirs blancs dans la salle de bains, aligné les crèmes, les pots et les flacons sur la coiffeuse où était posée la brosserie en ivoire. Patrick prit deux coupes, ouvrit le champagne. L'*Ile-de-France* était déjà territoire français, on pouvait demander, boire du vin, de l'alcool, ne plus avoir à cacher les bouteilles sous son manteau.

« A Paris ! » s'écrièrent-ils ensemble.

Le bateau bougeait à peine, la mer n'était animée que par une houle légère et, de temps en temps, une vague éclatait en gerbe sur l'étrave. Elaine à travers la coupe de champagne, fixait Patrick que le vin pétillant transformait en esprit espiègle. Lorsqu'ils se présentèrent dans la grande salle à manger pour le déjeuner, le maître d'hôtel leur fit choisir une table. Ils désiraient demeurer en tête à tête et on les conduisit près de la plate-forme de l'orchestre qui ne jouait que le soir. La table voisine était occupée par un couple, lui, grand, portant la moustache, les cheveux séparés par une raie impeccable, elle, blonde, très élégante dans un tailleur de jersey gris clair, une écharpe de crêpe blanche nouée autour du cou, sur la tête un petit bonnet de velours gris foncé où était plantée une épingle sertie d'une grosse perle.

« Elle ressemble en mieux à Gloria Swanson, murmura Elaine.

— Et lui à Clark Gable en plus grand. »

Ils s'amusèrent tandis qu'on leur tendait le menu à trouver des ressemblances entre les convives et des acteurs célèbres.

« Celui-là, affirma Elaine en faisant un geste du menton pour désigner un petit homme buvant un cocktail, est le portrait de Mickey Rooney.

— Et cette brune agressive est probablement la sœur de Joan Crawford », enchaîna Patrick.

Il demanda un bourbon, Elaine une autre coupe de champagne.

« Maintenant je veux boire à toi, déclara-t-elle redevenant sérieuse, à ton succès. Tu seras un grand écrivain et moi, la femme la plus fière du monde. »

Patrick était heureux. A Paris, il commencerait un deuxième roman, il serait entouré de cette beauté qui lui était indispensable pour vivre, il voyagerait, il reverrait les hommes et les femmes civilisés que Charles lui avait présentés et il avait maintenant assez d'argent pour ne pas seulement les écouter, les regarder mais leur être agréable à son tour. De par sa mère, Elaine était d'un sang suffisamment aristocratique pour qu'aucune porte ne lui soit fermée. Elle était belle, elle avait de l'humour, elle était cultivée, Paris l'aimerait.

On leur apporta du caviar rafraîchi dans une coupe de cristal, des toasts chauds. Elaine demanda du citron et Patrick fronça les sourcils.

« Je ne suis qu'une petite Virginienne, plaisanta-t-elle en riant ! Je ne connais pas encore les usages de la gentry européenne. Tu me les apprendras. »

Elle aimait se dire l'élève de son mari, c'était une revanche que par amour elle lui donnait sur son passé.

Le caviar était délicieux, son père lui en offrait chaque année le jour de son anniversaire. Comme elle était née un 10 août, elle ne pouvait inviter ses camarades de classe et William Carter s'était toujours ingénié à compenser cette petite injustice. Ils dégustaient le gros pot envoyé de Washington dans la véranda où l'on dressait traditionnellement la table durant les soirées d'été. Son cadeau, un jouet jusqu'à treize ans, puis un petit bijou, l'attendait posé à côté de son assiette.

En août 1914, elle avait huit ans, on avait parlé à table d'une guerre en Europe. Les Etats-Unis venaient de déclarer leur neutralité. Ce jour-là, il n'y eut pas de conversations légères et l'enfant qu'elle était avait compris que le monde ne tournait pas autour d'elle chaque 10 août. Sa mère portait des blouses de crêpe brodé sur de longues jupes de toile, de vastes chapeaux de paille, son père, des canotiers, des vestes sombres sur des pantalons blancs. Elle était la seule à se baigner, nageait aussi loin qu'elle le pouvait dans la baie, n'écoutant plus les cris apeurés de sa gouvernante, revenait épuisée et heureuse.

Avec son père, elle montait chaque jour à cheval, ensemble ils longeaient les innombrables bras de mer, traversaient les marais, faisant s'envoler les hérons bleus, les bécasseaux, les mouettes, les hérons au dos vert, les aigrettes et les vautours noirs. Ils chevauchaient côte à côte et parlaient peu. C'était probablement au cours de ces étés solitaires et heureux qu'elle s'était fait une idée très nette sur ce qu'elle désirait de la vie : ne pas faire de concessions, accorder toujours ses actes à sa nature, rester libre.

A la table voisine, la jeune femme riait, elle avait un joli rire clair et spontané. Son mari portait une alliance et posait souvent sa main sur la sienne en un geste plein de tendresse. Tout de suite, ce couple avait été sympathique à Elaine.

Le serveur déposa dans leurs assiettes des filets de sole qu'il nappa d'une sauce aux crevettes. Il avait des gestes précieux, comme s'il manipulait quelque délicate porcelaine, son visage demeurait impassible. Au moment du café, leur voisin se leva soudain et s'approcha d'eux.

« Ma femme et moi aimerions vous connaître et je me permets très simplement de me présenter. Je suis Walter Bubert, et voici ma femme Maggye. »

La jeune femme se leva à son tour et vint toute souriante vers Patrick et Elaine. Ils se serrèrent la main.

« Asseyez-vous donc, leur demanda Patrick, ma femme et moi voulions justement savoir qui vous étiez. Depuis le début du repas, elle n'a parlé que de vous, madame Bubert.

— Maggye », précisa la jeune femme.

Elle sentait la poudre d'iris et l'eau de rose.

Ils prirent le café ensemble, puis des liqueurs dans le fumoir. Walter était marchand de tableaux, il possédait une galerie à New York, une autre à Paris où il comptait résider pour quelque temps.

« Il y a tellement de jeunes peintres de talent en Europe, précisa-t-il. Je vous les ferai connaître. »

Leur amitié était chose acquise et, en se quittant dans le milieu de l'après-midi, ils décidèrent de dîner ensemble.

« J'ai déjà une amie avant même d'être à Paris, remarqua Elaine, elle sera mon mentor. »

Comme elle était heureuse, excitée par les jours à venir, elle se serra contre Patrick aussitôt qu'ils furent seuls, cherchant sa bouche, sa poitrine, son ventre.

Walter, Maggye, Elaine et Patrick ne se quittèrent pas tout le temps que dura la traversée. Walter étonnait Patrick par sa connaissance de la peinture moderne, Maggye fascinait Elaine par son élégance. Elle arrivait à chaque repas, portant une toilette différente, maquillée, parfumée, d'un chic fait de subtilité.

« J'ai été mannequin chez Chanel, confia-t-elle un soir à Elaine qui la complimentait d'une robe du soir blanche, drapée sur une hanche avec des manches ballons et un col châle. C'est à Paris que j'ai rencontré Walter, il venait d'y ouvrir sa galerie de tableaux il y a deux ans déjà ! »

Elaine voulut tout savoir sur le métier de mannequin.

« C'est très simple, expliqua Maggye, je parle aussi bien l'anglais que le français, je suppose que j'ai de l'aisance et ma mère connaissait la duchesse de Gramont, une amie de Coco Chanel.

— Vos parents n'ont pas mis d'obstacles à votre désir de travailler ?

— Depuis son divorce, maman travaille elle aussi, dit Maggye, elle crée des bijoux pour Van Cleef. Mon père est rentré à San Francisco et nous a plus ou moins oubliées. Vous verrez, les femmes sont heureuses à Paris, c'est une ville faite pour nous. »

Elles se promenaient sur le pont bras dessus, bras dessous, bien emmitouflées dans leurs capes de fourrure. De longues ondulations grises marquaient l'océan, des vagues se brisaient, semblant renaître, entraîner une nouvelle écume pour se défaire encore. L'air était vif, débarrassé des sons, des poussières, de tout l'excédent du monde des hommes. Du vide qui en jaillissait semblaient monter des fantômes, brumes légères, ombre du grand paquebot, particules de lumière faisant trembler la surface de l'eau. Elaine et Maggye s'étaient accoudées au bastingage. Elles songeaient l'une et l'autre en silence aux jours à venir, jours parfaitement évidents pour Maggye, encore inconnus pour Elaine. Un ami de Patrick, Jean-Michel Frank, leur avait trouvé un appartement rue du Bac, juste à côté du sien. Où avait-il connu Jean-Michel, qui le lui avait présenté ? Elle l'ignorait mais Patrick parlait avec chaleur de ce décorateur plein de talent. Leurs meubles devaient déjà être installés, Jean-Michel avait promis de s'occuper de tout.

« Connaissez-vous Jean-Michel Frank ? demanda-t-elle soudain à Maggye.

— Très bien. C'est un jeune homme très sensible, très chaleureux, très malheureux peut-être. Un père d'origine allemande, une mère fille d'un rabbin de Philadelphie. Deux de leurs fils sont morts au front en 1915, le père s'est jeté par la fenêtre, la mère est devenue folle. Frank vous présentera à Eluard, à René Crevel, à Bérard, aux Noailles, à bien d'autres personnalités parisiennes. Il fera beaucoup parler de lui.

— Je ne savais pas qu'il était juif », murmura Elaine.

Maggye prit son bras, l'entraînant avec elle.

« Walter l'est aussi. Les Juifs ont un jardin dans l'âme parce qu'ils viennent du désert. Ils savent tous qu'un jour la possession leur reviendra, la possession de ce jardin précisément. Le rêve du jardin aimante la fécondité créatrice.

— Il n'y a pas de jardin innocent, les Juifs n'y trouvent-ils pas une séduction du malheur, plus tentante que le bonheur ?

— De tout jardin l'homme est fait pour être chassé. Les Juifs le savent mieux que personne. »

La nuit qui allait tomber, le froid, les firent regagner leur cabine. Elles avaient juste le temps de se parer pour le dîner et la soirée du commandant. Le surlendemain, le bateau accosterait au Havre. A bord, la vie artificielle s'écoulait tout naturellement. Beaucoup des relations nouées pendant la traversée n'auraient pas d'autre suite qu'un échange de cartes de visite et des promesses. La musique, le champagne, la danse, les conversations au bar ou sur le pont, les vanités, les jalousies, tout s'effacerait deux jours plus tard et le monde possible reprendrait ses droits sur le rêve.

Au bar, Patrick et Walter attendaient leurs femmes, tous deux en smokings noirs. Walter n'avait posé à Patrick que peu de questions sur son passé. Lui-même, arrivé aux Etats-Unis à l'âge de dix ans, ballotté du Hanovre en Hollande avec un père tailleur, sans fortune autre que celle qu'il avait édifiée, sans relations pour l'aider durant son adolescence, ne se confiait guère, non par goût du secret mais parce qu'il savait la pitié empoisonnée.

Les femmes arrivèrent alors qu'ils commençaient leur deuxième verre de whisky. Elles achevaient une conversation et riaient ensemble en se tenant par le bras. Maggye, la blonde, était vêtue de noir, une longue robe de crêpe au dos largement décolleté, la taille un peu basse retenant une jupe frangée à mi-jambes. Elle avait les cheveux bouclés, coupés au-dessus des oreilles, séparés par une raie et attachés par une légère aigrette de plumes d'autruche noire. Elaine, ses cheveux bruns simplement retenus par un ruban de satin blanc noué au-dessus de la tête, portait une robe blanche fluide, épousant les formes de son corps.

Au piano, un homme en habit jouait des airs romantiques mêlant de vieilles chansons américaines comme *Moonlight on the Hudson* à des refrains parisiens plus modernes empruntés aux chanteurs en vogue.

Un léger tangage donnait une impression d'irréalité, accentuée par l'éclairage tamisé, le piano, la beauté des femmes qui, toutes, portaient des robes et des bijoux de prix. A proximité des deux couples une très jeune fille se faisait réprimander par sa mère lui reprochant de s'être maquillée. L'enfant avait les larmes aux yeux.

« Madame, intervint Walter, il faut savoir prendre les choses à la légère. Votre fille franchit le seuil du doute et de l'audace, elle est Sphinx et Joconde, laissez-la se créer. »

La femme le considéra, stupéfaite.

« Monsieur, répondit-elle en français, je ne vous ai pas demandé votre avis ! »

Et posant la coupe de champagne qu'elle buvait, elle sortit, entraînant sa fille. Sur le seuil, l'enfant se retourna et fit à Walter un petit sourire.

« Je hais les inquisiteurs, déclara Walter, les êtres qui castrent et humilient les autres.

— Ce sont des arbres morts, murmura Patrick, la nature les oublie. En Géorgie, au printemps, les fleurs, les herbes couvraient aussitôt les troncs abattus par l'hiver. Cette femme est un malentendu, oublions-la !

— Je ne connais pas la Géorgie, remarqua Maggye, est-ce beau ? »

Patrick eut un sourire, un sourire presque enfantin.

« La Géorgie est pour moi cette entente entre

l'homme et la terre qu'on nomme pays. Mais peut-être conclurai-je d'autres alliances dans ma vie.

— Certainement, affirma Maggye, lorsque je suis arrivée pour la première fois en Sicile, j'étais certaine d'y avoir vécu, cette terre était la mienne, chaque aspect du paysage m'était familier. »

Le pianiste avait cessé de jouer, les passagers rejoignaient la salle à manger.

Quelques couples dansaient déjà, brisant l'attente entre chaque nouveau plat. Walter invita sa femme, puis Elaine, Patrick et Maggye demeurèrent seuls. La jeune femme, sans en connaître la raison, se sentait intimidée par Patrick. Elle devinait que les armes dont elle se servait habituellement avec les hommes se montreraient inefficaces en face de lui. Il était trop beau, trop difficile à comprendre. Maggye avait eu assez d'amants pour analyser avec lucidité le comportement masculin. Cet homme portait en lui une cassure, il ne faisait pas semblant comme beaucoup de se montrer distant afin de se protéger, sa sensibilité très vive était comme en attente. Il avait dû renoncer à un moment précis de sa vie à accepter la souffrance, donc à se donner. Elaine n'était pas vraiment une exception à cette décision qu'il s'était imposée. La passion qu'elle éprouvait pour lui était un fleuve qui l'irriguait, elle le voyait passif dans cet amour et ne s'en étonnait pas. Soudain des retournements imprévus bouleversaient les rapports de force : le fleuve s'arrêtait de couler, l'arbre jusqu'alors immobile s'agitait avec violence. Sur l'alchimie bizarre des sentiments Maggye ne pouvait se pencher trop longtemps, elle aimait trop les maux de l'amour pour y chercher des remèdes. Elle prit la coupe de champagne rosé posée devant elle et, désignant du menton Walter dansant avec Elaine :

« Je crois que ces deux-là sont des êtres purs, ils voient le monde avec un regard clair. Le nôtre est sombre, opaque. Vous, pour je ne sais quelle lointaine raison, moi à cause d'expériences plus récentes mais probablement tout aussi désagréables. Je m'occuperai avec bonheur d'Elaine à Paris. »

Patrick considérait Maggye attentivement. Il tenait sa coupe de champagne entre ses deux mains, découvrant soudain, non pas une ravissante et frivole jeune femme mais un être qu'il aurait pu aimer. Une liaison avec Maggye aurait été passionnée, déroutante, dérangeante, néanmoins, il savait qu'il la verrait toujours avec plaisir puisqu'il la désirait. Pour lui, il n'y avait pas de relation profonde qui soit possible entre un homme et une femme sans attirance réciproque. Leur amitié se trouvait en place. Il but une gorgée de champagne et lui sourit enfin.

« Je ne veux pas connaître vos secrets, Maggye, je ne vous livrerai pas les miens. Il est inutile d'en venir aux paroles lorsque les pensées suffisent. N'influencez pas trop Elaine, elle a une grande admiration pour vous et, ainsi que vous le disiez tout à l'heure, elle a un grand pouvoir d'amour. Ne lui ôtez pas cette toute-puissance, aucune autre ne pourrait la remplacer. »

Walter et Elaine venaient vers eux, ils avaient parlé de la jeune peinture américaine, de ses analogies et de son originalité par rapport à la peinture française. Elaine aimait Charles Demuth, Lyonel Feininger, Walter leur préférait Everett Shinn, John Sloan et, en général, les peintres de la Ashcan School, l'Ecole de la Poubelle. Il était impressionné par les connaissances de cette jeune femme et savait qu'il seraient amis.

Les serviteurs apportaient le café, les infusions, les liqueurs. Walter et Maggye dansaient ensemble, joue contre joue.

« J'ai l'impression de rêver, dit doucement Elaine,

ce voyage ressemble à un lever de soleil. Pourquoi doit-il s'achever ? »

Patrick posa sa main sur la sienne, il savait que ses questions ne cachaient aucune réelle inquiétude.

Elaine n'attendait pas de réponse.

## CHAPITRE V

Pour passer de la rive gauche à la rive droite, Patrick empruntait toujours la Passerelle des Arts. Lorsqu'il se rendait dans l'île Saint-Louis chez son agent William Bradley, il préférait suivre le Louvre, le quai de la Mégisserie, le quai de Gesvres jusqu'à l'Hôtel de Ville, revenait par les quais de la rive gauche jusqu'à la rue du Bac. Bradley avait traduit en anglais Paul Valéry et s'était montré un fervent défenseur de Louis Hémon. La version française de *My Fair Lady* était son œuvre.

Pour le futur roman de Patrick, il avait pu obtenir un contrat chez Jack Kahane, contrat avantageux basé sur le premier succès obtenu à New York. Patrick avait commencé l'écriture de ce roman, puis, trouvant le sujet banal, s'était interrompu. Il cherchait une inspiration nouvelle.

Le mois de mai, après les pluies torrentielles de la fin de l'hiver, était ensoleillé, avec des journées chaudes déjà. Patrick s'arrêta un instant sur la Passerelle des Arts et contempla la Seine, la perspective jamais semblable selon le passage des nuages, la direction des vents, la transparence ou l'opacité de la lumière. Il pouvait demeurer immobile, accoudé à la balustrade, un long moment, heureux de se trouver dans ce lieu où l'histoire et l'intemporel, le fugitif et les apparences se rencontraient.

Chez William, toutes sortes de personnalités parisiennes se côtoyaient, des artistes français et américains, des femmes du monde, des éditeurs. Tout ce qui venait de paraître y était analysé minutieusement, raillé ou commenté avec ferveur. Elaine ne s'y sentait pas à l'aise. Sa connaissance de la langue ne lui permettant pas encore d'apprécier la verdeur de l'esprit parisien, elle préférait ne pas accompagner son mari. Patrick avait progressé très vite en français, beaucoup plus rapidement qu'elle. La vieille comtesse qui lui avait donné des leçons après leur arrivée y avait vite renoncé.

« Les leçons vous ennuient, avait-elle déclaré, vous aimez la littérature, lisez et faites-vous des amis français. Vivez. »

Il avait suivi son conseil et s'en portait très bien. En quatre mois, il avait renoué des liens amicaux, s'était fait des relations nouvelles et découvrait Paris jour après jour au cours de longues promenades solitaires. Ce qu'il avait pressenti de la vie française lors de son premier séjour avec Charles se révélait juste. A Paris il jouissait d'une liberté totale, le passé n'existait plus.

Quai de la Mégisserie, il s'arrêta afin de se mêler à un groupe de badauds qui riaient des facéties d'un singe. Les promeneurs parisiens semblaient toujours disponibles, prêts à se moquer ou à s'impatienter mais rien ne durait longtemps. Ce qui aurait eu des conséquences sérieuses à New York n'avait ici aucune importance.

Le singe maintenant tournait le dos à ses admirateurs qui se dispersaient. Patrick reprit sa marche vers le pont Marie. Certainement, un jour ou l'autre, il allait trouver ce qu'il cherchait, se sentir chez lui dans cette ville. Ses efforts pour trouver un sujet de roman, la vie mondaine, ses curiosités, Elaine remplissaient agréablement son existence. Le temps fuyait trop vite. Il avait à peine vu naître le printemps, juste aperçu quelques bourgeons trop tôt éclos.

Alors qu'il s'apprêtait à traverser pour s'engager sur le pont Marie, une Bugatti noire le frôla. C'était une femme qui conduisait, une de ces jolies Parisiennes pleines d'audaces limitées, sachant provoquer pour se replier, proférer des idées d'avant-garde avant de regagner leurs hôtels particuliers. Amoureuses, elles redevenaient des enfants. Elaine s'en méfiait, elle avait noué avec certaines des relations mondaines, les recevait, leur rendait visite mais ne les considérait pas comme des amies. Pas assez loyales, trop manipulatrices. Maggye lui suffisait, Maggye et une jeune Américaine rencontrée lors d'une des rares soirées où elle s'était rendue chez William Bradley. Peggye travaillait à *Vogue* comme photographe. Frivole ou grave, elle ne vivait qu'avec passion, parlant de Cecil Beaton ou de Steichen le regard brillant, sûre qu'un jour ou l'autre elle aussi serait au tout premier rang. Peggye était généreuse, elle avait des idées originales, une grande disponibilité pour les êtres qu'elle aimait. Lorsqu'ils se trouvaient ensemble, Patrick et la jeune femme buvaient du bourbon en parlant de voyages. « Passez l'été à Capri, lui conseillait-elle, vous n'envisagerez plus ensuite d'autre villégiature. »

Patrick était arrivé à l'île Saint-Louis. L'île en sa totalité semblait s'ouvrir sur l'eau, aller vers le rivage comme une nef. Jamais il n'avait vu s'entrebâiller les hautes portes cochères des hôtels, la peinture s'en écaillait, les bornes sentaient l'urine de chien, mais Patrick en goûtait profondément le mystère. Ces portes probablement n'abritaient que de vieux lambris, des escaliers poussiéreux, des appartements immenses semblables à des théâtres vides. Patrick s'arrêta un instant : ce lieu pourrait servir de décors à un roman, une histoire où le temps mourrait pour renaître jusqu'au silence définitif. Derrière ces murs, il inventerait un jardin qui serait le temps « objectif » et donnerait à chacun son identité. La fiction habiterait cet espace réel, s'y refléterait comme dans un miroir sur le bassin du jardin. Il y planterait des roses, des lotus, des lis jaunes, des camélias, du jasmin et leur ombre se promènerait sur la stérilité du monde.

Il reprit sa marche. Il fallait qu'il parlât de cette idée à William. Faire évoluer des personnages autour d'un jardin caché derrière des murs le séduisait mais il pressentait que ce monde enraciné si profondément en lui se refuserait, que le moment de la germination n'était pas encore venu.

Cet après-midi-là, il y avait peu de monde chez William Bradley, un journaliste français, deux écrivains obscurs et une jeune femme menue, discrète, avec des traits fins, des cheveux auburn, un regard énergique.

« Je vous présente Sylvia Beach, dit Bradley, elle pourra vous donner une foule de conseils utiles. Lorsque votre livre sera publié, elle le défendra à Shakespeare and Co. Son aide vous sera précieuse. »

Patrick lui serra la main.

« Je suis déjà venu dans votre librairie rue de l'Odéon. Je voulais me procurer un exemplaire d'*Ulysse* mais vous n'en aviez plus.

— Je me suis beaucoup battue pour Joyce, monsieur. »

Elle avait une voix aussi claire que son regard. Patrick sut qu'il la reverrait souvent et avec plaisir.

Sylvia partait, un jeune Américain arrivait, c'était toujours ainsi chez William Bradley, une sorte d'allée et venue continuelle, sans le moindre protocole. On pouvait rester chez lui cinq minutes ou cinq heures, en toute liberté.

Ce jour-là, l'exploit de Jean Mermoz occupait les

conversations. Prendre des risques aussi considérables pour du courrier paraissait déconcertant.

« C'est sensationnel, s'exclamait le jeune Américain, le bracelet-montre va devenir un symbole beaucoup plus excitant que l'argent. C'est la victoire des idées sur le pouvoir !

— Ces pilotes d'avions sont mille fois plus intéressés par leurs propres exploits que par le misérable courrier qu'ils transportent, répliqua l'un des deux écrivains obscurs. Vous êtes de mauvaise foi !

— Qu'importe la mauvaise foi ! Ils ont mille fois raison d'être passionnés par eux-mêmes, je hais les êtres incapables de s'estimer.

— Pour vous, les Américains, toutes les routes passent par l'homme, sa réussite, son bien-être, vous avez besoin de mythes et de demi-dieux pour espérer, désirer. Vous êtes des enfants », rétorqua l'écrivain.

Patrick, Bradley, et le jeune Américain pris à partie, se mirent ensemble à rire.

« Venez prendre un verre de bourbon, proposa William, et faisons confiance à la vie, à l'amitié. »

Il prit Patrick par le bras.

« Où en est votre roman ? Kahane l'espère pour le printemps prochain.

— J'ai une idée, je ne sais pas si elle est bonne, si elle me convient, il faut que j'y réfléchisse.

— Les sujets de romans, mon cher Patrick, sont comme les amours, les meilleurs sont ceux qui ne sont pas faits pour vous. Jetez-vous à l'eau et travaillez. Serez-vous ce soir rue de l'Abbaye à la Galerie de France ? Il paraît que ces vieux souvenirs de théâtre sont très émouvants. Et puis, je vais vous faire une confidence, j'adore Steinlen. Ils en exposent quelques croquis.

— C'est aujourd'hui mon premier anniversaire de mariage, répondit Patrick, je dîne avec ma femme. »

William lui donna une bourrade amicale et s'éloigna son verre à la main. Patrick aurait voulu lui parler davantage, lui confier les idées qui lui étaient venues dans l'île Saint-Louis. Sa méfiance habituelle envers les êtres s'était un instant dissipée, il le regretta aussitôt. Ecrire était un aveu, il ne devait pas en désirer d'autres.

« Maggye, dépêche-toi, s'écria Elaine, je dois être rentrée à la maison à sept heures. Ce soir, Patrick et moi sortons pour notre anniversaire de mariage ! »

Maggye parut à la porte de sa salle de bains. Depuis le début du printemps elle mettait encore plus de soins à sa toilette. Elle portait une robe de crêpe beige avec une veste en souple jersey de couleur assortie, un petit chapeau de paille d'Italie.

« Allons, dit-elle, Mme Lanvin nous attend pour te faire belle. » Elles allèrent à pied, Maggye habitant rue du Cirque où Walter et elle possédaient un appartement au rez-de-chaussée donnant sur un jardin planté de roses et de rhododendrons. La décoration avait été réalisée par Christian Bérard avec beaucoup de simplicité afin de laisser toute leur valeur aux tableaux de Marie Laurencin, de Léger, de Chirico, de Juan Gris, de Braque accrochés aux murs. Maggye avait ajouté les photos des êtres qu'elle aimait dans des cadres d'argent et des bouquets de fleurs toujours blanches et roses.

« Un an de mariage, c'est encore la lune de miel n'est-ce pas ? » Elaine acquiesça d'un signe de tête, elle avait reçu le matin même un appel téléphonique de son père qui la laissait un peu nostalgique.

Paris la séduisait, la stimulait mais elle gardait au fond d'elle-même un besoin de solitude et de silence.

« Plus tard, lorsque je serai une vieille dame, dit-elle doucement, je rentrerai chez moi. »

Maggye accentua la pression de son bras sur celui d'Elaine. Sa voix joyeuse dissipa toute tristesse.

« Je suppose que toutes les vieilles dames se cherchent un ailleurs, juste pour pouvoir supporter leur solitude. »

Deux hommes les dévisagèrent alors qu'ils les croisaient, l'un d'eux eut quelques mots flatteurs et Maggye leur sourit.

« Tu n'as pas peur de te faire accoster ? demanda Elaine.

— Il n'y a pas de vraie vie sans échanges, ma chérie, il n'y a pas de vraie vie sans dialogues. Et ne me fatigue pas avec tes discussions byzantines sur l'engrenage fatal des passions. Paris est une ville légère, soyons légères !

— Le don d'insouciance n'est pas donné à tout le monde !

— Elaine, s'écria Maggye, tu es une jeune mariée beaucoup trop américaine. Tu ne transiges avec rien et tu raccommodes tes blessures avec des certitudes. Es-tu heureuse ?

— Oui, répondit Elaine vivement, très heureuse. »

Elles étaient place de la Concorde, presque au coin de la rue Royale. D'une rive à l'autre, les monuments, les maisons, semblaient se correspondre. Elaine était toujours émerveillée par la beauté de cette ville, la fugacité des taches de soleil sur les façades grises, la similitude des teintes entre le ciel et les toits, le cri des chiffonniers ou des vitriers, le chant des complaintes sentimentales au son de l'accordéon. Le quartier de Maggye l'ennuyait, elle préférait sa rue du Bac, la rive gauche, Montparnasse, la rue Monge qu'elle remontait parfois à pied jusqu'aux Gobelins. Les enfants couraient sur les trottoirs, des concierges portant sur les épaules des pèlerines de tricot, les pieds enfoncés dans leurs chaussons de feutre, discutaient le balai à la main, quelques ménagères se pressaient autour des voitures des quatre-saisons. L'hiver, elle avait aimé entrer dans les cafés, prendre une boisson chaude au comptoir, maintenant qu'il faisait beau, elle s'asseyait aux terrasses, s'amusait de la verve des serveurs, de leur habileté. Parfois à Montparnasse, des lutteurs soulevaient des haltères invraisemblables, des hommes-dragons crachaient le feu et les badauds s'assemblaient, mi-amusés, mi-craintifs. C'était ce Paris qu'elle préférait mais elle gardait ce goût secret, ni Maggye, ni Patrick ne l'aurait comprise. Patrick aimait la perfection. Il était heureux parmi les êtres civilisés, élégants, cultivés, au Luxembourg ou aux Tuileries, il prenait son bourbon au bar du Ritz et bavardait agréablement avec les amis de William Bradley qui se jugeaient bohèmes mais qu'elle trouvait totalement affectés. Si l'un d'entre eux avait voulu répéter ce qu'ils disaient les uns des autres, tous se seraient irrémédiablement brouillés.

N'ayant pas beaucoup d'amis parisiens, elle ne passait pas ses matinées au téléphone et avait du temps pour lire. Elaine avait fait venir des Etats-Unis les livres anciens que sa mère lui avait donnés le jour de ses dix-huit ans : la première édition du *Paradis perdu*, *Les voyages de Gulliver*, une Bible en feuilles de figuier, la collection complète des œuvres botaniques de Curtis et quelques missels du XIIIe siècle. Tous étaient un héritage de sa famille anglaise légué de mère à fille tandis que les garçons recevaient les bijoux. « L'Angleterre, avait un jour commenté son père, était une nation extravagante, l'ultime chance de vivre debout même au milieu des pires tourments. Et cette chance, je l'ai prise », avait-il ajouté en regardant Mary.

Elle avait souri.

« William, tu m'as épousée parce que je m'appelais Mary[1] ! »

---

1. Allusion au collège William and Mary, le plus ancien de Virginie.

Elaine connaissait cette plaisanterie depuis sa plus tendre enfance.

Maggye se taisait maintenant. A son attitude, à son regard, Elaine pouvait comprendre que son amie était à la fois joyeuse et inquiète. Elle sentait toute proche d'elle la chaleur de son corps, son parfum, avait conscience de la sensualité discrète et troublante de la jeune femme. Maggye parlait sans détours, faisait exactement ce qu'elle avait envie de faire mais, toujours, elle demeurait aimable et généreuse. C'était à la fois son attrait et sa nocivité. Lorsqu'on la regardait vivre, il était difficile d'avoir une idée juste du bien et du mal.

Chez Lanvin, la première vendeuse les accueillit avec un sourire charmant. Les Américaines comptaient parmi les bonnes clientes de la maison, qu'elles fussent vieilles et laides ou jeunes et jolies comme ces deux femmes, elles étaient toujours les bienvenues.

« Montrez-nous quelques ensembles de cocktail, demanda Maggye. Vous me connaissez assez bien pour ne pas perdre votre temps et le mien en me sortant des modèles trop tarabiscotés.

— Madame ! s'écria la vendeuse, vous ai-je jamais mal conseillée ? » On leur apporta deux chaises dorées, un mannequin allait d'un instant à l'autre leur présenter quelques ensembles.

« J'ai hâte d'être à ce soir, murmura Maggye en se penchant vers Elaine.

— Pourquoi ce soir ?

— Je te l'expliquerai tout à l'heure. Ne tarde pas à choisir un modèle, il faut absolument que nous ayons le temps d'aller boire une tasse de thé avant de nous séparer ! »

Une jeune femme fit son apparition portant une robe de crêpe de laine cerise aux manches très serrées et au décolleté en pointe bordé d'un galon brodé d'or et d'argent.

— J'aime ce rouge, dit Elaine, je crois qu'il m'irait bien.

— Il fait vieille France, laisse cette robe à la comtesse de Beaumont. »

Le mannequin disparut et revint quelques instants plus tard vêtu d'un ensemble de satin blanc, la veste serrée à la taille s'évasait sur une jupe descendant à la cheville, un camélia noir était épinglé sur une épaule.

« Celui-ci est pour Elsa Maxwell, excentrique, décida Maggye.

— Ce tailleur me semble fait pour vous, hasarda la première vendeuse en se tournant vers Elaine.

— Le blanc est trop à la mode, répondit vivement Maggye, toutes les femmes sont en blanc, c'est monotone. J'aime toujours le noir pour les brunes.

— Je vous envoie un modèle, trancha la vendeuse, Fanny, présentez le numéro douze ! »

Elles attendirent quelques minutes en silence.

« Inutile d'en voir davantage, s'écria Maggye, voilà ton ensemble ! » Le mannequin portait une robe de velours noir, fluide, à peine épaulée, adoucie par un col de mousseline blanche. Les petits boutons de strass se prolongeaient au-dessous de la taille.

On prit les mesures d'Elaine. Maggye s'était levée et jouait avec ses gants. De temps à autre, elle sortait une petite glace de son sac et s'y observait rapidement.

Elles furent à nouveau dans la rue. Elaine était enchantée, cette commande, le dîner que Patrick et elle allaient partager, lui donnaient un sentiment de parfait bien-être.

Elles marchèrent jusqu'à la rue de Rivoli. Rumpelmayer était comble, on leur trouva quand même une table dans le fond de la salle.

« Qu'as-tu à me dire ? demanda Elaine. Je te vois sur des charbons ardents depuis tout à l'heure. »

Elle prit la théière, versa un peu de thé à son amie avant de se servir elle-même.

« Bob m'a invitée ce soir à dîner. J'ai évidemment refusé mais nous prenons un cocktail ensemble à sept heures.

— Mon Dieu, murmura Elaine, as-tu tellement envie de te compliquer la vie ? »

Maggye buvait son thé en tenant sa tasse à deux mains, les yeux brillants.

« Et alors ? Et ensuite ? Bob est très beau et très sûr de lui. Voilà deux mois que je décommande ses rendez-vous, il n'a pas renoncé. J'aime les hommes tenaces. Nous boirons un cocktail ce soir ensemble et pas plus. Tu m'entends bien ? Bob va connaître sa première faillite !

— A moins que ce ne soit toi Maggye qui éprouves ton premier revers. Vous allez l'un et l'autre essayer de manœuvrer le plus vite et le mieux possible. Personne ne peut dire qui sera le vainqueur. » Maggye, lentement, posa sa tasse.

« Tu as raison, Elaine, le plus obstiné gagnera. »

Elle eut un rire clair dans lequel Elaine perçut de l'inquiétude.

Rue du Bac, l'appartement était paisible. Elaine posa ses gants et son chapeau dans l'entrée, pénétra dans le salon. La femme de ménage qui venait chaque jour était partie, le silence, la lumière du soir, l'odeur des roses et du muguet dans un vase, les objets, les livres parfaitement disposés, accentuèrent l'impression de bonheur qu'elle ressentait depuis l'après-midi et que les confidences de Maggye n'avaient pas amoindrie. Un court instant, elle songea à Walter tellement amoureux de sa femme puis, sachant qu'elle ne connaissait de leur couple que ce qu'ils avaient bien voulu lui en dire ou que ce qu'elle imaginait à travers des situations peut-être artificielles, elle se laissa tomber dans le canapé de cuir beige, décidée à ne pas essayer de comprendre. Il ne fallait pas faire de romans, ne surtout pas se laisser gagner par la fébrilité perçue chez son amie. Ce qui assimilait l'amour à un jeu devait lui rester étranger.

Ses yeux tombèrent sur la photo de Patrick en marin prise à Charleston. Un visage juvénile, une beauté sans défauts, un nez droit, une bouche parfaitement dessinée, un regard énergique. La photo était prise de trois quarts, il tournait la tête vers l'objectif, encore embarrassé, comme ennuyé d'avoir à poser. Sur le portrait adjacent, une photo ovale encadrée d'argent, il était en Italie, adossé à un olivier. Le soleil avait encore blondi ses cheveux, il souriait au photographe, vêtu de blanc, une cigarette à la main, délivré de son enfance. Seul le regard restait le même, un regard de solitaire, malgré le sourire, malgré le soleil, malgré l'amitié qui l'entourait, le comblait.

« Patrick vit dans son propre univers, pensa Elaine, personne ne peut vraiment y pénétrer, pas même moi. »

Elle alluma une cigarette, ôta ses chaussures. L'odeur du tabac égyptien mêlé à celui des fleurs était un peu trop douce et lui fit fermer les yeux. Jean-Michel Frank avait décoré leur salon avec la grande sobriété qui faisait son talent : murs tapissés de paille blonde, sièges et paravents en cuir crème, table de gypse. « Jean-Michel a mis Paris sur la paille », disaient de lui ses amis. Dans le bureau de Patrick il avait décidé de tendre du cuir sur les murs, choisi des sièges en cuir naturel, un bureau de chêne. Peu d'objets : Patrick avait voulu une esquisse que Jean Cocteau avait faite de lui, un oiseau d'Alberto Giacometti, rien de plus.

Elaine ouvrit les yeux, Patrick était devant elle.

« Dormir le jour de notre anniversaire de mariage, c'est impardonnable », déclara-t-il.

Il tenait derrière son dos une gerbe de lis.

« Et si j'essayais de me faire pardonner ? » demanda Elaine.

La Pergola bénéficiait ce jour-là du temps exceptionnellement doux de mai. Tous les fauteuils d'osier serrés autour des nappes à carreaux rouges et blancs étaient occupés. Patrick avait retenu une table donnant sur le boulevard Montparnasse, isolée par les plantes vertes qui décoraient le restaurant avec profusion.

« Regarde autour de toi, dit-il à Elaine, alors qu'ils s'installaient, le Tout-Paris est là. »

Elle tourna la tête, vit des groupes animés, reconnut Crevel rencontré à plusieurs reprises chez Jean-Michel Frank, Anaïs Nin accompagnée d'un homme aux yeux bleus perçants derrière de petites lunettes rondes et qui parlait anglais avec l'accent de Brooklyn, la romancière anglaise Jean Rhys qu'elle admirait beaucoup. Il y eut un brouhaha, un homme entrait parlant haut, occupant tout l'espace de sa silhouette nerveuse.

« Salvador Dali », dit Patrick.

Il ressentait profondément à cet instant la griserie d'appartenir à cette famille-là. Ce monde parisien tellement disparate, il voulait le découvrir dans son ensemble, s'en rassasier, être multiple et rien que lui-même, un regard.

Il prit la main d'Elaine et la serra dans la sienne. Dans son cheminement, il avait besoin d'elle, de sa stabilité, de son humour, de sa sagesse, d'elle et des quelques amis qui lui appartiendraient à jamais : Jean-Michel, William, Walter et Maggye, d'autres encore qu'il attendait sans savoir encore leur nom. Pas de passions, la passion était une déviation du cœur.

Elaine buvait du bordeaux, un moment elle avait été tentée de rapporter à Patrick les confidences de Maggye mais elle n'en avait rien fait, où se trouvait-elle à cet instant ? Qui de Bob ou d'elle était victorieux ? Elle eut le pressentiment que l'un et l'autre se trouvaient vaincus.

« J'ai les billets pour Southampton, annonça Patrick, nous partirons mi-juin, juste après le bal de Jean Patou. Préviens ta famille, dis-leur que le sauvage désire leur être présenté et qu'il essayera de se comporter correctement. »

# CHAPITRE VI

Lorsque Elaine et Patrick pénétrèrent dans le jardin de Jean Patou où se déroulait la soirée, ils eurent comme tous les autres invités un mouvement d'étonnement. Un toit le recouvrait, un toit élaboré de feuilles d'argent tapissant également le tronc et les branches des arbres qui demeuraient visibles. Dans de hautes cages, d'immenses perroquets empaillés se balançaient sur des perchoirs de métal doré, le rouge, le vert, le bleu, le jaune de leurs plumages composaient les seules taches de couleur sur la masse argentée. L'espace multiplié par les reflets de la lumière devenait à la fois évasion et retranchement. Le jardin gardait sa splendeur pour lui-même et pour ses hôtes, de la rue on ne percevait que des lumières et quelques bribes de musique.

Des hommes et des femmes se promenaient un verre à la main, se saluaient, s'embrassaient. Patrick s'arrêta un instant sur le seuil, serrant le bras d'Elaine contre lui, il avait l'impression de côtoyer un monde fantomatique qui allait d'un instant à l'autre, d'une année à l'autre, se décomposer. L'odeur du muguet, des narcisses était celle du temps perdu.

Le maître de maison vint vers eux. Ils s'étaient connus à l'un des dîners du mardi de Maggye et

Walter. Patou avait fait à Elaine une cour discrète, il désirait la compter parmi ses clientes.

« Quelle joie de vous voir, asseyez-vous donc ! On ne va pas tarder à servir le souper. »

Les invités étaient dirigés vers des tables arrangées pour six convives, éclairées par des bougies blanches et argentées. Au centre de chacune, dans un gobelet de vermeil, était disposé un bouquet d'orchidées. Patrick se dirigea vers Jean-Michel Frank accompagné d'une jeune femme vêtue de rose, à ce moment Walter et Maggye les rejoignirent.

Lorsque tout le monde fut assis, les fontaines soudain s'illuminèrent, l'eau qui ruisselait prit une transparence dorée tandis que les céramiques semblaient constituées de lumière. Le toit métallique, les arbres d'argent, les plumes des oiseaux faisaient de ce jardin un théâtre où tout n'était qu'illusions de perspective dans l'illumination d'un instant.

A ce moment, portant les plats, les serviteurs se présentèrent. Ils semblaient en marchant accomplir quelque danse rituelle aux gestes réglés par d'immémoriales coutumes. Les conversations reprenaient, le vin servi à profusion commençait à faire rire les femmes.

« Paris m'étonnera toujours, déclara Walter. J'étais il y a quelques jours au bal du señor Guevara, les invités y arrivaient en chemise de nuit ou enveloppés de serviettes de bain, me voici aujourd'hui chez Patou parmi les perroquets et les fontaines comme un mamamouchi. Il n'y a que chez les Rothschild que l'on garde ses habitudes. Ils sont les derniers aristocrates à ne pas souffrir d'être conservateurs.

— Mais ils achètent vos tableaux, remarqua Elaine, c'est une preuve d'audace plus grande peut-être que de mettre du papier d'argent sur des arbres. »

Walter sourit.

« Le baron Eugène m'a acheté hier un Vlaminck et

semble intéressé par un Foujita. Je lui ferai connaître l'artiste. C'est un homme qui fera parler de lui. Le trio sur lequel je mise en ce moment c'est Derain, Vlaminck, Foujita. »

Jean-Michel Frank se pencha vers Walter :

« Et Bérard ? »

Walter fit un petit geste.

« Bérard est trop fragile, trop funambule. Ses tableaux ont la mélancolie d'une mélodie qui s'arrêterait. J'ai malgré tout beaucoup d'admiration pour lui, c'est un révolté qui sait rire et a des gestes doux. Ses toiles me dérangent, elles trahissent nos angoisses. »

« Château-margaux 1920 », murmura le sommelier à son oreille.

On leur servait du filet de bœuf aux morilles accompagné d'une mousse de céleri et de pommes de terre rissolées.

Maggye avait dit quelques mots à la compagne de Jean-Michel, une jeune femme hollandaise, amie de longue date du décorateur et provisoirement sans mari. Maggye n'avait pu décider si les mots « provisoirement sans mari » voulaient signifier qu'elle était veuve, divorcée ou si son époux était simplement en voyage. Elle parlait bien l'anglais et commença à échanger avec Patrick quelques propos sur la démolition des Ambassadeurs. Elle y avait applaudi Cole Porter, Florence Mills et ses Blackbirds et regrettait la disparition du vieux théâtre.

« On en construira un autre », affirma Patrick.

Il pensait à peine à ce qu'il disait, en face de lui, un jeune homme le regardait. Ils s'étaient connus lors de son premier séjour à Paris. A cette époque un ami français de Charles le protégeait. Il se souvenait de son prénom, Cyril. C'était un garçon d'origine albanaise ou grecque, il ne s'en souvenait plus très bien, de bonne famille, ambitieux et un peu fou. Ils avaient sympathisé avant de s'oublier. Cyril écrivait des poèmes, Patrick en avait lu certains, avait été étonné de constater que ce garçon cynique pût écrire d'une façon aussi romantique.

Ils échangèrent un sourire. Patrick était troublé de se trouver ainsi confronté à son passé. Le silence n'effaçait pas le temps. Il eut envie de se lever, d'aller retrouver Cyril, de parler avec lui de Charles, du comte de Lars, de leurs soirées à l'opéra ou au concert, des dimanches en pyjama de soie où ils fumaient des cigarettes d'Orient, un peu d'opium parfois. Jamais il n'avait voulu aller plus loin dans la drogue. La drogue vidait le monde de son contenu, sans espoir de retour et il n'avait ni la volonté, ni le courage de se soustraire de la vie. Le comte de Lars ne pouvait s'en passer. Cyril lui préparait ses pipes, n'y touchant pas lui-même. Il fermait les fenêtres, tirait les rideaux et demeurait assis à côté de son ami, immobile, indéchiffrable, comme s'il voulait monter la garde aux portes de sa nuit.

La voix d'Elaine le fit sursauter.

« Regarde, Patrick, regarde ! »

Le célèbre Baryton Murmurant, Jack Smith, faisait son apparition enveloppé dans une cape noire. On servait les fromages, les convives n'avaient pas interrompu leurs conversations et l'eau des fontaines en ruisselant sur les céramiques mêlait son propre bruissement aux bourdonnements des voix. En vain Jean Patou essayait-il de faire le silence, le troublaient le rire d'une femme, le ronflement des ventilateurs, le cliquetis des couverts sur les assiettes, le frôlement des pas des serveurs. Le Baryton ne pouvait se faire entendre. Malgré les applaudissements, l'homme décida de battre en retraite avec dignité.

Jean Patou au milieu de ses amis, comme un magicien parmi ses initiés, battit des mains et la seconde attraction fit son entrée : trois hommes en chemises fleuries de roses et de pivoines, portant d'impeccables culottes de cheval, poussaient trois lionceaux devant eux. Les femmes eurent des cris d'attendrissement, deux ou trois se levèrent afin de caresser les petites bêtes qui regardaient autour d'elles avec affolement. Derrière les « dompteurs », une jeune femme vêtue de satin blanc portait autour du cou une corbeille remplie de papiers pliés en quatre qu'elle distribua à chaque convive. Sur chacun figurait un numéro. Il y eut un battement de tambour, les dompteurs levèrent les bras et les trois lionceaux se roulèrent ensemble sur l'herbe, semblant goûter un vif plaisir à ces cabrioles. On applaudit très vivement. Là où l'homme avait échoué, les animaux réussirent, le silence était total.

« Crois-tu qu'ils vont être tirés en loterie ? » demanda Maggye à Elaine.

A peine avait-elle achevé sa question que Jean Patou pria ses hôtes de regarder attentivement le numéro figurant sur leur billet, les trois lionceaux allaient être offerts à leurs nouveaux maîtres. La jeune femme ouvrit un carton, y plongea la main tandis que l'orchestre entamait quelques mesures de jazz. Aussitôt qu'elle eut saisi un papier, l'orchestre s'arrêta.

« Numéro douze ! » proclama-t-elle.

Une femme se leva toute tremblante d'excitation. On lui tendit un lionceau qu'elle voulut prendre dans ses bras mais la bête donna un coup de patte et la femme le lâcha en poussant un cri de frayeur. Le dompteur se précipita : « Nous le garderons pour vous, madame, retournez à votre table ! »

La gagnante se frottait la main, elle saignait un peu. Jean Patou se précipita, prit les doigts de la blessée et les baisa. On applaudit. Un deuxième numéro fut tiré, puis un troisième, Walter obtint le dernier lionceau.

« Mon Dieu, déclara-t-il en se levant, me voici le Tarzan du faubourg Saint-Honoré. Mais pour prouver que les hommes-singes savent se montrer galants, j'offre mon lion à Jane. »

Maggye se leva, on l'applaudit.

« Ne vous dérangez pas, chère Maggye, intervint leur hôte, on vous apportera ce lot dans votre voiture. »

Deux acrobates surgirent tandis que l'orchestre entamait *La vie parisienne*. On servait les sorbets, des plateaux de petits fours, du champagne rosé. Le vent faisait tinter les feuilles d'argent, la lumière vacillante frôlait les hommes et leurs ombres mêlées. La danse, le parfum, les fleurs, semblaient naître de leur propre réalité pour se détruire et renaître encore. Sur la pelouse, les acrobates saluaient, la piste allait être libre pour que les invités puissent danser.

On servit le café dans des tasses de porcelaine blanche, des liqueurs dans des verres de cristal cerclés d'or. Patrick regardait tour à tour les femmes, les fontaines, les perroquets dans leurs cages, les serveurs vêtus de noir, le maître de maison allant de table en table, se penchant vers ses hôtes, le même sourire aux lèvres, il voyait l'argent sur les branches, les colliers de perles, les diamants et le brun du café dans les tasses blanches, il entendait la musique de jazz joué par un Big Band de musiciens noirs, le tintement de l'eau dans les fontaines. Ses yeux rencontrèrent ceux de Cyril, ils se regardèrent longuement, se sourirent enfin. Les traits du jeune homme avaient gardé la même pureté sensuelle, sa bouche les mêmes courbes rondes. Des couples dansaient, il ne percevait que les couleurs des robes s'entremêlant comme à travers un prisme et il eut la prémonition vague d'un orage prêt à disperser et à briser ce monde-là.

Jean-Michel et Elaine dansaient. Elaine était radieuse, elle portait une longue robe de mousseline imprimée de rose, de jaune et de gris, croisée sur la poitrine et retenue sur une hanche par un nœud dont les pans retombaient sur la jupe. Elle avait la même taille que son cavalier et riait en jetant la tête en arrière.

Patrick se leva et alla vers Cyril, Maggye un instant le suivit des yeux, puis eut un regard pour Elaine.

« Walter, demanda-t-elle doucement, fais-moi danser. »

Les hommes s'étaient rassemblés dans un coin du jardin pour fumer des cigares. Ils parlaient de la victoire de Lacoste sur Borotra à Roland-Garros, des Vingt-Quatre heures du Mans et du succès des travaillistes aux élections législatives anglaises qui avait porté une femme à un poste ministériel. Les femmes échangeaient leurs impressions sur la soirée, la loterie, la collection nouvelle de Jean Patou et celle d'Alfred Lenief qui avait fait grand bruit.

Maggye avait froid, familière des lieux, elle avait entraîné Elaine dans le petit salon du couturier où elles se trouvèrent seules.

« Tu as l'air triste ce soir, remarqua Elaine. Bob ne te conviendrait-il plus ? »

Maggye eut un petit sourire.

« Ne t'inquiète pas, il y a des jours où j'ai un peu de nostalgie. Cela me vient de mon enfance. Bob va bien, il m'aime toujours et je crois malheureusement que je m'attache à lui.

— Cela veut-il dire que tu envisages de divorcer ? »

Maggye éclata de rire, une gaieté soudaine semblait lui être revenue.

« Divorcer ? Elaine, tu es folle ! J'adore Bob mais je n'imagine pas de passer une semaine avec lui. »

Jean Patou glissa la tête par la porte entrouverte.

« Tout va bien, Maggye ?

— Oui, puisque je t'aime », lança joyeusement Maggye en envoyant un baiser du bout des doigts.

Il se retira.

Une musique atténuée leur parvenait, le Big Band

jouait du Duke Ellington. Elaine avait l'impression de se retrouver à New York dans l'une de ses amusantes soirées de jeune fille et de jeune femme. Elle songea à Johanna. Le matin même, elle avait reçu une lettre de son amie lui annonçant qu'elle était enceinte. La vie à Jackson ne lui déplaisait pas, elle avait une grande maison, des obligations sociales, une belle-famille délicieuse qui la gâtait. Le bébé était attendu par tous avec impatience, elle se sentait une reine. Dickie était facile à vivre, elle l'aimait finalement. Son existence ne pouvait se comparer à celle qu'elle menait à New York, mais elle la rassurait, l'apaisait. Elle était heureuse, les frasques de sa mère la laissaient désormais indifférente.

Elaine ouvrit les yeux, Maggye lui touchait la main.

« La vie n'a pas de signification sans passions, il faut aimer comme on respire. »

Son visage était mélancolique à nouveau.

« Tu ne penses pas à Walter ?

— Walter ne sait rien, il me rêve bien plus qu'il ne me connaît. Son espace est au-dessus de lui-même, il n'a pas d'angoisses, pas de tempêtes intérieures. Son désir est de perpétuer la beauté des œuvres de la terre, pas d'assouvir ses propres penchants. Walter est un mystique, moi une païenne qui adore la vie.

— Adores-tu la vie ou t'adores-tu toi-même ? »

Le fin visage de Maggye était attentif, grave.

« Si je cherche aussi fort à me donner, c'est probablement parce que je ne tiens pas à moi. »

Elaine secoua la tête, les arguments de son amie lui semblaient puérils.

« Mais tu sais tellement bien te reprendre, Maggye !

— Ceux que l'on n'aime plus, meurent. Je pourrais donner le meilleur de moi-même à un homme que je ne reconnaîtrais pas dans la rue quelques mois plus tard. »

Elaine s'était levée, elle voulait retrouver Patrick, aller danser, ne pas se laisser abuser par des mots.

« Jusqu'où iras-tu avec Bob ?

— Peut-être jusqu'à passer une nuit avec lui. Ensuite je ne l'aimerai plus, je lui en voudrai d'avoir obtenu cela de moi. »

Sur le pas de la porte, Elaine se retourna, il y eut un instant de silence.

« A ce moment-là seulement, poursuivit Maggye d'une voix calme, j'aurai l'impression de trahir Walter et j'aurai honte. »

Il était tard dans la nuit, les premiers invités se retiraient. Les femmes avaient le visage fatigué, les robes étaient froissées, les hommes sentaient le tabac et l'alcool. La plupart des convives ne se reverraient qu'à l'automne, Paris dans quelques jours allait se vider. On s'embrassait, on se souhaitait de bonnes vacances. Patrick prit Elaine par les épaules, la serrant fort contre lui, Walter mit sa main dans celle de Maggye. Patrick comme Maggye faisaient ces gestes apaisants afin de garder intact et fort le premier de leurs rêves, celui de vivre longuement la toute-puissance d'une tendresse, seule capable de rendre moins désolants les volcans éteints des passions mortes.

# CHAPITRE VII

« Tu adoreras ma grand-mère, affirma Elaine, c'est une vieille dame unique, absolument étonnante. »

Le train approchait de Norwich dans le Norfolk où le chauffeur de lady Pauline devait les attendre. Ils avaient traversé Londres sans s'y arrêter, ayant décidé de visiter la ville sur leur chemin de retour.

Patrick voyait l'Angleterre pour la première fois, il était étonné par la beauté simple des jardins, les massifs de roses, les bordures des chemins où les coloris des fleurs réunis avec un extrême raffinement semblaient agencés par le hasard. L'élégance des hommes l'avait séduit, le goût de certaines femmes pour des toilettes un peu ridicules, des chapeaux extravagants, amusé. Il avait l'impression parfois de se retrouver au temple baptiste de Sugar Valley où les dames du village sortaient le dimanche ce qu'elles considéraient comme leur robe la plus distinguée. La dignité de sa mère, toujours vêtue de noir ou de bleu indigo, sa coiffure austère, son beau visage grave, les rendaient toutes banales, par comparaison.

Le compartiment sentait le tabac blond, les boiseries, l'épaisse moquette assourdissait le bruit de la locomotive. Elaine était heureuse. Elle n'avait pas vu sa famille anglaise depuis près de trois ans et éprouvait pour sa grand-mère un grand attachement. Chaque année, à Noël, sa mère et elle partaient pour l'Angleterre afin de passer les fêtes dans le Norfolk. Il y faisait froid. Elaine voyait sa mère toute souriante confectionner les muffins du thé de Noël tandis que son grand-père, lord Clarence, se chargeait du pâté de saumon destiné aux sandwiches, la seule chose qu'il savait faire de ses mains excepté appuyer sur la détente d'un fusil ou lancer une ligne dans la rivière.

Le matin du 25 décembre, comme en Virginie, les domestiques s'assemblaient près du sapin afin de recevoir leurs cadeaux. Les présents étaient toujours utilitaires et Elaine s'en étonnait : pourquoi ne pas essayer d'offrir un peu de rêve à ces gens que la vie faisait si peu rêver ? Elle était certaine que la jolie Ruth, la femme de chambre de sa grand-mère, aurait préféré des brosses en écaille aux mouchoirs de lin ou aux jupons de flanelle, Pit, la cuisinière si gourmande, des fruits confits plutôt qu'un livre de prières et Ben le maître d'hôtel un voyage à Paris à la place des gants de peau ou des pantoufles de feutre fourrées. Mais comme ils n'avaient pas le choix, ils remerciaient tous chaleureusement avant de se retirer afin de préparer le repas de Noël : une dinde servie avec de la purée d'airelles et le traditionnel pudding arrivant en flammes sur la table et que lord Clarence découpait lui-même avec un couteau à lame d'argent.

Elaine regardait le paysage défiler et reconnaissait la campagne autour de Great Yarmouth. Là, elle était allée chasser à courre avec son grand-père, là, ils avaient fait une promenade dans sa première automobile, une Isota-Fraschini venue à grands frais d'Italie. Les chromes, le cuir, l'acajou, les tablettes écritoires, tout avait enchanté la petite fille de treize ans. Son grand-père, déjà âgé, voyait mal, il amorçait les tournants à la dernière seconde dans un grand bruit de trompe, effrayant les poules, faisant lever des nuages de poussière. Elle, inconsciente du danger, le poussait à aller plus vite encore.

Pour les vacances de Noël de 1920 son père les avait accompagnées dans le Norfolk. Invité par lord Clarence à se promener dans l'Isota-Fraschini, il avait été épouvanté et l'interdiction était tombée aussitôt : plus d'excursions en voiture. On avait invoqué des malaises dus à la vitesse que la petite fille aurait éprouvés. L'année suivante, en 1921, son grand-père, tout à fait aveugle, ne pouvait plus conduire. La belle voiture restait dans l'écurie sous une housse de toile bleue, entre Parsifal et Ganelon, les deux étalons. Elaine, soulevant la housse, s'y installait parfois, s'imaginant traverser des contrées sauvages. Les chevaux la considéraient pensivement, faisant un brusque écart dans leur box lorsqu'elle appuyait sur la trompe.

Un instant, Elaine eut envie de raconter à Patrick ses souvenirs d'enfance en Angleterre, de lui parler de son grand-père, des promenades dans l'Isota, des visites au duc et à la duchesse de W. chaque premier de l'an. La duchesse l'embrassait et lui offrait des bonbons, on prenait le thé devant la cheminée monumentale de la bibliothèque. Elaine n'osait bouger tant le décor semblait antique. Un geste trop brusque, une voix trop haute, auraient pu tout anéantir. Les tartes avaient toujours un goût de poussière comme si le trajet des cuisines à la bibliothèque les vieillissait d'un seul coup, seul le thé était délicieux, le duc le faisant venir spécialement de ses possessions indiennes.

Patrick fumait en parcourant un journal, elle le voyait de profil avec ses mèches blondes, son regard attentif, la cigarette retroussait un peu ses lèvres, plus sensuelles ainsi. Il semblait absorbé, elle n'osa pas le gêner dans sa lecture. Peut-être là-bas, au manoir, lui parlerait-elle...

Norwich approchait, le chef de train passa dans le couloir, priant les voyageurs de se préparer. Patrick laissa son journal, prit les valises, son chapeau, Elaine remit ses gants, le train entrait en gare.

Ce n'était plus l'Isota-Fraschini qui les attendait mais une Hispano-Suiza conduite par le fils du jardinier faisant office de chauffeur lorsque lady Pauline désirait sortir. Elaine l'avait connu tout enfant.

Lawrence chargea les valises, installa Patrick et Elaine. Il était beau, d'une beauté latine avec des yeux noirs et des traits réguliers. Patrick lui trouva une ressemblance avec certains portraits de la Renaissance vus en Italie.

Chaque contour de la route, chaque ferme, chaque bouquet d'arbres, chaque étang étaient familiers à Elaine. Des vaches, des moutons étaient aux champs, les enfants s'arrêtaient reconnaissant la voiture de lady Pauline et faisaient des signes de la main. Après la ferme des Wood commençait la propriété, les murs de brique si longs qu'enfant, elle les croyait sans fin, puis le portail aux armes de sa famille s'ouvrant sur la grande allée bordée de peupliers italiens, enfin le manoir Tudor, avec ses tourelles, son perron au double escalier, son clocheton central et ses fenêtres à meneaux. Elaine baissa la vitre, se pencha pour mieux voir, elle éprouvait une joie beaucoup plus grande qu'elle ne l'avait imaginé. C'était son enfance qui lui était rendue.

Sur le perron régnait une grande animation. Une femme de chambre, se tournant vers l'intérieur du manoir, faisait des gestes, un homme sortit rapidement pour disparaître aussitôt. Les deux petites filles de la cuisinière se donnaient la main en se dressant sur la pointe des pieds, un chien aboyait.

La voiture, comme pour respecter un ordre, ralentit en abordant le chemin qui contournait la pelouse, Elaine voulut sortir.

« Prenez patience, miss Elaine, conseilla Lawrence, nous attendons lady Pauline. »

Enfin, dans l'encadrement de la porte, apparut une vieille dame portée par son valet de chambre, tous les diamants dont elle s'était parée scintillant dans la lumière de l'après-midi. Elle avait mis du rose sur ses joues, un mouchoir de dentelle sur ses cheveux blancs, Patrick eut l'impression de voir surgir une apparition de l'au-delà, une de ces duègnes espagnoles peintes par Vélasquez.

L'Hispano s'arrêta devant le perron, Elaine en jaillit aussitôt, suivie par Patrick son chapeau à la main.

« Granny, s'écria-t-elle, quel bonheur ! »

La vieille dame tendit deux bras qui tremblaient. Elles s'embrassèrent, puis la jeune femme se tourna vers Patrick.

« Patrick, voici ma chère grand-mère. »

Il s'avança, prit une main de la vieille dame et la baisa. Elle le regarda un instant en clignant des yeux à cause du soleil ou peut-être de l'éclat de ses propres diamants.

« Cela ne se fait pas en Angleterre, déclara-t-elle d'une voix qui était celle d'un enfant. J'espère que vous n'avez pas trop d'habitudes continentales. Enfin, aucune importance, je suis charmée de voir que vous ne ressemblez pas trop à un Peau-Rouge. Et maintenant rentrons et prenons une tasse de thé. »

Le valet de chambre la déposa dans son fauteuil roulant et la conduisit au petit salon, Elaine et Patrick suivirent. Lawrence déchargeait les valises aidé par son père.

« Je viens de fêter mes quatre-vingt-dix ans, déclara aussitôt installée lady Pauline. Tu avais oublié, ma petite fille, que ta grand-mère était aussi âgée. Pourquoi ne viens-tu plus me voir ? »

Et, ne laissant pas Elaine répondre :

« La jeunesse doit rester avec la jeunesse. Ton mari

est très beau, comme l'était ton grand-père Clarence quand il avait vingt ans. Il faut épouser des hommes beaux pour avoir de beaux enfants. Es-tu enceinte, ma chérie ? »

Elaine sursauta, non seulement elle détestait avoir à répondre mais elle détestait penser au problème soulevé. Jamais elle n'en parlait avec Patrick et pourtant, un jour ou l'autre, ils devraient se poser la question.

Lady Pauline ne semblait pas attendre de réponse, elle surveillait avec inquiétude la porte du petit salon où les sandwiches devaient faire leur apparition.

« J'ai demandé à la cuisine de faire ces petits sandwiches au pâté de saumon que tu aimais tant enfant ! »

Aucun rayon de soleil ne pénétrait dans la pièce presque fraîche, une mouche bourdonnait, l'air sentait la violette et la bruyère séchées.

Le valet de chambre apparut portant un énorme plateau d'argent sur lequel étaient disposés des tasses de porcelaine peinte de fleurs roses et bleues, une théière et un sucrier d'argent. Derrière lui, Lawrence qui avait ôté sa livrée de chauffeur pour enfiler une veste blanche apportait les sandwiches et des muffins beurrés tenus au chaud sous une cloche d'argent. Une pendule sonna quatre coups. Patrick avait l'impression d'être sorti du temps.

Lady Pauline les interrogea brièvement sur l'Amérique, elle tolérait plus qu'elle n'acceptait les mariages de sa fille puis de sa petite-fille unique avec des Américains, avant de s'intéresser à leur vie à Paris. Elle connaissait bien la France pour y avoir eu d'excellents amis, le marquis et la marquise de Breteville, qui les invitaient chaque été dans leur château normand.

« Paris a dû beaucoup changer depuis mon dernier

séjour en 1913, poursuivit lady Pauline. Je n'y reviendrai plus. »

Elle avait rencontré Claudel, Paul Morand, Paul Bourget dont elle avait lu toute l'œuvre, Pierre Loti, et cita à Patrick quelques anecdotes pleines d'esprit.

« Vous écrivez, m'a dit ma petite-fille, mais je ne lis plus maintenant, mis à part le *Times* avec une loupe. Mes yeux m'ont trahie.

— Je vous lirai un chapitre du roman de Patrick, intervint Elaine, vous l'aimerez certainement.

— Sans doute, mon enfant. J'envie les écrivains, ils doivent parfois se sentir comme des dieux. »

Patrick sourit.

« Et parfois aussi comme des exécutants. Il ne suffit pas d'inventer pour créer, il faut savoir ne ressembler à rien. La tâche fut plus facile pour Dieu, il n'avait pas de prédécesseurs. »

Elaine observait sa grand-mère. Etait-ce son dernier séjour au manoir ? La reverrait-elle ?

Les mains de lady Pauline tremblaient, elle acheva son thé avec difficulté.

« Allez vous reposer, décida la vieille dame, nous nous retrouverons pour le dîner qui est servi à sept heures. En votre honneur, j'ai demandé à Ben d'ouvrir la grande salle à manger. »

Lawrence conduisit Elaine et Patrick à leur chambre, la plus grande du manoir, celle que l'on réservait aux hôtes de marque. Un lit à baldaquin tapissé de velours bleu en occupait le centre, deux banquettes identiques étaient placées dans le renfoncement des deux fenêtres, un vaste bureau aux pieds en pattes de lion faisait face au parc.

« Un endroit idéal pour écrire, s'écria Elaine, j'espère que tu as apporté de quoi prendre des notes. »

Elle avait remarqué que Patrick remettait sans cesse son travail à plus tard. S'il commençait à remplir deux ou trois feuillets, il les jetait aussitôt. Un jour où Patrick était absent, elle avait reçu un appel téléphonique de William Bradley insistant sur le désir de l'éditeur d'avoir le manuscrit en sa possession pour le tout début de 1931. « Patrick en est très conscient, avait-elle répondu, dites à l'éditeur qu'il respectera cette date. »

Ils étaient l'un en face de l'autre dans ce décor d'un autre âge. Cent fois, Elaine, pendant les vacances de Noël, avait pénétré dans cette chambre toujours sombre et glacée. L'odeur de moisi et de poussière qui l'imprégnait lui donnait la sensation de se trouver dans le repaire de quelque personnage féerique et elle n'aurait pas été étonnée d'apercevoir une vieille filant la laine au coin de l'une des fenêtres.

La lumière de juillet lui donnait à présent une apparence tout autre, les coins d'ombre avaient disparu et, avec eux, le mystère et la féerie. Quoique très vaste la chambre lui semblait plus petite qu'elle n'en avait conservé le souvenir, le soleil pénétrait à travers les vitres épaisses, teintant de doré l'écritoire de cuir posé sur le bureau et le bouquet d'asters et de roses que Ben y avait disposé...

« J'aime ta grand-mère, dit Patrick, elle a un regard limpide et acéré comme une très jeune fille. »

Il prit sa femme dans ses bras et la serra contre lui. C'était l'enfant vagabond dans cette vaste demeure qu'il désirait, il la voyait, grande déjà et fragile, avec ses cheveux noirs retenus par des rubans, poussant les portes, pénétrant dans les pièces sombres sur la pointe des pieds. Un instant, les traits de sa femme et ceux de Lawrence se superposèrent dans son esprit ; les mêmes cheveux noirs, les mêmes yeux bruns sombres, la même peau claire, cette beauté qui dangereusement avait le visage de sa mère ou celui d'Ada.

Patrick avait mis ses mains sous la robe d'Elaine, très haut sur ses cuisses, au-dessus des bas de coton blanc. La peau tiède lui procurait un plaisir doux, apaisant alors que les sensations éprouvées à l'île des Palmes ou en Italie le rendaient brutal, insatiable. Il voulait prendre Elaine lentement, la goûter.

Ils restèrent debout de longues minutes, puis, Patrick mena Elaine vers le lit. Le mouvement de leurs corps était calme, leurs mains restaient enlacées. Tous deux gardaient le silence. Enfin, Elaine eut un cri étouffé et Patrick la serra plus fort encore. Il devenait elle, être unique, équivoque et parfait, moitié homme moitié femme, et il se sentit alors parfaitement identique à lui-même.

Elaine se leva et se dirigea vers l'une des fenêtres qu'elle ouvrit.

Sur la pelouse, à quelques pas du manoir, les catalpas se partageaient avec les arbres de Judée et les paulownias la brise venant de Great Yarmouth et de la mer. Sans doute y avait-il eu un orage la veille car l'herbe était encore couchée dans le grand pré où paissaient les chevaux.

Derrière les murs, vers la mer, s'étendaient des étangs couverts de joncs, de vastes étendues d'eau saumâtre que les brumes d'hiver venaient recouvrir. Enfant, elle n'avait pas l'autorisation de franchir seule les grilles du parc et, afin de la faire obéir, la cuisinière lui avait raconté des histoires d'enfants noyés, de jeunes filles disparues à jamais à la sortie du bal.

Elaine se retourna.

« Viens voir, Patrick. »

Nu, il s'approcha, elle sentit sa peau contre la sienne et son odeur de vétiver. Elle eut peur de le désirer encore et s'écarta.

« Je voudrais te faire visiter mon domaine, nous avons le temps n'est-ce pas ?

— Tout le temps, murmura Patrick. »

Elle sentit son ventre contre son dos, ses mains sur sa poitrine, sa joue contre la sienne.

« Tout le temps », répéta-t-il.

Le lendemain, ils partirent à cheval dans la campagne. Le vent soufflait de l'est poussant des nuages qui cachaient le soleil. Il faisait doux, de cette chaleur un peu moite qui annonce la pluie. Après avoir galopé dans la prairie, les chevaux maintenant avançaient côte à côte. La jument de Patrick soufflait en secouant la tête. Profitant du temps encore sec, les paysans rentraient le foin, soulevant avec leurs fourches les bottes qu'il jetaient dans des tombereaux auxquels étaient attelés de gros chevaux gris.

La veille au soir, ils avaient partagé avec lady Pauline un dîner charmant. La vieille dame s'était habillée pour les fêter, elle portait une étrange robe de dentelle mauve, datant sans doute du début du siècle avec un col montant, un buste ajusté et des manches empesées. Sur sa poitrine était accroché le ruban, cramoisi, de l'Ordre du Bain remis par le roi à lord Clarence. Une autre douairière du voisinage, qu'Elaine appelait tante Victoria, avait été conviée. Un peu plus jeune que lady Pauline, elle devait cependant avoir dépassé sa quatre-vingtième année. Lady Victoria Hersley avait séjourné aux Indes une grande partie de sa vie, elle en parlait avec amour et savait quantité d'anecdotes intéressantes. Après le dessert, égayée par le vin de Porto qu'elle avait bu, lady Pauline avait accepté de se mettre au piano. Elle avait été une pianiste de talent et jouait encore Beethoven avec beaucoup de sensibilité. Victoria tournait les pages. Elaine était troublée par l'harmonie et la précarité de ces moments. Il était évident que Mary et Charles vendraient le domaine dès la mort de leur mère.

La sonate achevée, la vieille dame avait refermé joyeusement le piano et, s'étant tournée vers son petit-fils :

« Vous préférez certainement les orchestres de jazz

nègres mais je n'ai plus l'âge d'apprendre quoi que ce soit, même pour vous contenter. »

Le soir dans leur chambre, Patrick n'avait pas voulu commenter cette réflexion mais Elaine le savait légèrement blessé. L'attitude de lady Pauline envers son mari, celle-là même qu'elle avait toujours eue en face de William Carter, était dictée par un mélange d'affection, d'exquise politesse et de condescendance. Elaine, pas plus que sa mère, n'y attachait la moindre importance.

Après avoir longé la route pendant un moment, les chevaux passèrent un pont de brique et s'engagèrent sur un étroit sentier bordé d'une eau stagnante. En s'y reflétant, les nuages donnaient l'illusion d'un courant venant d'une berge pour aller mourir sur l'autre. Deux pies s'envolèrent sur leur passage, le cheval d'Elaine prit peur et fit un écart.

« C'est le pays des marais, dit-elle, il s'étend jusqu'à la mer. Grand-père prétendait que des âmes perdues y étouffaient. Elles essayaient en vain de rejoindre un arbre, mais ne trouvaient que des joncs et des herbes aquatiques qui les rejetaient dans les étangs. L'hiver, lorsque le vent soufflait, il me semblait entendre leurs gémissements et leurs appels, j'étais terrorisée. »

La jument de Patrick avait rejoint le cheval d'Elaine, ils avançaient à nouveau flanc contre flanc.

« Dans le sud de la Géorgie, les vieilles négresses racontent des histoires semblables. Je crois qu'instinctivement, les êtres simples perçoivent l'identité qui existe entre la terre et les âmes. Le dieu en terre est le dieu à venir, comme si l'appel de la vie contredisait la fatalité de la mort. »

Ils portaient l'un et l'autre des bottes, des jodhpurs et des chemisettes blanches à manches courtes. Elaine avait ramassé ses cheveux en une courte natte nouée par un ruban de satin noir, Patrick portait une casquette de tweed. Le ciel s'obscurcissait, donnant au paysage un aspect plus désolé encore. Patrick était heureux. Il avait la certitude d'avoir trouvé le cadre de son roman, les personnages, l'intrigue allaient venir maintenant. Ce serait une histoire de vie et de mort, d'amours singulières où l'arrachement au terrestre ne serait possible qu'à la faveur d'un passage par l'élément aquatique. La vérité de l'eau, du silence, des oiseaux, des plantes. Son pays imaginaire.

Patrick mit son cheval au galop, il avait besoin de faire jaillir l'eau pour s'ouvrir une route, d'aller au-devant de sa solitude, d'une pureté qu'il ne retrouverait plus. Mais il savait que sa quête le mènerait quelque part.

La pluie les surprit alors qu'ils faisaient demi-tour, une pluie de début d'été, violente, féconde et douce, imprégnée de senteurs venues de la terre, destinées à la terre.

« Voilà que tout recommence, remarqua Elaine en riant, je vais encore avoir peur. »

Patrick prit sa main et ils rentrèrent au pas de leurs chevaux sans plus se séparer.

Au moment où ils franchissaient la grille, le tonnerre gronda. Le vent pliait les branches du paulownia, des catalpas et, soudain, apparut un rayon de soleil en plein orage, un éclairage bref et violent qui vint illuminer les fenêtres du manoir comme si toutes les lampes s'y allumaient en même temps. Elaine poussa un cri de surprise émerveillée. Patrick resta silencieux, en Géorgie, les sorcières prétendaient que le soleil d'orage avait faim d'une âme et qu'il viendrait la prendre dans l'année.

Le matin de leur départ, lady Pauline apparut de bonne heure déjà parée, coiffée et parfumée. Elle fit son entrée dans la salle à manger où Patrick et Elaine prenaient leur petit déjeuner, assise sur son fauteuil roulant poussé par Ben.

Elaine fut surprise de la voir si joyeuse, plus que jamais sa voix était celle d'une petite fille.

« J'espère que vous avez déjà acheté vos billets de train, demanda-t-elle avec un petit sourire mutin, on attend fort longtemps au guichet le bon vouloir d'un employé et vous pourriez le manquer. » Elaine regarda Patrick.

« Les as-tu ?

— Bien sûr, ne vous inquiétez pas, lady Pauline, nous serons partis tout à l'heure.

— Tut, tut, pas de mauvais esprit s'il vous plaît, monsieur l'Américain. Vous savez combien je suis triste que vous vous en alliez, mais c'est la vie. J'ai assisté à tant de départs, provisoires ou définitifs, que mon cœur a fini par se faire une raison. Sans doute ne nous reverrons-nous pas !

— Granny ! » s'écria Elaine.

Parce que trop vite gagnée par l'émotion, elle détestait le sentimentalisme.

« Je ne cherche à apitoyer personne, ma petite fille, je voulais simplement reconnaître une chose simple : un jour on se sent un peu à l'étroit dans son espace, on part et c'est fini. Le voyage est sans retour. Toutefois, avant mon départ, je voulais vous laisser un souvenir, un présent de mariage. Donnez-moi vos billets de train ! » Patrick ouvrit son portefeuille, en tira deux billets qu'il tendit à lady Pauline. Sans y jeter un regard la vieille dame les déchira et ses mains tremblantes laissèrent tomber les morceaux qui s'éparpillèrent sur le tapis.

« Ben, poussez-moi ! » ordonna-t-elle.

Elle sortit la première suivie du valet de chambre et de ses petits-enfants.

Dans l'allée, juste en bas du perron, Lawrence, le visage réjoui, tenait ouverte la portière d'une petite Alvis dont la carrosserie bleu marine étincelait. Les rayons des roues, les phares, tous les chromes brillaient dans la lumière du matin. Elaine et Patrick demeurèrent stupéfaits.

« Mon cadeau de mariage, dit lady Pauline. Les jeunes gens aiment la vitesse mais les vieilles personnes s'inquiètent facilement. Soyez prudent, Patrick. »

Et sortant du sac de velours qui ne la quittait pas une clef, elle la tendit à son petit-fils.

« Maintenant partez vite. J'ai envie de reprendre une tasse de thé en lisant le *Times*. Depuis que ce journal m'a consacré une de ses colonnes pour mon quatre-vingt-dixième anniversaire, je suis une de leurs lectrices les plus assidues. »

Alors qu'Elaine s'avançait vers sa grand-mère pour l'embrasser, elle eut un petit geste de la main afin de l'écarter.

« Partez avant la pluie. La route est longue jusqu'à Londres. Il paraît que prendre son temps est passé de mode. »

Patrick s'inclina et, un instant, Elaine posa sa main sur la joue de sa grand-mère. Lawrence avait mis le moteur en marche.

« Dites à Charles qu'il n'a plus à prendre la peine de me donner de ses nouvelles. Il m'écrit si rarement que lorsqu'il se décidera je ne serai plus là pour le lire.

— Je lui dirai de vous téléphoner, Granny !

— Quelle horreur ! J'ai toujours trouvé de très mauvais goût de s'adresser à un interlocuteur sans le regarder. »

Et d'un geste résolu, elle posa sa main sur le bras de Ben pour lui signifier de faire demi-tour. Patrick et Elaine ne virent plus que le dos du maître d'hôtel et les roues de la voiture.

« Granny est seule, murmura Elaine, Charles est un égoïste, maman ne veut plus quitter la Virginie et moi, son unique petite-fille, je monte dans la voiture qu'elle me donne et je m'en vais. Je lui dis que je l'aime mais ma tête est enfouie dans les mots comme celle d'une autruche dans le sable. »

Patrick touchait les boutons de la voiture, il était ébloui par la mécanique, les cuirs légers, le tableau de bord en ronce de noyer. L'Alvis prit l'allée qui menait à la grille, la brise sentait le tilleul et le lilas. Une dernière fois, Elaine se retourna pour voir le manoir, la porte d'entrée était refermée.

« Le corps est une tombe, dit-elle songeuse, ma grand-mère y est déjà ensevelie. »

La voiture prenait de la vitesse, Elaine noua autour de son chapeau une écharpe de soie blanche. Lady Pauline, le manoir, le parc, ce monde parfaitement immobile, était oublié.

Patrick et Elaine devaient passer une semaine à Londres avant de s'arrêter chez Charles, l'oncle d'Elaine, qui vivait dans le Kent. Célibataire endurci, il avait commencé par dissiper une grande partie de sa fortune avant de s'enterrer dans une maison victorienne où il élevait des faisans. Elaine ne l'avait pas vu depuis plus de dix ans.

A Londres, Elaine et Patrick consacrèrent leurs journées à faire des achats, à visiter les musées et à rendre des visites aux quelques rares amis encore en ville en ce début de juillet. Il faisait doux et humide avec des pluies tièdes et brèves qui donnaient aux parcs des odeurs de campagne. Pour l'un comme pour l'autre, le temps avait perdu toute rigidité. Ils se levaient tard, déjeunaient où et quand ils le désiraient, flânaient dans les rues, se parlaient longuement, assis sur un banc devant des pelouses où jouaient des enfants et des chiens. Patrick était impatient de commencer son roman, Elaine de rejoindre Deauville où Walter et Maggye passaient le mois de juillet. Le dimanche, des orchestres s'installaient dans les kiosques tandis que de vieilles dames vêtues de lin blanc jouaient aux quilles.

La veille de leur départ, Elaine manifesta le désir d'aller acheter une bouteille d'une eau de toilette utilisée par sa grand-mère depuis soixante ans. Il était déjà tard, les magasins allaient fermer. Ils partirent à pied sur le Strand vers les rues commerçantes. Elaine se perdit, revint en arrière, sûre de reconnaître la boutique du parfumeur, s'égara encore, mais elle réussit à entraîner Patrick qui refusait d'aller plus loin.

Au bout d'une impasse où le vent agitait quelques enseignes, ils s'arrêtèrent en même temps. Dans une vitrine, à quelques pas d'eux, un petit chien les regardait avec curiosité. « Avec curiosité et affection », précisa plus tard Patrick.

« Entrons ! » s'écria Elaine.

Il n'y avait pas l'ombre d'un doute, ce chiot, un airedale de pure race, vendu très cher car fils d'un chien appartenant à des aristocrates alliés à la famille royale, était le leur.

« Son père, annonça le vendeur très sérieusement, a été invité à Buckingham. »

Il avait le visage pétrifié par le respect.

Patrick paya le prix demandé et Elaine reçut le chiot dans ses bras. Ils regagnèrent leur hôtel, cachant leur nouvelle acquisition sous la veste de Patrick.

« Trouvons-lui vite un nom », s'écria Elaine aussitôt que la porte de leur appartement fut refermée derrière eux.

Patrick était allé chercher le bol d'argent qui lui servait à mélanger son savon à barbe. Il l'avait rempli d'eau fraîche et le posa devant le nez du chiot. Assis sur l'épaisse moquette, il considérait avec étonnement ces deux humains qui le fêtaient.

Elaine proposa deux noms que Patrick refusa. Il fallait trouver quelque chose de bref et de mélodieux, pas une de ces appellations ridicules qui déshonoraient les chiens. Lorsque furent écartés les noms de pierres précieuses, d'oiseaux, de fleurs et de dieux, Elaine garda le silence, elle était à court d'inspiration.

« Bumbi », dit enfin Patrick qui n'avait encore fait aucune proposition.

Le chien redressa les oreilles. Il acceptait son nom.

Charles les reçut tous trois dans sa maison du Kent avec beaucoup de chaleur. Il déclara à sa nièce être le plus heureux des hommes de la revoir mais, dès le déjeuner terminé, se retira dans sa chambre afin de faire la sieste. Elaine et Patrick sortirent pour promener Bumbi. Il pleuvait, le chien levait des merles et des corbeaux qui s'envolaient en piaillant.

« Partons vite, demanda Elaine, je ne supporterai pas de passer trois jours dans cet ennui mortel. »

Ils décidèrent de rester pour la nuit et de reprendre la route dès le lendemain matin. Ramener Bumbi en France, lui acheter une couverture, un collier, une laisse, leur procurait par avance un plaisir très vif.

Ils dînèrent devant la cheminée où se consumait une pelletée de charbon. La vieille cuisinière avait préparé un gigot accompagné d'une sauce à la menthe et une grande tarte aux cerises.

A la fin du repas, Charles offrit à Patrick un cigare et un verre de brandy.

« Veux-tu que je te parle de Granny ? demanda Elaine.

— Pourquoi choisirions-nous justement cette conversation ? N'y en a-t-il pas de plus surprenantes ou de plus drôles ? »

Elaine posa violemment sur la table le verre de liqueur qu'elle tenait à la main.

« Mais Granny existe, Charles, elle n'est pas seulement une apparence ou une âme errante ! »

Charles remit le cigare à sa bouche, en tirant une longue bouffée :

« Sophocle a écrit : Je vois bien que nous ne sommes, nous tous qui vivons ici, rien de plus que des fantômes ou que des ombres légères. » Puis, allant vers un petit cabinet d'ébène, il l'ouvrit, en sortit une flûte et se mit à jouer un air élisabéthain tout guilleret. Ses doigts se déplaçaient sur l'instrument avec une légèreté extraordinaire. Bumbi se mit à gronder, Elaine le prit sur ses genoux.

« Charles est différent de nous, murmura-t-elle en se penchant vers Patrick. C'est un être tellement inutile ! »

# CHAPITRE VIII

Elaine passait quelques jours à Deauville avec Maggye avant de regagner Paris où Patrick l'attendait. C'était la première fois qu'ils se séparaient.

Walter ayant dû partir pour Berlin afin de signer un contrat avec une galerie allemande, les deux jeunes femmes se retrouvèrent en tête à tête avec Bumbi. Maggye attendait Bob qui avait promis de la rejoindre, elle n'éprouvait pas de réel plaisir à la perspective de cette visite mais n'avait pas osé le repousser sans risquer une rupture qu'elle ne souhaitait pas encore.

A Deauville, où Walter et elle possédaient une villa sur le front de mer, Maggye essayait de vivre le plus simplement possible, elle recevait dans son jardin ou dans la véranda les jours de pluie, traitant ses hôtes sans façons, les laissant libres d'aller et de venir à leur guise, de se regrouper ou de s'ignorer. Une fois par semaine, elle faisait dresser un buffet, ouvrait sa maison dès la fin de l'après-midi jusqu'à l'aube du lendemain. On pouvait passer chez elle boire un verre de cidre ou y rester toute la nuit. Les joueurs de polo parlaient chevaux, les amateurs de tennis évoquaient leurs résultats aux tournois, les coquettes se faisaient courtiser, les douairières dégustaient les crevettes grises sautées à l'ail, les cocktails de crabe, les fromages et les tartes aux fruits. On aimait Maggye parce qu'elle ne montrait jamais aucune malveillance lorsqu'elle parlait de ses amis. Il y eut un feu d'artifice, un bal populaire pour le 14-Juillet. Toute la société jeune et élégante de Deauville s'y rendit. Le temps était clément, doux, avec des rafales de vent d'ouest qui sentaient les algues et l'iode. Chacun avait apporté son lampion pour la retraite aux flambeaux, les couples se formaient, se prenant par le bras, et les lumières semblaient accrochées à l'obscurité comme des papillons à la nuit.

« Deux en une flamme », disait Dante.

Maggye marchait à côté d'Elaine, elle tenait le lampion, son amie des châles en prévision du petit matin. Derrière elles, Bob et un ami évoquaient la victoire française à la coupe du monde de football à Montevideo. Bob arrivé le matin même, logeait à l'hôtel, Maggye ayant refusé de le recevoir à la villa. Son désappointement avait été vif, « causé tout autant par l'avarice que par le dépit amoureux », expliquait Maggye en riant. Bob, qui n'hésitait pas à dissiper de l'argent lorsqu'il y trouvait un avantage personnel, se montrait extrêmement économe pour des dépenses sans gloires. « Beaucoup de Français sont ainsi, ajoutait Maggye, salons somptueux et cuisines sordides. »

Les rues s'animaient de plus en plus à mesure qu'ils avançaient vers l'Hôtel de Ville, on se reconnaissait, on se saluait. Bob et son ami avaient rejoint Maggye et Elaine, Bob mit le bras de sa maîtresse sous le sien, Elaine se retrouva quelques pas en retrait avec Philippe. Patrick lui manquait, ils s'étaient parlé au téléphone le matin même. Il commençait à écrire. Ce n'était pas facile mais le silence de l'appartement, la tranquillité de l'été parisien l'aidaient. Elaine avait promis de rentrer à la fin de la semaine.

Philippe tentait une conversation en anglais, elle n'avait pas envie de lui répondre. La facilité avec laquelle les couples se défaisaient, se reformaient pour se défaire encore la heurtait. Elle ne désirait pas jouer ce jeu-là, sachant qu'on ne revenait plus au point de départ une fois qu'il était engagé. Maggye avait besoin de cet excitant pour se sentir vivre, elle n'en attendait rien, que des souffrances. La musique jouée par l'orchestre leur parvenait maintenant, Bob prit Maggye dans ses bras et esquissa quelques pas de valse au milieu de la rue. Une voiture klaxonna bruyamment, Philippe prit Elaine par la taille pour l'écarter mais elle se dégagea. Il ne tenta plus de lui parler.

De la voiture venaient de grands cris, des mains s'agitaient, des jeunes femmes se penchaient aux portières, envoyant des baisers. Une Duesemberg rubis ralentit à leur hauteur, les phares les éclairèrent violemment et, à cet instant, Elaine, regardant Philippe, s'aperçut qu'il était séduisant. Aussitôt elle éprouva l'envie de faire demi-tour et de rentrer à la villa.

« Bob, Maggye, s'écria le chauffeur de la Duesemberg, montez donc ! »

Ils se serrèrent tous les quatre à l'arrière de la torpédo, Bob prit Maggye par les épaules, Philippe n'osait plus toucher Elaine.

A une heure du matin, Elaine décida de rentrer, elle avait froid, sommeil, elle voulait retrouver Bumbi, sûre qu'il devait pleurer depuis son départ.

« Je vous raccompagne », décida Philippe.

Maggye leur fit un petit clin d'œil qui irrita Elaine. Elle riait en compagnie de trois jeunes gens qui semblaient la divertir beaucoup, Bob dansait avec une autre femme.

Ils rentrèrent à pied côte à côte sans même s'effleurer.

« Où est votre femme ? demanda enfin Elaine.
— Je suis célibataire.

— A votre âge ? »

Il rit.

« J'ai trente-cinq ans. »

Une voiture les dépassait de temps en temps, les tirant fugitivement d'une obscurité qui les reprenait aussitôt.

« Pourquoi se marier, demanda-t-il, pour être comme Bob, comme Maggye, comme tous nos amis ?

— Vos maîtresses ont bien des maris ?

— Non, je n'aime pas séduire les femmes mariées. »

Elaine s'arrêta.

« Vous plaisantez !

— Faites-vous allusion au fait que je vous fais la cour ? »

Ils se regardèrent avec curiosité.

« Je ne vous demande pas votre identité, dit Elaine à mi-voix, ni à quel parti vous appartenez, ni d'où vous venez, ni où vous allez. Cela m'est égal, mais je ne veux pas que vous essayiez de me prendre pour une idiote. »

Lorsque Philippe saisit fermement son bras, elle ne se dégagea pas.

« Avez-vous jamais essayé, répondit-il presque violemment, d'engager un dialogue avec quelqu'un au lieu de suivre votre propre pensée ?

— Vous me faites mal », murmura Elaine.

Il la lâcha.

« Dites-moi que vous êtes amoureuse de votre mari, dites-moi que je ne vous plais pas, dites-moi que vous avez peur, dites-moi ce que vous voulez mais ne cherchez pas à vous moquer de moi. Je n'ai jamais eu de maîtresse mariée. »

Il parlait maintenant doucement, calmement et Elaine sut qu'il était sincère.

La villa était devant eux, sombre derrière le petit jardin planté d'hortensias et de roses. Un oiseau s'envola.

« Adieu, dit Elaine en tendant la main. J'ai des certitudes. On croit que c'est du solide et puis pff... plus rien. Nous ne nous reverrons pas mais je vous souhaite de ne jamais être malheureux. »

Philippe prit sa main, la baisa.

« La vie est un voyage, on se retrouve aux escales. Aujourd'hui notre rendez-vous était manqué, il y en aura peut-être un autre demain.

— Votre cause est perdue », objecta Elaine.

Sa voix n'avait plus d'agressivité.

Philippe eut un geste vague.

« Qu'est-ce que cela peut faire que je lutte pour la mauvaise cause puisque je suis de bonne foi, et qu'est-ce que ça peut faire que je sois de mauvaise foi puisque c'est pour la bonne cause ?

— Vous êtes philosophe ?

— Poète plutôt. C'est de Jacques Prévert, un jeune homme que j'admire beaucoup. »

Il fit demi-tour, Elaine ne le regarda pas s'éloigner.

« Raconte », s'écria Maggye, lorsqu'elles se retrouvèrent pour déjeuner.

Maggye était en pyjama de crêpe de chine blanc, Elaine en short. Elle était allée promener Bumbi sur la plage, tôt dans la matinée, sans rencontrer personne. Il faisait frais, le vent glissait en coulées grises sur la mer. Elaine avait songé à la Virginie en été, à l'éclat pourpre des fleurs des crêpes myrtes sur la baie, à l'ombre immobile des grands hérons bleus épiant le poisson au bord de l'étang. On se levait tôt en juillet afin de profiter de la fraîcheur, on se couchait tard. Après le déjeuner chacun montait pour se reposer. Son père la rejoignait parfois dans sa chambre tapissée d'un papier à fleurs roses et vertes venu d'Angleterre, ils s'asseyaient tous deux sur des rocking-chairs d'osier en bavardant. William fumait un petit cigare hollandais à l'odeur délicieuse, il lui parlait de sa jeunesse à Springfield lorsque le seul moyen de locomotion était encore la voiture à cheval. Petit garçon, il se rendait chaque dimanche à l'église presbytérienne. Le cocher s'appelait Moïse. « Je me souviens tellement bien de lui, confiait-il, il était né à Springfield esclave et disait toujours " maître " ou " maîtresse " en s'adressant à mes parents, " master William " en s'adressant à moi. »

Roderick Carter, son père, avait vendu une grande partie de la plantation après l'avoir acquise à la fin de la guerre civile, le tabac n'était plus cultivé, la main-d'œuvre difficile à embaucher. Sur les cinq cents acres, il n'avait conservé que les trente acres du parc et vingt acres pour les chevaux, l'étang, la longue plage de sable blanc. « Springfield sera un jour à toi, lui disait son père, cela me rend heureux d'y penser. »

Elaine était restée longtemps à contempler la Manche et l'estuaire de la Seine. Reprendrait-elle la plantation ? Elle avait le pressentiment que son destin s'en écartait sans comprendre pourquoi. Après avoir chassé les mouettes, Bumbi sautait autour d'elle, le silence était total, Elaine avait l'impression que le monde soudain se trouvait atteint de mutisme. Un sentiment de grande quiétude l'avait envahie et elle avait regagné la villa.

Maggye buvait un jus d'orange assise sur une chaise longue. Epuisé, Bumbi s'était couché sur la pelouse et dormait.

« Je n'ai rien à raconter, il faisait doux sur la plage, Bumbi et moi y avons rêvé. La solitude à deux est une chose merveilleuse, ne le sais-tu pas ?

— J'ai rompu avec Bob », dit Maggye.

Elle avait un regard étonné comme si les mots qu'elle prononçait donnaient soudain une réalité à sa décision.

Il était près de midi, quelques voitures longeaient l'avenue, klaxonnant aux carrefours. A chaque coup de trompe, Bumbi dressait les oreilles puis se rendormait. Des mouettes accompagnaient en criant la marée montante, la ville était calme et triste.

« Pourquoi ? » demanda seulement Elaine.

Elle s'était assise et considérait son amie avec stupéfaction.

« L'amour et la nuit me font peur, je me suis esquivée. »

Maggye prit un abricot dans une coupe posée à portée de sa main et mordit dedans.

« Je n'avais plus envie de jouer, la partie avec Bob ne m'intéressait plus. Perdre ou gagner, cela m'était devenu égal.

— Pourquoi ? » répéta Elaine.

Maggye jeta le noyau de l'abricot.

« Il a eu sur Walter des mots désobligeants, des mots que je ne supporte pas.

— Peut-être avait-il trop bu », remarqua Elaine.

Elle s'en voulut aussitôt de prendre la défense de cet homme qui lui était indifférent. Philippe n'avait pas tort sans doute lorsqu'il lui avait fait remarquer la veille qu'elle suivait seulement sa propre pensée. Trop souvent elle prononçait des mots que son intelligence plus que son cœur lui dictait. C'était un héritage de sa mère.

« Tu as eu raison, reprit-elle, adieu Bob !

— David Nathanson m'a raccompagnée, continua Maggye, après les allusions odieuses de Bob j'avais envie d'être avec lui et lui seul.

— J'espère que tu n'as pas de vues sur lui, David est tellement jeune !

— Il a dix-neuf ans. Et puis, c'est un fantastique joueur de polo. »

Les deux amies se regardèrent un instant sans parler, à ce moment précis, elles ne pouvaient communiquer davantage. La perpétuelle fuite en avant de Maggye, ses joies désordonnées, ses chagrins brefs, son ironie sur ce qu'elle jugeait sacré, dérangeaient Elaine mais ce qui la troublait davantage encore était la permanence de son amour pour Walter comme si cet amour sécrétait des crises afin de mieux les vaincre et se sentir ainsi plus fort. Beaucoup d'amies de sa mère avaient des amants et ne s'en cachaient pas mais tout le monde savait qu'elles ne restaient mariées que pour sauver les convenances, qu'il n'était plus question d'amour, à peine d'amitié dans leur couple. Walter et Maggye s'aimaient, ils ne se quitteraient probablement jamais. Le repère de Maggye était Walter, qu'il vienne à lui manquer et son cœur, son corps s'angoisseraient, son esprit expérimenterait une solitude où elle se trouverait vulnérable et des incertitudes qui l'effrayeraient.

Elaine s'approcha de son amie, elle n'avait pas à rendre la justice, la compréhension qu'elle avait des êtres et le trouble fugitif mais réel éprouvé la veille en face de Philippe le lui interdisaient. Elle aurait voulu la conseiller mais se sentait incapable de le faire sans être ridicule.

« Réfléchis quand même avant de tourmenter David. Il n'a pas l'insolence de Bob. A dix-neuf ans, on ne sait pas être inconstant. »

Maggye jeta le noyau d'un autre abricot qu'elle venait d'achever, loin devant elle.

« David est déjà maltraité et il n'a pas eu l'air de s'en plaindre. »

Et, se levant soudain :

« Il m'a ramenée à la villa, il est entré, je l'ai mangé ! »

Elle éclata de rire et mit ses bras autour du cou d'Elaine.

« Je suis heureuse, beaucoup plus qu'hier. David est ce genre d'homme rarissime qui n'a pas peur des mots. J'aime ceux qui, non seulement ne craignent pas la passion, mais savent lui obéir dans ses impulsions les plus profondes. Ils se rachètent d'être des hommes. »

Elle embrassa son amie sur les deux joues, puis s'écarta, soudain sérieuse.

« Mais il est juif et cela me fait peur.

— A cause de Walter ?

— Peut-être, David pourrait être son petit frère. C'est dangereux sans doute.

— Je ne sais pas, dit Elaine, j'ai essayé de ne jamais faire de différence entre eux et nous, pas plus que je n'en fais entre la famille de Patrick et la mienne.

— Les sémites pour moi sont des artistes, toujours à la conquête d'un royaume de reflets et d'échos. Ils sont porteurs d'espoir, du difficile espoir mais leur chemin est douloureux. Peut-être est-ce la raison de cet attachement profond que j'ai pour eux, parce que nous sommes eux et moi des gens du désert, un désert qui se répète et recommence sans fin. La frayeur naît des sables et de la certitude de l'errance. C'est pour cela qu'ils acceptent l'état d'humilité, par intuition de la mort toujours probable. Walter a tellement peur des jours à venir !

— Walter est américain, répondit Elaine, si l'Europe change, il pourra revenir aux Etats-Unis. On ne peut vivre en permanence dans l'angoisse.

— On peut surtout s'installer dans l'éphémère. C'est ce que j'ai dit hier à David. »

Bumbi s'était redressé et aboyait de toutes ses forces. Un homme sonnait à la grille d'entrée. La gerbe qu'il portait ne laissait entrevoir de lui que deux bras et une casquette bleue.

« Madame Bubert ? » demanda l'homme.

Maggye alla vers la porte, l'ouvrit tandis qu'Elaine retenait Bumbi par son collier.

Elle revint lentement chargée des fleurs qu'elle posa sur la table. Une enveloppe était épinglée au papier.

« Bob, affirma Elaine, il veut te dire au revoir avec élégance.

— David, répondit Maggye, il veut me souhaiter la bienvenue avec tendresse. »

C'était Walter. « A Berlin je pense à toi. Tu me manques et je t'aime. »

## CHAPITRE IX

En septembre, Paris reprenait vie. La pluie, incessante depuis le début du mois, n'empêchait pas les théâtres de rouvrir leurs portes, les femmes de recevoir, les voitures de plus en plus nombreuses de circuler à travers la ville.

Dans l'appartement de la rue du Bac, Patrick travaillait difficilement. Tout le sollicitait : Elaine et lui avaient maintenant de nombreux amis, Bumbi réclamait de longues promenades, le Louvre exposait de nouvelles acquisitions comme *Le berceau de Berthe Morisot* et *La dame aux éventails* de Manet, William Bradley organisait des déjeuners, Sylvia Beach des thés où il rencontrait de jeunes auteurs américains. Il se réveillait tard le matin, quittait l'appartement vers midi, y rentrait après trois heures pour en repartir à cinq et n'y revenir qu'afin de se changer pour la soirée en compagnie d'Elaine qui lui racontait alors les événements de sa propre journée. Elle s'était mise avec Maggye à apprendre les claquettes et se rendait à ses cours avec enthousiasme. Peggye les y rejoignait parfois entre deux séances de photo, elles déjeunaient ensuite toutes les trois chez Maggye. De sa liaison avec David, la jeune femme parlait peu, si peu qu'Elaine soupçonnait son importance et sa probable longévité. Maggye était amoureuse, cela se voyait à son éclat, à son enthousiasme, à sa bienveillance envers tous. Elle recevait beaucoup, était plus élégante que jamais, mais, paradoxalement, les hommes ne la courtisaient pas, comme s'ils devinaient instinctivement que cette femme n'était plus disponible pour eux. Contrairement à Bob au temps de leur liaison, David ne venait pas aux réceptions des Bubert.

Début octobre, ils se rendirent en groupe au théâtre de la Potinière où l'on donnait en anglais *Un puits de solitude*, tiré du roman de miss Radclyffe Hall. On ne parlait que du côté scandaleux de la pièce dont la protagoniste était lesbienne. Cela faisait sourire Walter : « Si les amours particulières suscitaient une telle réprobation, une grande partie de Paris serait au pilori.

— Les miroirs opaques sont plus rassurants, remarqua Maggye, dès qu'un visage paraît clairement il est remis en cause. La vérité est chose fragile, elle n'est qu'un des nombreux noms donnés au mensonge.

— Expliquer tue », ajouta Patrick.

Ils avaient voulu terminer la soirée à Montparnasse et prenaient des huîtres à la Coupole. Autour d'eux on parlait plus anglais que français, ils reconnurent quelques compatriotes.

Patrick avait allumé un cigare, la conversation roulait maintenant sur Joséphine Baker, son corps caramel, sa voix flûtée qui vocalisait si bien le jazz. Sans doute était-il le seul à savoir ce que swinguer voulait dire. Combien de nuits avait-il passées dans les bars, les dancings de Charleston ? Les odeurs lui revenaient en mémoire et la chaleur et la pénombre où luisaient les corps. Les hommes se battaient souvent pour une fille, pour un verre de trop, les femmes hurlaient et la musique recouvrait la violence, la noyait dans les accords des trompettes, des saxos et du piano. Il recevait en plein front, en plein cœur, en plein ventre l'émotion, la tristesse, la sensualité de cette musique du pays Dixie jusqu'à en avoir les larmes aux yeux. Parfois, un musicien s'échappait en solo. La trompette, le saxo prenaient soudain une existence propre, sueur, larmes et rires d'un peuple, présence chargée de désespoir et d'insouciance, pyramide dont le sommet était le soleil, le coton, la naissance, l'amour et la mort, tous indissociables, tous pères et mères de la même âme.

La nuit de Charleston était femme, faite pour le plaisir et le rêve, une nuit, tour à tour sauvage et apprivoisée. Le temps perdait sa signification, devenait dégradation de l'éternité. Il se sentait alors au-dessus du petit espace de son existence, libre. Ses rêves impossibles ne l'inquiétaient plus, il vivait. A l'aube, les corps épuisés se déplaçaient avec pesanteur, jusqu'à ce que les premières lueurs du jour les immobilisent tout à fait. Les gestes étaient suspendus, la nuit mourait privée de mouvement, les odeurs trop lourdes collaient aux corps, à la musique. Il n'y avait plus dans les regards ni espoir, ni désespoir, tous partageaient alors la même tristesse de vivre.

Patrick ouvrit les yeux, les souvenirs s'étaient imposés à lui si fortement que la réalité, Walter, Maggye, Elaine buvant du vin blanc en riant, lui parut absurde. Le monde dont il faisait partie désormais, il l'avait voulu avec acharnement mais il y demeurait étranger. Le sens de la vie, il ne le cherchait plus, il savait l'inutilité d'une telle recherche, ce qu'il désirait seulement était de trouver une réalité à son existence. Ecrire était sa manière d'être chez lui, seulement chez lui, mais il savait qu'elle n'était pas définitive. Une autre voie s'ouvrirait un jour. Pierre après pierre, pas après pas, elle deviendrait son propre chemin.

Elaine demandait à Maggye si elle avait lu *Sido* de Colette. « Je regrette de ne pas parler encore le français suffisamment bien, avoua-t-elle, la critique en a fait de tels compliments ! Peggye ne jure que par Colette. »

« Et votre roman ? » interrogea Walter en se tournant vers Patrick. Il sursauta. Les questions personnelles l'avaient toujours écorché. Il eut un petit rire qui voulait cacher son embarras.

« Je cherche encore la bonne encre où pouvoir tremper ma plume. A Paris, elle est difficile à trouver.

— Difficile ? Mais trempez-la dans la vie de tous les jours votre plume ! Chacun de nous est l'ombre de tous. La vie est absurde, me direz-vous ? Mais qu'est-ce que l'absurde si ce n'est une raison lucide qui constate ses limites ?

— Ces limites deviennent parfois des peaux de chagrin. On se retrouve enfermé avec soi-même. »

C'était Maggye qui avait parlé. Comme toujours lorsque la conversation devenait personnelle, elle s'animait.

« C'est la vie, commenta Elaine.

— Une vie qui s'écoule de sursis en sursis, mais nous avons la mémoire, continua Maggye, heureusement. »

Walter acheva son verre de vin blanc et alluma un cigare.

« Combien de délai nous accordera-t-on encore ? demanda-t-il lentement. Et si, à défaut de pouvoir y répondre, on brûlait certaines questions ? Parlons d'autre chose. »

Sa voix de songeuse était redevenue pleine de gaieté mais Patrick savait que Walter était sans illusions.

Ils fêtèrent tous le nouvel an chez Jean-Michel Frank avec Jean Cocteau, Bérard, Boris Kochno, Nathalie Barney et Romaine Brooks, Lucie Delarue-Mardrus, Man Ray, Crevel, Marie Laure de Noailles, ses amis. A chaque instant quelqu'un entrait dans l'appartement de la rue de Verneuil ou en sortait, on s'interpellait, on s'embrassait. Jean-Michel, hôte parfait, gardait au milieu de la foule son air fragile de personnage proustien. Le salon, la bibliothèque, sa chambre voyaient les groupes se former, un valet de chambre servait du champagne rosé, le buffet allait être ouvert. Il était près de minuit.

Elaine restait près de Patrick. Elle aurait voulu bavarder avec Maggye mais, exceptionnellement, David était venu et elle ne voulait pas devant Walter paraître entrer dans leur jeu. Bérard riait et son rire occupait la bibliothèque. « Le paradis est toujours à quelques kilomètres, disait-il à Cocteau. — Tant mieux, répondait celui-ci, ce que l'on atteint n'a plus d'intérêt. »

Crevel mit de la musique, une chanson de Mistinguett, puis un tango de Carlos Gardel. Bérard s'inclina devant Nathalie Barney. « On vous appelle l'Amazone, n'est-ce pas? Ces dames ont de bonnes jambes, elles doivent savoir danser le tango. »

On ouvrit les portes de la salle à manger à doubles battants, le buffet était servi. Minuit sonnait.

« Bonne année », souhaita Elaine.

Ses bras se nouèrent autour de Patrick. Il l'embrassa sans demeurer contre elle. Les regards étrangers le gênaient.

Le buffet était simple et luxueux, entièrement composé de fruits de mer : saumon, huîtres, langoustes et caviar servi dans une coupe d'argent tenue par une sirène aux yeux de jade. Cocteau s'éclipsa accompagné de Bérard et de Boris Kochno, l'un vêtu en bohème, l'autre en dandy.

« Gentil ce garçon, dit le poète en prenant congé de Marie Laure de Noailles, dommage qu'il ait été cambriolé ! »

L'appartement de Jean-Michel obéissait à sa définition de l'élégance, un parfait dépouillement.

Patrick considérait les invités de Frank les uns après

les autres, tous brillants, tous chargés d'honneurs, de titres ou de talent. Il aimait leur raffinement, leur esprit, leur cynisme souvent, leur générosité parfois, mais, paradoxalement, malgré la sympathie qui le liait à eux, il se sentait toujours différent. Paris semblait immobile, sécrétant les mêmes espoirs, des luttes semblables jour après jour pour les mêmes victoires, des amours limitées par le temps, l'espace, ainsi que la possibilité de se donner. Paris était grisant et irritant, distant et passionné. Il lui fallait apprendre à le connaître encore un peu avant de partir ailleurs. Peut-être en Italie. Il n'avait pas le cœur nomade cependant, jamais il n'avait voulu autre chose que s'enraciner. Le culte de l'exil, tant pratiqué par certains, ne l'attirait pas.

« J'aimerais faire des photos de vous. Accepteriez-vous de venir poser dans mon atelier ? »

Un petit homme se tenait devant lui. Il parlait en anglais.

« Je suis Man Ray, précisa-t-il.

— Pourquoi moi ? » demanda Patrick.

Le petit homme eut un rire clair, ironique, irrésistible.

« Vous savez très bien que vous avez un beau visage, il m'intéresse. Vous êtes du Sud, n'est-ce pas ?

— Et moi je suis de l'Ouest, né avenue Kléber, intervint Jean-Michel Frank, pourquoi ne m'as-tu jamais offert un portrait ?

— Tu es brun, petit, chétif. J'aurais l'impression de faire un autoportrait. Ce sera pour plus tard lorsque nous serons vieux, les vieillards ont tous de la beauté. Comme les roches ils se cristallisent et resplendissent.

— N'écoutez pas ce fou, déclara Walter une coupe de champagne à la main, il veut me persuader qu'il est un grand peintre. »

Les invités se regroupaient autour d'eux. Chacun voulait intervenir.

« Tu es trop américain, décida Nathalie Barney, les Américains ne savent pas encore peindre.

— Parce que vous n'êtes pas américaine peut-être ? interrogea Lucie Delarue-Mardrus.

— J'espère avoir l'esprit français.

— Vous vous faites des illusions ma chère, car vous êtes terriblement américaine malgré vos airs de nulle part. Vingt-cinq rendez-vous dans tous les quartiers de Paris à la même heure, sans compter cinq minutes au théâtre et un quart d'heure au concert, la bougeotte maladive quoi ! qui vous vient des paquebots, des trains et des hôtels où vous avez été trimballée trop tôt, comme tous les riches petits Yankees.

— Vingt-cinq rendez-vous, chère Lucie ! Vous exagérez, dix-huit peut-être !

— Si l'on dansait ? » proposa Jean-Michel.

Le tango eut peu d'amateurs, la plupart des femmes présentes préféraient les femmes, les hommes penchaient pour d'autres hommes et David n'osait pas inviter Maggye.

Patrick posa pour Man Ray, deux longues séances où ils burent du vin de bordeaux en fumant des cigares. Des femmes passaient, de petits modèles charmants rencontrés chaque jour à Montparnasse, tantôt avec un artiste, tantôt avec un autre.

« Kiki écrit ses mémoires, Kiki peint, disait l'une en s'asseyant sur les genoux de Man Ray, que faudra-t-il faire pour la supplanter ?

— Ce qu'elle faisait, en mieux. »

Le modèle éclata de rire.

« Elle a écrit que tu faisais bien l'amour et que tu lui donnais à manger à sa faim. C'est ce qu'on appelle de la réclame, non ? Ne sois pas surpris d'être tellement sollicité. »

Man Ray présenta Patrick.

« Mon ami est écrivain. »

Il y eut une lueur d'admiration dans leurs regards. Patrick était toujours étonné du prestige qu'avait l'écriture en France. Il était à la fois amusé et irrité d'être présenté comme un écrivain. Son œuvre n'était probablement rien de plus qu'une totalité de lectures. N'ayant pas le temps de lire, il ne pouvait plus écrire. Il lui fallait maintenant être prestidigitateur et il n'en avait pas le talent. Jour après jour, il remplissait quelques feuillets à la hâte, entre deux rendez-vous, deux appels téléphoniques qui ne lui procuraient pas même un vrai plaisir. Il imaginait toujours pouvoir dire non, se libérer, être coupé de cette séduisante agitation afin de pouvoir rêver de lui, de ses mensonges, de ses espérances. Bumbi, couché à ses pieds, le regardait d'un œil étonné. Pourquoi n'avait-il pas droit à sa promenade matinale ? Elaine dormait encore, il prenait la laisse du chien et sortait. Marcher dans les rues lui faisait du bien, il pouvait réfléchir sans avoir à écrire, se donner l'illusion que la matière de son roman se trouvait là, au fil de ses promenades et de ses observations. Il traversait la passerelle des Arts, les Tuileries. Des phrases lui venaient qu'il ne notait pas et qui se disloquaient devant la page blanche. Les souvenirs de son enfance revenaient sans cesse et il refusait de se laisser envahir par eux, tout en sachant que seules ces retrouvailles le mettraient enfin en présence de lui-même.

Un soir de février où Elaine assistait à un vernissage avec Walter et Maggye qui lui faisaient découvrir les surréalistes, Patrick acheva son roman. Il n'avait pas en lui le sentiment de joie intense, de délivrance heureuse éprouvé à New York après son premier livre. Il pleuvait. Patrick eut l'impression que désormais il n'avait plus rien à faire, il quitta son bureau, écarta les rideaux. Les trottoirs étaient des miroirs où venait se réfléchir la lumière jaune des réverbères. Comment vivait-on dans ces appartements clos aux volets fermés, aux rideaux tirés? Qu'y avait-il au-delà de l'apparence tellement convenable des occupants? Patrick se sentit las, en attente, en mal de soleil, de maison, de terre. Il revint à son bureau, reprit une feuille, un crayon. Il aurait voulu ajouter une phrase, quelques mots à son texte mais sa main ne lui obéissait pas. Ce furent des arbres, des fleurs, un bassin, une maison devant laquelle dormaient un chien, deux chats, qu'il dessina. Il déchira la feuille.

« Viens, chien, dit-il à Bumbi, sortons! »

Le vent soufflait en rafales et l'eau de pluie glissait sur les trottoirs en dérisoires rivières. Bumbi, les oreilles couchées, trottait droit devant lui, entraînant Patrick vers les lieux familiers, les quais, le pont Royal, les Tuileries.

Il n'était pas tard, dix heures du soir seulement, mais les rues étaient désertes, une ou deux voitures traversèrent le pont précédées par la lumière jaune et ronde de leurs phares. Patrick avait remonté le col de son manteau, enfoncé son chapeau de feutre sur ses yeux. Le malaise éprouvé chez lui alors qu'il achevait ce roman qui lui avait tant coûté se dissipait. Toujours, il avait aimé le vent, l'odeur de la terre sous la pluie, la nuit. Seuls lui manquaient le cri des hiboux, le croassement des crapauds. En mars, les Appalaches renaissaient, les champs se couvraient de fleurs jaunes et pourpres à travers desquelles il courait à perdre haleine avec Mark. Ils rentraient échevelés, les pieds, les genoux, les mains égratignés. « Venez souper, disait leur mère, votre père n'aime pas attendre. » Dans la clarté de la lampe à pétrole posée au centre de la table, il la voyait couper le pain, son beau visage toujours grave, ses huit enfants autour d'elle. Le père ne parlait pas, jamais une question, jamais une marque d'intérêt quelconque pour l'un ou pour l'autre de ses fils ou de ses filles. Il se souvenait du silence, non pas pesant, le silence n'est pesant que dans les relations superficielles, mais fort, donnant à chacun le sentiment de sa propre solitude. A la fin du repas, sa mère ramassait les miettes de pain dans sa main et se levait pour les donner aux oiseaux du jardin.

« Vous n'auriez pas du feu, monsieur ? »

Patrick se retourna brusquement, un jeune homme, tête nue, le suivait.

« Non, je suis désolé. »

Il serrait un peu plus fort dans sa main la laisse de Bumbi.

Le jeune homme était à sa hauteur maintenant, il pouvait voir ses cheveux mal coupés, sa barbe naissante.

« Avouez plutôt que cela vous gêne de parler à quelqu'un comme moi !

— Pourquoi ? » demanda Patrick.

Il s'était arrêté et regardait le garçon.

« Parce que vous êtes bien habillé, vous êtes un monsieur. Je vous fais peur. »

Le jeune homme avait un regard ironique et dur, la cigarette non allumée était restée entre ses lèvres. La pluie fouettait Patrick en plein visage, ils étaient devant le Louvre dont la masse noire fermait la longue perspective allant jusqu'à l'Arc de Triomphe.

« Peur », répéta Patrick.

Il continua un instant à dévisager le garçon.

« On n'a pas peur de qui vous ressemble, continua-t-il. Vous et moi sommes semblables, des chats libres et errants, des chats peut-être encore sauvages. »

Il reprit sa marche, le jeune homme le suivit.

« Vous êtes anglais ?

— Américain.

— J'aimerais aller en Amérique, sortir d'ici.

— Allez-y, il ne faut regarder ni à gauche, ni à droite, vous obstiner. Vous réussirez.

— Je n'ai pas d'argent.

— J'étais plus pauvre que vous à votre âge. »

Le garçon éclata de rire.

« Vous avez fait un héritage ?

— J'ai seulement réalisé que si je n'étais qu'un pion sur un échiquier, je pouvais par contre faire avancer ce pion à ma guise. Jouez-vous aux échecs ?

— Pour qui me prenez-vous ? Un lord ?

— Vous devriez essayer. Acharnez-vous sur une partie d'échecs et vous comprendrez ce que veut dire " mater " un adversaire. Ne vous laissez pas aller, ne perdez pas votre temps à construire des châteaux de cartes, un souffle les emportera en un instant. »

Le garçon s'arrêta, jeta sa cigarette trempée par la pluie.

« Jusqu'où peut-on aller pour gagner ?

— Jusqu'à la fidélité totale à ses rêves. Ne pas en changer, ne pas abandonner ni trop espérer. Attendre.

— Il me semble que je n'ai fait que cela dans ma vie, attendre. »

Le ton du garçon devint dur.

« Je ne veux plus attendre.

— Vous n'avez pas le choix.

— Donnez-moi de l'argent, je partirai en Amérique. »

Patrick posa la main sur son épaule.

« Si je vous donnais de l'argent pour rien, par charité, vous seriez comme un enfant auquel on donne un jouet afin qu'il soit bien sage. Décidez le prix que vous êtes prêt à payer et vous saurez ensuite ce que vous pouvez exiger... En attendant, je peux vous donner une cigarette et du feu. »

Elaine s'était fait du souci pour Patrick toute la soirée. Depuis des mois, elle constatait la difficulté qu'il rencontrait pour s'isoler, se concentrer, écrire. Elle le voyait se durcir, devenir parfois cynique, léger comme ses riches amis parisiens. Il parlait voitures, tailleurs, courses de chevaux, art, avec le détachement de ceux qui abordent ces plaisirs trop connus avec grâce et amusement. Man Ray avait fait de lui des portraits superbes et la beauté de son mari lui apparut plus remarquable encore. Si Paris l'avait si bien accueilli, adopté, c'était sans doute à cause de cette beauté alliée à son silence, à son mystère. Il attirait tout en faisant peur. Personne ne savait qui il était et où il voulait aller. Elle-même ne connaissait de lui que quelques épisodes de sa vie à Charleston, puis à New York, son besoin d'harmonie, sa sensualité raffinée mais intermittente, sa quête incessante d'un équilibre intérieur que les livres, la musique, la peinture, la sculpture, lui apportaient. Elle découvrait maintenant sa tendresse pour les bêtes, le respect qu'il avait d'elles. Bumbi ne le quittait pas. Parfois, lorsque le regard de Patrick croisait celui d'un autre homme, elle se cabrait, non par jalousie mais parce qu'elle ne supportait pas d'avoir à se trouver en face d'une brèche, d'un obstacle qu'il lui faudrait franchir. Elle n'était pas prête à se remettre en question.

En trouvant l'appartement vide, Elaine eut un serrement de cœur. Elle alla jusqu'au bureau de Patrick, la lampe était allumée, les feuillets regroupés en un seul tas. « Il a terminé » pensa-t-elle. Il avait réussi enfin ce difficile pari !

Dans un classeur, elle prit une feuille blanche. « Que dirais-tu d'une bouteille de champagne ? » écrivit-elle, et elle posa la feuille bien en évidence sur le bureau. « Je t'aime, ajouta-t-elle, dépêche-toi de lire ce message. »

Il était onze heures, Patrick et Bumbi ne tarderaient plus.

## CHAPITRE X

Le roman de Patrick sortit aux Etats-Unis au mois d'avril et à Paris deux semaines plus tard. La critique new-yorkaise l'avait ignoré, juste quelques lignes dans *Variety* disant que, décidément, beaucoup de jeunes auteurs ne tenaient pas leurs promesses.

« C'est à cause de l'Empire State Building[1], avait expliqué Elaine avec autant de légèreté qu'elle le pouvait, tu es sorti au mauvais moment. »

A Paris, l'accueil ne fut guère plus chaleureux. Sylvia Beach promit de faire connaître le livre, mais elle n'avait pas caché à Patrick qu'elle l'avait trouvé confus, trop bref, pas assez incisif. Elle n'avait pas dit : « L'écriture n'est pas votre voie, changez-en », mais Patrick savait qu'elle le pensait.

Qu'avait-il espéré de ces heures volées à d'autres heures ? Il ne voulait pas parler de lui, il ne pouvait parler d'autre chose. A chaque séance d'écriture, il se heurtait à une porte close. Aucun signe, aucune phrase ne pouvait contenir ni retenir ses véritables espérances, il les fabriquait, elles étaient artificielles. Il avait perdu.

Le 6 mai, Elaine et lui furent invités à l'inaugura-

---

1. L'Empire State Building avait été inauguré le 1er mai par le président Hoover.

tion de l'Exposition coloniale en présence du maréchal Lyautey. La reconstitution du temple d'Angkor étonnait les visiteurs, Elaine s'attarda longuement à le contempler. Elle se sentait soudain prisonnière dans cette ville qui n'était pas la sienne. Une envie encore vague lui venait d'un autre langage, d'une autre solitude avec Patrick à l'abri des regards, des mots, des amours et des indifférences.

« Le temps s'arrête au pied de ce temple, remarqua Patrick, écoute, on ne l'entend plus. »

Ils se prirent la main, c'était venant de Patrick un geste exceptionnel.

« Tu dois écrire encore, murmura Elaine, mais pas ici. Il faut trouver ta propre voix, celle des autres alors te sera indifférente.

— On ne peut, Elaine, se résoudre à se contempler soi-même.

— On peut se regarder sans narcissisme, sans complaisance. Tu gardes en toi quelque chose de douloureux, de fou, de magique, je ne sais pas de quoi il s'agit mais je le sens. Tu as en toi ton pays, ta terre, tu veux les fuir et tu ne sais où aller. Tu es le citoyen d'un pays que tu rejettes et qui n'existe plus. »

Elaine avait les larmes aux yeux. Là, au milieu de cette foule indifférente, elle avait pu dire à Patrick les mots refoulés depuis quelques jours.

« Ne me quitte jamais », répondit simplement Patrick.

Ils reprirent leur marche côte à côte sans plus se toucher.

L'espace consacré à l'Afrique du Nord, la Tunisie, l'Algérie, le Maroc, les retint encore. « La Méditerranée, enfin ! » s'exclama Patrick. Sa voix était à nouveau joyeuse.

Un petit garçon brun vêtu de blanc leur tendit un bouquet : « Pour le plaisir des yeux, monsieur, madame, pour le plaisir du cœur. » Patrick prit les fleurs de jasmin. Une émotion incoercible le saisit tout entier, les désirs, l'agressivité, les déceptions refoulées depuis la sortie de son roman l'abandonnaient pour se nouer en bouquet, fleurir à nouveau, lui donnant la réponse qu'il n'avait pas trouvée : il n'y avait rien à comprendre dans son échec, rien à expliquer ou à justifier. Jamais il ne serait comme le disait Cocteau, un exhibitionniste s'exerçant chez les aveugles, son espace resterait le sien, espace de soleil, de lumière, de mer étale, de bêtes libres. Il ne fallait pas tenter de sortir du labyrinthe. D'autres le feraient pour lui, peindraient des toiles, écriraient des livres, composeraient de la musique. L'impatience qui l'habitait lui ouvrirait son propre chemin, une réalité à créer faite de pierres, de jardins, de bassins, de livres à lire, de légendes à évoquer afin de ne jamais oublier que son passé avait été fait de magie.

Patrick et Elaine regagnèrent épuisés leur appartement.

« Décommande le dîner », demanda Patrick.

Il se sentait heureux, délivré, il avait envie de prendre un bain, d'ouvrir la fenêtre, de boire un bourbon en lisant Baudelaire, Bumbi couché à ses pieds. Retrouver les mêmes masques dans ce théâtre immobile des dîners parisiens lui était insupportable.

Elaine qui s'apprêtait à quitter le salon se retourna brusquement.

« C'est impossible, Patrick, il y aura ce couple de banquiers de Philadelphie qui compte sur nous pour les aider à s'installer à Paris. Jacqueline organise ce dîner pour nous les présenter. Ce serait malhonnête de lui faire faux bond. »

Patrick s'étira.

« Donnons donc notre temps à ces petits marchands de dollars puisqu'il le faut, donnons-le encore et encore jusqu'à ce qu'il soit épuisé. Nous deviendrons alors des abstractions par usure, des symboles sacrifiés, des concepts, en espérant que cette invisibilité sera de nature inspiratrice.

— As-tu de quoi écrire ? » interrompit Elaine.

Ils rirent et Elaine vint s'asseoir sur les genoux de son mari.

« Si tu te serres une seconde de plus contre moi tu ne seras pas en état d'aller te présenter à ces banquiers ! »

Ils n'avaient pas fait l'amour depuis deux mois. Elaine se leva, elle savait que Patrick ne la désirait pas mais voulait respecter le climat de légèreté qu'ils cherchaient ensemble à conserver après ses échecs.

Ils arrivèrent les derniers chez Jacqueline de Brisson. Le couple d'Américains faisait le tour du salon un verre de champagne à la main afin d'admirer le Picasso, le Vlaminck et les Fragonard de leur hôtesse. La femme poussait des petits cris d'admiration tandis que son mari hochait la tête en banquier qui discerne la valeur des choses. Ils reconnurent un jeune ménage ami de Walter et de Maggye, un vieil aristocrate féru de chevaux et furent présentés à une poétesse qui se voulait hermétique et n'était qu'ennuyeuse. Dans un coin du salon se tenait un jeune homme feuilletant un livre d'art. Patrick l'aperçut lorsqu'il leva la tête. Plus que sa beauté ce fut la franchise de son regard et l'enfance demeurée dans son sourire qui le frappèrent. Lui aussi était solitaire parmi les autres, différent, vivant.

« Je vous présente Stephane Buck », dit Jacqueline.

Et prenant aussitôt Elaine par le bras :

« Venez, ma chère, je suis sûre que Mme Waley a beaucoup de choses à vous demander.

— Vous êtes américain, je suppose ? demanda Stephane à Patrick. Je suis moi-même anglais par mon père. »

Souvent ils évoquèrent par la suite ce premier

échange où l'un et l'autre semblaient vouloir faire durer le plaisir de l'attente, de la découverte. Il était huit heures, Jacqueline entraîna ses hôtes vers la salle à manger. Patrick était assis entre la poétesse et la femme du banquier de Philadelphie, Stephane entre la jeune comtesse et la maîtresse de maison. La table séparait les corps, les conversations, jusqu'aux bruits qui n'étaient pas les mêmes.

En écoutant la poétesse lui parler d'elle, de son œuvre, de son triomphe, Patrick lentement se détournait des autres, il n'entendait plus qu'un vague murmure, comme un pépiement incessant d'oiseaux. Et soudain, il eut la vision d'une volière où s'agitaient des perroquets multicolores, élégants, superbes et bruyants, inclinant la tête, ouvrant et fermant des yeux ronds sur le vide de leur existence d'oiseaux. Stephane seul demeurait évident.

Le repas n'en finissait pas, Elaine jetait parfois un regard ironique à son mari tandis que la poétesse, maintenant, récitait ses propres vers, tentant de dissimuler la vanité de ses propos sous un ton érudit. Patrick fit un clin d'œil à sa femme, il lui fallait absolument réintégrer la réalité, fermer ses yeux à ce visage d'homme qu'il aurait voulu créer, à qui il aurait souhaité donner la vie, même au prix de sa propre défaite. Il était donc encore vulnérable, encore disponible à la souffrance ! La mort d'Ada n'avait rien résolu.

Il reposa son verre de bourgogne sur la table d'un geste si brusque que le pied se brisa. Un valet de chambre vint aussitôt éponger le vin répandu, apporta un autre verre, personne ne semblait s'être aperçu de rien mais la poétesse s'était tue.

« Vos vers m'ont bouleversé », dit Patrick en se penchant vers elle. Elle eut un regard étonné comme si un reste de lucidité ou d'humour l'empêchait de le croire tout à fait, puis la prétention l'emporta et elle posa sa main sur le bras de cet admirateur si violent.

« Venez chez moi un soir, je vous en dirai d'autres.

— J'aime la poésie, madame, mais si je venais vous voir je lui serais indifférent.

— Vous pourriez avoir de l'intérêt pour les vers tout autant que pour leur auteur. A mon âge, le corps n'est content que si l'esprit est charmé. »

Patrick se retint de repousser sa chaise et de se lever. Il n'avait pas trente ans, elle en avait soixante. Ce soir, il n'était pas d'humeur à être parisien, il avait envie de prendre Bumbi et de marcher droit devant lui à la recherche d'un abri.

Le repas était achevé, il rejoignit Elaine au salon, il ne voulait ni regarder Stephane, ni lui parler, il devait le laisser là où il devait être, dans l'ombre, comme une belle image sans signification, étrangère.

« Tu as souffert, constata Elaine, mais console-toi, je ne me suis guère amusée entre les dollars et les chevaux.

— Partons, demanda Patrick, je ne crois pas pouvoir rester un instant de plus. Rentrons à la maison, prenons Bumbi et allons marcher aux Tuileries.

— Encore un peu de courage, après le café peut-être, juste avant les inévitables rafraîchissements.

— Laissons tomber les convenances pour une fois, Elaine! L'opinion de Jacqueline sur nous a-t-elle la moindre importance? »

Elaine secoua la tête. Depuis la sortie de son livre, Patrick était sans cesse irritable, impatient. Elle ne pouvait toujours lui céder. Durant son enfance, elle avait appris à se maîtriser, à ne pas être le jouet de ses émotions ou de ses désirs. Le banquier s'approchait, elle alla vers lui.

Patrick un instant eut envie de partir seul mais il ne bougea pas.

« Je ne veux pas vous parler ici, dit Stephane, ce

salon nous est étranger, déjeunons ensemble demain. »

Patrick ne ressentait plus de peur, une émotion très forte seulement.

« Je vous retrouverai à la Pergola à midi trente. »

Ils se détournèrent l'un de l'autre, Stephane alla vers Jacqueline, Patrick vers le banquier, il se sentait prêt à l'affronter et même à le séduire.

Il avait rêvé de Mark, de Ray et d'Ada, les seuls de ses sept frères et sœurs qu'il aimait. Ada était morte, Mark et Ray dispersés, installés quelque part dans le Sud, mais dans son rêve ils étaient réunis silencieux, assis comme en attente dans la véranda de leur vieille maison de Sugar Valley. C'était le printemps mais un printemps dépouillé, nu, venteux. Seules les fleurs avaient poussé par milliers dans les champs, de hautes fleurs jaunes et rouges au milieu du vert tendre de l'herbe.

« Pourquoi est-ce le printemps ? demandait enfin Ada d'une voix neutre.

— Pour que les fleurs poussent, répondait Mark.

— Pourquoi les fleurs et pas nous ?

— Parce qu'elles sont vivantes et que nous, sommes morts, déclarait Ray, parce qu'elles sont notre âme qui revient. Chaque fleur ressemble à un humain et sera sa mémoire à jamais.

— Que suis-je, moi ? questionnait encore Ada de sa même voix monotone.

— Tu es une jeune fille, donc une bougainvillée grimpant dans les jardins sous sa robe rose, tu cherches le soleil et tu te caches à l'ombre, tu es persistante, chaque printemps te redonnera vie.

— Et Patrick, quelle fleur est-il ? »

Ray réfléchissait, le vent soufflait froid et sec faisant tinter la cloche de l'étable.

« Patrick est un lys belladone, beau, fragile, vénéneux, il ne faut pas vouloir le cueillir, le blesser, seulement l'aimer en liberté.

— On le cueillera pourtant, intervenait Mark.

— Celui qui le cueillera mourra », répondait Ada d'une voix soudain vibrante.

Patrick s'était réveillé brusquement. Elaine dormait paisiblement à côté de lui, Bumbi, couché au pied du lit, redressa la tête et le fixa de son regard interrogateur de bête.

« Dors mon chien, murmura Patrick, tout va bien. »

A nouveau il ferma les yeux, vit une maison, un cyprès, une treille et se trouva apaisé. « L'Italie, pensa-t-il, Elaine et moi partirons pour l'Italie. Si je quitte Paris, j'oublierai ceux qui vivent à Paris. »

La Pergola était moins animée à l'heure du déjeuner que le soir. Patrick, qui en était un familier, avait demandé cette table qu'il aimait tout particulièrement où de grands pots de plantes vertes faisaient écran entre lui et le reste de la salle.

Stephane l'attendait, buvant un verre de vin blanc. Ils se serrèrent la main et c'était leur premier contact physique. La veille, chez Jacqueline de Brisson, ils ne s'étaient pas même effleurés.

Il faisait beau mais frais encore. Les nuages blancs du ciel de Paris glissaient suivant les gestes du vent, dociles et ronds comme des bracelets.

« Les martinets sont de retour, dit Stephane, j'en ai aperçu un ce matin au-dessus de la Seine. Voulez-vous un verre de vin blanc ?

— D'où venez-vous, demanda Patrick, pour savoir le nom des oiseaux ? »

Stephane rit, il avait un rire clair, sans aucune affectation.

« De la campagne anglaise. J'ai grandi en Cornouailles, près de Penzance, là où s'arrêtent les terres, royaume des oiseaux de mer, du vent et des arbres serrés les uns contre les autres pour enterrer le ciel. C'était toujours la fin des saisons. »

Un garçon apportait sur un plateau un deuxième verre de vin blanc avec des amandes et des olives noires. Bumbi, couché aux pieds de Patrick, se redressa, implorant, il avait reconnu l'odeur des fruits secs.

« Votre chien a un collier exceptionnel, remarqua Stephane, je n'en ai jamais vu d'aussi élégant !

— Il vient de chez Hermès, Bumbi est une vedette, il a posé pour *Vogue*.

— Je vois que vous avez su devenir vraiment parisien. C'était une ambition ?

— Un jeu, répondit Patrick. Je peux devenir ce que je désire être.

— C'est pour cela que vous écrivez. »

Patrick tressaillit, Stephane avait-il lu son livre ?

« Je viens de terminer votre roman, poursuivit Stephane, comme s'il avait perçu le trouble de son interlocuteur, je l'ai commencé et achevé dans la nuit. Voulez-vous que nous en parlions ?

— Non, dit Patrick. Vous ne pourriez pas être sincère. »

Stephane rit à nouveau.

« Je sais prendre des détours, éviter la ligne droite, je suis journaliste.

— Où ?

— Je travaille à *Marianne*, le journal de Gallimard, vous le connaissez ?

— Bien sûr. Pourquoi êtes-vous journaliste ?

— Parce que je doute de tout. C'est pour cela peut-être que j'éprouve ce besoin incessant de comprendre et d'expliquer.

— Comprendre et expliquer quoi ? L'écriture est une servitude. Chacun parle un langage chiffré, personne n'écoute personne, le verbe est fait pour drainer les masses. Vous n'êtes qu'un porte-voix.

133

— J'essaye de me faire écouter, la société ne peut vivre sans porte-voix. »

On leur apportait le menu. Le maître d'hôtel, immobile, feignait de ne rien écouter, il semblait perdu dans un grand songe intérieur peuplé de terrines et de soufflés.

« Monsieur le journaliste, demanda Patrick, serez-vous capable de trancher entre le plat du jour et les spécialités de cet endroit ?

— " Puisque vous demeurez de l'autre côté de l'eau, je suis un brave ", a dit Pascal. »

Patrick rit à son tour.

« Et qui vous dit que je ne traverserai pas la rivière ? »

Le déjeuner s'étirait, ni Patrick, ni Stephane n'avaient envie de se quitter. Il était deux heures trente, le restaurant était presque vide. Ils avaient parlé de cinéma, de Charles Laughton, Michael Redgrave et Robert Spaight que tous deux admiraient, puis de littérature. Patrick aimait Giono, Baudelaire, Rimbaud.

« Découvrez Spinoza, conseilla Stephane, il vous apprendra non pas la sagesse, mais le combat pour mériter l'inquiétude.

— Je n'ai jamais contemplé le ciel assis au fond d'un puits. Là d'où je viens, tout était difficile. Croyez-vous que je ne me sois pas battu ? J'avais six ans peut-être lorsque j'ai renoncé au bonheur de la confiance et de la dépendance. J'ai compris alors quel prix il fallait payer pour l'amour.

— Ne vous est-il pas donné parfois gratuitement ?

— Jamais ! » dit Patrick.

Il avait parlé fort, avec violence, deux convives attardés à une autre table se tournèrent vers eux.

« Mais je lirai Spinoza puisque vous l'aimez, continua-t-il d'un ton calme. En échange je vous donne Poe.

— Et Huxley ? Quelle érudition ! Savez-vous le livre de lui que je préfère ?

— J'aime par-dessus tout *Grey Eminence*. Pourquoi pas vous ? »

Ils rirent ensemble et les convives se retournèrent à nouveau. Stephane posa sa main sur celle de Patrick, il eut un léger sursaut mais la lui laissa.

« Ecrivez encore, Patrick, mais écrivez pour vous. Laissez les plans aux forts en thème, abandonnez-vous. Il suffit d'écrire une première phrase et de se laisser aller sans savoir peut-être ce que sera la page suivante. Laissez à d'autres les romans fabriqués. »

Patrick retira sa main, prit un petit cigare qu'il alluma sans en proposer à Stephane. Les mots qu'il venait de prononcer étaient une condamnation de son roman, il devait faire un effort pour ne pas montrer son trouble et son désappointement.

« Pour moi, dit-il aussi légèrement qu'il le pouvait, un roman est d'abord un sujet évoquant des émotions élémentaires : amour, haine, jalousie, inceste. Le romancier doit parler de tout avec détachement et légèreté. Le fond, personnages, décors, doivent être élégants et la forme poétique. Je n'aime guère les épanchements incontrôlés, dans aucun domaine.

— Vous êtes donc un homme de préméditation ! Pour moi, les plans quinquennaux ne sont pas au programme de mes élans de cœur. Comment pouvez-vous vous protéger et croire en l'autre et en ses illusions ? C'est de la confrontation de deux chimères que peut naître le chagrin mais aussi la joie. Fermez les yeux, les oreilles sur la bêtise, les paroles tonitruantes et creuses, ne les fermez pas sur vous-même. »

Patrick aspira une longue bouffée de son cigarillo. Ce garçon avait tout pour l'irriter et il le séduisait. Il aurait pu en face d'un autre tenir un langage semblable, par goût du paradoxe, par refus d'admettre quoi que ce soit comme étant certain. Les paroles qu'il prononçait, il les aurait attaquées alors comme le faisait Stephane.

« Comme nous nous ressemblons ! » murmura-t-il.

Il avait la lucidité de comprendre le danger d'une relation avec Stephane. Toujours, il avait voulu et pu vivre à contre-temps, regarder sans participer, s'abandonner sans don. Ce garçon menaçait sa solitude, sa désinvolture, sa sérénité. Elaine les avait acceptées, lui les bouleverserait. Il était redoutable.

« Nous reverrons-nous ? » demanda Stephane.

Il avait sollicité, il avait perdu. Il fallait savoir ne pas attendre de réponse.

Patrick se leva, jeta quelques billets sur la table.

« Peut-être, peut-être pas. N'avez-vous pas dit vous-même que les plans étaient ennuyeux ! La vie est comme un livre sans doute et il faut laisser le hasard faire les choses.

— Alors, à bientôt ! » répondit Stephane.

Et sans un regard pour Patrick, il tourna le dos, descendit seul l'escalier et sortit.

## CHAPITRE XI

« Bienvenue, dit Sylvia Beach, je vous attendais avec impatience. »

Elle tendit la main pour prendre le bras de Patrick, lui transmettre la chaleur de son amitié. Les auteurs à succès comme ceux qui restaient inconnus lui étaient également chers, tous pouvaient compter sur la fidélité d'une affection totalement indépendante de la notoriété.

Patrick avait marché jusqu'à la rue de l'Odéon. La fin du mois de juin était enfin ensoleillée, faisant s'asseoir les promeneurs aux terrasses des cafés, sortir les belles Parisiennes, sommeiller les chevaux attelés aux voitures de livraison, la tête dans leurs sacs de jute. Les colporteurs, vitriers, chiffonniers arpentaient les rues, proposant leurs services en criant. Des enfants jouaient à la marelle sur le trottoir de la rue des Saints-Pères. Patrick s'arrêta un instant pour les regarder rire et sauter. Jamais Elaine et lui n'avaient parlé de l'absence d'enfant à leur foyer. Il n'en souffrait pas lui-même, ses racines n'étant pas encore enfoncées, il ne pouvait prendre en charge quelqu'un vivant de lui. Elaine sans doute y songeait. Son amie Johanna avait déjà un petit garçon qu'elle élevait avec bonheur à Jackson, elle attendait un deuxième bébé pour l'automne. Deux photographies leur étaient parvenues, l'une montrant Gerald dans son berceau, l'autre en petit costume marin, debout, tenu solidement par la main de sa maman. Elaine envoyait des cadeaux, écrivait.

« Johanna est heureuse, lui avait-elle dit un jour à l'heure du café, l'avenir est tellement clair pour elle, vertical : un mari, des enfants, une grande maison, le passage du soleil, des années, la récolte du coton, une existence liée aux saisons, à la tendresse, en sursis de douleurs et de larmes. Serai-je moi toujours une émigrante ?

— Peut-être est-ce cela ton désir, avait-il répondu. Toi et moi recherchons ce que nous ignorons encore avec la certitude de le trouver. L'émigrant pleure toujours son départ mais pour rien au monde il ne reviendrait en arrière. »

Un instant, il avait cru apercevoir des larmes dans ses yeux, mais elle souriait, de ce sourire serein qu'il aimait tant chez elle.

« Nous allons obtenir un ou deux articles sur votre livre, disait Sylvia Beach. J'ai bon espoir qu'il soit traduit, on m'a fait de vagues promesses que je compte bien voir se concrétiser.

— Je ne pense pas que ce roman justifie tant d'attentions. Peut-être vaut-il mieux l'oublier tout à fait. »

Patrick était venu chez Sylvia pour lui dire de ne plus se soucier de lui, depuis sa conversation avec Stephane, il avait la certitude que son livre était médiocre, constatation amère mais il avait la satisfaction de savoir qu'il pouvait avoir un regard sans complaisance sur lui-même.

Sylvia ne crut pas un mot des paroles de Patrick, tant d'auteurs se faisaient petits du bout des lèvres afin d'être grandis, hissés à la hauteur de leurs espérances. Il fallait les réconforter, les aider, elle était l'amie, la mère.

« Nous verrons. Ce soir, j'attends un journaliste qui s'intéresse à vous. Il est prêt à écrire quelque chose assez vite. Un bon article serait positif pour une traduction et un futur contrat. Il faut savoir faire feu de tout bois dans ce métier.

— Est-ce un métier ? ironisa Patrick.

— Pour ceux qui ne réussissent pas, certainement. Pour les autres c'est un hobby peut-être ou plutôt une manière d'être. Leur vie nourrit les romans, pas l'inverse. »

Elle s'écarta de Patrick pour accueillir une jeune femme, un écrivain anglais qui commençait à être célèbre. « Elle, pensa Patrick, n'a pas besoin de coup de pouce. » Il s'en voulut d'avoir désiré écrire alors qu'il n'était prêt à se donner ni aux êtres, ni aux mots. Sylvia Beach avait choisi la bonne voie, écouter, tendre la main, permettre à ceux qui voulaient la lune de la décrocher. Personne ne la jugeait, elle était libre.

Il s'approcha de la fenêtre, deux martinets volaient haut au-dessus des toits et il pensa à Stephane. Ne plus le revoir était un pari qu'il s'était imposé, or dans tout pari n'y avait-il pas un malhonnête et un imbécile ? Il était l'imbécile, Stephane lui manquait, non parce qu'il avait besoin sensuellement de lui, il détestait les rencontres de hasard, vite vécues, vite oubliées, mais parce que Stephane était comme lui un nomade, coincé entre une enfance peuplée de forêts, d'orages, de bêtes et une existence d'homme tellement civilisé qu'ils ne savaient plus ni l'un ni l'autre où se trouvait leur vie. Tous deux cherchaient un point d'équilibre, fil tendu entre leurs souvenirs et leurs espérances où ils pourraient avancer pas après pas au-dessus des secousses, des vertiges, des illusions. Leurs deux espaces mêlés un instant avaient déjà sécrété une complicité, une évidence, le commencement d'un futur. Une fois de plus il n'avait pas su apprivoiser la méfiance cette vieille ennemie. Les martinets avaient disparu, dans l'immeuble d'en face, une femme se penchait à sa fenêtre, il voyait ses cheveux tressés en chignon, ses épaules, la naissance de ses seins dans l'échancrure de sa robe et, pour la première fois, la pensée du corps de Stephane, de sa peau, de son odeur lui vint. C'était une pensée aiguë, douloureuse. Il se détourna.

« Patrick ! Je vous cherchais partout. »

Sylvia était devant lui, Stephane à son côté.

« Je vous présente ce journaliste qui veut écrire quelque chose sur votre livre, Stephane Buck, Patrick Henderson. »

Le soir tombait. Stephane quitta son bureau, alluma deux lampes, vint se rasseoir sur le bras du fauteuil.

« Un autre whisky ? »

Patrick refusa. Il était venu chez Stephane pour lire l'article que *Marianne* allait publier dans son premier numéro de juillet. Stephane lui avait montré une page blanche.

« J'allais m'y mettre. Asseyez-vous, prenez un whisky. Je vous lirai l'article au fur et à mesure. »

Il tapait sur sa machine, déchirait la feuille, en remettait une autre qu'il déchirait encore.

« Je cherche le ton juste. »

Patrick avait bu deux whiskies, fumé un cigarillo. Chaque page déchirée mettait en pièces son amour-propre. Quelle comédie jouait Stephane, qu'attendait-il de lui ?

« Que voudriez-vous au juste que j'écrive ? »

Stephane le regardait attentivement mais sans ironie. Patrick le sentit désorienté.

« Ce que vous pensez, que mon roman ne vaut rien. Allez-y, ne tournez plus autour du pot. »

Il le regardait avec défi.

« J'aime les gens sincères et vous ne l'avez pas été

un seul instant depuis que nous nous sommes rencontrés. »

Stephane se leva brusquement.

« Vous êtes un tricheur, Patrick Henderson. Vous vous voulez libre et vous avez un besoin enfantin, inépuisable, d'être approuvé. Il faut de l'imagination pour souffrir.

— Et je n'en ai aucune, dites-le donc ! »

Patrick s'avança vers Stephane, prit la feuille, s'installa devant le bureau.

« Laissez-moi écrire tout cela puisque vous en êtes incapable. »

Il écrivit longtemps, feuille après feuille, de son écriture penchée, fine, rapide. Stephane avait quitté la pièce.

Jamais depuis son enfance Patrick n'avait ressenti en lui cette violence. Ce besoin de braver, de se battre, il le retrouvait intact malgré Charles, Elaine, New York et la jolie vie parisienne. Les déchirures, les révoltes étaient demeurées entières, montrant sa vulnérabilité. Rien ne le protégeait.

Il écrivait pour se défier lui-même mais pour défier Stephane également, pour qu'ils fussent l'un et l'autre marqués par les mots, enfermés dans leurs solitudes jusqu'à l'harmonie, jusqu'à ce que leurs deux libertés ne fussent plus des limites mais des compléments. Il y avait en eux assez de lumière pour balayer les ombres mais auparavant il fallait les débusquer, les nommer. C'était leur seule chance de parvenir à se rejoindre au-delà des relations ordinaires, passives, agressives ou trop soumises.

« Le roman de Patrick Henderson est un roman facile et faux. Facile parce que désinvolte, d'une insolence légère et finalement sans portée, pétrie de mots tout faits, de références empruntées çà et là à la bibliothèque de tout homme un tant soit peu cultivé. L'auteur semble avoir eu pour unique ambition de rendre une bonne copie donnant de ses lectures puis de lui-même une idée avantageuse. Si Huxley a écrit cela et que je l'ai retenu, aimé, c'est que je suis digne du maître, presque à sa hauteur. Eh bien non, monsieur Henderson, vous n'êtes ni Huxley, ni Caldwell, vous êtes un homme qui marchez dans la foulée de vos guides. Trouvez de toute urgence votre propre chemin. Alors nous serons heureux de vous suivre.

« J'ai dit aussi que ce roman était faux. Depuis plus d'un an dans cette chronique, je tente de ne jamais être un lecteur passif, obéissant à des émotions ou à un plaisir facile. Je n'aime pas que les romans se déguisent pour mieux séduire et se vendre puisque c'est désormais le but de tous les écrivains : se vendre. Il faut être patient pour devenir un écrivain, on ne porte pas son cœur en écharpe devant n'importe qui. Bien sûr, il y a la tentation facile de revenir à l'étrange, au dépaysement, à l'exotisme, tentation qui a séduit tant de nos auteurs contemporains. Quel rêve insensé de se sentir magicien, un enchanteur qui ferait de ses contes un tapis de pourpre volant. L'air des hauteurs, hélas, ne les protège pas de la banalité, chacun doit rester à sa place.

« Patrick Henderson a voulu mêler tout cela, l'érudition et l'étrange, et il s'est empêtré dans ce méli-mélo, trop impliqué qu'il est dans une vie quotidienne privilégiée. Comme tous les grands, il semble regarder les catastrophes du haut de sa terrasse. Descendez donc, monsieur l'auteur, plongez-vous dans la réalité, votre réalité, même si ce bain agite de la boue, des odeurs fades, des couleurs grises. Vous cherchez à plaire alors que vous vous préservez, c'est pour cela que vous trichez. Qui veut séduire doit se donner. " La vraie liberté, a écrit Montaigne, c'est de pouvoir toute chose sur soi. " Le jour où vous braquerez votre lampe sur vous-même, ce jour-là, monsieur Henderson, vous serez libre et peut-être votre liberté nous séduirat-elle. Auparavant, gardez le silence, le silence est la gloire des forts. »

Stephane était derrière Patrick, il se retourna et lui tendit la feuille.

« Le texte est-il assez long ou en souhaitez-vous davantage ? »

Stephane lut lentement, se pencha sur le bureau.

« J'ai seulement une phrase à ajouter. »

Il prit un crayon.

« Le silence est aussi le meilleur moyen de renoncer aux illusions. Il faut accepter les événements, les êtres, savoir pleurer, rouler d'enfance en enfance, comprendre que nous sommes aussi inséparables de l'amour que la vie l'est de la mort. »

Il signa : Stephane Buck, prit les feuilles des mains de Patrick. Leurs doigts se rencontrèrent, se mêlèrent, ils se regardaient, s'affrontaient, se recherchaient.

« Enfin, tu es là », murmura Patrick.

## CHAPITRE XII

Patrick et Elaine avaient loué pour l'été une maison à Anacapri. Stephane devait les y rejoindre quelques jours plus tard. Ils arrivèrent à Marina Grande par le vaporetto de Naples à six heures du soir, lorsque la mer devient blanche, creusée de bleus différents par les courants. Il faisait chaud encore malgré la brise de l'est. Aussitôt débarqué, tenant Bumbi en laisse, Patrick s'arrêta. La lumière, les odeurs, les couleurs de la Méditerranée le remplissaient d'une émotion si vive qu'il avait peine à respirer. Longtemps il avait différé ce retour en Italie, par peur du souvenir trop vif de Charles dans cette terre qu'il lui avait fait découvrir. Steph l'avait délivré de cette appréhension, rien n'était répétitif, seul existait l'instant, étrange cadeau dont personne ne savait très bien ni la destination réelle, ni le mode d'emploi. Afin de ne plus hésiter, il avait hâté les choses, loué la petite maison où l'écrivain Compton Mackenzie avait écrit *Sinister Street*, pris des billets de train pour Naples. Elaine qui comptait passer le mois de juillet à Deauville en compagnie de Maggye avait une fois de plus changé ses plans avec bonne humeur. En réalité, les histoires d'amour de son amie, elle était décidément amoureuse de David et n'arrivait pas à trouver un juste équilibre dans cette relation, l'ennuyaient un peu.

S'éloigner d'elle pour l'été revivifierait leur relation. « Viens me voir, Maggye, lui avait-elle proposé en la quittant, tu seras seule, tu réfléchiras, tu te reposeras. Ce serait une bonne idée. » Maggye avait vaguement promis. « Si David part sur la côte basque pour la saison de polo, je ferai le voyage de Capri, je te le promets. »

Elles s'étaient embrassées.

« Ne tombe pas amoureuse d'un Italien, ma petite Elaine, crois-moi, ce sont des séducteurs professionnels. »

Elle avait réfléchi un instant.

« Et puis, au fond, je crois que tu ne crains rien à Capri, la plupart de ces messieurs préfèrent rester entre eux. Fais attention à ton mari ! »

Elaine n'avait pas aimé cette dernière remarque. « Jamais plus », s'était-elle souvent répété, mais elle savait que ces mots étaient dangereux car ils ne se pardonnaient pas facilement.

Une voiture les attendait pour les mener à Anacapri. L'Italien qui conduisait, envoyé par l'agence de location, parlait rapidement, ni l'un ni l'autre ne comprenaient un mot. Ils opinaient parfois de la tête ou disaient « si, si ».

Le paysage était splendide, la route taillée dans le roc dominait la mer éclairée par le soleil couchant. Les rochers, calcinés ou rougeoyants selon l'intensité de la lumière, entouraient des oliviers, des figuiers penchés entre la mer et le ciel. Dans cette nature dure, sauvage, le silence protégeait la douceur du soir dans l'odeur du romarin, de la terre et des pins. La voiture croisa la scala Fenicia. Patrick avait descendu cet escalier gréco-romain avec Charles et ses amis. Le paysage encore familier resserrait l'espace, la durée, rompait les remparts de ses souvenirs. Ici, ils avaient pique-niqué la nuit face à la mer. Le vent était chaud, Ugo avait dit une histoire, une légende de Capri pleine de sirènes et de jeunes dieux. Leurs ombres étaient bleues dans la lueur des lampes et les unissaient les pierres aiguës, la terre rouge tiède encore, leurs propres corps. Il appartenait à ce pays, à cette mer, captif et roi, vainqueur et défait.

« Quel merveilleux défi que d'aimer », avait dit Ugo.

Ils buvaient du vin rosé, le ressac de la mer en contrebas semblait la plainte de ces sirènes qu'ils venaient d'évoquer. Charles l'avait regardé et il avait détourné les yeux pour se protéger.

« Même la cendre est fertile », avait murmuré Charles.

Tous ces mots il les avait conservés intacts en lui et c'était Steph qui leur donnait un sens.

Elaine qui était restée silencieuse lui prit la main.

« Je crois que je vais aimer ce pays. »

Il serra ses doigts entre les siens. Il saurait fermer la porte sur ses pensées, sur son cœur, la protéger, la garder. Comme si elle pénétrait ses pensées, Elaine murmura : « Je n'ai que toi, Patrick ! » et elle contempla la mer, le front posé sur la vitre de la voiture.

A Anacapri, les maisons blanches, basses, bordaient d'étroites ruelles. La voiture dépassa la petite église San Michele et se gara devant une villa. « La villa Il Rosia », prononça triomphalement le chauffeur. Elaine vit une grille devant un jardin rempli de fleurs et de plantes grasses. La maison se trouvait un peu plus loin, simple, blanche, avec un toit de vieilles tuiles, une terrasse recouverte de roses où l'on apercevait de gros pots de terre cuite plantés de géraniums. A droite il y avait une citerne.

« La villa a été construite par Edwin Cerio », ajouta le chauffeur en ouvrant la portière.

« Les Cerio sont les notables de cette île, expliqua Patrick, tu en connaîtras quelques-uns. »

Il sortit de la voiture, prenant la main d'Elaine.

« Steph aimera la maison », pensa-t-il. Au loin, il aperçut la Méditerranée et respira profondément.

« Fais-moi visiter notre demeure », demanda Elaine.

Elle tenait à la main un sac en cuir qui ne la quittait pas. Avec ses cheveux noués par un ruban, sa robe de crêpe rose et ses sandales, elle semblait très jeune, un peu perdue. Il l'embrassa sur la joue.

« Demandons à cette maison de nous donner du temps, parce que tout ce qui est beau doit être lent. Viens avec moi ! »

Elaine laissa à Chiara, la cuisinière, le commandement de la maison. C'était une femme petite, carrée d'épaules, le cou déformé par un goitre mais elle jouissait, ayant été au service d'Axel Munthe, d'une excellente réputation. Tout de suite, elle prit Elaine et Patrick en amitié. Elaine ne la contrarierait en rien, trouvait tout ce qu'elle faisait parfait, échappait ainsi à l'acidité de la langue de Chiara connue dans tout Capri. Les deux premiers jours, fatigués de soleil, de lumière, ils restèrent chez eux, découvrant leur petite maison avec ses chambres blanches, son cabinet de toilette donnant sur la terrasse et les roses, la cuisine au sous-sol, la chambre d'amis dont la porte s'ouvrait sur le jardin. Bumbi flairait tous les massifs, avide d'identifier ces odeurs nouvelles, avant de s'allonger à l'ombre, les yeux clos, perdu dans d'étranges rêves qui le faisaient tressaillir.

Le soir, sur la terrasse, assis entre les pots de géraniums, ils buvaient du vin rosé, essayant d'imaginer l'inconnu du ciel au-dessus d'eux. Ils parlaient peu. Elaine attendait Patrick, elle avait envie de le caresser mais n'osait encore le provoquer. Il oublierait l'échec, la frustration, il la prendrait à nouveau dans ses bras puisqu'il aimait cette terre et qu'il l'avait retrouvée. D'une nuit chaude et parfumée semblable à celles qu'ils traversaient, jaillirait un nouveau désir, elle n'avait pas d'angoisses, de la hâte seulement.

A dix heures, ils dînaient. Chiara les servait. A la lumière des bougies les géraniums, les roses, semblaient se contracter, frémir et se dilater comme des fleurs sous-marines, les arbres du jardin trouaient la nuit de leur ombre rigide. C'était l'heure où Steph manquait le plus à Patrick. Une semaine encore à attendre. Il souriait à Elaine, disait des mots tendres, affectueux, pour égarer ses sentiments douloureux. Chiara cuisinait les poissons, les crevettes, les pâtes, les légumes à merveille, il la félicitait, caressait Bumbi, s'endormait à côté d'Elaine dans leur grand lit recouvert de coton blanc dans la beauté bleue de sa solitude, s'éveillait heureux parce qu'il savait qu'il était chez lui.

Levé avant Elaine, il sortait sur la terrasse. Les roses, les géraniums, se dressaient vers le soleil du matin, il contemplait l'ombre du mur encore large sur les carreaux de terre rose, le fleuve du ciel entre les arbres, charriant de petits nuages étirés comme des feuilles de palmiers. De la cuisine venaient des bruits, Chiara préparait le petit déjeuner. Le vent dormait encore. Au-delà de la maison, sur la Méditerranée, les pêcheurs veillaient toujours, il apercevait des voiles et les taches grises des bateaux. Le silence avançait lentement, fils de cette terre antique où le temps disparaissait, se désintégrait. Hier et aujourd'hui Patrick avait l'impression de demeurer le même, accroché à ses rêves, à ses certitudes. Il n'accepterait jamais de n'être qu'une image, un être de vanités. Il possédait sa propre interprétation de la vérité, son exigence impitoyable. Il n'était à personne, il ne devait rien à personne. Elaine le prenait contre elle, il la prenait contre lui, cet échange n'ôtait rien au luxe de cette pauvreté. Elle était à l'intérieur de lui-même, partie de lui-même. L'amertume de son échec s'amenuisait. A quoi lui servirait le succès s'il le retenait prisonnier ? Il n'avait pas besoin de lui, il avait besoin de construire son propre royaume qui ne passait pas par ce chemin-là.

Il lui faudrait vivre Stephane avec discernement, ne pas laisser son image courir trop vite dans sa pensée, demeurer libre. Pour la première fois depuis la mort d'Ada, Patrick se sentait engagé dans une histoire d'amour.

Chiara surgissait avec un plateau, du café, du pain frais, du beurre, des confitures de figues et d'oranges amères. Le soleil montait et l'ombre du mur s'amincissait. Elaine en pyjama de soie s'étirait. Ils buvaient leur café en se souriant.

Après trois jours de réclusion à Anacapri, Patrick décida d'emmener Elaine en excursion aux ruines de la villa de Tibère. Ils étaient tous deux en pantalons blancs avec des chemises à manches courtes, Elaine avait bronzé déjà, son teint mat, ses yeux et ses cheveux noirs la faisaient ressembler à une Italienne. Bumbi courait devant eux, creusant la terre sèche, essayant de déplacer les rochers où se réfugiaient des lézards. La via Tiberio s'encaissait entre de petits murs de pierres, Elaine se penchait parfois pour y cueillir des asphodèles blanches ou des feuilles d'acanthe qu'elle rassemblait en bouquet.

« Que reste-t-il de la villa Jovis ? demanda-t-elle.

— Peu de chose, mais tu imagineras très bien ce qui manque. Ces ruines ne semblent pas mortes mais en sommeil.

— La belle au bois dormant, n'est-ce pas ?

— Un petit peu, mais la belle ne s'éveillera plus. »

Elaine éclata de rire.

« Le beau plutôt ! Tibère n'était-il pas entouré de jeunes gens ? » Souvent elle regrettait certains mots aussitôt qu'elle les avait prononcés. Elle ne savait jamais la mesure exacte à observer en ce qui concernait le passé de Patrick. Rien n'était tabou et ce serait ridicule de sa part de l'occulter, mais elle ne pouvait en parler librement. « J'ai l'impression de le juger, pensa-t-elle, et pourtant Dieu sait que je ne l'approuve ni ne le désapprouve, jamais je ne m'érigerai en censeur. » Elle songeait à Maggye, à ses difficiles histoires d'amour entre Walter et David, à son honnêteté, à ses frustrations. « Je ne suis jamais vraiment heureuse, lui avait-elle confié, lorsque je quitte Walter, il me manque, lorsque je quitte David, je suis bouleversée. » Elaine avait plaisanté : « Prends un troisième homme, il les départagera peut-être ! — Beaucoup de femmes le font, avait répondu Maggye, mais jamais je n'accepterai de mettre la moindre logique dans mes sentiments. Il faut laisser la lumière trouble. »

Sans doute devrait-elle écouter Maggye, laisser à la lumière de Patrick ses éléments obscurs, ne pas chercher à tout comprendre.

La route s'élevait, découvrant le Monte Solaro et Marina Grande. Il était cinq heures, le soleil moins chaud glissait sur les rochers, traversait les arbousiers, les pins et les genévriers. Patrick qui marchait devant s'arrêta. La terre méditerranéenne lui offrait sa gloire, une intemporalité où l'argile des vivants était celle des morts. Elaine le rejoignit, mit sa main dans la sienne.

« Explique-moi », demanda-t-elle.
Elle était émue par tant de beauté.


Ils regagnèrent à la nuit leur maison d'Anacapri. Chiara avait mis le couvert sur la terrasse, une bouteille de vin, une corbeille d'abricots et de pêches au milieu de la table, des bougies sur le mur blanc. Des lasagne aux fruits de mer se trouvaient au chaud dans le four avec le pain. Elle avait accepté de servir un dîner chez Axel Munthe à la villa San Michele et serait absente jusqu'au lendemain. Un télégramme était posé sur l'assiette de Patrick : « J'ai pu me libérer plus tôt et serai à Capri demain. Steph. »

« Une bonne ou une mauvaise nouvelle ? interrogea Elaine.

— Le petit journaliste arrive demain. »

Il prit la bouteille de rosé et l'ouvrit, ses mains tremblaient.

Patrick et Elaine burent en entrechoquant leur verre. Elaine s'était assise sur le rebord du mur entre deux pots de géraniums roses.

« Stephane connaît tout le monde à Capri », dit Patrick.

Et, prenant Elaine par la nuque, il l'embrassa sur les lèvres.

Le vent se levait en rafales chaudes sentant le pin et le thym sauvage, faisant trembler la lueur des bougies dont l'ombre menue s'accrochait aux murs blancs.

« Il va y avoir de l'orage, annonça Elaine, dînons vite ! »

Elle alla chercher les lasagne tandis que Patrick coupait le pain. La nappe s'enroulait autour de ses jambes, soulevée par le vent. Il aimait l'orage, tant de souvenirs persistaient en lui des étés de Géorgie. Des souvenirs mobiles et immobiles, durs, tranchants comme des pierres pour blesser sa mémoire et contre lesquels, mille fois, il était venu mourir avant de repartir un peu plus vite, un peu plus loin encore. Bumbi le regardait, il posa la main entre ses oreilles, geste familier, accompli sur tant de chiens amis, depuis Orkie, son premier beagle croisé d'une race inconnue, disparu un jour dans la forêt des Appalaches. Quel âge avait-il alors, six ans ? Le petit garçon avait pleuré. Il lui avait fallu des mois et des années pour apprendre à communiquer avec les êtres humains. Auparavant, il se prenait pour un oiseau, un chat, une plante, un enfant seul, déjà sans illusions.

Elaine le servait, elle était belle dans la lumière lourde de l'orage. L'obscurité tremblait autour des bougies, Patrick se sentait léger, délivré pour un moment de ses fantômes. Il y eut un éclair, Bumbi se dressa.

« Il ne va pas pleuvoir encore, mon chien ! » le rassura Patrick.

Il était né une nuit de septembre dans la chaleur lourde de la fin d'été et avait regardé le ciel, les étoiles, avant tout visage humain.

Elaine mangeait en silence, lui souriant lorsqu'elle prenait son verre de vin. Elle, avait grandi en Virginie sous les vérandas, à l'ombre des magnolias et des pins, aimante et aimée, si différente ! Et pourtant, la nuit les rassemblait, la nuit du Sud, sensuelle, maternelle. Leurs corps avaient ce repère pour se rejoindre, se comprendre, s'aimer, se délivrer, le corps et la nuit, lampes obscures, incertaines, généreuses, source de tous les dons, de toutes les chimères.

Il se leva, posa sa joue sur la tête d'Elaine afin de se reposer, de se délivrer de l'immédiat avenir. Elle leva les bras, caressant ses cheveux, doucement. Alors Patrick referma ses bras et elle sut qu'elle allait le reprendre pour un moment encore, l'emmener avec elle dans sa profondeur, sa tiédeur, sa douceur, sa fragilité.

Leurs bouches se frôlèrent, Patrick posa ses mains sur la poitrine de sa femme et elle se cambra. Il déboutonna le chemisier de soie, retira le léger soutien-gorge de crêpe de chine ajouré.

Elaine sentait le vent sur sa poitrine, retrouvant la même sensation qu'elle éprouvait adolescente lorsque les nuits trop chaudes de Virginie la faisaient sortir sur le balcon qui courait tout le long de la façade du premier étage. Elle ôtait sa chemise de lin, posant son dos sur le mur encore chaud. Les insectes de la nuit semblaient la reconnaître, elle identifiait le chant des crapauds, le crissement des sauterelles et le hululement des chouettes. Un poisson sautait dans l'étang et tous ces bruits familiers, s'inscrivaient sur sa peau comme des baisers. Ses mains caressaient sa poitrine doucement, savamment déjà, couraient sur son ventre, descendaient plus bas encore. La nuit voyait le règne du vent, des bêtes, de la terre, elle n'osait pas s'y enfoncer, seulement la contempler, cachée sur le balcon, nue, offerte, craintive. Les mains de Patrick faisaient renaître sa mémoire.

La pluie commençait à tomber dans les coups violents du tonnerre. Elaine dérivait, allongée sur les tommettes tièdes de la terrasse, Patrick sur elle, Patrick en elle. Elle se sentait île nue, courbe, fermée sur elle-même, offerte à la mer, à la pluie, fragile et éternelle.

Le ciel le lendemain était d'un bleu tendre. Ce fut Chiara qui les éveilla avec les bruits familiers de la cuisine. Bumbi était sorti pour accueillir la servante, laissant la trace de son corps sur le coussin du fauteuil où il dormait. Patrick tendit la main et, sans la regarder, prit celle d'Elaine. Il était prêt maintenant à accueillir Steph. Il l'attendait.

Ils descendirent à Marina Grande vers deux heures pour déjeuner. Pendant l'été, on ne se mettait guère à table avant trois heures et le restaurant était presque vide. Deux vieilles filles anglaises occupaient un coin de la terrasse, un homme seul lisant un journal allemand, un autre coin. Ils commandèrent des crevettes grillées, des pâtes au basilic, du vin rouge frais.

« Parle-moi de Stephane, demanda Elaine, je le connais si peu. »

Patrick écoutait le bruit du vin sortant de la bouteille. Il avait le soleil dans le visage et avait envie de renverser la tête pour lui faire fête. Comment répondre à Elaine ?

« Tu vas le découvrir très vite par toi-même. Stephane a un regard, une âme. Il n'est pas ce genre d'hommes si nombreux à Paris qui cherche absolument à plaire parce que la séduction systématique est, soit une politesse, donc une preuve d'indifférence, soit une marque d'intérêt. Si tu lui plais, et je sais que tu lui plairas, il t'aimera avec une grande simplicité, une vraie générosité. Il a peu d'amis mais ce sont des amis selon son cœur et il sait les garder. »

Elaine l'écoutait attentivement. Patrick avait un visage heureux, le nom même de Stephane faisait briller ses yeux. Etait-il amoureux de lui ? Elle se posait cette question pour la première fois et, étrangement, n'en était pas bouleversée. Son mari l'avait aimée avec une telle passion la veille qu'elle se sentait invulnérable. Elle ne désirait ni se battre, ni même regarder trop attentivement à l'intérieur d'elle-même afin de déceler si elle était jalouse ou non, inquiète ou non, blessée ou non. Il ne fallait jamais ni remettre en cause, ni regretter ses illusions. C'étaient elles la trame la plus solide de la vie, celle qui permettait de construire, d'enjoliver, de réparer.

« J'ai hâte de le connaître, répondit-elle en souriant, j'ai l'impression qu'il m'aidera à te rendre heureux. »

Patrick, une seconde, eut envie de protester mais le ton d'Elaine était si tranquille qu'il ne dit rien.

Le vin était excellent. Ils finirent la bouteille, commandèrent des pêches et du café. On leur apporta de petits fruits posés sur des feuilles de vigne, avec ça et là quelques framboises et quelques fraises. Bumbi eut de l'eau fraîche, il lapa le bol tout entier et se recoucha à l'ombre sous la table, aux pieds de Patrick.

Ils avaient le temps de flâner sur le port avant l'arrivée du vaporetto. Un nouveau voilier s'y était ancré. Ils s'arrêtèrent afin de regarder les marins rouler les cordages, laver le pont, astiquer les cuivres tandis que la porte du cockpit demeurait close. Un chat roux qui dormait sur un paquet de voiles fit aboyer Bumbi.

« *Moon Dance*, lut Elaine, c'est un joli nom de bateau. J'ai l'impression de l'avoir entendu déjà.

— Il appartient à lord Cardon, répondit Patrick, j'y ai navigué lors de mon premier séjour à Capri.

— Ah ! » s'exclama Elaine.

Elle ne connaissait pas ce nom.

Ils flânèrent ensuite dans les ruelles derrière le port. L'heure du déjeuner les livrait aux chats errants. Bumbi tirait sur sa laisse.

« Voilà le vaporetto ! » s'écria Patrick.

Il entendit le coup de sirène annonçant l'entrée du bateau à Marina Grande. Des parents, des amis, des curieux, attendaient déjà sur le quai. On criait, on appelait, on se bousculait.

« Que penserait Granny de tous ces débordements ? » remarqua Elaine en riant.

Elle se hissait sur la pointe des pieds pour apercevoir les passagers. Lequel d'entre eux était Stephane Buck ?

Les marins du vaporetto lançaient les cordages pour s'amarrer. D'autres marins saisissaient les haussières, les enroulaient avec rapidité autour des bornes de pierre et de métal. On abaissa la passerelle. Les familles descendirent les premières, des femmes poussant leurs enfants, puis des habitants de l'île portant de grands paniers, enfin les touristes, femmes élégantes, hommes en chapeaux de paille, enfants donnant la main à leurs gouvernantes, Steph descendit le dernier.

## CHAPITRE XIII

Elaine ouvrit l'enveloppe que Chiara lui avait montée sur le plateau du petit déjeuner. Elle était seule sur la terrasse, Patrick et Steph quittaient la maison avant son réveil pour aller se baigner. Ils descendaient à pied avec Bumbi, revenaient à l'heure du déjeuner fatigués, heureux, la peau, les cheveux poissés par le sel marin. Ils se douchaient puis tous trois s'installaient sur la terrasse, à l'ombre d'un parasol en buvant du chianti avec des olives, des amandes et du pain. A trois heures, ils descendaient déjeuner au Vincenzo's, de poissons, de spaghetti et de fruits frais, prenaient le café sur la *piazza* avant de remonter pour la sieste. A huit heures, les festivités commençaient. Tout Capri se retrouvait dans les ruelles blanches, orientales de la petite ville, on se croisait, on promettait de se retrouver après le dîner pour une fête chez l'un ou chez l'autre, on flânait, on regardait d'un œil amusé les boutiques de curiosités, se retournait sur les excentricités de certains estivants. La fraîcheur venant de la mer rendait les corps plus légers, les gestes plus vifs, donnait aux femmes un moment de grâce. Après le dîner accompagné par la musique des guitares, les portes des villas s'ouvraient sur la nuit, les partages.

Elaine but une gorgée de café, mit du miel sur une

tranche de pain. Elle différait un peu le moment de lire la lettre de Johanna pour le bonheur de l'attente. Les roses ce matin-là sentaient délicieusement bon, elle eut un regard pour les tuiles d'un rouge très pâle, les géraniums qui escaladaient les jarres de terre pour se répandre en gros bouquets sur les dalles de terre cuite où son déshabillé de soie semblait se fondre. L'enveloppe à la main, elle but encore une gorgée de café. Il était onze heures, un peu plus peut-être, Patrick et Stephane n'allaient pas tarder à rentrer.

Steph lui avait plu tout de suite et il l'avait aimée aussitôt. L'un et l'autre se ressemblaient. Ils lisaient les mêmes livres, vibraient aux mêmes opéras, savaient avec le même bonheur faire la fête ou rester à bavarder sous les pins du jardin. Tous deux à moitié anglais, ils aimaient conjuguer le sens du dérisoire, la pudeur et le mépris de la banalité. Elaine avait la certitude d'avoir trouvé un ami. Patrick aimait Steph sans doute, son attitude envers elle n'avait changé en rien mais elle remarquait des regards, des gestes, un rire plus joyeux. Lui qui haïssait dévoiler ses sentiments ne pouvait cacher son bonheur. Ce qu'elle redoutait tant était arrivé et elle ne le craignait plus. Rien ne pouvait être tragique là où ils se trouvaient. Capri était comme une scène de théâtre où tout semblait se créer pour se défaire aussitôt. Les mariages se rompaient pour finalement se ressouder à la veille du retour, les femmes les plus tranquilles montraient en public leurs amants, des couples se formaient, jeunes gens exhibant leurs compagnons, femmes mûres s'éprenant les unes des autres. Qu'était devenue la réalité ? Le regard tranquille de son père présidant la table familiale à Springfield, sa grand-mère dans son château perdu au fond des marais du Norfolk, ses camarades de collège, ses cours de claquettes, les musées parisiens, les dîners tranquilles rue du Bac ? Capri effaçait tout cela, offrant le jeu raffiné et dangereux de l'éphémère, de la futilité, de l'illusion. Dans cette île, il n'y avait rien à comprendre, seul l'instinct existait, plaçant chacun au centre de sa propre réalité.

Elaine posa la tasse de café sur le plateau, mordit dans la tartine de miel et ouvrit l'enveloppe.

« Ma chérie.

« J'expédie ma lettre à ton domicile parisien et ne sais où elle te parviendra. Il semble qu'à Paris tout le monde parte au soleil dès la fin du mois de juin. Le soleil, je n'ai pas besoin de le rechercher, il m'accompagne tout le long de l'année et c'est, ma foi, un très bon compagnon.

« Je suis au cinquième mois de ma deuxième grossesse. Gerald aura treize mois lorsque naîtra Jane ou Connors. Je lui parle souvent de toi et il te reconnaît très bien sur les photos.

« Qui aurait pensé lorsque je quittais New York sous la neige que le bonheur m'attendait à Jackson ! Mon enfance voyageuse m'avait rendue étrangère à tout enracinement. Je pensais qu'hormis les paquebots, les trains, les automobiles, les réceptions, les déjeuners, tout était à mourir d'ennui, surtout les maris et les enfants. Ne pense pas que j'ouvre le catalogue du bonheur juste à la page que tu recherchais. Pas du tout. Tu as en toi une enfance bénie, virginienne et choyée, elle te préparait sans doute à cette vie cosmopolite, artistique dont je ne croyais pouvoir me séparer. Tu la découvres, je l'oublie, tu vis dans un climat de bruit, de mouvement, de passion, j'existe dans le calme de cette grande maison du Sud aux persiennes souvent closes, aux murs blancs, aux rideaux fleuris. Il est curieux de constater combien le sens des mots peut être récupéré. Tout ce que je te dis là doit te sembler banal alors que j'y trouve un sens qui me convient.

« Tu reviendras sans doute en arrière comme j'ai été de l'avant, tu trouveras ton propre espace parce que ce monde sans frontières est un monde dur et cruel. Springfield a été ton premier univers, puis ce fut Patrick, ce sera toi enfin dans un lieu que tu choisiras et où tu te retrouveras avec bonheur. Toi, ma chérie, si souvent mangée par les autres, tu rentreras à la maison. Ce ne sera peut-être pas la Virginie, ni New York, ni Paris, mais ce sera chez toi.

« Pourquoi ai-je besoin de t'écrire cela aujourd'hui ? Ta dernière lettre m'a fait croire que tu avais peur, peur de ne pouvoir plus maîtriser ni ton amour pour Patrick, ni le temps, ni toi-même. J'ai cru comprendre que la vie parisienne, les activités littéraires de ton mari, avec tout ce qu'elles traînent derrière elles d'espérances et d'angoisses, les états d'âme de ton amie Maggye qui s'appuie si fort sur toi pour aller son chemin, tout cela t'ôtait peu à peu ton identité. Méfie-toi des défis autant que de la défiance, de la nostalgie et de la solitude lorsque cette solitude est une privation de ce qui est essentiel pour toi, un refuge et non une acquisition. Autour de toi les personnages se croisent, s'agitent, se saluent comme une délégation d'outre-éphémère. Reste vivante, même si pour cela il faut aller t'enterrer quelque part.

« Vis aujourd'hui autant et aussi bien que tu le pourras mais vis tout à fait, donne-toi avant de te reprendre sinon tu regretteras toujours ce que tu n'auras pas osé. Tu es dans un monde où l'on ne peut rester longtemps spectateur sans avoir envie de pleurer. Ris. Joue ton rôle avec enthousiasme, avec humour aussi, ensuite la comédie sera finie.

« Je t'embrasse. Sais-tu que les êtres humains sont partagés entre les sages et les fous, les seconds parlant pour ne rien dire, les premiers pour ne pas être compris ?

« Johanna. »

Elaine posa la lettre sur le plateau. Johanna lui disait exactement les mots présents dans sa pensée depuis l'arrivée de Stephane à Capri. Elle n'était pas malheureuse, elle était comme assoupie. La maison n'était pas la sienne, elle participait à la vie indolente, excitante, sensuelle des estivants sans en faire vraiment partie, elle observait Patrick et Stephane comme on regarde au cinéma une histoire d'amour. Lorsqu'elle fermait les yeux, des images se présentaient à son esprit, Maggye dansant avec David, Patrick accueillant Steph à l'arrivée du vaporetto, Peggye photographiant un jeune comédien, tous avaient le même regard. Elle eut l'impression d'être assise sur un banc et de voir passer une farandole joyeuse un soir de bal : les danseurs couraient, virevoltaient, les mains se quittaient pour en retrouver d'autres aussitôt, les yeux s'appelaient, les bouches se souriaient, elle, était comme invisible.

« Où aller ? » pensa-t-elle.

Maintenant elle avait envie de pleurer. Pourquoi Johanna lui avait-elle écrit ? Ne pouvait-on la laisser en paix ?

Chiara était devant elle, venue reprendre le plateau. La vieille servante difforme vit une larme sur la joue d'Elaine.

« Madame, dit-elle doucement dans son anglais chantant, il y a toujours des gens qui rient de l'autre côté de la mer. C'est important de le savoir et de se dire qu'un jour, avec un peu de volonté ou de chance, cette mer, on la traversera ! »

« Incroyable nouvelle, annonça Patrick en rentrant, nous sommes invités ce soir à dîner chez Axel Munthe.
— A la villa San Michele ?
— Oui, ce vieux fou reçoit lord Cardon dont nous avons vu le yacht sur le port. Steph et moi l'avons

rencontré ce matin, il nous a demandé de l'accompagner.
— Sans invitation ?
— Avec invitation. Axel Munthe nous attend.
— J'ai fait il y a deux ans un article sur son livre qui a eu le bonheur de lui plaire, expliqua Stephane, il s'en souvenait très bien. Lord Cardon n'a pas eu à nous imposer. »

L'invitation plaisait à Patrick. Il avait tant entendu parler de la maison du vieil écrivain, des œuvres d'art qu'elle contenait, du jardin et de la solitude de cet homme qui avait été l'amant de la reine de Suède et qui vivait désormais en reclus au milieu de ses fleurs, des bêtes qu'il aimait, face à la Méditerranée. Il avait lu *Story of San Michele*, le livre ne l'avait pas captivé mais ému. C'était une clef donnant le désir d'ouvrir la porte interdite derrière laquelle s'abritait l'auteur.

Ils déjeunèrent à la villa, prirent le café assis sur des coussins en fumant des cigares. La terre sentait l'herbe sèche, le ciel se glissait entre les arbres, laissant çà et là des taches de soleil. Elaine se sentait mieux, elle avait déchiré la lettre de Johanna, s'était habillée avec élégance, parfumée. Les murs blancs de la villa, les tuiles roses, les pots de terre cuite, la chaleur, le ciel omniprésent donnaient du monde une vision calme, douce. On ne pouvait longtemps pleurer dans ce cadre, sur cette terre de Capri. Johanna n'avait nul besoin de l'inciter à la passion, elle était en elle, jalousement enfermée comme un secret, mais vive et présente. Jamais elle ne pourrait aimer un homme plus qu'elle n'aimait Patrick.

Ils parlèrent littérature. Steph avait découvert Lautréamont qu'il défendait avec ardeur. Il appréciait la violence, la volupté de ses phrases, ses contradictions.

« Mais ce que je préfère en lui, ajouta-t-il après un court instant de silence où il aspira une bouffée de son cigare, c'est qu'il a la folie de chanter des chansons de désespoir, de s'amuser avec la mort. Il fut surréaliste bien avant nos jolis messieurs de Montparnasse.

— Voulez-vous dire, interrogea Elaine, que ce poète fut exceptionnellement attiré par les forces obscures ? N'est-ce pas là le chemin de tout poète ? J'entends, tout poète qui s'engage suffisamment.

— Evidemment ! Oublions les poètes pour jeunes filles, convint Stephane en riant, ils ont du charme mais cette grâce est une lampe, pas un éclair. »

Patrick observait attentivement sa femme et son ami, l'un blond, l'autre brune, ils avaient la même élégance, le même enthousiasme, pouvaient s'enflammer à leurs propres mots, vivre intensément l'instant présent, jubiler ou se désespérer. Ils étaient nés pour être des amis, des amants, toujours prêts à écouter, à consoler, à encourager, à donner leur temps, leur tendresse sans peser en aucune façon sur ceux qu'ils aimaient. « Des êtres d'exception, pensa-t-il. Pourquoi m'aiment-ils, moi qui suis un solitaire, quelqu'un qui ne semble aller jusqu'au bout de rien, qui doute de tout, principalement de moi-même ? » Il les trouvait beaux tous deux et la beauté l'avait toujours bouleversé. Stephane et Elaine poursuivaient leur discussion enflammée sur la poésie et les poètes, Bumbi, de temps à autre, jetait un coup d'œil à son maître comme pour le prendre à témoin de la folie de ces deux êtres étranges qui s'agitaient autant sous un ciel si bleu. Les cigares se consumaient et la lumière filtrée par les arbres semblait venir s'enfouir dans la terre pour mieux en resurgir, renaître plus douce, plus secrète.

« Quel petit collégien anglais gracieux, arrogant et naïf ! », pensa Elaine en écrasant son cigarillo sous la corde de ses espadrilles. « Une comédienne tellement agaçante, se dit Stephane en repoussant d'une main la mèche blonde qui lui tombait sur le front. Mais quel talent ! »

Patrick se leva, il avait l'impression d'avoir assisté à la querelle de deux enfants doués, gâtés et charmants.

« Si nous allions nous baigner tous les trois avant le dîner chez Munthe », proposa-t-il.

La villa San Michele était à peine éclairée et la nuit qui tombait donnait aux plantes du jardin, aux fleurs, aux arbres, aux objets qui y étaient posés une étrange ressemblance. L'homme lui-même paraissait se fondre avec sa maison, son jardin, il se dégageait de la villa l'impression d'une étrange synthèse, d'une fusion magique entre bêtes, nature et humain, alchimie manquée où l'éternelle jeunesse insaisissable aurait dégénéré en grisaille, décrépitude et ennui. Axel Munthe aimait les chouettes. Leurs yeux ronds et jaunes, figés par la mort et le talent du naturaliste, fixaient les hôtes de la villa San Michele, semblant leur demander d'abandonner le temps, de plonger avec eux dans le mystère, de s'égarer dans cette nuit sans fin qui les habitait.

Lorsque Elaine, Patrick et Steph pénétrèrent dans l'entrée, une pendule sonnait neuf coups. Elaine sursauta, elle avait envie de faire demi-tour et de regagner sa villa sous les roses.

« Bienvenue, bienvenue à la villa San Michele », disait Axel Munthe. Il avait un air froid, sévère et Elaine se demanda comment la reine de Suède avait pu aimer cet homme d'une aussi grande passion. Les obstacles devaient exaspérer l'amour, pas seulement l'éloignement, les contraintes, mais aussi la laideur, la violence, la dissimilitude.

Deux vieilles Hollandaises, lord Cardon, un jeune homme élégant et son compagnon bavardaient au salon. Quoique la nuit fût déjà presque tombée, une seule lampe avait été allumée, laissant dans l'obscurité une moitié de la grande pièce. Seuls les yeux d'une chouette jetaient des éclats verdâtres.

« Cet homme est hanté par la mort, pensa Patrick, il s'est réfugié avec elle dans ce domaine, leur maison à tous deux. Ils y vivent une histoire d'amour. »

Tout l'impressionnait. Là où les autres convives voyaient une excentricité de vieil écrivain, un mépris du genre humain, les affectations d'un original, lui décelait l'aboutissement d'un désir fou : se retirer du monde, vivre dans sa maison une existence libre, comme un roi dans son royaume imaginaire. Il avait tout connu, l'amour, le succès, l'argent et il s'en était éloigné, sans reniement, sans amertume.

« Me permettez-vous d'aller me promener un instant dans votre jardin ? »

Axel Munthe regarda Patrick attentivement. Ce jeune homme était un migrateur en chemin vers le soleil. « Un faucon, pensa-t-il, élégant, libre, cruel et innocent, juste au bord d'un à-pic. Mais il ne tombera pas, il se débarrassera des oripeaux qui l'alourdissent, des ornements inutiles, des poussières du chemin et il reprendra son vol loin de ces jolis fantômes, débarrassé de son ombre, jusqu'à cette suffocation que donne l'espace retrouvé. »

« Allez, dit-il, vous reconnaîtrez facilement votre chemin. »

Ils échangèrent un regard attentif, puis le vieil homme fit un signe de la main comme pour se débarrasser d'une émotion qu'il refusait. Patrick sortit.

Il longea les allées sous de hauts arbres tristes jusqu'à la loge des Sphinx. En bas, les rochers, la mer s'assemblaient en taches sombres où éclataient çà et là des points lumineux, cristallisation de l'eau, du minéral et de la lumière. Patrick apercevait la côte de Capri comme un serpent noir à la dérive, il demeura un instant sans pensées, uni à la beauté de ce site venu du fond des âges, puis, levant la tête, il contempla les étoiles, celles de son enfance, d'une Géorgie lointaine

et impossible à oublier. « Mon Dieu, dit-il à mi-voix, il me faudra bien arriver quelque part ! » Il n'avait pas envie de revenir à la villa, de revoir Steph, ni même Elaine, il aurait voulu s'allonger sur le sol, la bouche contre terre, les bras écartés afin de se régénérer, de revenir au point de départ, cercle fermé sur lui-même dont il ne parvenait pas à sortir. Il pensa à sa mère.
« Ta chemise est du même bleu que tes yeux », lui avait-elle dit un matin alors qu'il s'apprêtait à partir dans la montagne. Il avait dix ans. C'était la première fois qu'elle lui parlait directement, il en avait été bouleversé. « Nous n'avons pas su nous rejoindre » se dit-il.
En contrebas, le ressac montait jusqu'à la crête des rochers, puis, déroutées, déchirées, les vagues reprenaient leur errance poussées par un vent tiède qui les acheminait vers le silence. Patrick revint à pas lents. Il n'aimait pas ce jardin, froid, austère, orgueilleux, le sien serait de bassins et de fontaines, d'orangers, de citronniers, de chats, de paons, de lianes et de fleurs, un jardin de vie. C'était une vision très claire et très heureuse et il comprit alors les mots d'Axel Munthe : « Vous reconnaîtrez facilement votre chemin. » Son chemin venait de Charleston, des sentiers du Jardin des Magnolias où tous les dimanches avec Shirley il se sentait un roi.

Le dîner touchait à sa fin. Les hommes, à l'anglaise, passèrent fumer dans la bibliothèque en buvant un porto.
« Venez demain sur mon bateau avec votre femme et votre ami, proposa lord Cardon à Patrick. Je dois ramener une vieille amie à Palerme. Vous me feriez plaisir. Vous revoir me rajeunit ! Pauvre Charles ! »
Patrick retrouvait avec un mélange d'amusement et d'irritation les phrases syncopées du vieux lord, prononcées avec tant d'élégance qu'elles en étaient pres-

que inaudibles. Il allait refuser lorsque Steph s'avança.

« Avec plaisir, milord! Je connais la Sicile depuis mon enfance. Mon père possédait une maison à Taormina qu'il dut vendre après la guerre. Je serais heureux de la revoir.

— Vraiment? Comme c'est intéressant! dit lord Cardon. Je vous attends donc à bord vers onze heures. Nous serons de retour à la fin de la semaine. Bonne nuit, jeunes gens! »

Il posa son verre de porto et se retira escorté par Axel Munthe.

« As-tu vraiment envie d'accompagner ce vieil original en Sicile? »

Patrick se sentait pris au piège. Lord Cardon appartenait au passé. Il n'avait pas envie de retrouver sur son yacht des souvenirs qui le dérangeaient.

« J'avais envie d'être seul quelques jours avec toi.
— Et Elaine?
— Elle ne viendra pas. Le bateau la rend malade, tu le sais bien. »

Patrick considéra son ami avec étonnement. Croyait-il pouvoir lui imposer sa volonté, décider de partir pour la Sicile en écartant sa femme sans même lui demander son avis? Il allait lui répondre avec netteté lorsqu'il vit le regard de Steph et ce regard lui ôta toute détermination.

« Pas de problème, déclara Elaine, alors qu'ils étaient sur la route du retour, je garderai Bumbi. »

Elle avait le cœur serré. « Surtout pas de scène de jalousie, pensa-t-elle, c'est tellement ridicule! »

Elle s'était tant ennuyée chez Axel Munthe qu'elle avait bu exagérément. Elle était lasse. « Demain je verrai les choses autrement, plus simplement. Rien n'est contradictoire. »

Patrick pour la première fois depuis l'arrivée de

Steph à Capri se sentait coupable. Imaginer son propre jardin chez Axel Munthe avait été une délivrance et voilà qu'il retombait aussitôt dans un état tellement misérable !

Il voulut faire quelques pas avec Elaine dans Anacapri, la prendre par la main, lui dire qu'il l'aimait, mais elle manifesta le désir d'aller se coucher aussitôt rentrée. Maintenant il avait hâte d'être parti, aussitôt que le yacht aurait levé l'ancre, il savait qu'il serait moins malheureux. Il aurait Stephane, il penserait à Elaine.

Bumbi grattait à la porte en grondant. A quatre heures, cinq heures du matin, le soleil n'était pas encore levé. Elaine se redressa sur son lit, inquiète. Elle ne percevait aucun bruit hormis les grattements du chien.

« Qui est là ? » demanda-t-elle à voix haute.

Bumbi se retourna et la considéra étonné.

« Tu veux sortir ? »

Elle alluma sa lampe de chevet, se leva. Depuis le départ de Patrick, Bumbi ne tenait pas en place, il attendait le retour de son maître.

« Moi aussi je l'attends », pensa Elaine.

Elle descendit dans le jardin avec le chien, respira l'air de la nuit. Les derniers estivants avaient regagné leurs hôtels ou leurs villas. Elaine s'adossa au mur de la cuisine, regarda le ciel. Elle avait reçu deux appels téléphoniques de Patrick. Ils avaient parlé de choses et d'autres d'une voix gaie, Steph avait pris l'appareil afin de l'embrasser. Tout était si simple, si normal ! Elle ne souffrait pas de la solitude, lisait, retrouvait quelques relations à la plage, dînait, servie par Chiara. La vieille cuisinière n'avait pas dit un mot, fait la moindre allusion au départ de Steph et de Patrick mais Elaine percevait dans son regard quelque chose d'amical, presque de maternel. Un matin, elle arriva avec une bouteille d'un vin sucré fait par son fils et une corbeille de pêches de son jardin.

« L'amour est un oiseau, dit-elle en posant le plateau, on ne sait jamais rien de ses voyages. Lorsqu'il ne s'envole plus, c'est qu'il va mourir. »

Le ciel était plus clair déjà et les étoiles semblaient s'éloigner, aspirées par la lumière. « L'oiseau reviendra », pensa Elaine. Elle prit Bumbi par son collier et remonta dans sa chambre.

« Ce soir, avait dit Patrick au téléphone, je serai à Marina Grande vers huit heures, viens me chercher. »

Steph ne lui avait pas parlé. Elle n'avait pas demandé de ses nouvelles. Elle s'habilla lentement, choisissant un pantalon de toile bleu marine, un petit tricot de lin à manches courtes rayé bleu marine et blanc, enfila des espadrilles blanches, posa sur ses cheveux un chapeau de paille souple dont elle releva un bord pour dégager son visage.

« Me trouves-tu belle ? », demanda-t-elle à Bumbi.

Elle se sentait nerveuse, redoutait de ne pouvoir garder l'attitude calme qu'elle désirait conserver devant Stephane. « Pas de grands mots à la Sarah Bernhardt, pensa-t-elle, nous ne sommes pas au théâtre. » Elle sortit sur la terrasse, but un verre du vin de Chiara, relut la lettre de son père reçue le matin, juste avant l'appel téléphonique de Patrick. Sa grand-mère avait eu une petite attaque. Ben, le valet de chambre, l'avait ramassée au pied de son lit, un bras paralysé. Elle se remettait mais les doigts de sa main droite lui obéissaient mal, elle ne pouvait plus écrire. Charles avait refusé d'aller, ne serait-ce que pour quelques jours, au manoir. « Qu'y a-t-il eu entre lui et sa mère, s'était demandé Elaine, pour qu'il la haïsse ainsi ? » Quelles révoltes, quelles rancunes, quels dépits se dissimulaient dans le secret du cœur des êtres ? « Chaque homme a deux visages, se dit-elle, le plus intéressant, le plus pathétique est celui qui se cache, l'autre n'est qu'une belle sculpture. » Il lui fallait accepter, aimer l'autre face de Patrick, elle l'avait su dès leur première rencontre. Pourquoi alors cette amertume ?

Elle posa son verre, le remplit à nouveau. Dieu merci, ses parents n'étaient pas auprès d'elle, l'entourant d'une sollicitude qui lui aurait été insupportable. Ils auraient jugé Patrick et elle n'aurait pu l'accepter.

Le jour basculait vers la mer. Depuis le début du mois d'août, les soirées se faisaient plus longues, plus douces, sur la terrasse où s'effeuillaient les roses. Elaine aimait ce pays, sa lumière, ses maisons blanches, ses terrasses, où montaient les odeurs fruitées ou sèches de la rue, des jardins en rien comparables avec la Virginie, ses grandes pelouses cernées de barrières blanches, ses arbres majestueux, ses mares où guettaient les hérons bleus, l'éclat du soleil sur les colonnades blanches des portiques, l'île avait un charme plus tendre, plus secret, plus soumis, « plus féminin, pensait-elle. La Méditerranée est femme », un cadeau de Patrick.

Elle acheva son verre de vin d'une seule gorgée, prit son sac et sortit, décidée à descendre à pied jusqu'à Capri et de là à Marina Grande. Marcher lui fit du bien, elle prit le temps de s'arrêter au bord du chemin, de cueillir quelques amandes encore laiteuses. « Je serai à Paris lorsqu'elles seront mûres, pensa-t-elle, pourquoi ? » Il fallait obéir aux mouvements migratoires, partir, revenir pour préparer un nouveau départ lorsque le temps serait revenu. Cela lui parut absurde et cependant elle le ferait encore. Plonger dans la révolte, c'était entrer en religion, elle aimait trop la vie.

En arrivant sur le port, elle vit le yacht de lord Cardon ancré, silencieux. Personne ne semblait plus être demeuré à bord. Bumbi tirait sur la laisse, il s'arrêta à quelques mètres de l'eau, s'assit et ne bougea plus.

« Il n'est pas revenu », pensa Elaine.

L'angoisse l'étreignait semblable à une torche intérieure brûlant tout autre sentiment. Elle porta une main à sa bouche comme une enfant sur le point de pleurer.

« Vous attendez quelqu'un, jolie madame ? »

Elaine se retourna brusquement, Patrick était derrière elle, son sac à la main. Il avait bruni encore, ses cheveux blonds tombaient en mèches raides sur ses yeux, il souriait. Bumbi sautait, donnant des coups de langue sur les mains, les bras, la poitrine de son maître. Patrick le caressa un instant, puis le repoussa.

« Et toi, mon Elaine, tu ne me fais pas de fête ? »

Elle vint contre lui et se mit à pleurer. Patrick tendrement lui embrassa les cheveux, le front, puis, soulevant son visage d'une main, mit un baiser sur ses lèvres.

« Et Stephane ? demanda-t-elle d'une voix tremblante.

— Il a regagné directement Paris depuis Syracuse. Je crois qu'il avait du travail en retard. Allons dîner sur le port, veux-tu ? J'ai envie de te voir, de t'entendre, tu m'as manqué. »

« Ne pousse pas la balle trop loin, Patrick, pensa Elaine, ne me prends pas pour une enfant ! »

Elle ne voulait pas se lancer dans les reproches. L'amertume était un fleuve difficile à maintenir une fois le barrage crevé. Elle devait le consolider de toutes ses forces. Ils marchaient vers une terrasse de restaurant en se tenant la main. Patrick racontait les deux traversées, l'orage qu'ils avaient rencontré au large de Palerme, les sanglots de la vieille *marchesa* terrifiée.

« Si elle avait vécu en Géorgie, dit-il amusé, elle n'aurait pas survécu à nos tornades. »

Elle les avait tous invités dans son palais où le marquis faisait des réussites sous les plafonds lambrissés, tandis qu'un valet lui servait du vin de pêche dans un gobelet d'argent gravé aux armes de sa famille. Ils avaient dîné à six sur une table de salle à manger pouvant réunir vingt convives. Une bonne présentait les plats en bougonnant.

« J'étais heureux, précisa Patrick, parce que deux chats s'étaient installés sur mes genoux pour y dormir. »

Au dessert était arrivé un vieil aristocrate anglais qui possédait un *palazzo* à Taormina et voyageait en la seule compagnie de son valet de chambre. Il n'était resté qu'un instant, devant être de retour chez lui le jour même. Lord Cardon le connaissait de longue date, il les avait présentés.

« Si vous revenez en Sicile, lui avait dit sir Guilbert, venez me voir, je vous attends. »

Il avait promis vaguement, poliment.

« Vous viendrez, vous viendrez ! » avait répété par deux fois le vieil homme, et il s'était éclipsé.

Après le dîner ils avaient joué au whist.

« Peux-tu imaginer, Elaine, combien je me sentais dans un autre monde ? »

Elaine décortiquait de grosses crevettes sans quitter Patrick des yeux. Elle aurait préféré qu'il lui parlât de poésie ou de musique mais pas de ce voyage. Elle refusait d'entendre ces anecdotes, de suivre les détours de Patrick pour éviter Steph.

« Steph ne voulait pas me revoir, n'est-ce pas ? »

Patrick eut un mouvement d'étonnement. Il ne s'attendait pas de la part d'Elaine à une question aussi directe.

« Il avait à faire à Paris. »

Elaine secoua la tête.

« Cesse de vouloir à tout prix éviter les malentendus. Abordons la question franchement. »

Elle se détestait de parler ainsi. Sa grand-mère, sa mère, auraient repoussé avec horreur ce genre de conversation mais elle ne pouvait pas résister à l'attirance de l'orage.

Patrick ne souriait plus. Une fois de plus, il allait falloir se replier en lui-même. De chaque côté de leur table, des estivants, un couple d'Anglais, trois Français, dînaient en parlant joyeusement. Il avait l'impression que son univers se rétrécissait soudain, devenait léger, ténu, échappait par là même à toute attaque. Enfant, lorsqu'il rentrait trop tard à la maison, il avait cette faculté de ne rien entendre, de regarder les étoiles et de se séparer de son environnement. C'est ainsi qu'il avait survécu à la solitude, la désaffection, l'indifférence. Il ferma un instant les yeux.

« Tu as raison, dit-il doucement, parlons de Steph. »

Le garçon leur apportait un flacon d'huile d'olive, des piments verts et rouges, des quartiers de tomates dans une assiette de terre cuite.

« Les pâtes arrivent dans un instant », précisa-t-il.

Elaine prit du pain sur lequel elle versa une goutte d'huile, il lui fallait occuper ses mains afin qu'elles cessent de trembler.

« Que veux-tu que je te dise, poursuivit Patrick de sa même voix calme, que je l'aime et que je ne t'aime plus ?

— Cela m'est égal que tu l'aimes ! s'écria Elaine, laissant tomber le pain à terre, ce que je refuse, c'est que lui, puisse t'aimer ! Il n'y a que moi qui aie ce droit. »

Les Anglais se retournèrent, saisissant quelques mots.

« Tais-toi, ordonna Patrick, ne nous donne pas en spectacle ! »

Elaine se leva brusquement, renversant le flacon

d'huile. Elle ne pouvait plus demeurer ainsi à parler d'un ton convenable. Patrick sortit quelques billets de sa poche, les posa sur la table et suivit sa femme, Bumbi leur emboîta le pas les oreilles basses.

Elaine marchait vite, Patrick eut du mal à la rattraper.

« Elaine, dit-il d'un ton ferme, écoute-moi un instant ! »

Elle s'arrêta brusquement, fit demi-tour. Ils se retrouvèrent face à face.

« Elaine ! » répéta Patrick.

Et il tendit la main pour lui toucher la joue, elle pleurait.

« Viens, murmura-t-il, rentrons à la maison. »

Ils marchèrent côte à côte dans la nuit, sans se parler, sans se toucher.

« Patrick, dit enfin Elaine, ne crois pas que je te reproche Steph. Je t'aime parce que tu es quelqu'un de fort, quelqu'un d'honnête, pas un de ces jeunes étudiants de Princeton ou d'Harvard qui se retrouvent dans les vestiaires sportifs et poussent des cris de pudeur offensée dans les salons mondains lorsque l'on parle de ce genre d'amour. Jamais je ne te reprocherai ta sensibilité, ta façon d'ouvrir les bras, de rêver, de te trouver. Ce n'est pas de toi que j'ai une mauvaise image mais de moi-même. Je croyais être fière et magnifique, je me vois petite et tatillonne.

« Je t'aime, Patrick, je t'aime tellement ! Steph est une rencontre qui m'étonne et me fait peur. Il me blessera, toi tu es ma maison, tu ne me feras jamais de mal. »

Il savait qu'il ne pourrait dire un mot de plus. Si Elaine le refusait, il partirait.

Elle ne répondit pas tout de suite. Le chemin était obscur, ils se voyaient à peine. De temps en temps leur parvenait une bouffée d'odeur de bois brûlé ou de romarin. Bumbi avait disparu à la recherche de quelque lapin.

« Nous irons l'année prochaine chez ce vieil Anglais de Taormina », répondit-elle seulement.

Patrick remarqua que la lune était absente, cachée par les nuages. Cette marche dans la nuit, sur ce chemin pierreux, l'apaisait. Le vent était passé.

« Il faut rappeler Bumbi maintenant », demanda-t-il.

Leur séjour à Capri touchait à sa fin. Patrick et Elaine avaient repris sans Stephane leurs habitudes quotidiennes mais ils n'acceptaient que peu d'invitations, préférant se retrouver dans la solitude de leur villa. Ils n'avaient reparlé ni l'un ni l'autre de la croisière. Elaine pensait que, par sa maladresse, elle avait failli perdre Patrick, Patrick avait la certitude qu'Elaine était son arbre de vie. Steph lui manquait pourtant, ses fous rires, sa sensibilité, sa culture, sa sensualité, cette façon qu'il avait de rester silencieux, immobile, comme ôté du monde pour « se souvenir, disait-il, de la pluie sur la plage et du cri des oiseaux ». « Il faut dépasser son enfance, lui avait-il répondu, elle pèse trop lourd lorsqu'on la tire longtemps derrière soi. » Stephane secouait la tête. « Non, c'est en Cornouailles que j'ai inventé ma vie. Quand on est seul à faire le tour de soi-même, il reste deux yeux pour tout voir du monde. J'étais solitaire avec des voyages à perte de vue, des déserts à traverser, des forêts à vaincre et toi, tu étais toujours à me donner la main. »

Le souvenir du regard de Steph, de sa voix, de l'odeur de son corps, faisait parfois s'immobiliser Patrick dans des gestes simples, alors qu'il buvait une tasse de café ou qu'il allumait un cigare. Elaine était derrière lui, il reprenait la tasse, posait l'allumette, répondait à sa femme et tout s'effaçait pour un temps.

Steph le quittait. Alors il prenait la main d'Elaine comme un bâton sur lequel s'appuyer, elle serrait fort les doigts autour des siens et ils partaient se promener dans la montagne pour voir la mer se harnacher d'écume afin de chevaucher les rochers, les plages douces où s'allongeaient les estivants, le galop des nuages venant du sud et qui semblaient jaillir de l'eau.

Ils étaient à la veille de leur retour à Paris. Chiara aidait Elaine à fermer les valises. Les raisins mûrissaient sur les treilles, affolant les guêpes, les amandes jaunissaient, bientôt, avec les pluies de septembre, les roses allaient refleurir.

Elaine fit une dernière fois le tour de sa maison. Elle l'avait aimée, chaque pièce, chaque coin de la terrasse lui remettaient des souvenirs en mémoire et Steph en faisait partie. Ensemble, tous les trois, ils avaient finalement passé des jours heureux dans cette villa de Capri.

## CHAPITRE XIV

« Deux mois, ma chérie, que je ne t'ai vue ! Viens vite, je t'attends pour le thé à la maison. J'ai tant de choses à te raconter ! »

Elaine raccrocha. Elle était ravie d'avoir entendu la voix de Maggye, de la revoir.

Rue du Bac, la vie n'avait pas encore vraiment repris depuis leur retour. Elle n'avait pas acheté de fleurs, la femme de ménage ne devait revenir que le lendemain. Elaine avait seulement ôté les housses des fauteuils, déroulé les tapis, ouvert les fenêtres. Un vieux chiffonnier habitué de ce coin de rue lui avait fait signe, de la boulangerie montait l'habituelle odeur de pain chaud. Elle se sentait heureuse d'être de retour, de retrouver ses points de repère, amies, habitudes, occupations. Patrick avait-il revu Stephane ?

Elle s'habilla avec soin pour sa première sortie parisienne : une robe de soie beige coupée tout près du corps, ceinturée un peu bas sur les hanches, des gants et des chaussures noisette, un petit chapeau enfoncé sur ses cheveux qu'elle avait fait cranter et brosser vers l'arrière. La couleur claire de sa toilette faisait ressortir le hâle de son visage, de ses bras, elle mit un peu de rimmel sur ses cils, sur ses lèvres du rouge à lèvres cerise. C'était pour elle une nécessité de se sentir élégante, d'attirer des regards d'hommes dans la rue, d'être sûre de son pouvoir de séduction.

Pour se rendre rue du Cirque, elle prit les quais, traversa la place de la Concorde. Paris avait retrouvé son animation, chaque année la circulation automobile s'amplifiait et, à certaines heures, les Parisiens se plaignaient du concert des klaxons qui les étourdissait. Elaine évita de justesse un livreur à vélo qui lui envoya un baiser. Elle hésita et répondit d'un petit signe de la main. C'était un geste inhabituel chez elle mais ce jour-là, elle redevenait parisienne.

A peine la femme de chambre eut-elle ouvert la porte que Maggye surgit dans le vestibule et lui sauta au cou.

« Viens vite dans mon petit salon, j'ai fait allumer du feu, nous serons tranquilles pour bavarder. »

Elaine trouva son amie un peu fébrile, très jolie. Maggye affirmait un style poupée précieuse qui lui allait très bien. Ses cheveux coupés court étaient séparés par une raie au milieu, crantés de chaque côté du visage, brossés derrière les oreilles afin de montrer les boucles de diamant offertes par Walter pour leur troisième anniversaire de mariage. Elle portait un pyjama d'intérieur en crêpe blanc et un gilet en chenille de soie gris perle bordé de vison.

« Chanel, dit-elle à Elaine lorsqu'elle vit son regard, j'ai abandonné Lanvin pour un temps. Il faut être libre mon enfant, se désentraver de la routine. »

Elaine sourit.

« Libre, Maggye ?

— Raconte-moi Capri, exigea Maggye dès qu'elles furent assises face à face devant le feu. As-tu rencontré là-bas de beaux jeunes gens ?

— J'ai rencontré un jeune homme charmant », dit lentement Elaine. Elle tendit ses mains au feu pour les occuper car il ne faisait pas froid. La porte-fenêtre donnant sur le jardin était même restée ouverte.

177

Elaine apercevait des buissons de dahlias jaunes, rouges, roses et la masse bleue d'un massif d'hortensias sur le mur gris où grimpait de la vigne vierge. Un vieil homme, à genoux, ôtait des mauvaises herbes. On ne voyait de lui qu'un dos arrondi semblant ne jamais pouvoir se redresser.

Maggye prit une cigarette à bout doré, l'alluma. Elle paraissait encore plus fébrile.

« Un jeune homme ? Qui ?

— Tu le connais peut-être, Stephane Buck. »

Maggye réfléchit, tirant une bouffée de sa cigarette, la tête rejetée en arrière.

« Steph ? Oui, je l'ai rencontré chez Nathalie Barney. Il me semble, mais je me trompe sans doute, qu'il ne rend pas aux dames l'intérêt qu'elles lui portent.

— Il ne s'intéressait pas à moi. »

Maggye jeta sa cigarette dans le feu.

« A qui donc ? A Patrick ? »

Elle restait muette, redressée sur son siège, les yeux fixés sur son amie.

« Se taire, pensait fortement Elaine, se taire... Ne pas étaler ses petits chagrins pour en faire de vraies rancœurs. J'ai assez de force pour supporter les mots de Maggye, pas les miens. »

Elle prit à son tour une cigarette, la plaça dans son fume-cigarette d'argent avec des gestes lents, contrôlés.

« Veux-tu que je te dise quelque chose ? reprit Maggye pour rompre le silence. Patrick et Stephane vont te métamorphoser. Tu n'étais pas sincère avec toi-même, tu avais peur de tout. Moi je te dirai que la vie commence vraiment de l'autre côté de la souffrance. De quoi avais-tu peur, de qui ? Des hommes avec leurs revirements, leurs contradictions, leurs discours changeants ? Maintenant tu sais cela, ce que l'on connaît ne doit plus effrayer. »

Elaine eut un dernier regard sur le jardin, la

transparence du soleil à travers les fleurs, les gestes rares, appliqués du jardinier. Elle avait l'impression de s'éveiller, de tout voir avec des yeux neufs.

« Tu sais très bien, dit-elle lentement, tournant le regard vers son amie, que j'aime Patrick. J'ai la conviction profonde qu'il m'aide à mieux vivre, même si cela me fait mal parfois. Le seul don que je refuse est celui de l'indifférence. Je parle d'amour et toi, tu me parles de moi. Est-ce que tu as le temps de m'écouter parfois ? » Maggye eut un petit rire d'adulte se divertissant des propos naïfs d'un enfant.

« Bien, tu aimes Patrick, je le sais, Patrick t'aime, c'est entendu, mais Patrick aime Stephane qui aime Patrick comme moi j'aime David et Walter. »

Elaine se leva brusquement, alla jusqu'à la porte du jardin, regarda un instant dehors et se retourna soudainement.

« Mais de quoi parlons-nous, Maggye ? Qu'est-ce que l'amour ? Tu chantes à ravir de petites chansons tendres mais tu les appelles des opéras. L'amour doit représenter plus que sa propre vie.

— La vie est plus forte que ta vie, Elaine. Elle va te mûrir malgré toi, et tu sauras enfin que tu ne peux te contenter de rêver.

— Je préfère rêver que de perdre pied.

— L'amour c'est peut-être avoir le vertige. »

La femme de chambre apportait un plateau d'argent sur lequel étaient posées une cafetière, deux tasses et une coupe de biscuits.

« Assieds-toi, demanda Maggye, ne parlons plus d'amour. L'amour est une source, tu y puises où et quand tu le désires l'eau qu'il te faut pour vivre. Elle est en toi et en toi seule, tu peux en tendre une tasse à quelqu'un et la reprendre, tu peux la lui laisser mais lorsqu'il sera désaltéré, la tasse sera vide, tu peux jeter l'eau à terre ou la lancer vers le ciel. Tu peux aussi laisser la source se tarir, c'est triste et suicidaire. Seul l'orgueil peut faire considérer cette eau comme superflue. Aimer est innocent, seule la bêtise est immorale. » Elle prit la cafetière, remplit deux tasses, en tendit une à Elaine.

« Il n'y a pas de continuité dans les êtres et c'est bien ainsi. Je ne suis pas la même femme avec Walter et avec David, je suis vraiment différente, sur un autre chemin.

— Tu es peut-être ce qu'ils attendent de toi. L'un est riche, influent, tu es avec lui une femme du monde raffinée, accueillante, l'autre est jeune, sensuel, léger, tu es alors une petite fille un peu folle, bohème, prête à dire ce qu'il attend de toi : que tu es amoureuse. Quel triomphe pour un garçon de dix-neuf ans !

— Je suis sans doute sur la ligne médiane, entre Walter et David, mais crois-moi, je suis toujours sincère. On donne aux autres ce qu'ils attendent et on devient ce don. N'essaye pas de tout déchiffrer. Te souviens-tu de l'histoire de ce philosophe tombé à la mer et qui plutôt que de nager essayait de comprendre l'eau avant de se noyer ? »

Elaine eut un sourire. Elle aimait ces discussions avec Maggye où tout finissait par un éclat de rire.

Elles parlèrent de leurs amis, Peggye avait passé l'été dans le Connecticut avec ses parents, Jean-Michel Frank serait de retour d'un jour à l'autre. Il avait le projet d'ouvrir son propre atelier, cherchait le bon associé.

« Je ferai un dîner courant septembre, promit Maggye, nous nous retrouverons tous avec bonheur. Et pour te tranquilliser je n'inviterai ni David, ni Stéphane, nos deux vilains petits canards, si incongrus dans la jolie couvée que nous formons.

— Tu sais ma Maggye, je me demande si le rire n'est pas la seule réponse à tout ! »

Elaine se détendait, elle prit un biscuit au chocolat qu'elle commença à tremper dans sa tasse de café. La solitude de Capri avait donné aux événements un visage trop grave. Malgré le chagrin et la colère, le désir de bonheur était toujours présent en elle, intact. Maggye avait raison, il ne fallait pas essayer de comprendre, juste s'asseoir, laisser le soleil monter dans le ciel.

Il était déjà quatre heures lorsque la sonnette de l'entrée retentit.

« Madame, annonça la femme de chambre, il y a un monsieur qui vous demande. »

Elaine se leva.

« Je te quitte, Patrick m'attend à la maison. Nous devons aller choisir un tapis pour notre chambre.

— Reste un instant! C'est peut-être David, il sera ravi de te voir. »

La porte du petit salon s'ouvrit, Elaine eut un sursaut.

« Philippe! s'écria Maggye, quelle bonne surprise. »

Il s'immobilisa sur le pas de la porte, l'étonnement apparu sur son visage montrait à Elaine qu'il n'avait pas été averti de sa présence.

« La bonne surprise est pour moi », dit-il en s'avançant.

Il embrassa Maggye, baisa la main d'Elaine.

« Vous avez eu raison d'abandonner Deauville pour Capri, l'Italie vous va à merveille.

— Vous saviez?

— Nous parlions de vous quelquefois durant nos journées de pluie. Il faut bien s'occuper. »

Elaine posa un petit baiser sur la joue de Maggye, elle avait le cœur battant.

« Je partais, ne parlez pas trop de moi, je ne serais guère tranquille.

— Partir! s'écria Maggye, mais je refuse absolument que tu t'en ailles. J'appelle Patrick pour lui dire que je te garde une heure encore. Je le connais, il en profitera pour boire un verre de bourbon et faire la conversation à Bumbi. »

Elaine retourna à son fauteuil. Elle savait qu'elle devait partir et décida de rester. « Par curiosité, pensa-t-elle, pour voir comment Philippe allait essayer de la séduire. »

Avec Maggye, il engagea une conversation sur la mode, son usine de textiles fournissait quelques grandes maisons de couture. Vionney était sa plus ancienne cliente. Maintenant il espérait avoir Schiap vers laquelle tout Paris se tournait.

« Je vous le ferai connaître, promit Maggye. Walter et moi organiserons un dîner. Elle vient de lui acheter deux tableaux.

— Vraiment ? Et de quels peintres ?

— Secret, mon cher, secret. Les marchands de tableaux doivent avoir la loquacité des bateleurs et la discrétion des banquiers suisses. » Philippe se tourna vers Elaine.

« Vous devriez vous habiller chez Schiap, son style est le vôtre, élégant mais piquant, non conformiste. Me permettriez-vous de vous accompagner ?

— Pourquoi vous ? »

Elle avait parlé très vite pour affronter le danger courageusement. Philippe sourit.

« J'ai l'art d'espérer, or l'impossible est la base même de l'espérance. »

Elaine prit un autre biscuit. Elle n'était pas à l'aise dans les manèges de galanterie qui semblaient tellement familiers à Maggye comme à tous ses amis. En Virginie, on ne l'avait pas habituée à plaisanter sur l'amour. Elle ne savait plus maintenant si Philippe s'amusait ou s'il la courtisait sincèrement.

« Elaine est une pure, intervint Maggye, ne la taquinez pas cher Philippe ! Elle est sans doute telle que j'aurais voulu demeurer, quelqu'un de totalement sincère avec elle-même.

— Je t'en prie, Maggye ! » murmura Elaine.

Elle se sentait ridicule, traitée en petite fille.

« Vous souvenez-vous de ce que je vous ai demandé à Deauville l'année dernière ? interrogea Philippe. Ne suivez pas vos pensées obstinément. Si vous essayiez de déchiffrer les miennes, vous n'y trouveriez rien qui puisse vous blesser. Rien de malheureux ne vous viendra de moi. »

Il avait une voix chaude, un regard franc. Elaine lui sourit, elle était prête à le revoir, à essayer de le connaître, à lui donner son amitié. Philippe arrivait dans sa vie au moment précis où elle avait besoin d'être regardée avec des yeux neufs.

Maggye les amena dans son jardin admirer les roses, tout un buisson couvrant une tonnelle de poupée aux treillages peints en blanc. Les roses, saumonées ou jaunes, étaient bouclées, denses, odorantes.

« Comment se nomment-elles ? » demanda Elaine.

Le jardinier appelé ne sut répondre.

« Ce sont des roses à l'ancienne, madame », dit-il simplement.

Son dos demeurait arrondi, il devait lever la tête pour les regarder.

« Nous les appellerons " les belles Elaine ", décida Maggye. Il me semble que de donner son nom à une fleur est une sorte de réussite absolue pour une femme.

— Quelle gloire précaire ! remarqua Elaine. Patrick l'appréciera, il est amoureux des fleurs. »

Philippe cueillit deux roses, en tendit une à Maggye, une autre à Elaine. Rien n'était affecté dans ses gestes pas plus que dans son attitude. « Différent des autres, pensa Elaine, il pourrait être un Américain de Virginie avec la grâce naturelle des Français. »

Comme elle, Philippe avait les cheveux bruns, les yeux noirs, ils étaient tous deux sensiblement de la même taille. « Nous nous ressemblons, pensa-t-elle encore, comme Steph ressemble à Patrick. »

Ils perçurent un tintement de sonnette dans l'entrée. Quelques instants plus tard, la femme de chambre apparut devant la porte-fenêtre :

« C'est M. David, Madame, il demande s'il peut vous voir un instant. »

Elaine vit le regard de Maggye briller. Elle fut étonnée que tant de bonheur puisse apparaître si vite sur un visage. « Une petite fille, se dit-elle, une petite fille qui ressemble à ses roses. Pourrais-je encore connaître ces métamorphoses ? »

« Je pars, annonça-t-elle d'un ton ferme, à demain Maggye, je te téléphone ! »

Philippe lui prit le bras :

« Permettez-moi de vous raccompagner. Je suis en voiture, vous serez chez vous dans un instant. »

Ils saluèrent David dans l'entrée. Très brun, les cheveux bouclés, un joli visage, un corps de sportif, il avait encore la grâce de la jeunesse, un sourire qui ne demandait rien. Il échangea avec Maggye un court regard qui troubla Elaine.

Philippe ouvrit la portière d'une Ford noire restée décapotée. Les rayons des roues, les chromes, la carrosserie, le cuir fauve cernant la malle arrière, brillaient, l'intérieur sentait le tabac, l'eau de Cologne.

« Pourquoi avez-vous choisi une voiture américaine ? demanda Elaine.

— Pour vous, pour que vous vous sentiez bien. »

Le ton de sa voix, toujours sincère, la déconcerta, elle prit le parti d'en rire.

Ils s'engagèrent sur les Champs-Elysées, doublèrent une voiture de livraison tirée par deux gros chevaux. Elaine remarqua que Philippe conduisait sans chapeau et sans gants, comme si une automobile représentait pour lui un deuxième domicile.

Philippe contourna la place de la Concorde, s'arrêta rue de Rivoli. Elaine attira son attention en lui touchant le bras.

« J'habite de l'autre côté de la Seine, rue du Bac.

— Je sais, je voudrais faire quelques pas avec vous aux Tuileries. » Une fois de plus, le ton de sa voix, tranquille, assurée, la dérouta.

Ils remontèrent la terrasse des Feuillants vers le Louvre.

« Je cherche toujours ici la Fille aux yeux d'or, dit Philippe, avez-vous lu Balzac ?

— Pas encore.

— Vous le lirez et vous l'aimerez. »

Ils croisaient quelques femmes pressées, des nounous en tabliers tirant des enfants par la main. Philippe s'arrêta en face d'Elaine, il tendit la main et toucha son visage du bout des doigts.

« Mon Dieu, murmura-t-il, ne m'ôtez pas cette femme ! »

Elle prit sa main, la garda.

« Vous êtes malhonnête, Philippe, vous arrivez dans ma vie à un moment où je suis vulnérable et vous voulez en tirer avantage. »

Il embrassa chacun de ses doigts, Elaine ferma les yeux.

« Je n'ai pas besoin de vous, Philippe, j'ai seulement envie d'être aimée, d'avoir le regard de Maggye devant David, de me sentir belle et désirée. Vous ne vous contenterez pas de ce rôle. Vous me demanderez tous les jours un peu plus et je détesterai être à vous parce que je me sentirai prisonnière. »

Elle n'avait pas ouvert les yeux. Philippe l'attira contre lui, l'embrassa, elle sentit ses lèvres sur les siennes et son cœur se mit à battre. « Voilà, pensa-t-elle, je vais avoir un amant. »

Elaine regagna son appartement bouleversée, Patrick n'y était pas.

« Voulez-vous du thé, Madame ? proposa la femme de ménage.

— S'il vous plaît, apportez-le dans ma chambre. A quelle heure Monsieur est-il sorti ?

— Vers quatre heures, Madame, il a reçu un coup de téléphone, il a appelé Bumbi et ils sont partis. »

Elaine s'assit sur son lit, ôta son chapeau et, la tête entre les mains, se mit à pleurer mais ce n'étaient pas des larmes tristes. Elle ressentait de la joie avant de la comprendre.

Il y eut un coup de sonnette qui lui fit relever la tête, la femme de ménage entrait, les bras chargés de fleurs.

« Lachaume, Madame ! » annonça-t-elle triomphalement.

Elle avait servi chez une cantatrice et gardait la nostalgie de ses splendeurs.

## CHAPITRE XV

« Tais-toi, mais tais-toi donc ! » cria Patrick.

Steph l'avait exaspéré en lui demandant une fois de plus de l'accompagner à un dîner parisien. L'idée d'arriver avec son ami, tous ces mondains venimeux, le révulsait.

« En deux minutes, Paris nous aura accouplés. Je ne supporterai pas, et tu le sais, qu'Elaine soit atteinte.
— Tu as peur des autres ? Tu préfères leur plaire à eux que de me plaire à moi ? »

Patrick se dressa devant Steph, il avait parfois envie de le frapper.

« Ne parlons plus de cela, veux-tu ? »

Il était pâle, les mâchoires serrées. Steph, le regard dans le sien, le défiait. Ils avaient passé ensemble un après-midi de passion et allaient se quitter une fois de plus après des propos hostiles, comme s'il leur fallait détruire aussitôt une harmonie trop déchirante. Bumbi était déjà devant la porte d'entrée, il savait qu'après les éclats de voix venait le départ.

Il faisait frais dehors. Novembre, qui avait été ensoleillé dans ses premiers jours, était devenu maussade. « Six mois de pluie à venir », pensa Patrick en se retrouvant sur le trottoir de la rue de Sèvres où Steph avait son appartement. La nuit était tombée.

Patrick renonça à prendre un taxi et décida de

rentrer à pied pour se détendre. Il aurait voulu, ce jour-là encore, pouvoir quitter Steph définitivement et en était incapable. Trop de tendresse, de sensualité, trop de moments exceptionnels où ils parlaient de littérature, de poésie, de musique et se sentaient en union si étroite qu'ils disaient parfois ensemble le même mot. Steph l'agressait, le provoquait mais pouvait-il y avoir entre eux une affection raisonnable ?

Patrick respira profondément et gagna le boulevard Raspail d'un pas rapide. Bumbi, de temps en temps, tirait sur la laisse pour s'arrêter au pied d'un réverbère. Il l'attendait, à peine conscient de ces pauses.

L'envie d'écrire un nouveau roman le reprenait, Steph le lui conseillait, se proposait pour l'aider, mais ce travail commun, s'il pouvait être source de grandes joies, serait aussi prétexte à d'autres affrontements.

« Nous écririons ensemble, proposa Stephane. Je veux depuis longtemps publier un essai sur Keats, toi tu ferais ton roman. Nous travaillerions côte à côte, ce serait une formidable expérience. »

« Ne pas laisser Steph empiéter sur ma vie, pensa Patrick, ne pas le laisser prendre une trop grande importance ! »

Tout ce qu'il proposait semblait destiné à l'enchaîner un peu plus étroitement. Il n'avait supporté une telle dépendance de personne. Entre la rue de Sèvres et la rue du Bac, il connaissait chaque immeuble, chaque boutique, chaque réverbère. Depuis leur retour de Capri, il allait chaque jour retrouver son ami et chaque jour il refusait l'idée d'avoir à s'y rendre le lendemain.

En traversant le boulevard Saint-Germain, il aperçut Maggye et Walter dans leur Delage noire. Ils devaient se rendre à un vernissage, Maggye portait un chapeau blanc, une fourrure blanche, elle parlait à Walter avec animation tandis que le chauffeur klaxonnait pour activer une petite Citroën bleue qui ralentissait leur allure.

Maggye était une femme libre. Elaine ne lui avait fait aucune confidence mais il pressentait qu'elle avait des amants. Comme lui, elle devait rentrer à la nuit, toute souriante, effacer les pensées, les gestes, les mots donnés, commencer une conversation, faire des projets, évoquer des souvenirs, vivre une vie normale, essayer de rendre Walter heureux comme il se refusait lui-même à blesser Elaine.

« On ne renonce pas facilement à l'harmonie, se dit-il. Pourquoi souhaite-t-on, espère-t-on avec autant d'acharnement le regard reconnaissant des autres ? Si les actes créent l'homme, en faisant semblant d'être fidèle, sans doute l'est-on d'une certaine façon ! »

Jamais il n'avait pensé que la vie devait obéir à certaines règles précises pour être honorable ou réussie. La vie, il fallait la laisser couler sans gêner son cours, s'écarter lorsqu'elle devenait violente, s'immerger quand elle était douce et paisible. Les êtres malheureux nageaient toujours à contre-courant.

L'appartement de la rue du Bac était vide, la décoration de Jean-Michel, si raffinée, dépouillée, sobre, lui parut froide soudain. Steph vivait au milieu des livres, des journaux posés sur des étagères, des tables, sur le sol. Il y avait des tableaux appuyés comme des photographies contre les murs, des tapis d'Orient un peu partout, des plantes vertes et surtout, Royal, le chat birman que Bumbi respectait pour sa beauté et son indifférence.

La femme de ménage était partie, Patrick alla dans la salle à manger, se versa un verre de bourbon, revint au salon, Bumbi derrière lui. La pluie commençait à tomber, il se dirigea vers la fenêtre sans allumer l'électricité, son verre à la main. Steph avait trop de pouvoir sur lui. « Il a mon présent, peut-être mon avenir, il n'aura pas mon passé, pensa-t-il, jamais. »

S'il le lui livrait, il savait qu'il le quitterait à l'instant. C'était son dernier secret, celui que même Elaine n'avait pu percer. « Si je m'en débarrasse, se dit-il, il ne me restera rien de moi-même puisque j'ignore encore où je vais. »

Patrick but une gorgée de bourbon, la pluie battait les carreaux, faisant danser la lumière jaune des réverbères. « Partir c'est renaître », prononça-t-il à voix haute. Il avait espéré, voulu Paris, et désormais il souhaitait le quitter. L'Italie peut-être, mais Capri lui semblait figée, raidie par un vent qui balayait les passions, laissait les corps dépouillés de leurs illusions. Il perdrait un jour aussi le chemin de cette île. Demeuraient en lui la nostalgie des oliviers, du jasmin, les senteurs de basilic, de thym séché, et le credo des cigales sous les pins, l'hymne au soleil.

La vitre était froide, Patrick y posa son front. Quand avait-il pleuré pour la dernière fois ? A la mort d'Ada ?

Il fit demi-tour, alla à sa chambre, alluma la lumière. Un autre bouquet de roses était posé sur la coiffeuse d'Elaine. « Un admirateur », avait-elle expliqué en riant. Il ne se sentait pas le droit de lui poser des questions.

Miraculeusement, ils ne s'éloignaient pas l'un de l'autre, bien au contraire. Le soir, souvent, ils s'asseyaient au coin du feu, parlaient des heures entières avec bonheur ou lisaient en silence. La nuit les rapprochait, Elaine désormais demandait qu'il lui fît l'amour, cela le stimulait. Il aimait son regard, sa bouche, sa voix. Ils se serraient l'un contre l'autre, s'endormaient ainsi dans leur chaleur réciproque.

Avant même de percevoir le moindre bruit dans l'appartement, il vit Bumbi remuer la queue. « Elaine », se dit-il. Elle était sur le seuil de leur chambre, portant encore sa veste de renard, son chapeau.

« Hitler a gagné les élections dans la Hesse,

annonça-t-elle en ôtant ses gants qu'elle jeta sur le lit. Je viens de voir Maggye, Walter est inquiet !

— Hitler a raison de profiter de nos contradictions, Elaine, il va pousser ses pions de plus en plus loin, personne ne pourra lui barrer la route. »

Elaine enleva sa veste, son chapeau.

« Je n'avais pas réalisé à quel point nous étions sur un volcan. »

Philippe se passionnait pour la politique. Industriel, il souhaitait la paix et voyait l'Europe s'acheminer lentement vers des conflits si graves que leur monde risquait d'être jeté à bas. A son contact Elaine prenait conscience qu'au-delà des fêtes, des vernissages, des couturiers et du champagne, la mer lentement se retirait, laissant une grève stérile sur laquelle d'étranges bêtes pouvaient surgir, se nourrissant des débris laissés par la marée.

« Je hais l'impuissance, disait Philippe, nous sommes tous en train de laisser les eaux nous emporter sans opposer de vraie résistance. » Il était engagé politiquement, prêt à passer à l'action s'il le fallait.

Patrick avait achevé son bourbon, il se sentait mieux. La politique ne l'intéressait pas, il regrettait seulement que ce monde où il avait tant lutté pour trouver une place, ce monde où la beauté, l'harmonie pouvaient exister, fût menacé de mort. Il pouvait vivre dans la pauvreté, pas dans la médiocrité.

Elaine était passée dans la salle de bains. Sur le miroir recouvrant la porte, il la voyait se brosser les cheveux, puis se considérer attentivement, sérieusement. Elle n'avait pas eu un regard pour le nouveau bouquet de roses.

« Sortons, proposa Patrick, l'appartement m'attriste ce soir. Allons voir *La chienne*, nous souperons ensuite au Bœuf sur le Toit. »

Elaine mit du temps à trouver le sommeil, le visage de Michel Simon, certaines images du film la hantaient : grises, violentes et dérisoires cependant comme si rien n'avait vraiment d'importance. On partait pour n'arriver nulle part. Les défis de Philippe, son envie de renverser le cours du fleuve, lui semblaient soudain misérables et inutiles. Qu'allait-il advenir d'eux tous, si semblables et si différents ? De Philippe, de Walter et Maggye, de David, de Steph, de Peggye, de Jean-Michel, que ferait le temps de leurs visages, de leurs espérances, de leurs passions ? Elle les voyait danser en se tenant la main et se séparer lentement d'abord, puis de plus en plus vite, emportés par le vent.

Elaine se leva, alla boire un verre d'eau. Patrick dormait. Il avait bavardé au Bœuf avec Bérard et Cocteau.

« Vous qui êtes un Américain du Sud profond, avait demandé Bébé, dites-nous ce qu'est le jazz pour vous ?

— Le jazz est mon sang, avait-il répondu, j'ai passé plus de nuits à Atlanta, à Charleston, à New York, à m'imprégner de jazz que vous ne pourrez le faire en trois existences.

— Le jazz est votre opium en somme, avait remarqué Cocteau. Il me suffit à moi d'une seule existence.

— Accompagnez-nous », avait alors proposé Wiener, l'un des pianistes.

Patrick s'était mis au piano. C'était la première fois qu'Elaine l'entendait jouer.

« Voilà plus de dix ans que j'ai abandonné », avait-il avoué en riant. Il était heureux. Avec Wiener ils avaient interprété des airs connus de La Nouvelle-Orléans, la salle les avait applaudi.

« Pourquoi ne laisse-t-il jamais parler son enfance ? » pensa Elaine. Elle ignorait qu'il jouait du piano, elle ignorait tant de choses de cet homme qui était son mari ! Le chemin qui la menait à Philippe était droit et clair, celui qui la conduisait vers Patrick faisait de longs détours, se perdait dans l'obscurité pour resurgir au grand soleil. C'était celui-ci qu'elle préférait.

Philippe n'était pas encore son amant, il le serait sans doute. Elle était allée trop loin maintenant pour revenir en arrière. Elle accepterait « par honnêteté ». Il semblait concerné par tout, par tous, donnait son temps, son imagination, son argent avec une extrême générosité. Elle l'admirait certainement et désirait s'identifier à lui, recueillir sa part de force et de joie de vivre, se laisser combler de prévenances et de cadeaux, Philippe était un homme riche. Elle tendait les mains pour recevoir, donnait peu et cette réserve amoindrissait sa culpabilité.

Le lendemain, après un déjeuner avec Peggye, elle avait accepté pour la première fois de le rejoindre dans son appartement du boulevard de Courcelles.

Elaine se leva encore, alla prendre un somnifère. Elle savait qu'elle ne parviendrait pas à dormir.

Peggye était l'exemple même de la femme new-yorkaise, ingénieuse, pleine d'idées et de talent. Toujours entre deux rendez-vous, toujours lancée dans des projets passionnants, elle impressionnait Elaine qui, en fille du Sud, laissait le temps s'écouler. Photographe à *Vogue*, elle avait le dessein de s'associer à un producteur de cinéma afin de créer une agence qui aurait le droit exclusif d'envoyer des photographes sur les plateaux de tournage, dans les studios.

« J'en ai parlé à Höningen Huene, confia Peggye en se versant un verre de vin blanc. Il trouve l'idée excellente. A propos, il faudra que je présente Höni à Patrick, ils devraient s'entendre parfaitement. Ils ont le même regard d'enfant buvant le matin du monde, le même goût de la beauté et du secret. »

L'attention d'Elaine s'échappait parfois, elle ne percevait plus alors venant de Peggye que des sons, voyait le mouvement de ses lèvres, ses mains coupant de la nourriture, la portant à sa bouche. Elle avait le cœur battant. « Je peux encore ne pas y aller, pensa-t-elle. Je suis libre. » Mais elle savait qu'elle ne l'était plus.

« A propos d'idées géniales, poursuivit Peggye, je voudrais te demander un avis. Ce serait peut-être une possibilité de travail intéressant pour toi, n'as-tu pas envie d'occuper mieux ton temps ? La femme oisive se démode, regarde lady Mendl, Mme Errazuriz, beaucoup d'autres encore... »

Elaine l'interrompit.

« Arrête de me faire l'article, de quoi s'agit-il ? »

Elle était amusée de pouvoir annoncer à Philippe : « Voilà, on me propose un travail ! » Ce serait un bon début de conversation.

Peggye but encore une gorgée de vin blanc, avala un morceau de poulet. Son appétit de vivre se manifestait tout autant dans son enthousiasme professionnel que dans des actes très simples comme boire, rire et manger.

« C'est une idée que j'ai prise l'été dernier à New York où l'institution fonctionne déjà très bien. Je suis sûre qu'elle est susceptible d'être mise en pratique avec succès à Paris. Il s'agit d'un Guide Escort Service.

— Quoi ! s'écria Elaine, ces réseaux de prostituées !

— Du calme, ma petite. Ce n'est pas du tout ce que tu penses. Ecoute bien, c'est très simple : il y a à Paris comme à New York des femmes du monde sans compagnons, d'un autre côté, tu trouves des jeunes gens, des gentlemen évidemment, auxquels leur position sociale interdit de travailler mais qui ne disposent pas de ressources à la hauteur de leur rang. Tu prends une femme de passage à Paris pour un court séjour, un jeune homme, tu les présentes. Le jeune homme prend en charge l'étrangère, se fait son mentor tous frais payés, l'amène dans les musées, au théâtre, chez les couturiers, au restaurant, dans les endroits où l'on danse. Il choisit le menu, loue les fauteuils pour la comédie à la mode, règle les taxis et à l'heure de la séparation il touche discrètement sa petite rétribution. »

Elaine était partagée entre le fou rire et la désapprobation. Peggye semblait très sérieuse, déjà enthousiasmée par son projet.

« Je n'ai pas fini. Comme toi, j'étais tout d'abord plutôt sceptique sur la réussite d'une idée pareille en France. J'ai donc voulu faire un essai et ai passé une annonce dans un journal très connu : Jeune homme, parfaite éducation, serait ravi d'accompagner afin de la guider, de la protéger, de lui faciliter toutes choses à Paris, dame en visite ou de passage. Discrétion, enthousiasme, petite rétribution. » Elaine riait, Peggye était vraiment extraordinaire !

« Ne ris pas, je n'ai pas encore terminé, continua Peggye en remplissant à nouveau son verre avant que le sommelier n'ait eu le temps d'accourir. Parallèlement, et dans un autre journal tout aussi connu, j'ai passé une deuxième annonce : A dame étrangère, seule à Paris, serait indispensable jeune homme au courant des usages du monde et possédant une excellente connaissance de la ville. Tous frais payés, appointements intéressants.

« Eh bien, ma chère, j'ai reçu des centaines de réponses, tous les jours le facteur en déversait une sacoche entière, à tel point que j'ai dû dédommager ma concierge. Ma chérie, ouvre un bureau, ta carrière est faite ! »

Elaine se renversa sur sa chaise, considérant un instant le plafond du restaurant où étaient peintes des scènes champêtres. Elle s'imaginait mettant en présence un jeune homme malingre et une imposante douairière brésilienne.

« J'y réfléchirai », affirma-t-elle en souriant.

Peggye l'avait divertie, elle allait se rendre chez Philippe plus légère, plus sûre d'elle.

« Tu ne le feras pas et tu as raison, déclara Peggye en réclamant l'addition, tu es beaucoup trop jolie pour languir derrière un bureau. Sais-tu que je ne t'ai jamais vue aussi belle ? Un conseil, brune comme tu es, porte du rose, on ne verra que cette couleur le printemps prochain. Nos mannequins ont dévalisé les marchands de tissu du Rose Schocking. »

Devant l'immeuble de Philippe, Elaine s'arrêta. La concierge la guettait-elle derrière sa fenêtre ? Les autres habitants de l'immeuble en l'apercevant allaient-ils plaisanter : « Tiens, encore une femme chez Philippe Tardieu ? » Elle avait froid, elle avait bu trop de vin blanc, elle se sentait à la dérive. Elle ne fit pas demi-tour cependant, une force la poussait en avant, le désir sans doute de redistribuer plus justement le noir, le blanc, le juste et l'immérité.

Elaine ne prit pas l'ascenseur, monta à pied les deux étages par un escalier recouvert d'une moquette rouge bordée de gris. Des vitraux à chaque entresol révélaient des scènes de vendange ou de moisson. Elle s'arrêta un instant devant le visage rond d'une fille blonde tendant une grappe à un vigneron. Son sourire figé, sans désir, ses seins, ses hanches, lourds, symbolisaient une fécondité inépuisable. « Le maître verrier a pris sa femme comme modèle, pensa-t-elle, elle a dû lui faire une ribambelle d'enfants et ne jamais monter chez un homme un après-midi de fin d'automne. »

La sonnette eut un tintement clair. Elaine en voulait à Philippe de n'avoir pas su organiser une rencontre moins embarrassante. Elle boirait avec lui un café ou une coupe de champagne et s'en irait.

Philippe était devant elle, et sans lui laisser le temps de dire un mot, la prit dans ses bras, la serrant étroitement contre lui. Elle avait sa joue contre la sienne, sentait l'odeur de cuir de Russie de son eau de toilette. L'envie la prit de le repousser et de s'en aller, de courir jusqu'à chez elle, de s'enfouir dans un canapé, de fermer les yeux pour penser à lui, l'aimer sans corps, sans secousses, en rêve, délicieusement.

Il s'écarta.

« Je t'attends depuis tellement longtemps. »

Ils pénétrèrent dans un petit salon-bibliothèque où brûlait un feu de bois. Les murs étaient recouverts, non pas de belles reliures bien cirées, mais de livres brochés lus et relus, d'albums illustrés, d'ouvrages d'art. Çà et là des photographies montraient des familles en promenade, des enfants tenant des cerceaux, des scènes de canotage où hommes et femmes regardaient l'objectif en souriant, des chiens de chasse, des chats sur des fauteuils anciens. Les rideaux en grosse toile jaune et grège étaient retenus bas par des cordelières de soie, la pièce était pratiquement close, seul un peu de jour pénétrait grâce à l'espace laissé libre par les pans du tissu.

« Tout le passé de Philippe est là, se dit Elaine en regardant autour d'elle, sa famille, ses bêtes, ses maisons, ses lectures, les dessins qu'il aime. » Patrick n'avait rien de cela, il était arrivé dans sa vie solitaire, sans passé.

Philippe lui enlevait son manteau, son chapeau avec des gestes précis et doux. Il faisait bon, des pastilles brûlaient dans une coupe dégageant une odeur de citron et de vétiver. Elaine pensa à Springfield, au salon avec le grand piano à queue, les photos de famille dans des cadres d'argent, les meubles anglais bien astiqués, le tapis fleuri, les chenêts de cuivre devant lesquels sommeillaient les chiens de sa mère. Philippe et elle avaient dans leurs souvenirs les mêmes images.

« Est-ce vous ? » demanda-t-elle en souriant.

Elle avait pris une photo sur laquelle on voyait un

petit garçon monté sur un poney. Il avait les cheveux très courts, un visage rond, des culottes boutonnées sur les mollets, un air vainqueur. Debout à côté de lui, une dame en longue robe blanche tenait les rênes. On apercevait à peine son visage caché par un chapeau de paille bordé d'une mousseline.

« Maman et moi chez nous, à Fère-en-Tardenois, j'avais quatre ans, Bulle était mon premier poney. »

Philippe prit la photo des mains d'Elaine, la reposa sur le secrétaire.

« Vous aimeriez notre maison familiale. »

Il saisit un autre cliché : un joli château Louis XIII que la photographie faisait beige et marron s'apercevait au bout d'une allée : une façade principale, deux ailes, une cour pavée, des orangers en caisse, un petit homme près d'une porte tenant un râteau.

« C'est là que vous avez grandi ?

— Là et à Paris. Ma mère y vit désormais depuis la mort de mon père. J'aimerais vous y amener, vous présenter à elle. »

Il rit.

« Maman serait heureuse de me voir amoureux. »

L'étonnement fit faire à Elaine un mouvement brusque, elle lâcha la photographie. Cette dame si respectable heureuse de voir son fils unique avec une Américaine mariée ? Pour la première fois de sa vie, elle se sentit humiliée. Un instant, ils restèrent silencieux l'un en face de l'autre.

« Ne pars plus », murmura Philippe.

Il la fit asseoir devant le feu, un plateau était prêt avec du thé, du café, des chocolats dans une coupe de porcelaine fleurie. La chaleur du foyer engourdissait Elaine, elle but une gorgée de thé. Le corps de Philippe tout proche la troublait, elle avait imaginé qu'il allait la traquer, il ne la touchait même pas.

Philippe parlait l'anglais avec un accent d'Oxford qui l'amusait, il lui disait son travail, ses ambitions pour développer l'affaire de son père, son goût pour le bateau à voile, les régates, la lutte avec le vent et l'eau. La pluie s'était remise à tomber, Elaine regardait la bouche de Philippe, ses yeux, ses mains et les trouvait beaux.

« Embrassez-moi », demanda-t-elle.

Longuement, il la regarda avant de se lever comme s'il voulait prendre son âme avant de prendre son corps. Seuls les craquements des bûches, un bruit de klaxon dans le boulevard rompaient le silence. Philippe la prit dans ses bras, caressa les traits de son visage.

« J'ai un grand nez, une grande bouche, murmura-t-elle.

— Non, non, tu as un nez admirable, une bouche sensuelle, tu es belle. »

Il l'embrassait, mangeait ses lèvres, ses joues, son cou, elle tremblait, son corps tout entier se tendait vers lui. Lorsqu'il ôta son corsage, sa jupe, sa combinaison, son soutien-gorge de soie grège et qu'elle se retrouva nue devant lui, elle eut comme une plainte et ferma les yeux. Il lui semblait être une femme arbre, dressée vers le ciel avec le vent pour la caresser. Philippe en elle, chaud et doux, la dominait de sa force, son corps était un continent qu'elle voulait découvrir et aimer, un pays perdu aux frontières retrouvées. Leurs chaleurs s'unissaient, les mouvements de leurs corps les nouaient l'un à l'autre. Elle étouffa un cri et se mit à pleurer parce qu'elle traversait alors son propre miroir, et que ce passage était douloureux.

Ils burent du champagne dans la même coupe.

« Partout où tu seras, je me trouverai, dit Philippe, même si nous sommes à des milliers de kilomètres l'un de l'autre.

— Je ne partirai pas, je ne partirai plus. »

Elle savait qu'elle inventait les mots, qu'elle restait

attachée à Patrick, suivant le chemin qu'il suivrait. Philippe ne serait qu'une éclaircie dans sa vie.

Elle but du champagne dans sa bouche et il la prit plus doucement encore, plus tendrement. Il pouvait maintenant la regarder, lui parler. Sa voix étourdissait Elaine, lui donnait le rêve étrange d'écouter un magicien surgi pour la parer, la grandir, la rendre séduisante, éblouissante et le plaisir revenait, éperdu, sublime.

Philippe la raccompagna rue du Bac dans sa Ford. Ils avaient froid. De temps à autre, leurs mains se rejoignaient, se serraient, s'abandonnaient.

« Quand reviendras-tu ? » demanda Philippe.

Elle avait ouvert la portière sans attendre qu'il descende. Aucun départ, jamais, ne lui avait semblé plus triste, plus inutile. Elle voulait dormir, oublier. Combien de temps mettrait-elle à épuiser ces souvenirs ?

Philippe était descendu, il se tenait debout sous la pluie, perdu, pitoyable. Elaine ne répondit pas. Les mots « au revoir » ou « à bientôt » lui semblaient dérisoires.

« Quand ? » répéta Philippe.

La pluie coulait sur ses cheveux, son front, le col de son manteau, il paraissait vaincu par une lutte inégale. Le vent fit claquer la portière, une voiture derrière eux klaxonna, réclamant le passage. Ils échangèrent un regard, Elaine se détourna.

« Bientôt », dit-elle.

Et, poussant la porte d'entrée, elle pénétra dans son immeuble. Philippe ne mit sa voiture en marche que lorsqu'elle eut disparu.

## CHAPITRE XVI

Le printemps était précoce, il y eut dès le mois d'avril des journées chaudes qui firent éclore les tulipes et les narcisses des jardins.

Patrick avait renoncé à écrire un autre roman, il refusait le regard de Steph, l'opinion de Steph, les encouragements de Steph. Il essayait de le voir moins, lisait beaucoup, marchait inlassablement dans Paris avec Bumbi, retrouvait des amis chez William Bradley, Sylvia Beach, au bar du Ritz, ici et là. La saison des garden-parties, des bals allait reprendre, prétexte à toutes les excentricités, toutes les folies. Elaine avait décidé de donner une fête dans leur appartement, une fête blanche. Il fallait tout repeindre, mettre du blanc sur les murs, les parquets, retendre des rideaux. Elle s'enfiévrait pour cette idée, téléphonait sans cesse à Jean-Michel Frank qui avait accepté de l'aider, à Maggye qui lui donnait mille conseils contradictoires, à Peggye qui avait promis un reportage dans *Vogue*. Lachaume livrerait des corbeilles de tubéreuses blanches, Boissier un buffet où tous les mets seraient blancs. Patrick avait suggéré un orchestre de jazz où les musiciens seraient vêtus de satin blanc. Ils se réunissaient tous les soirs, parlaient indéfiniment en buvant du bourbon jusqu'à ce que Walter qui était couche-tôt décidât de rentrer chez lui.

Elaine avait invité leurs amis, leurs relations mondaines mais aussi Philippe, David et Steph. Personne ne pouvait être exclu de cette fête. C'était pour éblouir Philippe, pour surprendre Steph, qu'elle la donnait.

Maggye et elle avaient décidé de se déguiser en petites filles modèles, Camille et Madeleine vêtues d'organdi, culottes de broderie anglaise, bottines de chevreau boutonnées, chapeaux de paille décorés de roses blanches. Madeleine Lanvin, si habile pour habiller sa fille, ferait leurs costumes. Patrick serait en planteur des îles, coton blanc, lavallière, panama, Walter en Pierrot façon Watteau, Peggye en dame aux camélias, Jean-Michel en Tibère, empereur romain. La date choisie, le 20 mai, approchait.

Le 8 mai, la gauche avait gagné aux élections envoyant trois cent cinquante-six députés à la Chambre. Philippe était inquiet, il écoutait d'une oreille distraite les projets d'Elaine, souriant de sa joie sans pouvoir vraiment la partager. Ils se voyaient presque chaque jour, faisaient l'amour, prenaient du thé dans la petite bibliothèque, se racontant leurs enfances, leurs familles, leurs études, leurs espérances, leurs déceptions. Chaque départ d'Elaine était un déchirement pour Philippe, il l'accompagnait jusqu'à la porte, parfois jusqu'à la rue du Bac si elle le désirait, lâchant sa main au tout dernier moment lorsqu'elle ôtait la sienne. Il lui fallait un long moment pour se reprendre, songer à ses affaires, à sa vie quotidienne.

Souvent, dans la matinée, l'image d'Elaine s'imposait si fort à lui qu'il sortait pour lui faire envoyer des fleurs, un parfum, une corbeille de fruits ou de confiseries. C'était une façon de se faire plaisir à lui-même, de donner des forces vives à son amour. Il la voulait comblée mais il désirait surtout se prouver qu'il savait aimer une femme.

En mars, Philippe avait dû quitter Paris pour se rendre en Angleterre ayant un projet d'association avec une filature de Manchester. Elaine avait refusé de l'accompagner et il n'avait pas insisté. Tout ce qui pourrait provoquer une rupture était écarté par lui aussitôt. Il l'aimait plus qu'elle ne l'aimait, le jeu cruel de l'amour avait des règles qu'il fallait accepter. Il pensait aux yeux, à la bouche, à la peau de cette femme, à son corps, images si denses, si nettes qu'il se sentait habité par elles, seul cependant nuit et jour. Quelquefois, il lui arrivait de rire, se voyant avec ses propres yeux comme en représentation. « L'amoureux transi, se disait-il, voilà donc mon rôle ! » Elle était celle qui quittait la scène en jetant son mouchoir, il y demeurait afin de le ramasser. Philippe refusait de songer à l'avenir. Un jour, Elaine ne partirait plus, il aurait enfin gagné la bataille. « Maintenant, lui dirait-il, je veux que tu restes à côté de moi. » Des mots. Il était trop homme d'action pour y croire vraiment. Leur seul pouvoir était de le bercer, de lui permettre d'attendre encore un peu.

Le 19 mai, Elaine téléphona à Philippe à trois heures pour se décommander. Elle était beaucoup trop occupée par ses préparatifs du lendemain. Comment serait-il déguisé ? « En fantôme, répondit-il, puisque je n'existe pas pour toi. »

Tout était prêt. Jean-Michel devait venir le soir même draper les cheminées, les colonnes séparant le salon de la salle à manger, les lampadaires et les cache-pots des plantes vertes. Ils iraient ensuite dîner chez Lipp où les rejoindraient Walter et Maggye.

Elaine avait reçu son costume de Camille enveloppé dans du papier de soie. Posé sur le bureau de Patrick, il laissait échapper un bout de broderie anglaise, quelques rubans de satin.

« J'espère, dit Jean-Michel, que Mme Lanvin n'a pas oublié la petite ombrelle que je lui ai fait envoyer. »

Patrick observait sa femme, son ami, avec amusement. Cette fête serait belle, drôle peut-être. Steph allait-il l'étonner ? Depuis dix jours, il avait décidé de ne pas le voir, c'était une douleur intense, presque physique, mais il voulait se prouver à lui-même qu'il ne lui appartenait pas et qu'il pouvait aller plus loin encore, se séparer de lui. Patrick ne savait ni quand, ni comment il dénouerait le lien mais il savait qu'il le ferait. Steph se trompait lorsqu'il croyait le posséder, il ne connaissait ni ses limites, ni son commencement, ni ses fondements. Il avait le pouvoir en mettant les mains sur son corps de le faire rêver, pas celui de le faire vivre.

Elaine avait un amant, le pressentiment était devenu certitude. Elle ne s'éloignait pas plus de lui qu'il ne pouvait s'éloigner d'elle. « Nous nous attendons, se disait-il, c'est tout ! Seuls elle et moi pouvons le comprendre. »

Chez Lipp, Maggye se montra très agitée, Walter taciturne. Elaine vit le visage de son amie tendu, son regard triste malgré les efforts qu'elle faisait pour partager l'euphorie de ses amis. Au dessert, elle se pencha vers Elaine : « Tu es toute dépoudrée, viens, je vais t'aider à te refaire une beauté. »

Elles s'éclipsèrent, Walter les suivait du regard.

« Mon Dieu, dit tout de suite Maggye avant qu'elles aient franchi la porte des toilettes, Walter a trouvé une lettre de David, il n'a pas réagi violemment mais je sais qu'il est complètement abattu. Depuis hier, il m'a à peine parlé. Je ne sais pas si je dois provoquer une explication ou si je dois me taire. »

Elaine s'adossa à la porte, elle haïssait ces situations confuses, démoralisantes.

« C'était une lettre compromettante ?

— Lis ! » demanda Maggye.

Et elle tendit une feuille de papier gris pliée en quatre.

« Mardi 16 heures.

« Je dessine une étoile et je la dépose au creux de ton ventre, là où ma vie est enfouie pour un temps sans fin, sans retour. Dans tes yeux bleus je me crée, dans tes cheveux blonds je prends ma force. Tu ne ressembles à rien, tu es tout. Je te nomme Maggye et je t'invente, je te recommence, tu viens de moi et tu aboutis à moi. Un monologue à deux. Mais n'écoute pas mes mots, ils sont solitaires puisque je suis sans toi. Je t'aime. Je suis vulnérable, à la merci de toi.

« David. »

« Ne dis rien à Walter, dit doucement Elaine en repliant la lettre, il n'y a rien à expliquer. Laisse-le oublier. »

Sa joie était tombée. Comme tout cela était dérisoire!

« David ne viendra pas demain à la fête.
— Bien entendu », murmura Elaine.
Maggye s'essuya les yeux.
« Il devait être déguisé en page. »
Elaine tendit la main, caressa la joue de son amie.
« Remontons, Walter ne doit pas soupçonner un complot.
— Je l'aime! » hoqueta Maggye.
Elaine ne savait pas si elle parlait de son amant ou de son mari.

La porte de l'appartement avait été laissée ouverte afin que chacun puisse entrer à sa guise. L'orchestre s'était installé dès sept heures au salon se mêlant aux maîtres d'hôtel dressant le buffet, aux livreurs de toutes sortes qui ne cessaient d'entrer et de sortir. Elaine en Camille était piquante, la robe dessinée avec fantaisie et raffinement enlevait la mièvrerie du personnage pour lui en laisser la grâce. L'ourlet de la jupe d'organdi était retenu par des nœuds de satin montrant la culotte de broderies anglaises, les bas de fin coton. Le corsage de guipure, d'un travail très léger, après de courtes manches où la dentelle bouillonnait, laissait les bras nus. Elaine mettait pour la première fois un bracelet d'or, de perles et d'onyx offert par Philippe. Il passerait pour appartenir au costume et elle continuerait à le porter en souvenir de la fête.

A sept heures trente, Patrick qui s'était enfermé dans la salle de bains fit son apparition, chapeau de paille sur la tête, cigarillo aux lèvres, une canne de bambou à la main. Comme l'orchestre répétait à ce moment quelques mesures d'un air de jazz, il se mit à danser, accompagnant le rythme de sa canne.

« Attention, garçons ! dit-il aux musiciens, votre maître est là qui vous regarde. »

Il avait parlé en exagérant son accent du Sud.

« Aby promet qu'il sera un bon serviteur ce soir, répondit le saxophoniste qui était de La Nouvelle-Orléans.

— Et Tom jouera bien du piano pour la fête du maître », ajouta le pianiste.

Ils rirent tous ensemble, Patrick leur fit servir du bourbon, en but un verre avec eux en parlant de musique.

Walter et Maggye arrivaient. Maggye en Madeleine était charmante. Son costume, plus recherché que celui d'Elaine, plus chargé, accentuait son côté bonbon anglais. Elle s'était peint le visage comme une poupée de porcelaine. Walter était en costume de Pierrot copié sur un tableau de Watteau.

« J'ai arrangé la situation, dit tout de suite Maggye alors qu'Elaine l'aidait à mettre sa capeline. Nous avons eu une grande explication en sortant de chez Lipp. J'ai beaucoup pleuré pour entamer les défenses de Walter puis je lui ai juré (elle fit le signe de croix) que David était tombé amoureux de moi à la suite d'un dîner à Deauville, qu'il me poursuivait de déclarations enflammées auxquelles, évidemment, je n'avais pas cédé. Mon seul tort était d'avoir paru heureuse de lui plaire, l'encourageant peut-être, mais quelle femme pourrait se montrer indifférente aux déclarations d'amour d'un joli garçon comme David ? D'ailleurs, ai-je ajouté, il vient à la fête des Henderson. Lui aurais-je demandé de venir si j'étais sa maîtresse ? Cette inspiration m'est venue à la dernière minute et je la crois excellente. Walter a accepté mes explications et David sera là ce soir. »

Elle embrassa Elaine, faisant basculer le chapeau qu'elle avait eu le plus grand mal à fixer.

« Et j'ai entendu dire, ajouta-t-elle en se sauvant, que Philippe Tardieu sera également des nôtres. Petite cachottière ! »

Bérard était arrivé en clown triste, le visage peint en blanc, Etienne de Beaumont en maharadjah, vêtu d'un costume somptueux de satin fait d'une tunique brodée, d'un pantalon étroit et d'un turban où était piqué un fabuleux diamant. Peggye arriva en dame aux camélias, le mouchoir à la bouche, accompagnée d'Höningen Huene portant une simple djellaba de bédouin, la tête ceinte d'un keffieh retenu par un cordon de coton blanc.

« La fascination du désert, expliqua-t-il à Patrick en lui tendant la main. Je suis heureux de vous rencontrer, Peggye ne cesse de me parler de vous. »

Les invités arrivaient les uns après les autres, William Bradley en chirurgien, Man Ray en bonhomme de neige, le nez peint en rouge, une pipe à la bouche, un haut-de-forme sur la tête, puis il y eut Nathalie Barney une bergère tirant un mouton, Romaine Brook en officier d'opérette portant un costume de satin blanc avec des brandebourgs de soie dorée. Jean-Michel Frank avait grande allure en empereur romain, le front ceint d'une couronne de lauriers, un aigle empaillé à la main. Philippe arriva vers neuf heures en fantôme, précédé de David en page. Steph n'était toujours pas là.

Patrick avait chaud, il avait déjà beaucoup dansé, beaucoup bu. De temps à autre, il jetait un regard vers la porte. Steph aurait-il l'audace de ne pas venir ? Walter et David bavardaient, une coupe de champagne à la main. David, mis au courant du drame par Maggye, avait pris les devants, déclarant à Walter qu'il devrait enfermer sa femme. Elle était trop belle, tournait la tête de tous les jeunes gens ! Mais il faisait amende honorable, promettait de s'éloigner. Walter le trouvait sympathique.

« On est venu me dire que vous étiez champion de polo ?

— On me rapporte que vous êtes un grand marchand de tableaux ?

— Nous sommes donc des inutiles, déclara Walter. D'où vient votre famille ?

— D'Allemagne.

— Les miens sont polonais. Cousins pauvres. Je vous le pardonne. Vous êtes français, me voilà américain, j'ai rattrapé mon handicap. Tiens, voilà Man Ray, quand me vendez-vous un tableau cher ami ? »

Philippe avait pu enfin inviter Elaine à danser. Il se sentait mal à son aise dans cette fête et avait envie de partir. Sa maîtresse, heureuse, courtisée, proposant du champagne, lui paraissait lointaine, une femme du monde comblée, un peu artificielle, tellement différente de celle qu'il prenait dans ses bras, qui lui parlait des hérons bleus de son enfance, des goûters sur la plage, des mint-juleps bus dans les vérandas les nuits d'été, du New York de la prohibition. Le haute société parisienne lui était familière depuis son enfance, il n'attendait pas qu'une femme lui en ouvrît les portes. Maintenant Elaine était contre lui, il sentait la chaleur de son corps mais savait que son esprit était ailleurs.

« Ta fête est superbe », dit-il seulement.

Elaine l'écoutait à peine.

« Vraiment ? »

Il eut envie de la laisser là, au milieu de la danse.

« Malheureusement je ne resterai pas longtemps. Je pars demain tôt pour la Champagne. »

Une invitée vêtue d'une corolle blanche, les mains couvertes de feuilles, fit un petit signe, auquel Elaine répondit.

« Je te téléphonerai dès mon retour. »

Vivement, Elaine tourna la tête vers Philippe.

« Comment, dès ton retour, tu t'en vas ?

— Je viens de te le dire. »

Philippe vit le visage d'Elaine changer, retrouver son beau regard intense, passionné.

« Mais c'est pour toi que j'ai donné cette fête, Philippe, pour que tu me voies belle et heureuse ! C'est un cadeau que je t'offre ! » Elle avait dit les derniers mots en français avec cet accent qui le ravissait.

« Je t'aime », murmura Philippe.

Il la serra contre lui, elle retrouvait son odeur de cuir de Russie à travers la ridicule robe blanche du fantôme, les courbes d'un corps familier.

« Ne pars pas, la fête serait moins belle sans toi ! »

Elle fut étonnée d'avoir prononcé ces mots avec autant de sincérité.

« Tous tes amis sont autour de toi, mon Elaine, tu n'as pas besoin de moi. Vois-tu, je n'ai guère le cœur à m'amuser, ce mois de mai a été sinistre, un président assassiné, des élections dangereusement significatives, et ce nazisme qui monte en Allemagne comme une marée d'eau putride. Je préfère ma bibliothèque, un livre, ta photo à côté de moi, me le reproches-tu ? »

L'orchestre s'était tu, ils devaient se séparer.

« Les menaces et la vie vont ensemble, Philippe, il faut l'accepter.

— Il vaut mieux se battre pour que le danger s'éloigne.

— De quel danger parlez-vous? » demanda Jean-Michel qui s'approchait.

Il avait ôté de sa tête la couronne de lauriers qu'il portait autour du cou.

« Le danger d'une guerre possible, monsieur Frank, répondit Philippe d'un ton ironique. Aucun d'entre nous n'en reviendrait indemne. Dansez maintenant, moi je dois partir! »

Il s'éloigna, Jean-Michel était pâle.

« Je n'aime pas ce genre de propos, dit-il doucement. Qui est cet homme?

— Un ami de Maggye », répondit Elaine.

Il était plus de dix heures lorsque Steph fit son entrée parmi les murmures d'admiration des invités.

« Tarde venientibus ossa[1]! » déclama-t-il.

Et, ôtant sa toque de velours blanc où était piquée une plume de cygne, il fit un large salut.

Patrick s'était avancé, frappé par la beauté de Steph. Un très court instant ils se regardèrent face à face. Quelques secondes pour expliquer une histoire d'amour.

« Monsieur? » demanda Patrick.

Ils contenaient avec peine l'envie de se sourire, de se toucher.

« Prince Lorenzo de Médicis, mais on m'appelle Lorenzaccio, le mauvais Laurent. Pourquoi donc? Ce qui sépare le bien du mal, la vertu du vice est nomade. Mon visage est terre de nulle part. Je suis le pur et le dépravé, le vengeur et la victime, je suis Lorenzaccio. »

On l'applaudit.

1. Ceux qui arrivent tard ne trouvent plus que des os.

« Viens, dit Patrick, nous t'avons gardé du champagne. »

La beauté de Steph dans son costume Renaissance de velours blanc, pourpoint serré, manches fendues laissant apercevoir une doublure de satin, cape agrafée par deux saphirs et ce béret de velours où frémissait la plume de cygne, l'admiration qu'il suscitait, avivaient le trouble de Patrick. Il aurait voulu pouvoir proclamer : « Le voilà, c'est lui ! » et en même temps cacher Steph, le soustraire à la vue des autres afin de le contempler seul.

« Vous voilà, cher ami, en veine d'austérité, murmura Steph alors qu'ils marchaient côte à côte vers la salle à manger où se trouvait le buffet. Planter des bananes est un art qui ne fait guère rêver ! »

Patrick ne releva pas l'ironie du propos, il savait que, ce soir-là, il serait le plus faible, l'émotion que lui donnait Steph rendait sa défaite inévitable.

Bérard s'avançait. La chaleur, la danse, avaient fait fondre par plaques le maquillage blanc, faisant naître l'illusion qu'il pleurait. Patrick pour la première fois réalisa que sous le charme, le talent, la gaieté, se cachait un être désespéré.

« Nous sommes tous résolus à donner au bavardage des hommes un sens dérisoire, mais le dieu qui tient la plume et qui transcrit nos propos retiendra nos efforts et notre agonie », prononça gaiement le clown triste.

Il se versa une coupe, en tendit une à Steph, une autre à Patrick. Ils burent tous trois en même temps après avoir choqué leurs verres. Maggye avait enlevé sa capeline, sa perruque de boucles anglaises. Avec sa robe courte et évasée, ses culottes de dentelle et sa petite tête frisée, elle ressemblait plus encore à une poupée.

« J'ai eu peur de te perdre, murmura-t-elle à l'oreille de David alors qu'ils dansaient un tango.

Walter aurait très bien pu décider de rentrer à New York pour m'éloigner définitivement de toi.

— Divorce, dit David, je ne peux plus supporter ces angoisses. »

C'était la première fois qu'il demandait à Maggye de se séparer de son mari. Elle eut un éclat de rire.

« Tu veux m'épouser ? Mais tu as dix ans de moins que moi !

— Je connais beaucoup de couples qui ont cette différence d'âge.

— Dans l'autre sens.

— Peu importe ! A nous deux nous totalisons le même nombre d'années que la plupart de nos amis, peut-être moins.

— Et de quoi vivrions-nous ?

— Mes parents sont riches, ils t'adopteraient aussitôt.

— Une chrétienne ?

— Tu te convertirais. »

« Et moi qui hais les complications, pensa Maggye, que deviendrais-je dans tout cela ? »

David la comblait physiquement, elle ne pouvait s'imaginer privée de cette sensualité juvénile, enthousiaste, insatiable qui contrebalançait la froideur de Walter, son désintérêt pour les instincts de la nature humaine, mais son mari avait du talent, une intelligence rare, une volonté d'entreprendre qui le mettait au-dessus de la commune mesure. David n'était que charmant. Il avait des boucles brunes dans lesquelles elle aimait passer ses doigts, un joli nez qu'elle caressait, des lèvres charnues qu'elle embrassait comme une gourmandise, un corps merveilleux qui lui donnait bonheur et plénitude et c'était bien ainsi.

Le tango s'achevait.

« Ne dansons plus ensemble, demanda-t-elle. Je viendrai te rejoindre demain. Prépare du punch. »

Elle se détourna et alla vers Walter.

« M'accorderez-vous cette danse ? demanda Elaine à Walter. Une petite fille modèle en vaut une autre, n'est-ce pas ? »

Il était près de deux heures du matin. Certains invités s'étaient déjà éclipsés, l'orchestre se reposait, il faisait si chaud que toutes les fenêtres demeuraient ouvertes.

Steph, assis sur une banquette du salon près de Jean-Michel, parlait d'architecture florentine. L'empereur romain dissolu et le prince de Médicis assassin bavardaient gaiement, un verre de champagne à la main. Bérard parfois se joignait à eux, disait un mot et repartait en riant. Patrick, debout, les observait, n'écoutant pas un mot de ce que lui disait William Bradley. Depuis son arrivée, Steph ne cessait de le provoquer, allant d'un homme à l'autre sans nécessité. Elaine l'avait remarqué, observant le visage fermé de son mari, son regard dur, tellement inhabituel. Elle fut tentée d'aller parler à Steph, de lui recommander de ménager Patrick qui pouvait devenir violent s'il se sentait attaqué. Elle se tut, elle n'avait pas à souffler sur les braises.

« Ne vous tourmentez pas, lui dit Bérard en se penchant vers elle, votre fête était délicieuse, un écrin charmant pour cette pénible beauté des choses qui se brisent. »

## CHAPITRE XVII

« Je ne supporte pas ton arrogance, dit Patrick d'un ton froid. Tu es libre. Si tu veux t'attacher ailleurs, d'accord, mais ne me prends pas pour un imbécile ! »

Il passa une main sur ses yeux, le manque de sommeil, l'exaspération lui donnaient des vertiges. Le dernier invité, Jean-Michel, était parti à quatre heures, il n'avait pu s'endormir.

Steph regardait par la fenêtre. Le temps était tiède, nuageux.

« Les martinets sont de retour », murmura-t-il.

Il se retourna. Patrick vit qu'il avait les yeux pleins de larmes.

« Pourquoi faut-il toujours en venir aux rapports de force », demanda-t-il.

Lui aussi avait les traits tirés, indicateurs d'une nuit sans sommeil. Patrick était venu pour se battre, vaincre, se débarrasser enfin de ce poids insupportable qu'était devenu son amour pour Steph mais le regard de son ami, sa voix, le souvenir de leurs premières conversations le neutralisaient. Il respira profondément.

« Steph, évitons ces petits moments de bonheur, ils sont incohérents. Ce que nous cherchions toi et moi est un pays imaginaire, nous ne l'atteindrons jamais. »

Steph s'avança vers Patrick, il était maintenant tout près de lui mais ils refusaient de se toucher.

Patrick se détourna, alla s'asseoir sur un fauteuil près de la cheminée.

« La vraie mort, dit Stephane, c'est celle qui me séparerait de toi.

— Tu dis n'importe quoi !

— N'importe quoi, c'est moi n'est-ce pas ? »

Il vint s'asseoir au pied du fauteuil où était Patrick. Les jambes repliées, le front sur ses genoux, il ressemblait à un petit garçon perdu. Patrick posa une main sur ses cheveux. Tout recommençait, l'agressivité et la tendresse, l'exultation et l'abaissement. Stephane jouait à merveille ce jeu qui l'écrasait, il savait provoquer et se soumettre, inquiéter et émouvoir, sans affectation, sans contrainte, naturellement.

« Bien, dit Patrick, bien. Reprenons les choses à zéro. »

Il se leva, appela Bumbi, se dirigea vers la porte et se retourna. La lumière le rendait plus fragile, plus blond, pareil à Stephane.

« Tu es beau mais tu es fou, Lorenzaccio ! »

Steph n'avait pas bougé, il ne releva pas même la tête lorsque Patrick sortit.

Devant le Lutétia, un attroupement arrêtait la circulation. Quelques agents essayaient d'éloigner les badauds tandis que les hirondelles, énervées par la douceur humide du temps, glissaient le long des toits des immeubles, cherchant les courants du vent. Rue du Bac, l'horloge du couvent des sœurs de la Charité sonna quatre heures.

« Que se passe-t-il ? » demanda Patrick à une femme tenant elle aussi un chien en laisse.

Elle eut un mouvement des épaules.

« Quelqu'un s'est fait renverser par une voiture, un enfant je crois. » Patrick s'éloigna. Elaine n'aurait jamais d'enfants. Il se refusait à l'envoyer chez des médecins qui palperaient son corps, l'exploreraient, lui mettraient en tête un espoir bien pire que l'incertitude.

Lui, savait qu'il pouvait être père. « Mon Dieu, comme tout cela est lointain ! pensa-t-il. Quel âge avait son fils ? Onze ans ? Un vrai petit Américain élevé dans le respect des valeurs du Sud : honneur, générosité, intégrité, une morale religieuse assez large pour permettre au corps d'être heureux, assez étroite pour protéger la famille. » Patrick s'arrêta. Jamais il n'avait regardé en arrière, jamais il ne s'était attendri ni sur lui-même ni sur personne et voilà que Steph brouillait les cartes, ressuscitait sa mémoire, lui rappelait des amours anciennes. Il avait survécu à toutes ces poussières qui se levaient à nouveau, et irritaient ses yeux. Steph menaçait sa vie, rendait sa victoire sur son passé, sur le temps, tellement fragile ! Il se croyait un homme debout, délié de son pays, terre de nulle part, terre d'exil, violent, premier comme un matin. Il avait fait le vide en lui, Steph en arrachant l'enveloppe protectrice devenait cette Géorgie sauvage et brutale, sensuelle, maléfique et tendre. Ce pays, qui n'appartenait encore qu'à lui seul, il allait l'apporter, le donner pour repartir à nouveau, libéré. Cadeau d'adieu, le plus beau, le plus précieux, le plus secret qu'il pouvait lui présenter, sa plus grande preuve d'amour. « Demain, pensa-t-il, il n'y aura plus d'autre jour ensuite. »

Il ne pourrait plus revenir en arrière. Steph aurait perdu son pouvoir.

Il entra au bar du Lutétia, prit un bourbon debout, son corps était épuisé mais il se sentait calme, royal, délié. Après Steph il partirait à nouveau, trouverait une autre terre. De pays en pays, il atteindrait enfin son point d'ancrage pour se souder à la terre.

Du dimanche 28 mai 1932, Patrick garderait un souvenir d'eau, larmes et pluie avec un feu de bois, des mots, la douceur d'un corps souple, ployé comme une branche, déjà oublié, rideaux tirés, huile de citronnelle brûlant dans une coupe. Champagne. Silence et mémoire avec le dernier mot et le bruit d'une porte qui se ferme. Lui, déjà ailleurs.

Il arriva rue de Sèvres vers deux heures, Steph dormait, il prit sa clef, ouvrit la porte, traversa le petit appartement, pénétra dans la chambre à coucher. Pénombre, silence, odeur d'eau de vétiver, un corps sous une couverture de laine, une mèche de cheveux blonds.

« Steph ! »

Le corps se redressa, tendit les bras.

Patrick alla vers lui, prit les mains, le visage entre ses propres mains. Une silence infini.

« Il paraît que l'amour est passé de mode, dit Steph, pourquoi es-tu revenu ? »

Pas de réponse.

« Tu es venu pour me renvoyer ?
— Je suis venu pour te prendre, pour me donner. »

Patrick rit.

« C'est cela que tu as toujours voulu, n'est-ce pas ? »

Peau lisse des bras de Steph, de ses épaules. Arrêter la vie, arrêter le temps, juste essayer d'être moins seul.

Des gestes, des mots, des murmures, des cris étouffés, emportés par le souffle du temps. Eteints. Un sourire.

« Je n'ai pas de mots pour me parler de toi. »

La main de Patrick sur la bouche de Steph.

« C'est moi qui vais parler et en parlant je me recréerai. Steph, ce temps est sans retour. Je l'ai retrouvé pour toi. Viens ! »

Les flammes dans la cheminée, Patrick sur le fauteuil de tapisserie, Steph à ses genoux. Un peu de lumière venant de l'âtre devant les rideaux clos.

« Champagne ?

— Champagne. »

Patrick ouvrit la bouteille, remplit deux coupes.

« D'amour en amour, que le spectacle continue ! »

La main de Steph sur son genou, la chaleur de sa joue.

« Raconte, dis-moi cet homme qui court pour rattraper son enfance.

— Mille fois morte, une fois revécue. »

Crépitement d'une bûche de chêne. Un peu de champagne encore.

« Je suis né à Sugar Valley, en Géorgie, aux pieds des Appalaches. Un village perdu, loin de tout : quelques petits Blancs, des familles de Noirs, tous peinant comme des forcenés au coton. Faire renaître cette terre, oublier la guerre, les incendies, les pillages, prier Dieu et travailler.

« Mon père, Jack Bargus, parlait peu, ne souriait jamais. Pour se délasser il mâchait du tabac et lisait la Bible. Baptiste fervent, tous les dimanches il chantait au temple. Sa voix me faisait peur, trop grave, trop puissante, comme si toute sa vigueur, toutes ses passions s'y concentraient. Je le trouvais triste et froid, il était probablement malheureux, étouffé par la pauvreté, la religion, le poids du devoir à accomplir jour après jour, loi morale plus pesante que n'importe quelle loi humaine.

« Le dimanche après-midi, il réparait des montres, des horloges, silencieux, immobile, combattant la destruction du temps, raccommodant les heures perdues, les minutes envolées, sa propre vie peut-être. Je ne crois pas que nous nous aimions, l'amour se prouve, se dit, mon père jamais ne me parlait ou ne me caressait. Ce ne fut que beaucoup plus tard, au chevet de mon frère Mark mourant, que je réalisai les liens nous unissant, liens de solitude, de poussière et de silence. Ma mère Anny était belle, une beauté de statue grecque, un visage de tragédienne antique avec parfois un étrange sourire. Chaque année lui apportait un enfant, neuf, sans compter ceux non parvenus à leur terme. Elle put aimer les trois premiers, son aîné Ray tout particulièrement, puis sa tendresse maternelle se trouva tarie. Elle s'occupait de nous, taillait nos vêtements, préparait nos repas, toujours lointaine comme une ombre survivant à sa propre jeunesse, ses propres espérances. Elle nous parlait d'une voix douce et basse, toujours égale. Je l'aimais. Elle était un fruit de ma propre terre. Pour l'entendre, je demeurais silencieux, pour la voir, je savais rester longtemps immobile, à l'abri de tout regard. J'ai toujours eu l'espoir qu'un jour nous nous retrouverions. Une illusion.

« Le lieu de mes errances fut d'abord le grenier de notre petite ferme, puis le jardin, la montagne enfin où je partais avec Mark, d'un an plus âgé que moi. Personne ne nous retenait, nous courions pieds nus comme les enfants noirs sous le regard réprobateur des autres familles blanches. J'appris tout, je découvris tout dans la montagne : la nature, les plantes, les fleurs, les bêtes, le cycle des saisons. L'été, nous nous baignions dans l'Oostanaula River, une rivière qui me semblait magique, pleine de pierres, de rapides, d'insectes, de plantes aquatiques, de fleurs sauvages. Dans un de ses bras, secs en été, nous pêchions des poissons-chats, des truites, des perches. L'eau nous éclaboussait, nous nous mettions nus, faisant sécher nos vêtements sur une branche. J'aimais le soleil, le vent sur ma peau, je m'allongeais sur l'herbe, observais les formes des nuages, chacun un univers. Déjà je savais ce qu'était la beauté. La beauté et l'amour étant le corps et l'âme, j'aimais ce que je trouvais beau. Chaque branche, chaque feuille, chaque fleur, chaque insecte m'émerveillait, tout était Un.

« Le soir, nous rentrions épuisés pour le dîner. Ni

mon père, ni ma mère ne nous faisaient la moindre remarque. Seule ma sœur Ada me prenait dans ses bras, me caressait, me disait que j'étais imprudent mais qu'elle m'aimait. Elle avait cinq ans de plus que moi, j'étais amoureux d'elle depuis ma petite enfance : une mère, une sœur, une amante. Elle avait des yeux verts, de longues tresses noires, un corps menu travaillant du matin au soir à la maison et au jardin. La basse-cour, les vaches, les mules étaient son domaine.

« Un soir d'été, j'avais six ans, Mark et moi fûmes arrêtés sur notre chemin de retour par une de ces tornades fréquentes l'été en Géorgie. Celle-ci promettant d'être particulièrement violente, nous nous abritâmes dans une cabane près d'une ferme où vivait une femme seule avec ses deux enfants. Le petit garçon vint nous rejoindre. Fascinés, nous regardions le ciel, le désordre fou des nuages qui suintaient le noir et le feu, leur bataille contre le vent. Les arbres se tordaient, jetaient leurs branches comme des lianes vers le ciel pour le happer, soufflaient leurs feuilles qui déliraient. Nous n'avions aucun sens du danger tant la beauté de ce combat nous fascinait. Il y eut des éclairs secs, le choc terrible du tonnerre, puis rien que le vent dans un ciel noir strié de pourpre. La cabane était basse, une resserre à bois, laissant peu de prise au vent mais la ferme, vieille, mal entretenue, sembla soudain vaciller. Une lueur étrange venue d'une faille du ciel l'isolait comme une victime. Le petit garçon poussa un cri juste avant l'explosion. Le toit fut soufflé le premier, puis le mur nous faisant face. Nous vîmes la femme, son bébé dans les bras, juste avant que le vent ne les emportât comme un fleuve emporte des brindilles. Longtemps leurs fantômes me poursuivirent, mère et enfant enlacés l'un à l'autre, balayés.

« Je n'aimais pas les murs, les clôtures, les barrières. On me mit à six ans à l'école du village, je me sauvai. Ma mère renonça, on me laissa errer dans la montagne.

« Accroupi dans l'herbe, j'observais les oiseaux, cardinaux, geais, dindes sauvages, les vautours noirs, les *bobwhites*, pics verts, pies et, près des marais, les hérons à dos vert, les martins-pêcheurs, les grands hérons bleus. Ils ne me craignaient pas, nous nous examinions, pénétrions nos univers. J'étais minéral, j'étais plante, j'étais animal, tout me permettait de m'évader, j'étais l'amant et l'aimé, le jardinier et la fleur. Innocence du jardin, mon univers était son miroir. La nuit, je criais, je rêvais que des chiens sauvages venaient me déchirer. Pourquoi des chiens sauvages ? Je n'en avais jamais vu en Géorgie. Ici, en Europe, seulement. Ada me prenait dans ses bras, elle me disait les mots qui chassaient l'angoisse, des noms de fleurs, de plantes, fredonnait un air sans paroles, la bouche close. Je me rendormais serré contre elle.

« Ray, mon frère aîné, décida un jour de nous amener Mark, moi et ma sœur Ethel à Rome[1] où un cirque donnait une représentation. Il fallait prendre le train. J'avais peur du métal, du bruit, de la fumée. Lorsque le train s'arrêta dans une petite gare, je descendis seul. J'allai droit devant moi. Après un carrefour, j'aperçus quelques cabanes, une mule qui me regardait. Je détestais les mules que je jugeais stupides et sournoises, l'une d'entre elles, chez nous, avait mordu un veau. Je soignais la pauvre bête, je dormais contre elle. Comme c'était l'hiver et que les hivers sont froids dans nos montagnes, ma mère vint m'apporter une couverture qu'elle me tendit sans un mot. J'en couvris le veau.

« Dans ces cabanes, des familles de Noirs m'accueillirent apparemment peu étonnées de voir seul un enfant de six ans. Un vieil homme m'amena voir son

1. Rome, en Géorgie.

lapin, le plus beau lapin angora aux yeux bleus que j'avais contemplé de ma vie. Je le caressai. " Attention, il est méchant ", me dit l'homme mais le lapin était doux et paisible. Je passai une heure avec lui, promenant ma main sur sa fourrure. Ray survint avec un groupe de Blancs qui me cherchaient. " Te voilà ! " dit-il seulement. Il me prit par la main. Le vieux Noir me tendit le lapin : " Il est à toi, je te le donne, fils. " Il vécut des années à notre ferme, c'était un lapin d'une agressivité et d'une méchanceté extraordinaires. »

Patrick se tut un instant et Steph le regarda. Il ne voulait pas rompre le silence, hacher les souvenirs. Il prit seulement sa main, y posa la joue. Un instant. Geste de tendresse, de complicité.

« Dès le mois d'avril, la chaleur venait, oppressante, humide. La nuit, les insectes, les crapauds, entonnaient leurs mélodies violentes, syncopées, oppressantes. Ma mère, souvent enceinte, sortait sur la véranda, se balançait des heures entières dans un rocking-chair, absente. Je n'osais ni l'approcher, ni lui parler. Je contournais la maison, allais au potager respirer l'odeur des lilas, du figuier, des feuilles de tomates, de la menthe. J'entendais, s'imposant au milieu des crissements, des claquements, des grincements, l'appel bref, triste des grands-ducs. Je me couchais contre la terre pour la sentir, me fondre dans la nuit, une épine à chaque doigt, blessures toujours saignantes, mal cicatrisées, dessinant des étoiles dans ma tête pour les déposer sur chaque fleur, chaque plante afin de leur donner une âme.

« L'année de notre expédition manquée au cirque, je découvris Liza, sa ferme dans la montagne, son univers. Mon enfance devenait autre, j'avais désormais une deuxième famille.

« Liza m'accueillit sans étonnement. Elle savait qui j'étais, tout le monde se connaît dans la montagne, mais elle ne sortait pas. Depuis dix ans, elle n'avait jamais quitté sa ferme même pour aller au temple. Sa fille vivait avec elle. J'en fis une amie. Elle connaissait aussi bien que moi les plantes et les bêtes, savait comment pêcher les truites, ramasser les baies sauvages, cueillir les champignons. Par sa mère, Ruby possédait aussi le secret des herbes, celles qui guérissent, celles qui rendent malades, celles qui tuent. Elle me fit boire un jour une tisane, sucrée au miel. " Qu'y a-t-il dedans ? demandai-je après l'avoir avalée. — Un philtre d'amour, tu seras à moi toute ta vie. " Elle me montrait son corps, je le caressais maladroitement. Ses seins commençaient à poindre, ils me faisaient peur. " Dans deux ans, me disait-elle, tu me feras un bébé. "

« Liza avait tué son père, étouffé dans l'édredon de son lit. Elle me raconta l'histoire elle-même, tout naturellement, en se balançant dans son rocking-chair. Le père venait de se remarier avec une putain : Pussey Talley. La garce lui avait mis le grappin dessus à Cattersville alors qu'il était descendu acheter du riz, des allumettes et du savon. Elle était venue s'installer, avec son parfum à la violette et ses robes de satin, décidant de mettre des rideaux aux fenêtres, des tapis sur les planchers. Liza l'observait. Dans quelques mois, ils seraient ruinés. Elle fit une première remarque à son père qui la prit mal. A la seconde il commença à battre sa fille. Pussey, il la voulait, dans son lit, à sa table, dans sa maison. Dans " Ma " maison, précisait-il méchamment.

« Liza avait pris vite sa résolution. Si elle s'attaquait à Pussey, son père ne le lui pardonnerait jamais, sa vie était perdue. Elle attendit le moment de la sieste, une chaude journée d'août. Pussey était allée se rafraîchir à la rivière. Un jeune bûcheron vivait non loin de là. Le père ronflait, elle prit l'édredon rangé dans l'armoire, le posa sur sa tête, appuya de toutes ses forces. Le vieil homme eut quelques soubresauts, puis ne bougea plus. Liza prit le corps, le tira jusqu'à l'écurie. " Le vieux est mort, tué par un coup de pied de mule, déclara-t-elle à Pussey lorsqu'elle fut de retour. Décampez maintenant. " Pussey l'avait regardée attentivement. Elle connaissait assez bien la vie, les êtres, la pauvreté pour savoir les limites à ne pas dépasser. Elle fit son paquet et disparut pour ne jamais revenir. Le shérif accepta la version des faits donnés par Liza. On enterra le père au cimetière baptiste de Sugar Valley. Depuis ce jour, Liza n'avait plus quitté sa ferme.

« Sa porte m'était toujours ouverte lorsque je vagabondais avec Mark dans la montagne. Elle nous cuisait une tarte au jambon qu'elle servait avec de la bouillie de farine de maïs. Lorsqu'il pleuvait ou qu'il faisait froid, elle ôtait nos vêtements, les mettait à sécher devant l'âtre tandis que nous nous blottissions sous l'édredon qui avait servi à étouffer le père. »

Stephane eut un mouvement de surprise. Patrick le regarda. Ses yeux avaient une étrange expression, mélange de tristesse, de tendresse, de douleur.

« Mon Sud n'est pas celui des dentelles et des beaux cavaliers, des maisons à portiques et des bals, c'est le Sud des pauvres, des petits Blancs, des sorcières, des Noirs. Le mien. Je viens de là. Je suis ce pays de chaleur, de poussière, de larmes, de rivières, de forêts, le Sud profond, sauvage, en ombres et en lumière avec la cueillette du coton qui déchire les mains, le chant des Noirs, obsédant, mélancolique, les orages, les fleurs pourpres du printemps et l'émerveillement des nuits où fuit la lune, la tension des corps offerts dans les chambres moites. L'indolence, la sueur, la gaieté, le désespoir, la violence, la tendresse. Le Sud. »

La voix de Patrick tremblait légèrement, il appuya ses deux mains sur son visage, fortement comme pour y comprimer cette émotion soudaine qui le faisait enfant.

« Champagne », dit Steph d'une voix gaie.

Et il remplit la coupe de Patrick.

« A Liza, ajouta-t-il, et peut-être à Ruby ! Que lui as-tu fait ?

— L'amour dès que j'eus treize ans. Elle en avait alors dix-sept. C'était la première fois pour moi, pour elle, je ne sais pas, je crois qu'elle avait eu déjà beaucoup d'amants.

« A chacune de mes visites, elle soulevait sa robe afin de me montrer qu'elle ne portait rien dessous. Je la prenais debout, contre un mur, un arbre, n'importe où. Elle riait, gémissait, me mordait. Cette fille ressemblait à un petit animal, jamais je ne pensais à elle.

« Un jour, elle disparut, à Atlanta, happée dans la foule, prostituée sans doute dans un bouge. Liza n'en reçut pas de nouvelles et n'en parla plus.

« J'aimais cette vieille paysanne, sa chaleur simple, les légendes qu'elle me racontait tandis qu'elle mélangeait le saindoux et la farine pour préparer sa tourte.

« Elle avait un frère que j'appelais oncle Mac, le meilleur ramasseur de miel sauvage de toute la Géorgie. Il avait tenté d'être fermier mais comme il haïssait toute contrainte, sa ferme restait à l'abandon. Il la vendit, se fit ouvrier à l'usine de coton. Trois mois plus tard, il revenait à sa montagne, sans domicile fixe, chassant, pêchant, ramassant le miel, faisant le bûcheron à l'occasion. Il m'apprit tout ce qu'il savait et je le fis vite aussi bien que lui. Lorsque Mac découvrait un essaim, il appâtait les abeilles avec un mélange de miel et d'urine, puis, aussitôt qu'elles avaient déserté la ruche, il coupait l'arbre, généralement vieux et creux, et récupérait le miel en quantité.

« J'avais quatorze ans et étais au collège à Naomi de l'autre côté de la montagne, lorsque Mac vint me prévenir que Liza se mourait. J'appelai Mark, nous partîmes aussitôt, sans prévenir qui que ce fût. La nuit tombait. Nous prîmes la piste tracée par les Indiens

*Le jardin des Henderson.*   8.

qui traversait les Appalaches. Je la connaissais parfaitement. Je marchais en tête, Mark et Mac me suivaient. Nous entendions le bruit des bêtes que nos pas faisaient fuir, la berceuse du vent dans les chênes et les grands pins, le craquement des broussailles sèches. Nous marchions sans lumière avec l'instinct des animaux. Oncle Mac, parfois, regardait le ciel. " Prenez à droite ou à gauche " nous demandait-il.

« A l'aube, nous vîmes le toit de la ferme de Liza, le grand magnolia qui surplombait la véranda. Pas un instant nous ne nous étions arrêtés. Liza ouvrit les yeux. Sous son lit, Mac avait fait brûler un brasero où se consumaient des copeaux de chêne afin de chasser l'horrible odeur du cancer. Elle nous reconnut.

« " Pas de tourte au jambon aujourd'hui ! " murmura-t-elle.

« Puis elle ferma les yeux. Elle mourut dans la matinée. »

Patrick porta la coupe de champagne à ses lèvres.

« A toi, Liza, dit-il, tu vois, je ne t'ai pas oubliée. »

Le feu crépitait, Steph y avait jeté quelques branches, puis il était revenu aux pieds de Patrick, face à l'âtre, la tête en arrière appuyée sur ses genoux. Ils ne pouvaient plus se regarder.

« Mon enfance s'achevait avec la mort de Liza. Je repartis au collège. Rien ne m'intéressait sauf la littérature. Je lisais, lisais encore. Un dimanche, ma mère vint me voir, elle avait pris le train et la voiture de l'école tirée par une vieille jument était venue la chercher à la gare. Elle m'amena déjeuner au restaurant, c'était la première fois que j'y allais, puis nous nous promenâmes dans la campagne. Elle me donna des nouvelles de Sugar Valley, de mon père, de mes frères et sœurs. Ada m'avait écrit une lettre que je pris et enfouis dans une poche. Ray s'était fiancé à une jeune fille de Cattersville, Steven allait partir pour Atlanta étudier le droit. " Un à un, vous partirez tous, dit-elle doucement, vous fuirez la ferme, le coton, le travail épuisant, la pauvreté. Vous essayerez de vivre ce que je n'ai jamais vécu. " Elle se tut un instant puis s'arrêta à nouveau, me prit par les épaules. Je pressentis qu'elle avait quelque chose d'important, d'essentiel à me dire, je la regardais comme on regarde une lumière dans la nuit, mais elle ne dit rien, laissa retomber ses mains, reprit sa marche. Je la ramenai à la gare. Elle m'embrassa en montant dans le train. " Patrick, dit-elle, que Dieu te garde. "

« C'était le mois d'octobre.

« En décembre, avant Noël, on vint me prévenir pendant la classe de mathématiques que mon frère Ray voulait me parler. J'allai dans le vestibule.

« Maman est morte, dit-il simplement, je te ramène à Sugar Valley. " Il pleuvait le jour des obsèques, une pluie glacée. J'avais envie de vomir. Le pasteur allait parler de la rédemption, du bonheur de rejoindre son Créateur, de nos péchés qui nous condamnaient à mourir. Je savais que je ne supporterais pas ces mots insipides. Ils n'étaient pas pour maman. J'aurais voulu des fleurs, un air du Sud joué au banjo, des odeurs de tubéreuses sur son corps de femme. Illusion de l'enfance ou de l'amour, je croyais pouvoir rendre vierges les mots.

« Nous nous assemblâmes à l'église baptiste. Le pasteur nous faisait face, il allait commencer son discours lorsque la porte s'ouvrit et qu'un homme s'avança. Nous le connaissions tous, c'était un notable, sénateur, ancien ministre, un homme riche et puissant. Il avait toujours eu beaucoup d'attentions et de gentillesse pour notre famille. D'un geste, il repoussa notre pasteur et prit sa place.

« " Anny, dit-il, était mon amie, je l'ai connue tout enfant, nous avons grandi ensemble, c'était une femme merveilleuse. "

« Il eut quelques mots pour Cattersville, alors une

bourgade, leur affection commune pour le pasteur évangéliste Sam Jones. C'était au mariage de sa fille Julia, le 15 avril 1907, qu'ils s'étaient vus pour la dernière fois. Anny avait déjà cinq enfants, elle était encore très belle. " Car Anny était une femme d'une grande beauté, continua le sénateur. Elle avait un visage de vierge italienne. Je pense que ceux qui l'ont aimée n'ont pas assez remercié Dieu pour cette beauté. "

« Il y eut dans l'assistance un murmure de réprobation. Evoquer les particularités physiques d'une femme, et spécialement d'une morte, était tout à fait déplacé ! Si le sénateur n'avait pas occupé ce rang dans la société, l'assistance l'aurait prié de quitter le temple du Seigneur. Moi, je l'écoutais avec le désir ardent qu'il parle encore et encore de ma mère. Il se tenait droit, grave, sa Bible à la main.

« " Puis, elle fut mère, continua-t-il, et ce titre béni par Dieu occupa son temps, son énergie. Elle se donna toute à sa famille, sacrifiant sans retour possible cet impossible bonheur, chimère de toutes les jeunes filles. Servante de ses enfants, mais aussi servante de tous, car jamais elle ne refusa d'ouvrir sa porte à quiconque, aidant les bébés à venir au monde, fermant les yeux des morts, consolant les affligés. Forte, tranquille, silencieuse. "

« " Mais pas heureuse, pensais-je, jamais. "

« Je revoyais son port de tête, sa nuque, les mouvements de ses mains lorsqu'elle cousait sur la véranda ou qu'elle préparait le repas familial, son regard toujours grave. Tout cela prenait pour moi un ordre et un sens. Ma mère s'était retirée par l'esprit d'un monde où elle n'avait pas sa place. Elle y demeurait physiquement, accomplissant scrupuleusement son devoir de femme et de chrétienne, en apparence forte, sage, solide, en réalité fragile, blessée irrémédiablement. Quels rêves, quelles espérances, nourrissait-elle jeune fille dans sa maison de Cattersville ? Pourquoi avait-elle épousé mon père, cet homme triste et rude ? Quand avait-elle renoncé à faire semblant d'être satisfaite ? A la naissance de son troisième bébé, avant de décider de cesser d'aimer ses futurs enfants, ceux qui allaient venir l'occuper, la blesser, la détruire ? Après sa première nuit avec mon père ? Je regardais le cercueil de chêne, les bougies se consumant tout autour, la lampe à huile faisant comme une onction de lumière sur le parquet de sapin du temple. Il fallait accepter la lumière, même sans la comprendre, l'autre lumière.

« Le sénateur achevait son apologie. Il prit sa Bible, l'ouvrit, et à notre grand étonnement choisit un passage où il était question de bonheur et d'amour.

« " Le figuier embaume ses pousses, les vignes en bourgeons donnent l'odeur. Lève-toi, toi-même, mon amie, ma belle, et va-t'en... "

« Il fit le signe de la croix, traversa l'allée centrale et repartit calmement. Nous entendîmes la porte de notre église se refermer, puis ce fut le silence.

« Alors, du dernier rang, monta le chant d'adieu des familles noires que ma mère avait toujours protégées, aidées. La hauteur des voix s'éleva doucement, bouches closes, ils accompagnaient la morte dans son voyage vers l'au-delà, musique sereine, lente et triste comme une rivière. Enfin, une voix de femme s'éleva, chaude et rauque, disant la tristesse du départ : " Maman tu es partie, tu nous a quittés. Entre les mains de qui, s'il te plaît, as-tu laissé tes enfants ? Tes enfants laisse-les dans les mains du bon Dieu et ramasse pour nous ceux qui viendront derrière. "

« Je pleurais. A la sortie du temple, une vieille négresse me toucha l'épaule : " Mon fils, ne verse pas de larmes ! Aussi longtemps que ta mère sera dans ton cœur, elle vivra. " Elle disparut. Jamais je n'avais vu cette femme au village.

« J'allais avoir seize ans, je quittai le lycée de Naomi pour l'été, revins à la maison. Ada reprit le commandement, s'occupait de mon père, de la ferme, de la maison, des enfants. Peu à peu le rose de ses joues, la joie de son regard s'effaçaient. La ferme, le coton allaient elle aussi l'étouffer, inexorablement.

« " Marie-toi, lui dis-je, tu as vingt et un ans et tu es belle, va-t'en, sauve-toi ! "

« Elle riait.

« " Je veux d'abord être sûre que toi, tu ne resteras pas ici. Pars le premier, va à Atlanta, étudie la littérature que tu aimes tant. Je te suivrai. "

« C'était un jour d'août particulièrement chaud et humide. La récolte du coton était achevée. Nous étions tous harassés, les mains écorchées, le dos douloureux. Ada avait préparé le dîner en rentrant des champs, refusant de s'asseoir, de se reposer.

« " Et qui vous nourrirait ? demandait-elle. Les autres ne savent rien faire sinon rêver. "

« Je l'attrapai par le bras alors qu'elle s'apprêtait à aller au potager pour cueillir des tomates.

« " Ada, écoute-moi, je n'irai pas à l'université, je vais rester à la ferme pour t'aider. "

« Elle devint toute rouge, c'était la première fois que je la voyais en colère.

« " Tu iras, répondit-elle d'un ton froid. Ta délivrance, je te la donnerai, moi, Ada, coûte que coûte, envers et contre tout. "

« Elle se dégagea et partit au potager.

« C'était ma dernière année de lycée. Ray m'écrivait parfois, Mark aussi. Stagiaire chez un entrepreneur de Cattersville, il voulait devenir architecte mais avait dû se résoudre, à défaut de dessiner des maisons, à les construire. Ce fut par lui que j'appris le départ d'Ada pour Atlanta. Elle s'était engagée chez une modiste pour gagner de l'argent afin de me payer des études. La lettre me tomba des mains. Ada, si fière, avait accepté pour moi d'être une ouvrière ! Je lui écrivis une lettre la suppliant de revenir à Sugar Valley, de se marier, d'avoir des enfants, elle ne répondit pas.

« Je ne revins ni pour Noël ni pour Pâques à la maison. Je restais au lycée, je lisais, je faisais de longues promenades dans la campagne. Sans ma mère, sans Ray, sans Mark, sans Ada, la maison était trop vide. Je refusais les longues soirées en face du visage fermé de mon père, le tabac qu'il mâchait, la Bible qu'il lisait, la photo de maman en mariée sur le buffet de la cuisine entre le pot de café et la boîte à biscuits.

« En juillet, Ada avait promis de revenir chez nous pour quelques jours. J'allai la chercher à la gare avec, à la main, un bouquet de pois de senteur qu'elle aimait. Lorsque je la vis descendre du compartiment de troisième classe, je crus faire un cauchemar, ce n'était plus mon Ada qui était devant moi avec sa jolie taille, son teint mat, sa bouche toujours souriante, c'était une femme diaphane, la peau bleuie, le regard brillant mais avec quelque chose d'indéfini et d'irréversible. Je fis un effort extraordinaire pour paraître naturel et heureux. Nous nous serrâmes l'un contre l'autre, mêlant nos rires, nos bouches, nos baisers.

« " Allons vite à la maison, me dit-elle, je suis si fatiguée ! "

« Elle se reprit aussitôt.

« " Enfin, juste un peu lasse. J'ai beaucoup travaillé ces derniers temps et puis, le voyage fut long, trop de chaleur, trop de poussière. "

« Elle n'eut pas la force de continuer, je la pris par le bras et la ramenai chez nous.

« J'insistai pour faire venir un docteur, elle refusa : ils avaient tous besoin de cet argent. Elle allait profiter de ces dix jours de congé pour se reposer, se remettre.

« " Tu sais, Patrick, me dit-elle en montant dans la

pièce qui avait été la lingerie où maman lisait, cousait l'hiver, tenait ses livres de comptes et qui était devenue sa chambre, j'ai déjà assez d'argent pour deux trimestres d'université. A Noël, tu auras ton année complète. Je suis heureuse. "

« Je l'arrêtai dans l'escalier en lui prenant la main.

« " Je ne veux plus étudier, Ada, je veux que tu cesses ce travail, maintenant. Ray est avocat, c'est un homme arrivé, il me trouvera un emploi à Cattersville ou à Atlanta, je mettrai de l'argent de côté et alors, je te le promets, j'irai à l'université. "

« Elle me sourit de son sourire plein de pudeur, de charme.

« " Patrick, laisse-moi te donner au moins cela. Je te regarderai, je t'attendrai. Par la pensée je sortirai avec toi d'ici. Il n'y a pas de place pour nous deux à Sugar Valley. "

Elle retira sa main de la mienne. Je la trouvais sèche et chaude.

« Dix jours après, malgré mes supplications, elle était repartie pour Atlanta. Je repris mes courses dans la montagne, évitais ce qui restait de la ferme de Liza. Peu à peu, tout me quittait, attachements à peine surgis, aussitôt effacés. Hormis Ada, je n'aimais plus personne et me jurais qu'il en serait ainsi très longtemps.

« Ma passion pour les bêtes, les plantes m'apaisait. Je n'avais plus l'âge de me baigner nu dans l'Oostanaula River ou de rendre visite aux sorcières de la forêt, de les écouter me raconter leurs fantasmagories en étalant des feuilles de thé ou du marc de café pour percer les secrets de l'avenir. Je marchais, lisais assis sur un tronc d'arbre, regardais le ciel, les oiseaux, les insectes. Je n'avais pas la folie de faire le moindre projet. Le soir, je rentrais suffisamment tard pour ne voir personne. A la fin du mois d'août, alors que je m'apprêtais à rejoindre Naomi et mon lycée, mon père reçut une lettre de la modiste qui employait Ada. Il me la tendit.

« " Monsieur

« " Cette lettre pour vous avertir que votre fille Ada ne peut plus travailler chez moi. Son état de santé est très mauvais. Il faudrait la faire soigner de toute urgence. Un médecin que j'ai consulté avec elle a parlé de tuberculose à un stade si avancé que tout traitement sera difficile. Il conseille le soleil, le repos, l'affection des siens. Ada connaît la vérité sur son mal, elle est courageuse. Venez la chercher, je ne peux malheureusement l'accompagner jusqu'à chez vous et la pauvre enfant est incapable de voyager seule.

« " Votre dévouée : Rose Howardson. " »

Steph tourna son visage vers Patrick.
« Tu te souviens de chaque mot de cette lettre ?
— De chaque mot, et je m'en souviendrai toujours. A cet instant, ce qui restait en moi de confiance dans la vie, dans le pouvoir de la tendresse humaine, a disparu pour longtemps. »

« " J'irai chercher Ada ", dis-je à mon père.
« Il me fit un signe de tête pour m'approuver sans doute, et me donna quelques dollars qu'il tira d'un pot à tabac. Je partis aussitôt pour Atlanta.

« Septembre est chaud encore en Géorgie. J'installais Ada dans la véranda près d'un gros bouquet de fleurs que je cueillais moi-même. Elle sommeillait beaucoup, puis, prise soudain d'un besoin irrépressible d'activité, allait à la cuisine préparer un plat que nous aimions ou raccommodait le linge des trois enfants encore à la maison. Je m'asseyais près d'elle, lui apportais du thé glacé, de la limonade, parfois un mint-julep qu'elle acceptait en riant. J'avais écrit au lycée une lettre leur expliquant que je ne reviendrais plus. Pas de dernière année, pas d'université.

« Ni Ada ni moi n'abordâmes jamais ce sujet, je savais qu'elle avait le cœur brisé. La peine qu'elle s'était donnée, ce travail ingrat chez Mrs. Howardson, avaient été inutiles. Lorsqu'elle regardait derrière elle, considérant sa courte vie, elle devait ne voir que travail, sévérité, solitude. Un poids trop lourd à porter pour l'être fin, tendre qu'elle était.

« Le matin, après qu'elle eut bu son café, je lui brossais longuement les cheveux. Nous parlions d'ailleurs, des pays que je voulais découvrir et qu'elle ne connaîtrait jamais. " Je t'amènerai avec moi, lui disais-je, nous ferons le tour du monde. Dans quel pays veux-tu que nous nous arrêtions d'abord ? " Elle me répondait : " En Italie, à cause des cyprès, des jardins en terrasses, du toit rose des maisons, des souvenirs de tant de voyages humains. "

« J'allai à Cattersville, achetai un livre sur l'Italie, nous le feuilletions ensemble. Sans cesse, elle revenait à la photographie d'une matinée à Florence vêtu d'ocre et de rose, la lumière transparente comme un vin nouveau, le ciel serré autour des petits nuages ronds, comme la mer autour de son écume. Ada fermait les yeux. " Nous ferons route ensemble, lui disais-je, nous irons vers nulle part, juste droit devant nous. "

« La nuit, elle écoutait longuement les cris des bêtes et des insectes, sentait l'odeur du vent de la montagne. Parfois, des baraques proches habitées par des familles de Noirs venaient des chants, Ada les aimait, ils la faisaient pleurer. " Chaque nuit, disait-elle, est une journée qui disparaît. Combien ces gens ont-ils compté de jours heureux sur la terre d'Amérique ? " Elle me regardait intensément : " Et nous, Patrick, combien de jours heureux avons-nous connus ? "

« En novembre, il fit doux. Ada sembla mieux. Nous pûmes même nous promener jusqu'à la forêt, contempler le pourpre et l'or des feuilles nues et fragiles dans la lumière déjà rase des derniers jours d'automne. Nous vîmes un couple de dindons sauvages s'envolant lourdement des branches d'un cèdre. " Je crois que je résisterai jusqu'à Noël ", murmura Ada.

« Ray vint avec sa femme et leur bébé pour les fêtes de fin d'année ainsi que Mark. Ce fut notre dernier Noël ensemble. Mon père récita les prières, Ada qui occupait désormais à table la place de maman nous servit. Je l'avais enveloppée dans un châle mais elle avait froid. " Il faut pousser le poêle ", dis-je. Mon père me regarda : " Jamais nous n'avons gaspillé le bois dans cette maison. "

« Au dessert, Ethel, une de mes sœurs, se mit au piano. Ada s'approcha d'elle, je la voyais de profil dans la demi-obscurité de la pièce. La lampe à pétrole éclairait ses cheveux noirs, rendait son teint plus pâle encore. J'eus la certitude alors qu'elle ne verrait plus d'autre Noël.

« En janvier, elle s'alita. Il faisait froid et humide. Notre vieille maison craquait sous le vent, pauvre maison de bois : une petite véranda où nous nous asseyions tous les soirs d'été sur des chaises paillées, une grande cuisine avec un âtre, une cuisinière à bois, un placard où ma mère rangeait les bocaux, les confitures, le thé, le sucre et le café, une grande table de sapin, deux bancs pour les enfants, deux fauteuils d'osier pour le père et la mère, un almanach pendu au mur, des photos, des fleurs, toujours, que ma mère, puis Ada cueillaient au jardin, l'hiver des roseaux, des branches, des fleurs séchées. A côté de la cuisine, la chambre des parents, une resserre à bois, un atelier où mon père réparait ses montres, à l'étage la lingerie et trois grandes chambres, une pour les filles aînées, une pour les petites, une pour tous les garçons, des lits de pin, des chaises, des armoires, des tapis de corde maïs, confectionnés par maman, des rideaux de toile fleurie qui donnaient l'illusion d'une recherche d'ornementation. Autour de notre maison qui était située un peu à l'écart de Sugar Valley, près de la voie ferrée, nous avions un jardin où poussaient de grands arbres, des hêtres, magnolias, crêpes myrtes, un potager, une basse-cour, une grange pour les outils agricoles, une étable pour les vaches et les mules. Tout était vieux et branlant. Aucun des quatre garçons (l'un était mort à deux ans) n'avait de goût pour l'agriculture, mon père préférait les cantiques et les horloges, deux des filles étaient à Atlanta, l'une chez sa marraine qui l'avait recueillie à la mort de maman, l'autre chez une vieille tante. Ethel allait se fiancer à un garçon de Washington venu enseigner quelque temps à notre école. Elle partirait pour la capitale, verrait la fin de l'exil, vivrait enfin. Ada allait mourir.

« L'après-midi, lorsque Ada se réveillait, je me mettais au piano, lui jouais tous les airs du vieux Sud qu'elle aimait. Elle se redressait sur son oreiller, joignait les mains : " Joue-moi encore *Georgia Rose* ", demandait-elle. Parfois elle fredonnait, toussait, reprenait sa chanson. " Doucement, doucement Ada, ne te fatigue pas. " Elle souriait. " C'est la vie qui me brûle la gorge ! "

« En février, elle fut très mal, dut garder le lit. Ses mains, ses joues étaient diaphanes. Je tressais ses cheveux, mettais du rose sur ses pommettes, sur ses lèvres. " Ada, tu es belle, tu as le visage de maman, une vierge italienne. " Elle me regarda. " Je ne verrai jamais l'Italie. "

« Début mars, elle demanda le pasteur. " Il faut le faire venir, je ne peux plus tenir davantage. " Elle posa sa main sur mes cheveux. " Comme je t'ai aimé, mon Patrick, comme j'ai du mal à te quitter ! " »

« Ne pleure pas, dit Steph, je t'en supplie ! »
Patrick se redressa, il avait les mâchoires serrées, le

regard dur, mais ses yeux étaient pleins de larmes. La première se mit à couler, il l'essuya.

« Le pasteur vint, resta une heure avec Ada. " Elle vous demande ", me dit-il. J'entrai dans la lingerie, Ada était redressée sur ses oreillers, souriait.

« " Emmène-moi au jardin, me demanda-t-elle doucement, je veux voir une dernière fois les arbres en fleurs. "

« Je la pris dans mes bras, mis un châle sur sa longue chemise de nuit blanche et descendis l'escalier avec elle accrochée à mon cou. Il faisait beau, c'était la fin de la matinée. Un coq chanta pour nous saluer.

« " Je vais essayer de marcher, me dit-elle, soutiens-moi ! "

« Je la pris par les épaules, elle entoura ma taille de son bras.

« " Comme c'est beau ! " murmura-t-elle.

« Les arbres fruitiers étaient tous en fleurs comme pour fêter une dernière fois la petite mariée blessée dans sa chemise de nuit de coton. Le silence semblait neuf, la lumière innocente. Le visage d'Ada était heureux.

« Je ramassai une fleur de pommier, l'accrochai à sa tresse, elle me sourit.

« " J'ai aimé cette terre comme tu l'aimes toi aussi, mais elle est pays d'ombres. Quitte-la Patrick, va saluer le soleil là où il se trouve. " Je la ramenai à la maison, le bas de sa chemise de nuit était mouillé, il avait plu la veille.

« " Porte-moi dans tes bras ! "

« Je la soulevai, remontai l'escalier, la posai sur son lit. Elle ferma les yeux.

« " Embrasse-moi, Patrick, et laisse-moi. "

« Je l'embrassai doucement sur les lèvres.

« " Tu as été mon seul amour, mon homme, mon

enfant, mon secret. Maintenant tu t'éloignes et je vais voyager ton ombre entre les mains. Que vais-je devenir ? Il fait deux fois nuit loin de toi. "

« Sa voix tremblait légèrement, je la serrai violemment dans mes bras, elle me repoussa.

« " Je n'oublierai pas cet amour. L'amour est fou, la folie ne meurt pas. "

« Je sortis. Lorsque Ethel quelques instants plus tard lui monta du thé, elle était morte. »

Steph se redressa, posa ses mains sur les genoux de Patrick.

« Laisse-moi, dit-il durement, ne me touche pas !
— Veux-tu que je m'en aille ?
— Non, reste, je n'ai pas fini de me donner à toi. »

Le feu n'était plus que braises, Bumbi dans ses rêves obscurs tressaillait parfois, le museau entre les pattes, le téléphone sonna cinq fois et se tut.

« Verse-moi du champagne, demanda Patrick, et allume la lampe. »

« Je restai tout le mois d'avril stupéfait, dormant à peine, courant la montagne. Violent et désespéré. Ray vint de Cattersville seul afin de me parler, sans doute à la demande d'Ethel. Il dévouait sa vie à défendre les petits Blancs, les Noirs, avocat des causes perdues, une façon à lui de vivre ses rêves.

« " Une école près de Chattanooga dans le Tennessee cherche un maître pour le dernier trimestre, me déclara-t-il, vas-y. Tu dois quitter ton enfance, être ce qu'Ada voulait que tu sois, un homme. "

« Je partis, un petit sac à la main. Pour toujours. Je ne revis plus la maison, le jardin, Sugar Valley, je ne les reverrai jamais.

« Le directeur de l'école m'accueillit avec bienveillance. J'avais dix-sept ans, certains de mes quarante élèves étaient de mon âge, dix étaient même plus âgés.

« On m'installa dans une famille qui avait accepté de m'avoir comme hôte payant : les parents, quatre enfants, une maison aussi modeste que la nôtre. D'étranges personnes, le père distillait en fraude de l'alcool de maïs, bricolant à droite et à gauche, tantôt charpentier, tantôt peintre, tantôt jardinier. Il s'asseyait dès le soir venu dans la véranda, prenait son banjo et chantait des airs de notre folklore. La mère, menue, insignifiante, trottait du matin au soir dans la maison en récitant des versets de la Bible, la fille aînée, Ora, faisait magnifiquement bien des claquettes et organisait avec son père des concours à qui cracherait le plus loin. Elle gagnait souvent. Frank, le fils, refusait de faire quoi que ce fût. A l'école, il gardait le silence, tête baissée, air buté, sa sœur Janet était la meilleure élève de la classe, toujours dans ses livres, un peu affectée. Elle espérait beaucoup de la vie, j'avais la certitude qu'elle n'en obtiendrait que peu. La dernière fille, Ruth, était schizophrène, totalement repliée sur elle-même, détachée de toute réalité extérieure. Muette. Tantôt accroupie dans un coin de la cuisine, tantôt se balançant indéfiniment dans la véranda.

« Ma classe était d'un niveau ridiculement bas dû à la débilité de la plupart de mes élèves. Sur quarante, trois seulement étaient normaux : héritage de l'alcool, de la syphilis, de la consanguinité, de la misère. Un Sud moins glorieux que les dentelles des fêtes de Savannah ou les dîners aux chandelles sur le Mississippi. Visages épais, yeux fixes, gestes lents. Il leur restait un don étonnant pour la musique, banjo, guitare, harmonica sur lesquels ils jouaient les vieux airs de notre Sud profond. J'appris à leur contact à accepter des êtres ce qu'ils peuvent nous donner.

« J'acceptai d'assumer ma classe pour un trimestre encore et passai l'été dans le Tennessee, aidant aux travaux des champs afin de payer ma pension. Le soir, avec le père de la famille qui m'hébergeait, je buvais du bourbon en faisant de la musique. Ora dansait parfois, martelant de ses semelles le plancher léger de la véranda tandis que Ruth, tassée dans un coin, ne semblait pas même nous voir. Frank était parti pour l'été chez une tante à Chattanooga, Janet lisait dans le jardin.

« Je parlais avec elle de Mark Twain, de Dickens, mais pour une raison que j'ignorais elle se méfiait de moi, cherchait à se tenir à distance. Un matin où j'entrais dans la salle commune, je la surpris une photographie de moi à la main. Elle rougit violemment et m'évita plus que jamais.

« Septembre revint avec la récolte des pommes, des poires, des tomates. Les enfants ne retournaient en classe que lorsque les travaux des champs étaient achevés, peu importaient les dates officielles. Tous reprendraient les quelques acres des fermes familiales, travailleraient sans aucune conviction ni organisation susceptible d'améliorer leur condition, boiraient comme leurs pères de la bière et du bourbon, épouseraient leurs cousines et mettraient des idiots au monde.

« Mi-septembre, je reçus une invitation à dîner de la famille aristocratique locale. Déjà, j'étais passé devant leur plantation, une grande maison à colonnades mal entretenue. L'allée était cernée par les broussailles, les chênes étouffés par la mousse espagnole, les peupliers d'Italie par le lierre. Des splendeurs d'antan, demeurait une statue de pierre représentant une femme penchée. On l'apercevait de la route, entre deux crêpes myrtes, la courbe de son cou, ses épaules, ses hanches où s'enroulait un court voile, le sourire que l'on devinait sur son visage, me retenaient longtemps immobile. Des femmes, je n'avais connu que Ruby, nos étreintes brutales et rapides sans même un baiser, un regard, un mot. Cette statue m'ouvrait d'autres horizons, me donnait la nostalgie du désir. Je la saluais, faisais demi-tour et revenais au pays des morts.

« Je fus surpris par cette invitation. Il fallait qu'ils s'ennuient beaucoup pour se contenter d'un jeune homme aussi solitaire, méfiant, inexpérimenté que moi. Mais j'étais le maître d'école et la fonction sans doute prenait le pas sur l'individu.

« Je mis ce que j'avais de mieux comme vêtements et qui était cependant très ordinaire : une chemise blanche que je portais avec un nœud papillon, un pantalon de toile blanche, une veste bleu marine achetée par Ray à Cattersville et qu'il m'avait donnée. Je ne possédais ni chapeau de feutre, ni chapeau de paille élégant. J'arrivai tête nue.

« Nous étions six à table, mes hôtes, leurs deux filles Barbara et Nancy, le pasteur méthodiste, petit homme roux à la peau blanche parsemée de taches de son. Les Dreier furent charmants pour moi. Nous bûmes deux mint-juleps dans la véranda avant de passer à table, parlant de choses et d'autres, du Sud, des récoltes, du coton, des ouragans, principaux sujets de conversation dans nos régions. Donna Dreier, la mère, prenait des airs de petite fille toujours étonnée, poussant de petits cris ridicules tandis que les deux filles, un peu lointaines, se balançaient sur des rocking-chairs en bavardant entre elles. Le dîner était servi par un maître d'hôtel noir au costume élimé. Il portait des gants blancs mais sentait l'écurie. Je suppose qu'il devait habituellement remplir les fonctions de palefrenier et ne franchissait le seuil de la salle à manger qu'exceptionnellement. On m'avait placé à côté de Nancy, la plus jeune des filles, plutôt jolie, avec un regard brillant, des mains fines, un teint pâle, une belle femme du Sud. Je faisais attention de ne pas me tromper dans le maniement de l'argenterie et ne prêtais que peu d'attention à la conversation.

« " Vous vous ennuyez, monsieur Henderson ? me demanda soudain Nancy. Moi aussi, je m'ennuie beaucoup ici et depuis longtemps. Connaissez-vous New York ?

« — Non, miss Nancy, je n'ai jamais été plus au nord qu'ici. "

« Elle parut déçue et retomba dans son mutisme.

« Au dessert, je me souviens qu'on nous servit des cerises jubilé apportées flambantes par le serveur, elle se tourna à nouveau vers moi.

« " Vous êtes joli garçon, monsieur Henderson, c'est plutôt rare dans cette région ! "

« Je ne savais pas s'il fallait remercier ou me taire mais elle ne me laissa pas le temps de réfléchir bien longtemps.

« " Montez-vous à cheval ?

« — Un peu.

« — Allons nous promener ensemble demain, voulez-vous ? Aby nous préparera deux chevaux. "

« Sous la table, elle posa sa main sur la mienne.

« " Dites oui, je vous en prie. "

« J'acceptai, elle se détourna de moi et ne me parla plus de toute la soirée.

« Avec le verre de brandy, le pasteur m'entreprit sur l'affaire Sacco et Vanzetti, me demandant si j'étais ou non de leur côté. Comment aurais-je pu ne pas soutenir ces deux hommes pauvres, sans pouvoir ni relations, accusés de meurtre sans preuve ? Il parut surpris de ma réponse. " L'Amérique mourra de ces métèques, dit-il d'un ton péremptoire, qu'en pensez-vous monsieur Dreier ? " Notre hôte esquiva la question, il avait bien assez de soucis avec ses domestiques, ses ouvriers agricoles, sans aller se préoccuper des émigrés italiens. " Ils feront appel, expliqua-t-il, et seront graciés. "

« Les dames allumèrent nos cigares, " coutume familiale, cher monsieur Henderson, me déclara notre hôte, ici les hommes se font choyer ". Il semblait cependant plutôt préoccupé, fatigué même pour un homme si bien cajolé.

« Je me retirai assez tôt, on me fit jurer de revenir, la société intéressante était restreinte dans cette partie du Tennessee. Un jeune homme aussi talentueux que moi serait toujours le bienvenu chez eux. Ils savaient certainement que je n'étais pas de leur " monde ", les gens du Sud voient au premier geste, au premier mot, à quelle classe vous appartenez, mais ils ne pouvaient se montrer difficiles. J'étais maître d'école, j'avais de l'allure, il leur fallait songer à leurs deux filles sans un sou.

« M. Dreier me raccompagna jusqu'à l'entrée avec force sourires, me proposant même de faire atteler une voiture pour me ramener. Je déclinai sa proposition.

« " Miss Nancy m'a demandé de monter à cheval demain ", dis-je en partant.

« Je ne voulais pas surgir le lendemain chez eux comme un voleur.

« " Très bien, très bien, nous ferons seller Tam Tam. "

« Sa joie m'agaça. J'eus l'impression d'un complot familial et fus sur le point de ne pas revenir.

« Nancy m'attendait en tenue de cavalière, un costume un peu démodé ayant probablement appartenu à sa mère avant d'être repris par la couturière.

« " Ah, vous voilà, s'écria-t-elle en me voyant, j'ai cru que vous m'aviez laissé tomber. "

« Elle était vraiment jolie avec son petit chapeau melon, sa natte tressée en queue de poney. Jamais je n'avais vu une jeune fille aussi distinguée. J'oubliais la plantation à l'abandon, le vestibule à moitié lézardé, le palefrenier en gants blancs, les sièges du grand salon au velour élimé. Lui plaire, la séduire, me parut alors une incomparable victoire sur ma famille, ma pauvreté et Ruby.

« Tam Tam m'attendait tout sellé, tenu en bride par un jeune Noir aux pieds nus.

« " Le maître a dit : pas de saut d'obstacle, me déclara-t-il aussitôt avec un large sourire, Tam Tam refuse souvent, il pourrait vous jeter à terre si vous n'y prenez garde !

« — Je prendrai garde, répondis-je. Dis à ton maître de ne pas se faire de souci. "

« Nancy donna à son cheval un petit coup de cravache, nous partîmes. Elle montait bien, beaucoup mieux que moi et j'avais de la peine à la suivre. La majeure partie de la plantation était constituée de forêts. Les chasseurs y avaient tracé de longues allées où la nature peu à peu reprenait ses droits. Nous longeâmes un champ de maïs où travaillaient des ouvriers agricoles. Le soleil s'accrochait aux tiges. Je m'arrêtai un instant pour contempler la beauté de cette lumière, la fulguration des épis, les taches colorées des corsages portés par les ouvrières. Nancy me rejoignit. Elle avança son cheval contre le mien, la tête de sa monture frôlant l'encolure de Tam Tam, et, se haussant sur ses étriers, mit ses bras autour de mon cou.

« " Heureusement que vous êtes venu ! " me dit-elle.

« Je l'embrassai, je crois que je ne pouvais faire autrement tant ses lèvres étaient proches des miennes. Elle eut alors comme un violent sursaut, ses doigts s'enfoncèrent dans mes épaules. Tant de véhémence me déconcertait. Nancy ressemblait soudain à Ruby, un animal en chaleur.

« Le soir, j'appris par mon hôte que miss Nancy Dreier était nymphomane, tous les garçons du village l'avaient eue. J'en fus mortifié mais ne renonçai pas à elle. C'était un cadeau trop beau pour être repoussé.

« " Vite, vite, me souffla-t-elle dans l'oreille, j'ai envie de vous, éloignons-nous ! "

« Nous fîmes quelques pas et nous retrouvâmes dans la forêt. Nancy était rouge, agitée. Elle descendit de cheval, je l'imitai.

« Jamais je n'ai connu une telle tempête amoureuse, elle défit mon pantalon avant que j'aie eu le temps de la toucher, ce fut elle qui me prit. Sa fureur, ses cris étaient ceux de Ruby mais elle me caressait, m'embrassait, me disait des mots crus qui m'enflammaient. Nous fîmes l'amour trois fois dans l'herbe sur les aiguilles de pins. J'étais comme fou. J'aurais pu la prendre et la reprendre ainsi jusqu'au soir mais elle se redressa.

« " Il faut rentrer, me déclara-t-elle en tirant sur sa jupe de cavalière, le dîner est servi à six heures, père n'aime pas que l'on soit en retard. "

« Elle fit prendre le galop à sa jument, je la suivis. Devant les écuries nous nous quittâmes. Je ne savais quelle attitude prendre.

« " A demain, Patrick ? me demanda-t-elle.

« — Bien sûr, Nancy, à demain ! "

« Il faisait chaud et orageux. Je rentrai chez mes hôtes en nage, épuisé. Ce fut alors qu'ils m'apprirent le dérèglement des désirs sexuels de miss Nancy. »

Patrick perçut le rire de Steph, un rire clair, un peu moqueur. Un instant il l'observa en silence, puis à son tour se mit à rire. Bumbi dressa les oreilles, dérangé dans son sommeil.

« Mon pauvre Patrick, s'exclama Steph, comment se fier à toi ? Moi qui te croyais une enfance respectable ! L'amour pour toi n'est donc pas un sentiment mais une épreuve physique ?

— Qu'en sais-tu ? »

Steph lui prit la main.

« Continue le récit de tes folies avec la belle Nancy !

Les amours de jeunesse refleurissent toujours, le style, c'est l'homme !

— Tais-toi », ordonna Patrick.

Et il serra violemment la main de Steph entre les siennes.

« Je vis effectivement Nancy tous les jours jusqu'à la rentrée des classes. Cette fille était insatiable ! Un matin, elle m'avertit que, ses parents étant partis passer la journée à Chattanooga avec Barbara, je pouvais la rejoindre dans sa chambre. Elle me fit toutes sortes de câlineries pour me décider mais je demeurais sur mes gardes. Si on nous surprenait ensemble, le mariage, dans cette société si conformiste du Sud, serait inévitable. Je pressentais une conspiration et refusai. Elle parut très désappointée, m'accusa de ne pas l'aimer, de profiter seulement de son corps, d'être un malotru. Je l'embrassai et elle se tut aussitôt.

« " Mon père voudrait te parler, me déclara-t-elle la veille de la rentrée des classes. Viens déjeuner chez nous en toute simplicité. "

« J'y allai. Il n'y avait plus de valet en gants blancs. C'était la femme de ménage qui servait à table, une grosse mulâtresse qui nettoyait également l'école. Elle avait préparé du poulet frit un peu gras avec de la bouillie de maïs, une tarte aux noix de pecan. Rien d'un repas aristocratique. Après le café, M. Dreier m'entraîna au fumoir, une pièce sombre meublée de fauteuils Queen Anne aux cuirs déchirés. La plupart des livres de la bibliothèque avaient été vendus et étaient remplacés par des revues traitant de l'agriculture.

« " Parlons entre hommes, me déclara-t-il tout de suite, je sais que vous plaisez à ma fille. "

« Je n'eus pas le culot de jouer à l'étonné.

« " Nous montons à cheval ensemble, monsieur, miss Nancy est une excellente cavalière. "

« Il crut déceler de l'ironie dans mes propos car il fit un geste nerveux et haussa les épaules.

« " Vous plaît-elle ? "

« Je m'attendais à l'attaque et avais préparé une esquive.

« " A dix-huit ans tout juste, monsieur, un garçon ne doit pas encore avoir d'opinion trop arrêtée sur les femmes.

« " Mais enfin, vous la voyez tous les jours !

— J'étais en vacances, monsieur, à partir de demain je ne verrai plus qu'épisodiquement miss Nancy. "

« Il tournait dans le fumoir comme un animal en cage, tirant sur un cigare qui empestait.

« " Bref, si je comprends bien, vous refusez la fille d'une famille connue dans tout le Sud, la petite-fille d'un officier qui s'illustra pendant la guerre civile ! Vous êtes fou, jeune homme, Nancy était pour vous une occasion inespérée de vous introduire dans l'aristocratie du Sud dont vous êtes, je crois, fort éloigné ! "

« Je sursautai. Jamais dans notre famille nous n'avions accepté l'humiliation.

« " Monsieur, répliquai-je, votre Nancy a huit ans de plus que moi et une expérience qui m'effraye. Si les hommes de ma condition épousent des jeunes filles moins accomplies que miss Nancy, c'est leur choix et non leur destinée. J'ai peut-être tort de vous parler ainsi, monsieur, mais je suggère pour elle un homme plus âgé et meilleur gentleman que moi. "

« Je sortis et ne revis plus les Dreier.

« Nancy, un après-midi, vint m'attendre à la sortie de ma classe. Elle voulait absolument me parler.

« " Ça y est, me confia-t-elle dans la réserve à bois de l'école où je l'avais amenée, père me marie à un officier de Charleston !

« — Parfait, lui répondis-je, tu dois être heureuse. Tu auras un homme tous les soirs dans ton lit. "

« Elle se jeta à mon cou.

« " Il n'est plus tout jeune, tu sais, et puis je te veux encore une fois ! Tu sais tellement bien m'aimer ! "

« Nous fîmes l'amour sur des bûches de pin dont la résine dégageait une odeur âcre de térébenthine. Elle me mordit les lèvres si violemment que je saignai. J'eus du mal à la maîtriser et surtout à la faire taire, je craignais que quelqu'un n'entre et nous surprenne.

« " Es-tu contente maintenant ? demandai-je. Ai-je répondu à ton attente ? "

« J'essuyais mes lèvres avec mon mouchoir. Nous avions tous deux les bras et les mains déchirés par le bois.

« Elle se mit à pleurer. Après sa rage, cette soudaine défaillance m'émut.

« " Sois heureuse, Nancy, lui dis-je doucement, je te le souhaite vraiment ! "

« Elle sortit, je ne la revis pas et appris son mariage quelques semaines plus tard par le journal local.

« J'étais libre à nouveau, seul en face de mes élèves arriérés, essayant de tirer d'eux quelques bribes de savoir. Je faisais ce que je pouvais, les résultats n'étaient pas encore tangibles mais eux, au moins, ne me trompaient pas.

« En novembre, mon hôtesse tomba malade. La pluie était venue et, la température demeurant élevée, l'humidité était éprouvante. La pauvre femme avait une forte fièvre, elle suffoquait, refusait toute nourriture, vomissant le bouillon que Janet lui présentait. Je décidai de la soigner.

« Tandis que sa femme était à l'agonie, le mari buvait des bourbons sur la véranda, fredonnait ses vieilles chansons du Sud en se balançant le nez vers les étoiles. La schizophrène restait dans un coin de la cuisine, près de l'écuelle du chat, les yeux clos. Janet lisait dans sa chambre. Frank, plein de bonne volonté, se proposait de m'aider mais avait des malaises en pénétrant dans la chambre de sa mère tant l'odeur était nauséabonde. Ora vagabondait ou dansait avec son père. Etrange famille, tellement en harmonie avec ce coin étonnant du Tennessee ! A Sugar Valley, nous étions tous pauvres, Noirs et Blancs, mais tous nous avions conservé notre dignité. Ici, les gens dérivaient, emportés par l'alcool et la misère vers n'importe où, regards fixes semblant fouiller les pensées des autres, les forçant à affronter leurs propres angoisses, leurs propres inhibitions. Moi, j'avais choisi de prendre la mer en dépit de tous ces naufrages, j'avais décidé de découvrir le monde jusqu'à ce que je trouve mon port. Je ne savais encore ni quand, ni comment je pourrais partir, mais rien, ni personne ne m'empêcherait de prendre le large !

« Je donnais à cette femme des tisanes de semence de citron, des bains chauds, du sirop d'éther. Je frottais longuement sa poitrine au camphre, elle semblait soulagée, me remerciait avant de retomber dans son sommeil léthargique.

« Après deux semaines de lutte contre la mort, elle sembla mieux. Je l'assis sur un fauteuil, Janet put s'occuper d'elle, la nourrir, la laver, la coiffer. J'avais payé ma dette envers eux, terminé mon temps d'épreuve. Deux semaines plus tard, à la fin du premier trimestre, je partais pour Atlanta rejoindre Ray.

« Le village entier, hormis les Dreier, me supplia de rester. Je les remerciai de leur amitié mais refusai de les écouter. Je partais en sachant que jamais je ne reviendrais.

« Le pasteur m'accompagna au train, me serra longuement la main.

« " Que Dieu vous bénisse, me dit-il, soyez heureux ! Moi je reste, je me suis habitué à ces gens, ce sont des petits enfants entre les mains de Dieu, leur lumière est minuscule, mais elle éclaire sans défaillir. Tout brasier me brûlerait les yeux maintenant. La réalité est essentiellement esprit. "

« Ray me reçut avec affection à Atlanta où, après Cattersville, il venait d'ouvrir un deuxième cabinet d'avocat. Je devais l'aider quelque temps avant de chercher moi-même du travail.

« Ma belle-sœur Ruth était une femme charmante. Son père, né en Angleterre, avait pu empêcher la destruction de leur maison de Cattersville par les Yankees, en plantant l'Union Jack dans son jardin. Elle avait ainsi conservé les meubles, les tableaux, l'argenterie de sa famille, ce qui était exceptionnel en Géorgie où les nordistes avaient tout ravagé. Ray poursuivait sa quête de la justice, donnant sans cesse sa peine et son temps aux causes désespérées, défendant gratuitement les plus démunis, plaidant les procès des Noirs et ceux des pauvres Blancs qu'il connaissait si bien.

« Ruth décida de me divertir, elle m'amena au théâtre, à l'opéra, m'acheta ce qu'il fallait de vêtements à un gentleman du Sud. Lorsque je me considérais dans le miroir de ma chambre, j'étais étonné de l'image qu'il me renvoyait. Le petit sauvageon de Sugar Valley était devenu un jeune homme très acceptable.

« Un dimanche, à la sortie de l'office au temple baptiste, Ruth me présenta à une jeune femme, Grace Mac Murphy, au bras de son mari. Nous nous saluâmes.

« " Venez donc un jour prendre le café à la maison, me proposa Mrs. Mac Murphy, en votre compagnie bien sûr chère Ruth ! "

« Elle avait un visage rond, des fossettes, des yeux noisette, de jolis cheveux auburn que l'on apercevait sous le chapeau cloche de feutre. Le mari, moustachu, sérieux, aimable, portait un col dur et des guêtres à boutons.

« " Je t'y amènerai, me dit Ruth alors que nous étions sur le chemin du retour, les Mac Murphy ont une charmante maison sur Grant Park. Ils reçoivent très bien.

« — Que fait Mr. Mac Murphy ?

« — Ronald ? Il a plusieurs librairies, des magasins de papeterie. C'est un homme riche, très pieux. Il a beaucoup donné à notre église. A Atlanta, nous l'estimons infiniment. "

« Nous reçûmes effectivement un carton d'invitation dans la semaine qui suivit. Ray, occupé à rassembler les pièces d'un dossier, nous laissa Ruth et moi y aller seuls. La maison était charmante, meublée à l'anglaise avec des rideaux de chintz fleuri. Jamais je n'avais vu un intérieur aussi raffiné, j'étais émerveillé.

« Grace m'accueillit avec chaleur, félicita Ruth de m'avoir invité à Atlanta où malheureusement on côtoyait toujours les mêmes figures. Elle me servit elle-même le café, nos mains se frôlèrent. Je la fixai alors attentivement, ayant désormais assez d'expérience pour comprendre la signification d'un regard de femme. J'y vis clairement ce que je désirais moi-même. Rien ne fut dit, tout fut entendu.

« L'orgueil de plaire à une personne comme Grace me gagna. J'allais enfin pouvoir non pas aimer, la mort d'Ada me laissait le cœur glacé, mais posséder une femme à ma mesure. »

« Ne me dis pas, s'écria Stephane, que cette Grace Mac Murphy s'est précipitée elle aussi sur toi ? Tu me sembles un peu trop vouloir jouer au gibier dans tes affaires de cœur ! »

Patrick sourit.

« Elle accomplit le premier pas, me faisant

comprendre que je lui plaisais, j'effectuai seul le reste du chemin.

— Je crois que je vais être jaloux de Mrs. Mac Murphy, murmura Steph, les autres m'amusaient, celle-là me déplaît.

— Elle t'aurait plu sans doute car elle avait un corps de petit garçon : peu de seins, des hanches minces, un ventre plat. »

« Une de ses amies lui laissait la disposition d'un appartement dans le centre-ville. Nous nous y retrouvions l'après-midi. Grace avait du charme, de la culture, du piquant. Son mari l'ennuyait avec les comptes de ses boutiques, sa collaboration à toutes les œuvres baptistes, elle rêvait d'aller à Londres ou à Paris, de recevoir des gens vraiment élégants, de côtoyer des hommes séduisants, de danser, de rire.

« " Pourquoi pas New York, lui demandai-je, ton mari peut y ouvrir une autre papeterie ?

« — New York ? Demander à une fille de Savannah de vivre à New York ! Es-tu réellement du Sud ? "

« Grace m'apprit beaucoup sur les usages du monde, les conversations qu'il fallait tenir, les marques de cigares qu'on pouvait fumer, les vins que l'on devait boire. Elle aimait ce rôle d'éducatrice, mimait les scènes. Je l'écoutais, la regardais et la prenais ensuite sur le lit à baldaquin tapissé de mousseline blanche.

« " Dans ce domaine, lui disais-je, tu n'as rien à m'apprendre. "

« Chez Ray, je recevais des petits cadeaux : bouquets de fleurs, livres, cravates ou parfum de toilette. Ruth soupçonnait une aventure, elle me mit en garde contre les prostituées qui s'amourachaient de beaux jeunes gens comme moi, les comblant de présents. " Cela s'appelle devenir un souteneur ", me dit-elle d'un air grave. J'avais envie de l'embrasser, sa naïveté m'attendrissait.

« En février, Grace arriva à notre rendez-vous de l'après-midi, toute pâle.

« " Je suis enceinte de toi ", me déclara-t-elle tout de suite.

« Je sursautai, faisant tomber à terre le verre de sherry que je lui servais.

« " Comment le sais-tu ?

« — Je suis mariée à Ronnie depuis dix ans, nous n'avons pas eu d'enfants. Tu es mon premier amant. "

« Elle ne me demanda rien. Contrairement à Nancy, je crois qu'elle n'avait réellement en tête d'autre dessein que celui de m'aimer. Elle but un peu de sherry, refusa que je la touche.

« " Pour l'enfant, me dit-elle doucement, il vaut mieux que nous cessions de nous rencontrer. Ronnie à partir de maintenant sera son père. Il ne peut en avoir qu'un seul. Te voir me bouleverserait inutilement. "

« Elle mit son chapeau, baissa la voilette et sortit. Je restais avec mon verre à la main, songeai un instant à ce que Grace venait de me dire, puis, seul, vidai le reste de la bouteille.

« La semaine qui suivit je m'engageais dans la marine et partais pour Charleston. Tu sais la suite de mon histoire. »

« Et l'enfant ? demanda Steph.
— Je sus par Ruth que Grace Mac Murphy avait eu le bonheur de mettre au monde un petit garçon après dix années de mariage. Ronald jubilait. " Ce bébé, m'écrivait ma belle-sœur, a un bien bon départ dans la vie. Que Dieu le protège ! " »

Patrick et Stephane demeurèrent silencieux, contemplant les dernières braises du foyer. Patrick était arrivé au bout de sa route, sans retour en arrière possible. Il voulait partir maintenant, abréger le malaise de ces instants, ne pas laisser la peur ou la tendresse le retenir encore. Il lui fallait survivre, avancer toujours plus courbé, plus arraché à lui-même, vers l'instant où tout serait clair, apaisé. A Steph, il avait tout donné, plus qu'il ne donnerait à personne dans sa vie : un matin, non pas oublié mais perdu à jamais, des mots difficiles, beaucoup de meurtrissures, infiniment de silences, sa terre de chaleur, de travail, de forêts, de montagnes, des vieux paysages sur des visages morts, sa mémoire comme une épine le blessant encore. Il n'y avait plus de place en lui pour les yeux, la bouche, les mains, le corps de Steph ou alors cette place serait trop douloureuse, trop envahissante. Un dernier mot pour achever la courbe, écrire la fin d'une histoire.

« Steph, dit-il doucement, il est plus simple pour moi de vivre que de t'aimer parce que cet amour est peut-être plus important que ma vie. Demain je serai en exil de toi. Tu me dois de ne pas m'oublier. »

Steph se leva, restant immobile, silencieux. Patrick tendit la main, caressa le front, les joues, le nez, la bouche du jeune homme, puis il prit dans sa poche les clefs de l'appartement, les posa sur la table et sortit avec Bumbi.

## CHAPITRE XVIII

A Capri en juillet, ils retrouvèrent la même maison et Chiara qui les attendait. Walter et Maggye devaient les rejoindre à la fin du mois ainsi que Jean-Michel Frank.

La présence de Steph était vivante encore dans la villa, douloureuse pour Patrick comme pour Elaine. Ils n'en parlaient jamais, Elaine avait deviné la rupture et sa propre relation avec Philippe en était devenue plus difficile. Ses soirées, ses nuits avec Patrick lui semblaient douces, rassurantes, l'un et l'autre avaient désormais le même désir de partir, d'aller prendre ailleurs de nouvelles racines. Lorsqu'elle essayait d'imaginer où se poursuivrait leur existence commune, aucun pays familier ne lui donnait l'envie de s'y établir : l'Angleterre ? Trop conventionnelle, trop guindée dans cette société qui était la sienne et qui la reprendrait aussitôt, la Virginie ? Elle savait ne plus pouvoir y vivre, Springfield entre le club de femmes épiscopaliennes, les dîners dans les plantations voisines où l'on parlait de la culture du tabac et de chevaux, les étés sans fin passés à boire du thé glacé en lisant ou en brodant de charmants et inutiles alphabets, les pique-niques aux îles où les vieux gentlemen évoquaient leurs souvenirs d'après la guerre civile, cent fois entendus, ces regrets interminablement ressassés d'un Sud perdu, tout l'ennuierait désormais. L'Italie elle-même la lassait, un monde trop gai, trop factice, où les Allemands, les Hollandais, les Anglais, les Français venaient en terrain conquis, écrivaient des romans, prenaient des photographies, achetaient des villas, des objets antiques, vivaient dans l'oisiveté à côté de la vraie beauté : le silence des vignes, la senteur des pins, la douceur des tuiles au soleil levant, les longs chemins de terre ocre entre les arbousiers et les myrtes, contournant les fontaines, s'arrêtant devant des vierges immobiles offrant leur enfant. Elle haïssait l'idée d'y demeurer une étrangère, une riche Américaine avide de soleil, de chianti et de « seduttori ».

Patrick ne disait rien, il était en attente.

Il plut les trois premiers jours de leurs vacances à Capri, une pluie orageuse, tiède, faisant remonter de la terre des odeurs boisées, rondes et tendres. Patrick lisait *Le meilleur des mondes* de Aldous Huxley qui venait de paraître. La société que l'auteur évoquait était pour lui l'enfer absolu, il demeurait souvent immobile au milieu d'une page, essayant d'imaginer comment les êtres humains pouvaient ainsi perdre tout espoir, accepter de n'être que des instruments. Lorsqu'il fermait les yeux, il revoyait Steph, son sourire, son regard, la forme de ses épaules, pour un instant insensible à tout ce qui n'était pas lui. Sa lecture, un mot d'Elaine le reprenaient, il aimait l'odeur des roses de la terrasse sous la pluie, les herbes cueillies par Chiara, étalées dans des paniers d'osier, les pignes craquant dans les flambées du soir, la rondeur du pain posé sur la table de bois, la vie au cœur de sa vie. Le reste étant éphémère devait prendre fin un jour ou l'autre. Rien n'était incompréhensible sauf peut-être cette souffrance qui refusait de le quitter tout à fait.

« Faisons l'excursion du Monte Solaro », lui proposa Elaine un matin où la pluie s'était arrêtée.

Ils partirent tôt avec un pique-nique et Bumbi qui courait droit devant lui. Une brume montait de la terre, légère, vivante, fragile face à la permanence des arbres, des rochers, s'élevait en volutes. Elaine songeait à Philippe, à leur séparation dans son appartement du boulevard de Courcelles quelques jours plus tôt. Elle avait aimé l'émotion, l'exaltation de ce départ comme un bonheur en soi, une sensation devant être ressentie au moins une fois dans toute vie. Sa liaison était faite de ces instants isolés, chacun vécu comme une expérience intense. Que représentait l'homme, l'amant ? Il était le conteur, celui qui dispensait les rêves et que l'on quittait l'histoire terminée.

Un vol de cailles s'éleva devant eux dans un bruissement d'ailes.

« Axel Munthe[1] ne doit pas être loin, observa Patrick en riant. Nous serons certainement invités à San Michele.

— Vraiment ? Je n'y tiens pas du tout. Ce petit homme est prétentieux et très ennuyeux. Sa vieille histoire avec la reine de Suède n'impressionne plus personne.

— Les amours finissantes sont toujours ingrates. »

Elaine leva les yeux, le soleil perçait entre les nuages. Les troncs des arbres semblaient à la fois se resserrer et s'aérer, le vent se levait cueillant des gerbes de brouillard qu'il emportait avec lui.

Au sommet du Monte Solaro, ils s'assirent sur une large pierre plate, contemplant le panorama grandiose qui embrasse le golfe de Naples et Salerne. Un groupe de dames hollandaises vêtues de toile blanche,

---

1. Axel Munthe était le grand protecteur des cailles à Capri, empêchant leur chasse par tous les moyens.

chaussées de gros souliers de montagne, visitaient les ruines du fort derrière un guide italien. Ils s'en écartèrent, cherchant un endroit tranquille pour déjeuner. L'un et l'autre, pour un temps encore, désiraient le silence, une certaine solitude.

Patrick savait qu'en se replongeant dans la nature, dans la terre nourricière, il renaîtrait. Son voyage intérieur le mènerait vers un dieu nouveau, vers une terre promise. « Je suis venu pour cela, pensait-il, le temps de vie est le court instant en lequel advient ce qui doit être. »

Ils burent le vin à la bouteille, partagèrent le fromage, le pain, les fruits réunis dans le panier préparé par Chiara. Ces gestes simples étaient un bonheur ainsi que la chaleur du soleil sur leurs bras, leurs épaules.

« Devenons-nous vraiment ce que les autres font de nous ? » demanda Elaine.

Patrick la regarda avec tendresse. Où en était-elle dans son histoire d'amour ? Saurait-elle couper ce lien, accepter tout simplement le don de vivre pour soi ?

« Les mots n'ont pas de sens, répondit-il sans cesser de regarder Elaine. Tu appartiens aux autres si tu te donnes à eux. Ils n'ont pas le pouvoir de te prendre par la force. Ni toi, ni moi ne nous laisserons attraper comme tant d'autres parce qu'au fond de nous-mêmes nous sommes des incrédules. »

Elaine, les mains posées sur le sol, offrait son visage au soleil les yeux clos. Elle savait que Patrick avait raison, qu'elle ne désirait être possédée par personne mais avancer seule, son mari à côté d'elle, s'inventant à chaque instant afin que le temps perde sa raison d'être. Depuis qu'elle était une petite fille la passion la faisait avancer mais il ne fallait pas pervertir cette sensibilité vive, ardente, qui était en elle, la réduire à la dimension d'une simple recherche d'amour, la sacrifier à des hommes qui s'en emparaient à leur profit, pour se rassurer, s'idéaliser, s'y voir comme dans un miroir magique plus grands ou plus forts.

« Emmène-moi avec toi, murmura-t-elle. Là où tu veux aller, j'irai aussi. »

Elle était heureuse à cet instant, comme si le bonheur était fait de ces moments insignifiants, du soleil et du vent.

L'invitation à dîner d'Axel Munthe arriva quelques jours plus tard.

« Vous souvenez-vous, disait le carton, de la marquise Duomo della Cerda que Lord Cardon, l'été dernier, a ramenée à Palerme dans son yacht ? Elle sera des nôtres demain soir. Venez, elle veut vous revoir, faire la connaissance de Mme Henderson. »

« Pas moyen de refuser », soupira Elaine en reposant le carton sur le mur de la terrasse.

Elle se vêtit de blanc, robe de crêpe de chine drapée très simplement à la grecque, découvrant une épaule, laissa ses cheveux plats sur le dessus de la tête, les bouclant autour des oreilles, mit un sautoir de perles.

« *Che ragazza molto carina!* » s'exclama Patrick en la voyant. Lui-même portait, avec un simple costume de toile blanche, une chemise rayée bleu et blanc à col glacé.

Ils retrouvèrent à San Michele les impressions intactes de l'année précédente, la même austérité qui magnifiait les œuvres d'art réunies par Axel Munthe, le même cérémonial suranné que le maître de maison semblait subir plutôt que désirer. L'homme paraissait s'être ratatiné davantage encore, il accueillit ses hôtes avec une affabilité compassée que Patrick savait être un masque, une protection contre sa sensibilité. Pour comprendre Munthe, il fallait être soi-même un solitaire, un rêveur.

Le dîner comme à l'accoutumée était frugal, des

pâtes, des légumes, des poissons frais grillés, des fromages et des vins du pays, des tartes aux abricots faites par la cuisinière. Dans l'île, un dîner chez Munthe passait pour un dîner monacal mais Patrick appréciait cette façon naturelle de servir à ses amis ce que lui-même mangeait.

En passant à table, Elaine avait déjà promis leur visite à la marquise Duomo della Cerda. Patrick et elle seraient en Sicile dans la deuxième quinzaine du mois de juillet. La vieille dame l'amusait. Avec les intonations recherchées d'une jeune fille élevée en Suisse, elle disait des mots populaires très crus qui la faisaient rire elle-même aux éclats. Contrairement aux habitués de Capri, elle n'aimait pas tourner ses amis en ridicule, les défendant fermement en face de ceux qui les attaquaient. « Quelqu'un de fiable, pensa Elaine, une vieille aristocrate excentrique qui a le sens de l'honneur, elle ressemble à ma grand-mère. » Quitter pour un moment Anacapri, leurs souvenirs, lui plaisait. En août, la gaieté de Maggye chasserait les dernières ombres.

Après le dîner, Munthe prit Patrick par le bras, l'entraînant dans le jardin.

« J'ai lu vos deux livres, lui dit-il alors qu'ils marchaient vers la loge des Sphinx. Le premier est un appel, le second un monologue, comme si vous vous étiez entre-temps détourné de vos espérances. Vous êtes trop jeune, monsieur Henderson, pour vous retirer du genre humain. La solitude n'est pas un point de départ mais un aboutissement, elle se mérite. Ayez quelques amis, gardez-les aussi longtemps que possible et surtout ne regrettez jamais le temps ou l'affection que vous leur donnerez. Plus tard, beaucoup plus tard, lorsque vous aurez mon âge, vous pourrez vous séparer de tout et de tous. »

Ils étaient arrivés au Belvédère. La mer sous leurs yeux, tout en contrebas, pétillait de lumière, une barque de pêcheurs quittait le port, l'air était léger, la brise sentait le romarin et les feuilles séchées des immortelles.

« La Méditerranée ne déçoit jamais, murmura Munthe, elle est ma dernière compagne. Tout amour humain est finalement le désir d'autre chose. Ici je n'espère plus rien. Venez avec moi. »

Ils firent demi-tour, revinrent vers la maison. Axel Munthe poussa une petite porte derrière un buisson de myrtes. L'électricité allumée jetait une lumière jaune sur une chambre monacale, meublée d'un simple lit de fer, d'une chaise, d'une table de sapin, d'une bibliothèque.

« Voilà où je dors, où je vis, confia Munthe, peu de gens le savent. Ils gardent dans la tête l'image extravagante d'un homme vaniteux qui fut aimé d'une reine alors que je suis éloigné de tout, y compris de moi-même. Seuls les animaux me retiennent parce qu'ils ont besoin de moi. Lorsque je serai mort, le massacre des oiseaux recommencera à Capri pour alimenter la vantardise, la cruauté des chasseurs bien plus que leurs estomacs. Je reste encore un moment pour eux. »

Patrick cherchait les mots qu'il pourrait dire à cet homme qui le fascinait.

« J'aurais aimé vous avoir pour père, murmura-t-il enfin. Tout ce que je souhaite de l'existence, vous le vivez vous-même. Pourquoi certains êtres sont-ils semblables alors qu'ils viennent d'horizons différents ? Et pourquoi entre parents et enfants ou entre frères existe-t-il des gouffres tellement infranchissables ?

— Il peut être plus facile de vivre avec les êtres qui sont à l'extérieur qu'avec ceux que nous portons en nous. Vous trouverez ce bonheur que vous cherchez encore, en trouvant la beauté, l'harmonie. Vous ne pourrez plus ensuite vous en passer, mais l'harmonie n'est jamais donnée, elle doit se gagner sans cesse. Monsieur Henderson, trouvez votre place, votre endroit sur cette terre, tout le reste vous sera alors donné. La terre est un poème qui n'a pas de fin.

« Maintenant, rejoignons nos hôtes ! Lorsque vous aurez votre maison, n'oubliez jamais qu'elle doit être accueillante. N'écartez d'elle que les méchants et les ridicules. Ce sont souvent les mêmes. »

Ils revinrent au salon où le maire de Capri faisait sa cour à la marquise tandis qu'Elaine bavardait avec une jeune femme installée comme médecin dans l'île.

« Votre histoire est affreuse, s'écriait Elaine, est-elle vraiment authentique ? »

Patrick s'approcha tandis qu'Axel Munthe allait vers l'autre groupe.

« Tout à fait authentique, répondit la doctoresse, le coiffeur a bien assassiné sa femme en la jetant dans son puits pour les beaux yeux d'une Allemande rencontrée sur le Monte Solaro, séduite et impossible à demander en mariage à cause de la présence importune de l'épouse.

— Et qu'est-il advenu du coiffeur ?

— Il a été condamné bien sûr, à douze ans de prison, mais la Gretchen a juré qu'elle l'attendrait. Victor Hugo n'a-t-il pas dit : " Il y a une foule de sottises que l'homme ne fait pas par paresse et une foule de folies que la femme fait par désœuvrement. "

— Dans ce cas précis, l'homme comme la femme ont été insensés ! »

La doctoresse éclata de rire.

« Pas plus sans doute que la plupart des gens ici, à Capri. On fait trop l'amour dans cette île, sans doute est-ce à cause du climat ou de toutes les passions que cette terre a connues et qui ont fini par l'imprégner. N'habitez-vous pas sur la Tragara, la maison de Compton Mackenzie ?

— Si, répondit Patrick, et je connais son histoire.

— J'étais là lorsque la femme de Mackenzie, une grande, belle femme, s'est sauvée une nuit avec le ténor russe qu'elle venait de rencontrer et dont elle était tombée follement amoureuse. Ils ont traversé la mer jusqu'à Sorrente sur un bateau de pêcheurs. Quels cris nous entendîmes lorsque Compton Mackenzie découvrit la vérité le lendemain matin ! Je suis certaine que les murs de votre villa sont encore imprégnés de ce drame passionnel. Je n'ai pas connu le comte Fersen mais vous, monsieur, qui êtes écrivain, vous devriez aller voir ce qu'il reste de sa villa. Le mobilier a disparu, le jardin est devenu une jungle. Quelle tristesse ! »

La marquise s'approchait tendant ses bras où étincelaient des bracelets d'émeraudes et de diamants.

« Je dois partir, chers amis. A bientôt n'est-ce pas ? Vous me téléphonerez dès votre arrivée afin que mon chauffeur vienne vous chercher au port. »

Elle sortit en faisant de grands gestes d'adieu.

« Je me sauve également, déclara la doctoresse, les visites à Capri commencent tôt le matin. Passez me voir, je vous raconterai d'autres anecdotes amusantes. »

Ils rentrèrent en taxi, la main dans la main. Elaine se réjouissait de connaître la Sicile, Patrick pensait à ce vieil Anglais qui, lors du dîner chez les Duomo della Cerda, lui avait demandé de venir le voir à Taormina. Iraient-ils ? Il n'était pas sûr d'avoir envie de revoir les visages rencontrés en compagnie de Steph. Le souvenir était si proche de l'espérance !

La veille de leur départ, Elaine reçut une lettre de Philippe qu'elle déchira sans la lire. En aucun cas elle ne voulait troubler le bonheur qu'elle éprouvait à l'idée de ce voyage avec Patrick. Paris était une autre vie, un autre monde, elle se rendait compte que son amant ne lui manquait pas, que tous les mots prononcés avant leur séparation étaient faux, dérisoires et inutiles.

« En septembre, pensa-t-elle en jetant les morceaux de l'enveloppe, je le quitterai. »

Cette perspective la rendait légère. Elle croyait encore que ne plus aimer un homme et se libérer de lui se suivaient aussitôt dans le temps, ignorant que le détachement ne se trouvait complet qu'après la mort de la dernière rancune. Certains reproches étaient encore des preuves d'amour.

Ils firent jusqu'à Palerme une traversée charmante. Le chauffeur de la marquise vint les chercher dans une Bugatti blanche sur les portières de laquelle étaient peintes les armes des Duomo della Cerda et leur devise : *Tutti a te me guida.* Patrick retrouvait les paysages découverts avec Charles, revus avec Steph. La poussière rouge soulevée par les pneus de la voiture se déposait sur les pins, les oliviers, les amandiers, donnant l'illusion de les vêtir alors qu'ils s'arrachaient de la terre. Il sentait l'odeur sèche des broussailles, celle plus âcre des troupeaux de chèvres, la senteur anisée du fenouil sauvage, n'osant montrer à Elaine le toit d'une ferme, un four à pain à moitié effondré, une fontaine, de peur de faire surgir en elle la pensée que Stephane les avais vus avant elle. Il dit seulement :

« Nous arrivons. »

Une grille barrait le bout du chemin, encastrée de part et d'autre dans un haut mur de pierres assemblées sans ciment ni mortier. L'austère demeure s'élevait toute proche, flanquée d'une tour ronde. Un double escalier menait à la porte d'entrée au-dessus de laquelle était fixé un cadran solaire.

« Tu vois ici le versant arabe, expliqua Patrick, l'Italie est derrière. »

Un domestique venait à leur rencontre ainsi que deux chiens roux qui aboyaient. Debout en haut de l'escalier, la marquise Duomo della Cerda leur faisait un signe de la main.

Ils traversèrent le grand hall dallé de larges carreaux vernissés où s'alignaient des palmiers dans des pots de porcelaine chinoise. Sur deux consoles se faisant face, des léopards d'onyx se considéraient depuis des siècles, se souvenant l'un de l'autre à travers la pénombre et le silence qui les séparaient à jamais. La marquise poussa une porte vitrée et ils arrivèrent devant la façade de la maison donnant sur la mer.

« Voilà l'Italie ! » s'écria Elaine.

La vaste terrasse bordée de balustrades de pierre dominait le jardin qui descendait le long de la colline en plans successifs reliés par des escaliers. Au premier plan on découvrait la roseraie où se mêlaient en arcs, tonnelles, alignements de parterres, des espèces de toutes sortes, de toutes couleurs, des roses les plus élégantes aux simples églantines. A peu de distance, sur une deuxième terrasse, étaient plantées les fleurs à couper : lupins, œillets, asters, pavots, bleuets, marguerites, jasmins, dans une exubérance, une liberté, qui donnait l'illusion d'une tapisserie où l'imagination de la brodeuse n'aurait pas eu de limites. Au milieu de l'allée centrale, une fontaine de céramique laissait couler un mince filet d'eau qui, débordant parfois de la vasque, venait éclabousser les carreaux de faïence bleus et blancs. Au-delà, dans l'arrière-plan, apparaissaient les arbustes taillés, buis, houx, mûriers, myrtes, lauriers-roses, tous selon un dessin géométrique qui se complétait de l'un à l'autre pour donner à l'œil l'impression d'un labyrinthe inoffensif. Dans le lointain enfin, tout en bas de la colline, poussaient les arbres fruitiers, citronniers, orangers, pêchers, abricotiers, palmiers dattiers, cerisiers, dentelant de leurs feuillages le bleu intense de la Méditerranée.

« La maison vaut par le paysage dont elle jouit, expliqua la marquise, elle est sinon incommode et bien austère en hiver. Mon arrière arrière-grand-père trouva la mort sur cette terrasse lors de notre révolte contre les Espagnols. Les soirs d'hiver, nous entendons parfois son épée cliqueter contre les sabres de ses adversaires. Il pousse un grand cri et disparaît. Croyez-vous aux revenants, chère amie ? » Elaine allait répondre lorsque la marquise, quittant son bras, se dirigea d'un pas vif vers le vestibule.

« Etrange femme, dit Elaine, elle ressemble elle-même à une apparition. Où est donc le marquis ?

— Il fait une réussite sans doute dans la bibliothèque. Je ne le crois pas intéressé par les relations de sa femme. Lui aussi vit dans un autre monde, celui des oiseaux de passage. »

La marquise revenait vers eux, tenant par le bras une jeune femme brune, un homme suivait, de taille moyenne, très brun lui aussi, portant une petite moustache.

« Chers amis, connaissez-vous Andréa et Vickye Sebastiani ? »

Ils se serrèrent la main. Andréa était roumain, Vickye américaine, de Chicago.

Un domestique apporta sur un plateau du vin de pêche et des biscuits.

« Une petite collation seulement, expliqua la marquise, ce soir j'ai envie de faire la fête et, au lieu de dîner dans notre sinistre salle à manger en compagnie de mon lugubre époux, d'aller dans un restaurant de Palerme réputé pour sa bonne humeur. Qu'en pensez-vous ? » Andréa Sebastiani lui baisa la main.

« Vos désirs sont des ordres, chère Roberta. »

Le restaurant était situé en bordure de mer avec une terrasse qui, construite à flanc de rocher, semblait s'avancer sur les eaux. Une treille où pendaient des grappes de raisins encore verts, des banquettes basses recouvertes de tissus aux couleurs vives, les lanternes situées un peu partout, donnaient à l'endroit un grand charme. Ils burent du vin frais en mangeant du pain et des olives, Vickye et Elaine sympathisaient, la marquise, après avoir longuement parlé à Andréa, se tourna vers Patrick.

« Comment se porte le sympathique journaliste qui vous accompagnait l'année dernière ? »

Elaine qui interrogeait Vickye sur sa vie en Europe se tut aussitôt. Pendant un très bref moment Patrick, ne sachant que répondre, craignit une autre question, mais la marquise éclata de rire :

« Il semble que je me préoccupe d'un monsieur qui n'intéresse personne ici. Oublions-le. Que pensez-vous de la condamnation à mort de l'assassin du président Doumer ? Un homme qui n'a rien fait pour se tirer d'affaire. Quelle forfanterie ! En Sicile, nous pardonnons aux assassins s'ils ont de la noblesse, le sens de l'honneur. Les petits cabots ridicules sont bons à être écrasés à coups de pied.

— Roberta, intervint Andréa Sebastiani, les Siciliens ne sont pas des assassins, ce sont des justiciers. »

On apportait des pâtes, des légumes, des rougets grillés sur un lit de fenouil, des quartiers de tomates et de concombres, de la menthe, un pichet de vin, des galettes de pain chaud.

« J'ai lu votre premier livre, monsieur Henderson, dit Vickye Sebastiani en se penchant vers Patrick. Certaines de vos phrases sont, comment dirais-je, tellement colorées qu'elles masquent parfois votre pensée. A moins, bien sûr, que ce ne soit volontaire et que vous ne cherchiez à vous dissimuler !

— Je ne cherche pas à être obscur et si je le suis c'est parce que je crois sincèrement que toute pensée contient sa propre erreur. Cette certitude est très regrettable pour un écrivain et m'empêchera d'aller plus loin.

— Vous y reviendrez sans doute, intervint Andréa, une émotion, une rencontre vous donneront l'envie de reprendre votre plume. Cent fois, j'ai abandonné le piano, me jugeant par trop mauvais, cent fois je l'ai repris. Avant d'être une émotion, l'art est une conquête.

— M. Henderson, remarqua la marquise, est un homme qui a un jugement littéraire extrêmement sûr. Nous avons eu l'année dernière de passionnantes conversations sur les écrivains du Sud, qu'ils soient américains ou européens. J'aimerais que l'on puisse écrire quelque chose sur ce sujet. »

Patrick percevait les mots, voyait les gestes des convives, le profil des femmes, l'éclat de leurs bijoux, le visage rond, intelligent d'Andréa, le nez busqué de la marquise, ses mains sans cesse en mouvement, mais une fois encore il se sentait spectateur.

« Mardi, annonça Andréa, nous partons chez Bertie Guilbert à Taormina. Connaissez-vous cette ville ?

— Oui, répondit Patrick, et c'est étrange parce que nous aussi, devons aller chez lord Guilbert.

— Quelle chance ! s'écria Vickye, nous ferons route ensemble. »

Patrick fut surpris d'avoir prononcé ces mots alors qu'une minute auparavant il n'était pas sûr encore de vouloir aller chez Bertie. Il avait parlé comme poussé par une force qui le dominait.

« Les âmes élevées demeurent seules à jamais ! soupira la marquise. Je ferai donc des réussites avec Bartolomeo tandis que tournera le monde. En attendant, cher Andréa, versez-moi un peu de vin. »

## CHAPITRE XIX

Jamais Elaine n'avait vu une voiture plus luxueuse que l'Hispano-Suiza des Sebastiani. Entièrement capitonnée de velours beige, les sièges de cuir blanc, un bar avec des fioles et verres de cristal taillé, une petite coiffeuse garnie d'une brosserie d'ivoire, d'un miroir, de flacons en argent, deux tablettes écritoires d'acajou incrustées de nacre. « Mauvais goût, aurait dit son père, trop ostensiblement riche ! » En bavardant avec Vickye, Elaine avait appris que la fortune venait de sa famille, son père était un industriel considérable en Illinois, elle avait rencontré, épousé Andréa en Italie. Né en Roumanie, il avait voyagé avec ses parents dans l'Europe entière avant de se fixer à Milan où il avait acheté une boutique de soieries. Très vite, le succès venu, il s'était donné le titre de comte, avait étendu ses activités à la décoration des lieux publics, foyer de l'Opéra, théâtres : idée nouvelle, seuls les particuliers jusqu'alors ayant fait appel à des professionnels pour embellir leurs demeures.

« Andréa, avait expliqué Vickye à Elaine, est un grand seigneur florentin de la Renaissance. Il sait donner des fêtes incomparables. Tout ce qu'il touche devient éblouissant. Nous allons chez lord Bertie afin d'organiser un souper romain qu'il compte donner pour ses amis. En serez-vous ?

— Je ne sais pas, répondit Elaine, nous ne resterons à Taormina que quelques jours. Des amis nous attendent à Capri.

— Vous habitez Capri ? Quel dommage ! Capri est démodé, plus rien là-bas que des touristes sans fortune ou de vieux homosexuels aigris. Il faut aller à Tanger ou en Andalousie. " L'âme arabe ", vous comprenez ? »

L'Hispano-Suiza soulevait sur les routes étroites des nuages de poussière rouge. De petits cochons, des volailles, s'enfuyaient en criant sur son passage, des enfants couraient derrière eux en agitant les bras.

Au bord de la rivière Cimeto, avant Randazo, ils s'arrêtèrent pour prendre le pique-nique que la marquise leur avait fait préparer. Elaine éprouvait vis-à-vis d'Andréa une certaine réserve, elle n'aimait pas sa suffisance. Vickye par contre, gaie et franche, lui plaisait. Patrick et Andréa parlèrent musique. Andréa, grand amateur d'opéras, connaissait par cœur les principaux thèmes des grandes partitions. Ils étaient tous vêtus de blanc, Andréa portait un panama, Vickye une capeline nouée sous le menton par une écharpe de mousseline. Patrick et Elaine étaient tête nue. Le silence semblait être la respiration même du paysage avec ses oliviers tordus, ses amandiers trop secs, ses cactus franchissant les murs de pierres, la terre rouge et dorée mêlée aux broussailles, aux myrtes et au fenouil sauvage.

« Ce pays est bien austère, murmura Vickye en mordant dans une pêche. On a l'impression qu'il naît et renaît sans fin après avoir été continuellement brûlé par la lumière.

— J'aime cette lumière, remarqua Patrick, elle est douce et crue, sévère et douce. Je pourrais m'installer ici. »

Andréa poussa une exclamation.

« Pas moi, vraiment ! Pour que l'austérité soit satisfaisante, il lui faut en contrepartie beaucoup de délicatesse. Prenez un mur blanc, beau mais sévère, ennuyeux, mettez devant une jeune femme vêtue d'une robe précieuse. Le mur deviendra écrin. Nous parlions il y a un moment du sud de l'Espagne ou du Maroc, vous trouverez dans ces pays des contrastes qui se magnifient réciproquement. La beauté à mes yeux se trouve là-bas : la ligne sobre d'une maison sur le ciel bleu, l'escalier blanc menant à la terrasse et, contre un mur, une fontaine de céramique verte et bleue avec une tête de lion qui crache un filet d'eau. Rien de plus, ni pots de fleurs, ni statues, ni aucune de ces mignardises que nous mettons devant nos maisons et qui en ôtent toute réelle beauté. Les Arabes heureusement ignorent encore la joliesse, coûteuse et inutile. Allez là-bas, vous n'en reviendrez plus.

— Tanger », dit Patrick à mi-voix.

Steph lui avait parlé chaleureusement de cette ville, il savait qu'il y retrouverait tout un ensemble de gens, de mœurs, de conversations. Il n'était plus sûr de la désirer encore.

Ils achevèrent le vin et les fruits, fumèrent des cigares en parlant de motos et de voitures. Elaine réfléchissait aux paroles d'Andréa, à ces pays blancs et bleus où coulaient des fontaines.

« Je savais que vous alliez venir, dit simplement Bertie Guilbert en serrant la main de Patrick. En fait, je vous attendais. »

Le dîner allait être servi, ils passèrent à table après s'être rafraîchis dans leurs chambres.

« Demain, déclara lord Guilbert à Patrick alors qu'ils se dirigeaient vers la salle à manger, nous visiterons mon jardin, vous et moi. Vous levez-vous de bonne heure ? »

Patrick fit un signe de tête.

« Retrouvons-nous à sept heures, voulez-vous ?

C'est en été, avec sept heures du soir, l'heure de beauté. Mon jardin sait déjà que vous serez son hôte, il lui tarde de vous connaître. »

Affectueusement, il toucha l'épaule de Patrick et s'éloigna vers ses invités.

A sept heures moins le quart le lendemain matin, Patrick descendit dans le vestibule de la maison, Bertie l'y attendait. Le soleil venait de se lever. A travers les fenêtres, Patrick distinguait une masse verte d'arbres et de feuilles traversée çà et là par une lumière encore rose.

« Venez », dit simplement Bertie.

Il ouvrit la porte donnant sur le jardin et l'étonnement immobilisa Patrick. Devant lui, encerclée par des murs et des balustrades, s'étendait une oasis de palmiers, d'orangers, de cyprès, de pins, d'eucalyptus, coupée çà et là par des sentiers, des allées secrètes recouvertes de feuillages.

Lord Guilbert vit sa stupeur et sourit.

« Suivez-moi. Nous parlerons peu car nous partagerons une même émotion, nouvelle pour vous, toujours vierge pour moi. Ici, j'ai trouvé des réponses à toutes les questions que je m'étais posées. »

Patrick suivit Bertie. Il avait le sentiment d'être revenu des années en arrière, lorsqu'il se promenait à Charleston en compagnie de Shirley dans les Jardins des Magnolias. C'était la même qualité de bonheur qu'il ressentait, la même paix intérieure comme si, soudain, rien de ce qui le troublait ou le blessait n'avait plus la moindre importance. « Mon Dieu, pensa-t-il seulement, mon Dieu! »

Ils prirent un sentier, puis un autre. A chaque carrefour, des urnes, des pierres antiques, des fontaines surgissaient, entre une trouée de ciel et une fraction de mer. Bertie le prit à nouveau par le bras.

« Regardez », murmura-t-il.

Au bout d'une allée où les palmiers serrés les uns contre les autres se mêlaient à des orangers, sous une charmille de roses à moitié sauvages, une fontaine laissait échapper par la gueule de deux chimères un mince filet d'eau. Débordant de la vasque de marbre sculpté, elle venait tomber sur des pierres où le soleil filtrant entre les feuilles des rosiers la faisait étinceler.

« Le temple d'un dieu, dit doucement Bertie, ici, je voudrais pouvoir dormir à jamais. »

Ils se dirigeaient maintenant vers le fond du jardin à la végétation plus riante, avec des géraniums plantés dans de gros pots de terre, des cactus épiphyllum sur des tronçons de colonnes romaines, des bancs encadrés de pierres phéniciennes.

« Je viens lire ou réfléchir souvent ici, expliqua lord Guilbert. Je m'y fais mille yeux, mille mémoires. Ailleurs, je suis toujours mal. Maintenant, allons vers la palmeraie, c'est un peu le chant final, l'envolée de ce jardin. Un hymne à la vie. »

Il fit un geste de la main.

*Je voudrais qu'à cet âge*
*On sortît de la vie ainsi que d'un banquet,*
*Remerciant son hôte, et qu'on fît son paquet*[1].

Patrick allait protester mais Bertie Guilbert se mit à rire :

« J'ai un peu de temps encore, pas beaucoup. C'est pourquoi je veux vous aider à prendre le bon chemin. Voyez-vous, il me serait agréable au seuil de la mort de savoir qu'un homme qui me ressemble vive la vie que j'ai choisie. Un testament. Un héritage. C'est tout ce que je peux vous laisser. »

Ils étaient arrivés dans la palmeraie où de hauts troncs s'élançaient vers le ciel. Après la touffeur des

---

1. La Fontaine.

fougères, l'enchevêtrement des eucalyptus et des frangipaniers, l'envolée des palmiers était comme une symphonie, un chant où l'imagination éclatait.

« J'écoute Mozart parfois sur un gramophone installé là par Albert, mon valet de chambre : *Don Juan* ou *Les noces de Figaro*. Seul. Le plaisir ne peut se partager. Tous ces jeunes gens qui rêvent d'être deux sont des fous. Les vrais amis sont des solitaires qui s'acceptent. »

Patrick cherchait en vain des mots susceptibles de traduire son émotion. Tout ce qu'il aimait, respectait, désirait, était là, sous ses yeux : la beauté, le silence, la mesure, les œuvres des hommes à travers le temps, des pierres antiques phéniciennes aux gracieuses statues modernes, assemblées pour donner un unique bonheur.

« Où pourrais-je faire mon jardin, demanda-t-il, où dois-je aller ? »

Bertie le considéra longuement. Dans la lumière douce de la palmeraie, il ressemblait à un enfant devant la mort, un adolescent de passage.

« Allez en Tunisie, à Hammamet, la cité des colombes. Vous y trouverez votre terre, elle ne vous décevra jamais. Demain, je vous y précéderai avec Albert. Pardonnez-moi, mais le vieillard que je suis voyage toujours seul. Dans quelques jours, vous me rejoindrez à Tunis avec votre femme et, de là, je vous ouvrirai la route d'Hammamet. Maintenant, oublions tout cela, allons rejoindre nos amis, parlons de littérature, de peinture ou de politique, peu importe. Nos mots sont à tous, nos pensées sont à nous. »

« La Tunisie ! s'écria Elaine, et pourquoi la Tunisie ? »

Ils étaient dans leur chambre dont les fenêtres étaient restées ouvertes sur la nuit. Une senteur ténue de roses venait de la tonnelle. Patrick songea à la fontaine aux deux chimères crachant leur eau. Il avait envie de retourner seul au jardin, de prendre les allées lentement, les yeux fermés afin de mieux le débusquer, mais cette terre appartenait à Bertie. En la faisant sienne, même pour un moment, il la lui volerait.

Lentement, détournant son regard de la fenêtre, il fit face à Elaine. Dans sa longue chemise de nuit de crêpe de chine blanc, elle ressemblait à une madone, une des statues de pierre du jardin cachées sous les palmes au détour d'un sentier. Elle l'avait suivi de Richmond à New York, de New York à Paris, de Paris à Capri, de Capri en Sicile. Elle irait avec lui en Tunisie.

« Peut-être allons-nous trouver là-bas cet endroit dont nous rêvons toi et moi. C'est un rêve si fort ! Il faudra bien qu'il se réalise un jour. »

La pénombre de la vaste chambre, la brise venant de la mer, la beauté d'Elaine, créaient un moment de grâce. Patrick, de profil, regardait par la fenêtre les murs ocre de la maison, la terrasse avec les urnes romaines sur des tronçons de piliers corinthiens se découpant dans la demi-obscurité.

« Elaine, dit-il sans regarder sa femme, toi et moi nous nous ressemblons. Si nous tenons debout, c'est parce qu'il y a en nous une volonté plus violente, plus exigeante, que celle de la plupart des êtres. Nous n'en reparlons plus parce qu'il m'est difficile d'aborder des sujets trop personnels, mais tu sais que j'ai voulu récemment réussir un rêve, j'ignorais que, s'il fallait une place pour les rêves, il fallait aussi savoir les laisser là où ils doivent rester.

— Vivre sa vie, n'est-ce pas aussi l'imaginer ? » demanda doucement Elaine.

Elle restait immobile près du lit à baldaquin devant une tapisserie où une dame en hennin tendait des roses à une licorne blanche.

275

« L'imagination apporte au corps le trouble, à l'esprit trop d'illusions. Trouble et illusions se nourrissent l'un de l'autre. »

Elaine avait envie de parler à son tour, de raconter Philippe, cet espoir qu'elle avait eu, en acceptant une relation avec lui, de se sentir plus forte, ses déceptions, sa volonté de ne pas aller plus loin dans cette utopie. Les êtres ne se grandissaient pas les uns les autres, elle le savait maintenant. Patrick restait de profil, elle voyait ses cheveux blonds, son nez droit, le renflement de ses lèvres. Ses mots pouvaient le blesser. Steph s'était éloigné, Philippe demeurait présent dans sa vie. Il fallait attendre. Plus tard, elle lui livrerait ses souvenirs.

« Elaine, dit soudain Patrick, il faut que nous allions en Tunisie. Nous partirons dans trois jours. Demain, nous nous rendrons au Consulat de France afin de demander nos visas. »

Bertie et son valet de chambre quittèrent Taormina dès le lendemain matin. Patrick, Elaine et les Sebastiani demeurèrent trois jours seuls dans sa demeure, trois jours pendant lesquels Patrick parcourut le jardin. Au bout d'une allée, à l'intersection de deux sentiers, il s'arrêtait longuement. « Là, pensait-il, je mettrais un bassin, ici une fontaine. »

La veille de leur départ pour Tunis, Andréa l'accompagna.

« Peut-être vous suivrai-je un jour, déclara-t-il, je veux moi aussi construire ma maison au milieu de mes arbres. J'ai dessiné un palais blanc avec des arcades, un bassin de mosaïque bleue, de petites cours pour les figuiers et les fontaines. Je rêve d'être un grand seigneur solitaire en ma propre demeure. L'univers n'étant qu'un songe, le plus précieux en est la beauté, c'est un témoignage porté sur Dieu par la matière. »

L'emphase du Roumain irritait Patrick et sa vanité le blessait plus encore dans la magie étrange de ce jardin.

« Depuis ma petite enfance, répondit-il en s'arrêtant pour regarder Andréa, j'ai compris que la nature était une géante et l'être humain un nain. Je l'ai vu clairement parce que je n'avais ni palais, ni colonnes, ni fontaines pour me masquer la vérité. Et le colosse ne peut devenir doux, tendre, que si on l'aime.

— Peut-être, murmura Andréa en souriant, mais la nature comme les femmes a son prix. L'argent, monsieur Henderson, a toujours le dernier mot. »

Patrick s'éloigna de quelques pas, puis se retourna et son regard, dans la lumière verte émanant des hautes fougères, avait un éclat dur.

« L'argent, Andréa, doit se dépenser avec élégance. »

Andréa Sebastiani éclata de rire.

« Cher Patrick, vous et moi avons épousé des femmes riches qui nous permettent de réaliser nos ambitions. Nos désirs sont peut-être différents mais ceux qui les forment se ressemblent fort. Disons seulement que je suis plus riche que vous. Vickye me construira un palais vulgaire et j'irai vous visiter avec plaisir dans votre élégante maison. Nous serons l'un et l'autre heureux, que demander de plus ? »

Le bateau arriva en fin de matinée dans le port de Tunis. Il faisait chaud. Des marchands, des porteurs, des chauffeurs de taxis, des enfants s'agitaient et criaient sur le quai. L'air sentait la poussière, le suif et le jasmin.

Patrick, tenant le bras d'Elaine, leur sac à la main, s'arrêta un instant, stupéfait, au pied de la passerelle.

« Qu'as-tu ? lui demanda Elaine.

— J'ai longtemps attendu ce moment, si longtemps qu'il me semblait ne jamais pouvoir l'atteindre. »

Les passagers descendant derrière eux les poussaient vers l'avant. Un petit garçon en longue robe grise se précipita.

« Un guide, monsieur, madame ? Un taxi, un porteur pour votre valise ? »

Il avait un visage rond, des yeux rieurs.

« Nous devons retrouver un ami au restaurant " Chez Gaston ". Le connaissez-vous ? »

Le petit garçon s'empara de leur sac.

« Je connais tout et tout le monde à Tunis. Suivez-moi. Vous êtes anglais ?

— Américains, répondit Elaine.

— New York ?

— Oui, si vous voulez.

— J'aimerais bien aller là-bas. Plus tard, peut-être. »

Il écartait d'un geste décidé les marchands et les autres enfants qui s'approchaient, criant des mots en arabe d'une voix autoritaire. Un homme en costume européen portant une chéchia s'avança.

« Voilà votre chauffeur de taxi. C'est mon oncle, il vous fera un bon prix. »

Patrick et Elaine montèrent dans une Peugeot 201 noire. Sur le rétroviseur intérieur pendait un gros chapelet d'ambre blond.

« C'est plus confortable que les calèches, expliqua le petit garçon qui était monté à l'avant à côté du conducteur, et bien plus rapide. Avec une voiture à cheval, votre jolie dame aurait eu sa robe tout abîmée par la poussière.

— Comment vous appelez-vous ? demanda Patrick.

— Jellel, et mon oncle s'appelle Ali. »

A travers la fenêtre de la voiture, Patrick apercevait l'animation de la rue, les piétons habillés à l'européenne ou vêtus de longues robes de toile, les femmes voilées côtoyant de jolies filles vêtues à la mode de Paris.

Ali proposa ses services pour les promener dans Tunis s'ils le désiraient.

« Merci, répondit Patrick, mais nous repartons dès demain.

— Voyage d'affaires, monsieur ?

— Pas vraiment ».

Le chauffeur hocha la tête.

« Nous voici chez Gaston, monsieur. C'est la meilleur adresse de Tunis. Dites au patron que c'est Ali qui vous a conduit. »

Ils pénétrèrent dans le restaurant, un garçon se précipita vers eux.

« Etes-vous les invités de lord Guilbert ? Suivez-moi s'il vous plaît. »

Les faisant traverser une grande salle où les convives, déjà nombreux, bavardaient sous de gros ventilateurs qui brassaient l'air, le garçon les fit entrer dans un petit salon privé. De la fenêtre protégée par un store de bois venait une lumière tamisée qui faisait paraître moins forte la chaleur.

« Bienvenue à Tunis, chers amis, dit Bertie en se levant. Il est bon de vous revoir ici, dans cette ville que je retrouve sans doute pour la dernière fois. J'ai l'impression de vous la confier et partirai ainsi moins malheureux. Asseyez-vous et goûtez ces crevettes. Gaston les a fait pêcher pour moi, il connaît mes vices et les a tous flattés avec réflexion et compétence. »

Un jeune homme apportait un plat de terre vernissée dans lequel était posée sur des feuilles de fenouil et de menthe une pyramide de grosses crevettes roses. Dans un autre plat tenu par un deuxième garçonnet, étaient placés côte à côte des quartiers de citrons verts, des tranches de tomates et des morceaux de concombres. Sur la table, une multitude de raviers contenaient des salades de tomates et poivrons cuits, des olives vertes et noires, des carrés d'omelettes aux herbes, des aubergines confites, de minuscules saucisses épicées, du thon émietté, des œufs durs, des feuilles de salade. Gaston enfin fit son entrée, portant lui-même deux pichets de vin rosé.

« Je confiais à mes hôtes, dit doucement lord Guilbert, combien vous vous êtes montré un ami fidèle depuis toutes ces années. Quand nous sommes-nous rencontrés pour la première fois ?

— En 1906, milord, j'étais alors tout jeune marié.

— Et moi déjà un homme vieillissant. Quel âge avait alors le petit Abdel ?

— Treize ans, milord, il vient d'avoir son sixième enfant.

— Mon Dieu, murmura lord Guilbert, mieux vaut rire que chercher à comprendre la fuite des ans... »

Gaston se retira. La porte fermée, Bertie considéra Patrick et Elaine d'un regard joyeux.

« Mangeons d'abord quelques-unes de ces crevettes, nous parlerons ensuite. L'esprit est plus clair lorsque la gourmandise est satisfaite. »

Ils échangèrent peu de mots durant le repas, Patrick avait tant de questions à poser qu'il demeurait silencieux. Elaine pensait à Paris, leur appartement qu'elle avait tant aimé, leurs amis, et ne savait plus si elle voulait encore de cette vie-là. Il fallait peut-être bâtir sans cesse des fondations nouvelles pour qu'une demeure ne se lézarde pas. Bertie se souvenait d'Abdel, il revoyait ses yeux et son sourire, son corps mince de jeune adolescent. Il avait eu de la tendresse pour lui.

A la fin du repas, un des serveurs apporta des pâtisseries au miel et aux amandes, du café dans une cafetière de cuivre au long bec recourbé. De la rue venaient le bruit des klaxons de voitures, des sonnettes de bicyclettes, le braiment d'un âne, le rire d'un enfant.

« Il y a un train pour Hammamet à trois heures, dit soudain Bertie Guilbert, prenez-le. Vous logerez là-bas à l'Hôtel de France qui est modeste mais propre et accueillant. Promenez-vous d'abord à l'intérieur des remparts de la ville indigène, puis sortez par la porte de la mer et marchez sur la plage, droit devant vous. Vous reconnaîtrez votre place, elle vous attend, probablement un simple jardin villageois planté de cactus, de figuiers et d'amandiers. N'ayez pas des yeux mais un regard, allez au-delà des apparences. »

Lord Guilbert se tut, but une gorgée de café, se leva.

« Je dois aller me reposer maintenant. Bonne chance à vous deux. J'aimerais être à votre place. »

Comme s'il avait deviné sa volonté de partir, Gaston entra dans la pièce, prit Bertie par le bras. Ils sortirent. Patrick aurait désiré l'embrasser, la soudaineté du départ du vieil homme le laissa stupide.

« Quel homme étrange, murmura Elaine. J'ai l'impression que nous sommes en train de nous conformer aux désirs d'un fantôme. Pourquoi a-t-il voulu nous précéder à Tunis, nous y accueillir ? »

Patrick la regarda. Elaine semblait faire partie aussi de son rêve.

« Parce qu'il va bientôt mourir et qu'il désire auparavant nous remettre la clef d'une aventure qu'il a pu réussir lui-même. Il a besoin de savoir avant de partir que la porte demeure ouverte. Bertie Guilbert est un grand seigneur. Son jardin de Taormina en témoigne. Il me manquera.

— Nous sommes fous, probablement, murmura Elaine, mais dépêchons-nous, il est quatorze heures quinze, le train d'Hammamet part dans moins d'une heure. »

Tout d'abord, ils ne virent que de la poussière, une terre grise couvrant d'une couche légère des arbrisseaux tordus, des pierres, des herbes sèches. Le soleil était bas à l'horizon, un petit berger ramenait un troupeau de chèvres. Une carriole chargée de bouteilles les frôla, Elaine, avec sa robe fleurie, son chapeau de paille, se sentit mal à l'aise, étrange au milieu de ces hommes, de ces femmes vêtues de longues robes de coton gris ou blanc. Où étaient-ils arrivés, au bout du monde ?

« Marchons, proposa Patrick, l'Hôtel de France ne doit pas être loin. »

Ils suivirent une route poudreuse. Des villageois tirant de lourdes charrettes, des enfants juchés sur des ânes les dépassaient. La mer était encore invisible, seuls les entouraient des buissons de myrtes, de maigres lauriers, des cactus portant des fruits verts hérissés d'épines.

« Cet hôtel existe-t-il ? » demanda Elaine.

A ce moment ils le virent, petite maison blanche, européenne, avec ses fenêtres à croisées et son toit de tuiles rouges, réplique exacte de tous les hôtels des villes provinciales.

Un homme les accueillit à bras ouverts. Il était le patron, annonça-t-il aussitôt, et se trouvait ravi de recevoir des Américains chez lui. Il allait leur faire préparer la plus belle chambre, celle qu'avait occupée la célèbre actrice Greta Garbo, venue se reposer incognito dans cette ville charmante.

« Combien de temps resterez-vous parmi nous ? demanda-t-il.

— Deux ou trois jours », répondit Elaine.

Soudain elle avait envie de repartir, de retrouver Capri, la villa blanche sous les roses, l'amitié de Bumbi.

Une femme arriva, essuyant ses mains sur son tablier. Elle parlait avec un fort accent du Midi.

« Je suis bien heureuse de vous recevoir, entrez donc vous rafraîchir. Il fait tellement chaud sur la route. »

Ils s'installèrent dans le restaurant pour boire un sirop de menthe. Les mouches les harcelaient, de la cuisine venait une odeur de friture et de lait aigre. Derrière la fenêtre, dans une petite cour où séchait du linge, une femme houspillait son enfant. Patrick posa les coudes sur la table, sa tête entre ses mains. L'agitation bruyante, la chaleur, la poussière, lui étaient familières mais dans ce pays elles semblaient moins dures, moins implacables, plus riantes qu'en Géorgie. Peut-être parce que le paysage était plus étroit, l'horizon moins vaste. A Sugar Valley, les montagnards ne souriaient pas.

Un petit garçon vint se planter devant eux, les observant avec curiosité.

« Je suis Meuftar, déclara-t-il à Patrick. Et toi ?
— Je suis Patrick, ma femme s'appelle Elaine.
— Tu es américain ?
— Oui.
— Et tu aimerais habiter la Tunisie ?
— Oui », répondit Patrick aussitôt.

Elaine tourna la tête vers son mari. Ainsi leur avenir venait de se décider, dans un restaurant vide, avec pour tout témoin un petit paysan aux cheveux rasés.

« Veux-tu nous amener dans la vieille ville, Meuftar ? » demanda Patrick.

Le garçonnet eut un large sourire.

« Oui, bien sûr. »

Ils se levèrent et sortirent tous les trois. La chaleur à nouveau les saisit et l'odeur âcre de la poussière que soulevait un vent chaud, venu du sud. Meuftar marchait vite, ils avaient du mal à le suivre. Les remparts d'Hammamet semblaient surgir du sable et de la mer, défendant un ciel bleu-rose où couraient des nuages, des maisons blanches à terrasses pressées les unes contre les autres de chaque côté de ruelles ombreuses. Chaque ligne, chaque angle, était droit, d'une simplicité excluant toute fioriture, exaltant le blanc de la chaux, le bleu du ciel, le noir des grilles de fer forgé qui masquaient les fenêtres donnant sur la rue. Après l'agitation de la ville moderne, la médina parut étrangement calme à Patrick et Elaine, fraîche, secrète et hospitalière, un monde arrêté, fermé sur lui-même.

« Aimes-tu Hammamet, monsieur ? » demanda Meuftar.

Une femme les observait derrière une fenêtre. Sautant d'un muret, un chat gris vint se frotter contre leurs jambes. Patrick le prit dans ses bras, l'embrassa entre les oreilles.

« Il te souhaite la bienvenue, dit Meuftar. Comme moi, il espère que tu resteras.

— Je ne resterai pas, mais je reviendrai bientôt, Meuftar. Amène-nous à la plage, je veux m'y promener avec ma femme. »

Ils sortirent par la porte de la mer, escaladant des monticules de sable poussé par le vent, des cailloux, des détritus. La baie, d'une beauté incomparable, se déroulait devant eux, doucement arrondie, ceinturée de sable blanc entre la Méditerranée et les jardins des villageois. A l'horizon, le soleil couchant posait un masque rose et le mouvement lent, précis des vagues venait caresser le sable.

Meuftar était rentré chez lui. Patrick et Elaine, seuls, s'arrêtèrent devant la mer. L'un et l'autre avaient soudain la certitude que rien ne leur manquait plus, que cette baie, cette lumière, composaient leur alchimie du bonheur.

Spontanément, ils se prirent la main. Le vent faisait trembler la jupe d'Elaine, soulevait les bords de son chapeau de paille.

« Elaine, dit Patrick, toi et moi avons échappé maintenant à nos passés réciproques. Nous ne nous retournerons plus ni l'un ni l'autre et vivrons désormais au présent. »

Elaine serra la main de son mari dans la sienne. Pour la première fois de sa vie en effet, elle ne se souciait plus ni de ses souvenirs, ni de ses espérances et cette existence, toujours balançant d'arrière en avant, lui semblait soudain insupportable.

Ils marchèrent, en silence, le long de la baie. Des odeurs d'eucalyptus, de jasmin, venaient des jardins et celle du bois brûlé, sensuelle et sèche dans la douceur du crépuscule. Un oiseau de mer les survola un instant poussant de grands cris avant de se lancer vers le large, entraîné par le vent.

« Rentrons, demanda Elaine, la nuit va tomber. Nous reviendrons demain et choisirons notre place. »

Ils dînèrent à l'Hôtel de France, face à face, dans la lumière des bougies plantées dans de hauts chandeliers de cuivre. La patronne et sa mère étaient aux cuisines, le patron passait entre les tables, buvant et plaisantant avec les clients. Une gaieté gentille et simple régnait, les serveurs eux-mêmes souriaient.

Les fenêtres de leur chambre ouvertes sur la nuit, ils firent l'amour tendrement, longuement, avec la sensation bouleversante que désormais ils dépendaient l'un de l'autre, et que de leur union était né, non pas un enfant, mais un monde.

Ils prirent du thé et des galettes au miel pour leur petit déjeuner sous une tonnelle où pépiaient des oiseaux. Malgré l'heure matinale, le soleil était chaud déjà, les mouches harcelantes. L'un et l'autre étaient pressés de revenir sur leur plage, de s'arrêter là où se trouvait leur jardin.

Sur la plage, la lumière plus crue que celle du soir les surprit. De la mer, du sable, de la végétation, semblait monter une clarté rayonnante. Des enfants couraient, se jetant un ballon, un chien roux les suivit un moment, puis ils furent seuls à nouveau. L'émotion les rendait silencieux. La ville et ses remparts semblaient déjà lointains, ils ne percevaient plus qu'une tache grise posée entre la mer et le sable. Quelques barques de pêcheurs regagnaient le port, leurs voiles abattues, suivies par des mouettes que la mouvance de l'air faisait apparaître et disparaître.

Patrick s'arrêta. Derrière eux, protégés par des buissons épineux et des herbes sèches, des amandiers, des orangers, des citronniers rabougris escaladaient un tertre suplombant la mer de quelques pieds. Un âne les regardait, la queue et les oreilles perpétuellement agitées dans un combat incessant contre les mouches.

Ils escaladèrent la butte. En arrière, le verger s'étendait encore, bordé de cactus et de palmiers sauvages poussés là au gré du vent.

« C'est ici », dit Patrick.

Elaine regardait autour d'elle. Des boules épineuses s'accrochaient à sa jupe, elle avait chaud, ses pieds dans les sandales de toile légère la faisaient souffrir mais elle se sentait extraordinairement heureuse.

« Et si ce jardin n'était pas à vendre ? »

Elle voulait conjurer par des mots la crainte de ce bonheur.

« Il le sera, affirma Patrick. Plus on désire quelque chose, plus cette volonté est un bloc incontournable. A six ans, j'ai refusé de me rendre à l'école. Mes parents auraient pu me menacer de me tuer, je n'y serais pas allé. Comment veux-tu qu'un villageois n'accepte pas de me céder son verger ? »

Ils rirent ensemble. Patrick cueillit une branche de myrte et l'accrocha au chapeau de sa femme.

« Emblème de gloire dans la Rome antique, tu es désormais la maîtresse de ce jardin. »

A l'Hôtel de France, le patron réfléchit un instant après les avoir écoutés.

« Oui, je vois, murmura-t-il, c'est le verger des Ben Ahmed. Peut-être accepteront-ils de le vendre mais ne proposez pas trop d'argent. Ils s'imagineraient que leur terre en vaut plus encore. Laissez-moi faire.

— Pouvez-vous aller leur parler aujourd'hui ? » demanda Elaine.

Elle avait enlevé son chapeau et ses cheveux mouillés par la transpiration bouclaient autour de son front, la faisant paraître plus jeune encore.

L'homme se mit à rire.

« En Tunisie, madame, il ne faut rien bousculer. Trop de hâte pourrait tout compromettre. J'irai ce soir, j'aborderai le problème en passant, sans insister. Ils comprendront très bien, soyez-en sûrs, en parleront en famille, consulteront les voisins. Et puis, un jour, ils viendront me parler de choses et d'autres, du temps, des affaires et avant de partir, juste avant, ils me donneront leur réponse.

— Mais combien de temps tout cela peut-il prendre ?

— Deux jours, huit jours, un mois, Inch Allah, madame. »

Le visage d'Elaine se contracta, Patrick ne disait rien, il savait que les choses se passeraient ainsi et que le temps, effectivement, n'avait pas d'importance.

Devant le désarroi d'Elaine, le patron de l'Hôtel de France se mit à rire à nouveau. Il tendit la main et lui frappa légèrement la joue.

« Ne faites pas cette triste figure, madame. Ils vous le vendront, ce jardin ! Et puis, croyez-moi, ma femme et moi serons bien heureux de vous avoir comme voisins. Vous nous amènerez des amis. Il faut bien faire marcher le commerce ! »

# CHAPITRE XX

Elaine et Patrick retrouvèrent Bumbi mourant. Le chien refusait de s'alimenter depuis leur départ, deux semaines auparavant, pleurant jour et nuit devant la porte de la villa. De sa main, Patrick le fit manger, le caressant, l'encourageant, le ramenant à la vie.

« Jamais plus nous ne le laisserons, dit-il à Elaine, s'il était mort, j'aurais renoncé au jardin. »

Chaque jour, ils attendaient un télégramme de Tunisie, refusant l'un et l'autre d'en parler, de faire le moindre projet d'avenir. Walter, Maggye et Jean-Michel devaient arriver une semaine plus tard, cette visite leur semblait désormais singulière. Que feraient-ils ensemble ? Des pique-niques, des dîners, des excursions en bateau ? Dans l'attente anxieuse qui les habitait, ces projets leur paraissaient dérisoires.

Ils montèrent à nouveau au Monte Solaro pour revoir le coucher du soleil sur la mer et retrouver cette impression d'infini qui leur faisait donner le juste prix à la terre, à leur vie, à eux-mêmes.

Le soir, rentrant à la villa épuisés, ils virent Chiara en train de préparer une tarte aux prunes. La tête penchée pour travailler la pâte, son goitre semblait posé sur sa poitrine comme un paquet trop lourd à porter. En les apercevant, elle essuya ses mains sur son tablier et prit un morceau de papier plié en rectangle.

« Le facteur a apporté ce télégramme pour vous voici une heure. J'espère que ce n'est pas une mauvaise nouvelle ! »

Patrick prit le papier. Avec Elaine, ils montèrent sur la terrasse, près des roses et des géraniums qui embaumaient. Lentement il déchira l'enveloppe. Elaine, debout devant lui, le regardait intensément. Bumbi lui-même demeurait assis, les oreilles dressées.

« Verger à vous, lut-il à voix haute. Papiers seront prêts courant novembre. Affaire un peu compliquée mais pas d'inquiétudes à avoir. Amitiés. »

« Mon Dieu ! murmura Elaine. Allons chercher du champagne. »

Ils burent la bouteille assis sur des coussins, le dos appuyé sur le mur de la terrasse. Enfin, ils osaient faire des projets, parler d'une maison.

« Blanche, disait Patrick, avec une terrasse, un patio, une fontaine autour de laquelle seront réparties les chambres.

— Une bibliothèque, une chambre pour moi, continuait Elaine, une pour toi, un salon, deux chambres d'amis.

— Un jardin comme celui de Bertie, comme le Jardin des Magnolias, enchaînait Patrick, mais avec des pigeons, des chats, des paons.

— Des roses, beaucoup de roses, une roseraie où je mettrai un banc de pierre face à la mer.

— Des bassins pour les lotus, les nénuphars, les nymphéas, les papyrus.

— Et du champagne pour la fête ! » s'écria Elaine en levant son verre.

Ils rirent et se serrèrent l'un contre l'autre.

« En novembre, déclara Patrick soudain sérieux, lorsque nous reviendrons à Hammamet, nous chercherons un entrepreneur, un jardinier. Il n'y a pas de temps à perdre. Je veux que dans un an nous passions nos premières vacances dans notre maison.

— Jean-Michel nous aidera à dessiner les plans. Sa venue ne m'enchantait pas mais j'ai hâte maintenant de le voir pour travailler avec lui.

— Serais-tu une femme intéressée, Elaine ? Quelle déception ! »

Chiara dut les appeler à trois reprises pour les faire descendre dans la salle à manger. Sur la table de bois fruitier, elle avait déposé une soupe de poissons, une salade de pâtes au basilic, un pain rond et la tarte aux prunes caramélisée. La cuisine était silencieuse, Chiara était rentrée chez elle.

Patrick alluma les bougies, ouvrit grandes les fenêtres. La nuit était obscure, des passants chantaient une chanson qui fit aboyer un chien de garde. Une bicyclette sonna à plusieurs reprises. « Vengo subito » dit une voix de jeune fille. La vie se déroulait autour d'eux, toujours pareille, avec ses ébauches d'amour, ses chants, ses retours silencieux et ses désenchantements. Patrick coupa le pain, versa du vin dans les gobelets de cristal. Depuis l'arrivée du télégramme, il avait l'impression de vivre en terrain neutre, entre ce qui n'existait plus désormais pour lui et ce qui n'existait pas encore.

Jean-Michel Frank, Maggye et Walter arrivèrent par le même bateau un soir d'août où le soleil avait brûlé tout le jour, franchissant les volets clos, les portes fermées, les feuillages des arbres comme s'il se trouvait soudain trop à l'étroit dans l'espace du ciel.

« Quel voyage épuisant, s'écria Maggye, à peine eut-elle mis le pied à terre à Marina Grande. Vous êtes vraiment au bout du monde ! »

Sa robe de soie verte et blanche collait à sa peau. Elle avait ôté son chapeau afin d'avoir moins chaud et ses cheveux étaient ébouriffés par le vent. Walter en costume de lin beige semblait comme à l'accoutumée parfaitement à son aise tandis que Jean-Michel, sous un large panama, avec son corps fragile, avait l'air d'un elfe égaré loin de ses fjords natals. Les peaux bronzées, les pieds nus dans des espadrilles de Patrick et d'Elaine décourageaient les nouveaux estivants.

« En face de vous, dit Jean-Michel, nous ressemblons à des immigrants juifs d'Europe orientale débarquant au port de New York.

— Vieux souvenirs, mon cher Frank, objecta Walter, renversons-les et regardons maintenant vers nos espérances : Capri. »

Elaine prit le bras de Maggye. Elle avait hâte de lui apprendre leur projet, d'avoir son approbation. Un taxi les attendait, ils s'y entassèrent, laissant à un porteur le soin de livrer plus tard les bagages.

A la villa, Chiara avait préparé un repas de fête, une soupe au pistou dans un pot de grès, des cigales de mer accompagnées d'une sauce au citron vert, une compote d'abricots avec une brioche en torsade. Le couvert avait été mis sur la terrasse autour des trois hauts chandeliers de cuivre. Du champagne rafraîchissait dans un seau.

« Tibère, nous voilà ! » s'écria Jean-Michel.

Ils s'installèrent sur les coussins posés sur le sol, Patrick ouvrit la bouteille.

« Bienvenue à Capri ! »

Après la chaleur torride de la journée, une brise venue de la mer apportait un peu d'apaisement. De légers nuages, teintés de rose par le soleil couchant, semblaient traverser une lune fragile, transparente.

« Nous allons partir, dit Elaine en levant son verre, nous nous installons dans un autre pays. »

Elle souriait, heureuse de la surprise qu'elle provoquait.

« Tout départ est une angoisse, déclara Jean-Michel.

— Mais le bonheur en est une aussi, n'est-ce pas ? enchaîna Maggye. Il ne faut pas chercher à échapper à la vie. Où partez-vous ?

— En Tunisie », répondit Patrick.

Ils poussèrent ensemble une exclamation de surprise. L'Angleterre, la Suisse, l'Italie, leur aurait donné confiance, mais la Tunisie !

« Eh bien, reconnut Walter, voilà une décision importante. Mais pourquoi avez-vous choisi Tunis ?

— Hammamet.

— J'ai entendu parler de cette ville par Höningen Huene, s'écria Maggye, il en est amoureux. D'après lui, cette baie est un paradis terrestre.

— Alors, à Hammamet ! souhaita Jean-Michel en buvant d'un trait sa coupe de champagne, quoique j'éprouve instinctivement quelque méfiance envers le paradis sur terre.

— Tout le monde ici sait que tu es athée, Jean-Michel, déclara Elaine en lui prenant le bras, mais comme tu es un athée philosophe, tu réfléchiras à notre décision et tu l'approuveras, j'en suis sûre. L'année prochaine nous boirons une autre bouteille de champagne sous nos amandiers. »

Maggye termina sa coupe en silence, elle était un peu effrayée par la décision d'Elaine. Ce départ n'était-il pas un renoncement ? Une façon un peu lâche de régler ses problèmes avec Patrick, avec Philippe, avec elle-même ? Pourrait-elle un jour prendre la décision de regagner New York avec Walter, laissant David derrière elle ?

Elaine perçut la réticence de son amie et lui prit le bras.

« Ne t'inquiète pas, Maggye, ce départ n'est pas une fuite mais une approche. Tous, nous sommes venus de directions opposées pour nous retrouver là un moment, mais tous, nous devons repartir un jour. »

Jean-Michel croisa les doigts.

« Que Dieu ne t'écoute pas, Elaine, je hais les départs.
— A table, déclara Patrick qui sentait venir la nostalgie, le dernier recours contre la mélancolie est un bon repas. Ceux de Chiara sont une clef qui ouvre toutes les portes du plaisir, donc de la sérénité. »

Maggye arriva sur la pointe des pieds, alors qu'Elaine achevait son café.

« Les femmes sont les oiseaux du matin, dit-elle en riant. Tant mieux, je vais pouvoir profiter de toi. »

Elle prit une tasse de café, beurra un toast, y étala une couche de miel.

« Qui pourra me dire que je deviens trop grosse lorsque tu seras partie ? C'est très désagréable de te savoir loin.
— Je suis à côté de toi. »

Maggye but une gorgée de café, mordit dans son toast.

« Tu as raison, vivons le moment présent. C'est déjà très compliqué. »

Elle considéra un instant son amie.

« J'ai des nouvelles de Philippe.
— Vraiment ?
— Ne joue pas ta blasée, ta femme fatale, cela te va très mal. Philippe a beaucoup changé.
— Qu'y puis-je ?
— Mais tu es la cause de tout ! s'écria Maggye. Tu sais très bien qu'il est amoureux de toi.
— Je ne suis pas amoureuse de lui. »

Maggye soupira, s'étira.

« Quel temps exquis ! Cette terrasse sous les roses est une beauté ! Tout ce que j'aime. Oublions les hommes.
— Je suppose que je dois te demander des nouvelles de David. »

Venant de la cuisine, il y eut un bruit de métal

choqué, puis d'eau coulant d'un robinet. Chiara était arrivée.

« David ? » Maggye semblait étonnée de cette question. « Mais il va bien, très bien. Il est à Biarritz chez ses parents.

— Toujours épris de polo ?

— Et toujours de moi, répondit Maggye en riant. Mais à l'inverse de toi, je suis également une femme amoureuse. Ce jeune homme me trouble, il a un corps et une âme, c'est rare et précieux. Entre Walter et lui j'ai trouvé un équilibre, peut-être celui des idiots mais le royaume de Dieu n'appartient-il pas aux simples d'esprit ? J'ai renoncé à saisir comment fonctionnait l'amour, il n'y a que le bonheur que l'on puisse comprendre. »

Un moment, Elaine considéra son amie en silence. Quelques semaines auparavant, elle aurait été amère, sûre que le meilleur de la vie lui échappait, mais désormais, avec la perspective de cette existence nouvelle qui l'attendait à Hammamet, elle écoutait les propos de Maggye avec sérénité. Chacun possédait sa propre interprétation du bonheur : Johanna avait la sienne, ses deux enfants, sa grande maison, son mari, Maggye ses hommes, ses oscillations du cœur, sa sensualité satisfaite tout autant que son besoin de vie mondaine, Patrick aurait son domaine, la liberté, des horizons plus vastes, excitants, elle, aurait enfin la chance de se rencontrer, de se connaître, peut-être de s'aimer.

« Sais-tu, Maggye, dit-elle doucement, seuls les médiocres ou les peureux demeurent là où ils se trouvent. Tant pis pour eux ! Si Philippe est un homme de valeur, et je sais qu'il l'est, il s'en sortira. Je ne crois pas que l'on soit responsables les uns des autres. C'est trop facile pour les perdants !

— Philippe est un tendre, tu le vois comme un philosophe.

— Il est facile pour les observateurs de se montrer sensibles. Ceux qui agissent doivent s'endurcir.

— Mon Dieu, murmura Maggye en se levant et en allant respirer l'odeur d'une rose, que t'a-t-il fait pour que tu sois tellement indifférente ? »

Ils allèrent se baigner tard dans la matinée et déjeunèrent sur le port de Marina Piccola. Walter, débarrassé de sa dignité parisienne, montrait un humour acide qui les enchantait. Parfois, fugitivement, il observait sa femme et Elaine était incapable de discerner si ce regard était celui d'un homme amoureux ou d'un juge.

Après la sieste, Jean-Michel demanda du papier, des crayons afin de jeter quelques idées qu'il avait eues dans la matinée. Avec Patrick, il traça un carré autour d'une cour centrale. Sur une façade, ils placèrent la porte d'entrée, puis deux chambres par côté, la cuisine dans une dépendance attenante.

Elaine, immobile, les regardait en fumant un petit cigare. Sous le crayon de Jean-Michel, une maison était en train de naître. Patrick, du doigt, guidait son ami, traçait des voûtes, indiquait l'emplacement de la fontaine, des niches pour les vases et les statues.

« Nous n'en sommes pas encore là, objectait Jean-Michel en riant, bientôt, tu vas m'indiquer la couleur de tes draps. »

Walter en short, c'était un étrange spectacle, buvait un whisky, Maggye, allongée sur la terrasse, considérait les nuages, le ciel qui absorbait le rose du couchant.

« Il y a un cygne, murmura-t-elle, qui déplie ses ailes et va s'envoler ! »

Du doigt, elle montra un nuage à Elaine.

« Nous partirons tous un jour, nous vivons une époque qui nous dispersera au vent.

— Pourquoi dis-tu cela, Maggye ? »

Toujours allongée, Maggye tourna son visage vers son amie. Elle avait un sourire et une larme au coin des yeux.

« Parce qu'il faudrait être aveugle et fou pour ne pas voir que le volcan va s'éveiller bientôt. Mais qu'importe ! Ne dit-on pas qu'on danse sur les volcans des farandoles grisantes ? C'est ce que nous faisons tous n'est-ce pas ? »

Il y eut un silence. Jean-Michel avait écouté les mots de Maggye, son visage s'était crispé.

« Je déteste les Jocastes de salon et leurs prédictions extravagantes. »

Puis, se penchant à nouveau sur sa feuille de papier, il dessina un escalier montant vers la porte d'entrée.

Les jours qui suivirent, ils observèrent strictement le même emploi du temps : bain de mer en fin de matinée, déjeuner sur le port, sieste, puis promenades dans les rues de Capri ou d'Anacapri, dîner enfin, soit à la villa, soit à nouveau au restaurant pour écouter de la musique, rencontrer des amis avant de rentrer à pied sous les étoiles.

Deux fois, Maggye, partie faire des courses avec Elaine, avait téléphoné à David. Debout derrière la porte de la cabine, Elaine voyait le visage heureux de son amie, le mouvement de ses lèvres lorsqu'elle chuchotait dans le combiné. Elle émergeait en nage, les joues rouges, le regard brillant.

Après le deuxième appel, à peine étaient-elles sorties du bureau de poste, que Maggye arrêta Elaine en posant la main sur son bras.

« Philippe a téléphoné à David pour avoir de tes nouvelles par mon intermédiaire. J'ai de la peine pour lui. Ne veux-tu vraiment pas lui donner un petit coup de fil ?

— Non », répondit Elaine.

Avant que son amie eût parlé de lui, elle avait été

tentée de téléphoner à Philippe. Paradoxalement, la présence de Maggye faisait resurgir des souvenirs, ressuscitait des émotions qu'elle croyait oubliées. Certains êtres étaient indéfectiblement liés, on ne pouvait en prendre un et rejeter les autres. Elle n'était plus aussi certaine de rompre avec Philippe dès son retour à Paris.

Le soir, dans leur chambre, Patrick et Elaine parlaient de leur avenir, complétaient les plans de Jean-Michel, agrandissaient une pièce, en réduisaient une autre. Elaine tenait beaucoup à sa bibliothèque, à sa propre chambre, Patrick redessinait le patio, l'élargissait afin de pouvoir y mettre des plantes, commençait à rêver son jardin. Bumbi les considérait pensivement, happant une mouche de temps à autre avant de s'allonger à nouveau, sûr que le moment du départ n'était pas encore venu. Vers deux heures du matin, lorsque tout le monde dormait dans la maison, ils montaient sur la terrasse, buvaient un dernier whisky dans la relative fraîcheur de la nuit, écoutaient les bruits des estivants qui rentraient, l'appel des oiseaux de nuit, le crissement des insectes. Au loin la mer ressemblait à un corps étendu, respirant doucement dans des voiles transparents flottant au gré du vent. Ils regardaient vers le sud-est, dans la direction de la Tunisie, Patrick montrait du doigt un point mythique.

« Crois-tu que nous resterons fidèles à notre impression première ? demandait Elaine.

— Il faut du talent pour être fidèle et de l'imagination. Ne pouvons-nous en avoir maintenant ? »

Walter et Maggye partirent les premiers vers le 15 août, Walter devant organiser l'exposition qu'il préparait en septembre sur Picabia. Maggye désirait finir le mois à Deauville où David viendrait jouer au polo. Jean-Michel restait à Capri avec Patrick et Elaine jusqu'à la fin du mois. Ils se virent peu, Jean-

Michel ayant rencontré lors d'une soirée chez les Cerio un ami pianiste qu'il avait bien connu quelques années auparavant et qu'il était heureux de retrouver. Elaine commença à fermer la maison, rassembler les bagages. Chiara jamais ne fit allusion à leur départ mais dans le regard de leur vieille cuisinière Elaine voyait qu'elle savait ce départ définitif.

Lorsqu'ils fermèrent la porte de la villa pour monter dans le taxi qui les attendait, Elaine eut les larmes aux yeux.

## CHAPITRE XXI

Dès leur retour à Paris l'appartement de la rue du Bac leur sembla différent, étranger. Le 30 août, ils apprirent par la presse que le nazi Hermann Goering venait d'être élu président du Parlement en Allemagne. Le 2 septembre, un appel téléphonique de Tunis leur confirmait que tous les papiers nécessaires à l'achat de leur terrain d'Hammamet seraient prêts au début du mois de novembre. La fin de l'été était douce. Un matin, alors qu'il promenait Bumbi aux Tuileries, Patrick rencontra Steph. Ils demeurèrent un instant en silence, l'un devant l'autre, puis en souriant se tendirent la main. Bumbi sautait, mordillait les mains, les bras de son ancien ami.

« L'oubli n'efface donc pas vraiment le passé », dit Steph. Un probable gros temps sur les côtes normandes avait fait venir les mouettes au-dessus de Paris, elles tournaient en haut des arbres, cherchant les courants du vent. Patrick hocha la tête.

« Nous devons ressembler à deux anciens combattants se retrouvant seize ans après Verdun.

— Ce fut une bataille difficile.

— Et indécise. Tant de blessures, tant de souffrances ! »

Steph s'éloigna d'un pas, regarda vers la Seine et le pont Royal.

« Ne t'en va pas, murmura Patrick. Allons prendre un café ensemble. » Steph montra une serviette de cuir qu'il tenait sous le bras.

« J'ai un article à rendre à *Marianne*.

— *Marianne* attendra une heure. " Quittons le long espoir et les vastes pensées ! "

— Molière ?

— Non, La Fontaine. Vous avez perdu Steph, vous me devez un café. »

Ils allèrent sur la place du Palais-Royal. A cette heure de la matinée ils étaient les seuls consommateurs assis sur la terrasse. Bumbi écarta d'un grognement décidé quelques pigeons désinvoltes puis se coucha aux pieds de son maître.

« Qui as-tu massacré aujourd'hui ? demanda Patrick en désignant la serviette de cuir.

— J'ai encensé Louis-Ferdinand Céline. Ce drôle d'homme a écrit un bouquin qui nous sort un peu de l'ordinaire.

— Tu oublies Caldwell et Faulkner. Il me semble que *Tobacco Road* et *Light in August* ont été des œuvres importantes cette année.

— Ce sudiste me fera mourir ! » soupira Steph.

Un instant il sembla hésiter, puis se décida.

— J'ai beaucoup réfléchi à ce que tu m'as confié de ton enfance, je croyais avoir été un enfant mal aimé, oublié par des parents trop voyageurs dans une Cornouailles de genêts, de bruyères et de brumes, j'avais mal de ces souvenirs qui étaient pourtant la trame de ma vie. Tu m'as guéri de cette souffrance-là. Les autres, elles, sont justifiées. » Patrick eut un mouvement brusque, un peu du café de sa tasse se renversa sur la table de marbre.

« Les bonheurs le sont-ils ? continua Steph comme s'il se parlait à lui-même.

— Pas davantage. Si je n'ai jamais su te remercier, je n'ai jamais voulu te reprocher quoi que ce soit. Ces moments que nous avons partagés ont été les seuls, à la fois triomphants et désespérés, de ma vie. Je ne savais pas que ces deux sentiments extrêmes pouvaient cohabiter.

— Peut-être cela signifie-t-il que tu m'as aimé.

— Oui, dit Patrick sans lever les yeux, je crois que je t'ai aimé. » Le garçon se présentait devant eux pour encaisser le prix des cafés.

« Je dois m'en aller, expliqua-t-il. Mon collègue ne s'occupe que des nouveaux clients. »

Patrick mit la main à sa poche.

« Nous nous reverrons, Steph, n'est-ce pas ? »

Steph se leva.

« Pourquoi pas ? L'amitié est heureusement indépendante de tout. On m'a dit que tu partais ?

— Je m'installe à Hammamet. C'est toi qui m'as montré la route. On ne fait rien pousser sur un terrain brûlé. »

Steph mit la main sur la sienne.

« Et moi, où dois-je survivre ?

— Tu viendras nous voir et ce sera une fête. »

A côté du garçon qui cherchait de la monnaie dans la poche de son tablier, Steph souriait, tristement.

« Oui, puisque tu as toujours décidé seul ce que tu devais prendre et ce que tu devais laisser, ce que tu pouvais supporter et ce que tu refusais d'affronter, les portes que tu désirais ouvertes et celles que tu voulais voir demeurer fermées. Tu brûlerais une maison pour te réchauffer si tu avais froid.

— Tu veux dire que je ne sais pas aimer ?

— Se laisser aimer est plus difficile que d'aimer. A bientôt Patrick, embrasse Elaine pour moi. »

Le garçon les regardait pensivement. Patrick abandonna la monnaie, prit la laisse de Bumbi et partit vers l'avenue de l'Opéra.

La foule des piétons, le mouvement incessant des voitures, les klaxons l'abrutissaient. Il refusait de songer aux paroles de Stephane, voyant seulement son visage devant lui et le sourire triste qu'il avait eu au moment de leur séparation. Plus que jamais, le besoin de fuir ces tensions, ces émotions trop violentes s'emparait de lui. Les accepter, se laisser secouer comme un fruit sur une branche était avilissant. Il revit les visages de ses parents, toujours graves, inaccessibles, et il comprit soudain qu'un lien tenace le reliait à eux au-delà de la conscience très nette qu'il avait de cette étrange absence d'émotivité, au-delà même de la souffrance que cette froideur lui avait causée. Chacun de leurs enfants avait été marqué à jamais.

Patrick avait chaud, l'odeur des gaz d'échappement l'incommodait, il eut envie d'ôter ses chaussures, de s'asseoir par terre comme lorsqu'il était enfant pour regarder les nuages, s'isoler, disparaître, n'être plus qu'un regard, une pensée libre, pouvant franchir la montagne et courir dans la forêt, même les jours de classe, alors qu'il voyait sans l'entendre le maître écrire sur le tableau. Aucun geôlier ne pouvait le maintenir prisonnier.

Dix fois, Elaine fut tentée de faire marche arrière et de renoncer à se rendre dans le restaurant où Philippe lui avait donné rendez-vous. Elle se haïssait pour la lâcheté qui l'avait rendue complaisante au téléphone. Ne pouvait-on rompre simplement en se taisant, en disparaissant ?

Philippe l'attendait. Il se leva, fit un pas vers elle, et Elaine dut admettre que tout dans son attitude montrait une noblesse certaine. Elle aurait détesté un sourire niais ou un air de reproche mais il était naturel, tout simplement.

« J'aime ta robe », dit-il en lui prenant la main.

Elaine portait une robe rouge à pois blancs légèrement épaulée, serrée à la taille et aux hanches.

« Une robe italienne, je l'ai achetée à Naples. »

Il la fit asseoir. Un garçon apporta aussitôt du champagne.

Le contact de la peau de Philippe, son odeur de cuir de Russie retrouvée, le son de sa voix, désorganisaient les défenses d'Elaine. Elle n'était pas encore détachée de cet homme, pas tout à fait. Cette certitude lui fit peur.

« Tu es belle, murmura Philippe en levant son verre. Sais-tu cela ?

— On dit que les femmes ne comprennent pas la beauté.

— C'est mieux ainsi. Si tu la voyais clairement tu posséderais une arme trop redoutable. Qu'en ferais-tu ? »

Elaine jouait avec son verre, le tournant entre ses mains, elle se pencha vers Philippe.

« Je chercherais peut-être à vous séduire. »

Philippe hocha la tête et ne répondit pas. Il savait qu'Elaine allait partir vivre en Tunisie, mais il attendait qu'elle le lui apprît elle-même.

Il commanda des huîtres, des soles grillées, des mille-feuilles aux framboises. Elaine aimait son habitude de décider pour elle. En face de Patrick, elle hésitait toujours longuement.

Elle parla de Capri, de leur croisière en Sicile, de la marquise Duomo della Cerda, des Sebastiani, de leur voyage en Hispano-Suiza jusqu'à la demeure enchantée de lord Guilbert. La bouteille de champagne était presque achevée, le garçon apportait les mille-feuilles.

Philippe, un coude sur la table, regardait Elaine parler. Il aurait donné tout ce qu'il possédait pour la reprendre, la soustraire à cet avenir dont il ne faisait plus partie.

« Et après ? demanda-t-il. Après votre visite à lord Guilbert ? »

Elaine posa son verre, s'immobilisa. Elle avait mal

quelque part à l'intérieur d'elle-même, une souffrance légère mais qui la déchirait.

« Nous sommes allés en Tunisie », dit-elle lentement.

Elle dut s'interrompre parce que son cœur battait trop fort. Pourquoi fallait-il toujours que les moments heureux fussent aussi brefs ? Philippe tendit la main, pressa celle d'Elaine entre ses doigts.

« N'aie pas peur, Elaine chérie. Je ne suis pas un juge, seulement un homme qui t'aime. Que peux-tu craindre de moi ? »

Il y eut un murmure dans la salle, une chanteuse connue venait d'entrer. Les têtes se tournaient, les bustes se relevaient.

« Rien ne manque à sa gloire, murmura Elaine, pas un seul regard.

— Que de volonté de tous les instants pour en arriver là !

— N'en est-il pas de même pour les grands amoureux ? »

Philippe sourit :

« Alors, je ressemble à la Miss. Quelle étrange découverte ! » Ils entrechoquèrent leurs verres et burent en même temps. La façon qu'avait Philippe de dédramatiser les situations attendrissait Elaine. Il avait ce don étonnant de rendre l'autre plus fort, plus intelligent. Au moment du café, une petite marchande de fleurs vint proposer des branches d'orchidées. Philippe en prit une, la planta dans la coupe de champagne.

« Ne dit-on pas que les plus belles fleurs poussent sur les ruines ? Tu vas me quitter, Elaine, pourquoi ne pas me le dire ?

— Je ne te quitte pas, Philippe, je pars. »

Il éclata de rire, les convives qui occupaient la table voisine se retournèrent.

« Ainsi tu n'abandonneras jamais Patrick, tu vas le

suivre jusqu'au bout de toutes ses fuites insensées ? Tu vas disparaître, t'enfermer dans un pays inconnu, seule, loin de tous ceux qui t'aiment ?

— Et si je désirais moi aussi du temps, du silence ? Comme Patrick je suis une solitaire et comme Patrick j'ai en moi un monde dans lequel je me sens bien, mieux parfois que dans celui qui m'entoure.

— Et moi, demanda Philippe, que vais-je devenir ? »

Elaine eut brusquement envie de le serrer dans ses bras, de l'embrasser, de le caresser. Philippe était fragile désormais, elle dominait cet homme et ce pouvoir nouveau la rendait indulgente.

« Allons chez toi, murmura-t-elle, nous parlerons bien mieux qu'ici. »

Elaine retrouva l'appartement de Philippe avec bonheur. Il ne s'attendait certainement pas à la recevoir car tout se trouvait dans le plus grand désordre. Des livres étaient posés sur les tapis à côté de revues et d'un pot de tabac à pipe. Dans la chambre, le lit était resté ouvert. Sur la table de chevet, Elaine vit sa photo en robe de soirée dans un cadre d'argent.

« Où as-tu volé cela ? » demanda-t-elle en riant.

Il ne répondit pas et la prit dans ses bras. Sa bouche, ses mains s'emparaient d'elle avec lenteur, effleurant sa peau, la faisant frissonner. Elle ferma les yeux. Tout départ impliquait un renoncement. Le corps de Philippe serait difficile à oublier.

Il était six heures lorsqu'ils se séparèrent. La nuit commençait à tomber. Elaine embrassa les paumes puis les doigts de Philippe un par un. Elle avait encore tant de mois devant elle pour se préparer à le quitter ! Philippe rendrait doux ses derniers moments à Paris. Dans la rue, elle se sentit légère, courut derrière un taxi, l'attrapa devant un vieux monsieur qui ôta son chapeau pour la saluer. C'était Paris. L'air vif sentait la poussière qui montait des pieds des marronniers. Très haut dans le ciel, des nuages filaient, poussés par un vent imperceptible. Sortant du parc Monceau, des nurses en capes bleues tenaient des enfants par la main.

« La fin d'été est belle, affirma le chauffeur du taxi, mais l'automne sera pluvieux.

— Comment le savez-vous ? demanda Elaine.

— Mes rhumatismes, petite madame. Ils m'avertissent du temps un mois à l'avance. Vous êtes américaine ?

— Oui », répondit Elaine avec résignation. Cent fois par jour on lui posait cette question.

« L'Amérique, émit le chauffeur sentencieusement, est trop tolérante. Elle se fera bouffer par toutes ces races qu'elle accueille à bras ouverts : les Chinois, les Nègres, les Juifs. »

Elaine pensa à Philippe. Il aurait invectivé le chauffeur ou quitté le taxi. Elle se tut. La méchanceté et la bêtise tonitruante ne méritaient en réponse que le silence. Elle regarda par la fenêtre, vit un chanteur des rues qui jouait de l'accordéon, un chien blanc couché à ses pieds. Ses ritournelles d'amour attiraient les enfants et les petites bonnes qui se pressaient aux fenêtres.

« Les gens parlent d'amour et de haine avec le même visage, pensa Elaine, comme s'ils s'amusaient à allumer des incendies pour se réjouir du spectacle des flammes. Celui qui tuerait l'ennui détruirait le dragon. »

En arrivant rue du Bac, un petit mot de la femme de ménage l'avertissait que Mme Bubert avait téléphoné et demandait qu'on la rappelât de toute urgence.

Elle enleva son chapeau, ses chaussures, alla prendre un verre de thé dans la glacière et s'assit devant le téléphone. Patrick et Bumbi n'étaient pas encore rentrés.

« C'est toi ! s'écria Maggye dès qu'elle l'entendit. Heureusement, tu as fait vite.

— Qu'est-ce qui se passe ? » demanda Elaine.

Elle était calme, amusée par les effervescences de son amie. Maggye l'appelait parfois à onze heures du soir pour lui dire qu'elle avait rencontré à un dîner des êtres merveilleux, géniaux qui allaient bouleverser leur époque. Le lendemain, elle n'en parlait plus.

« Tu n'imagineras pas, répondit Maggye tout excitée, je suis enceinte. »

Elaine resta comme pétrifiée, son verre de thé glacé à la main.

« Walter le sait ?

— Pas encore, il n'est pas rentré de la galerie, mais il sera fou de joie. »

Un instant, Elaine hésita à poser la question qui tout de suite lui était venue à l'esprit. Elle but une gorgée de thé et se décida :

« L'enfant est de David ?

— Sans doute, dit Maggye d'une voix étonnamment légère, quelle importance ? Walter a tellement envie d'avoir un bébé.

— Tu te sens bien ?

— Très bien, peux-tu passer me voir demain ? Nous avons douze personnes à dîner ce soir.

— Fais attention !

— Attention à quoi ? Un enfant ce n'est pas un vase de cristal. Je suis tellement heureuse ! A demain ma chérie, viens déjeuner à une heure. »

Elle raccrocha. Elaine demeura immobile devant le téléphone. Une souffrance montait du plus profond d'elle-même, sans nom, sans lien avec tout ce qu'elle avait ressenti auparavant. Elle mit les mains sur ses yeux afin de mieux s'enfermer dans son obscurité, dans son silence. Il fallait cerner cette douleur, la débusquer, la chasser hors d'elle. Derrière ses paupières closes, des points jaunes et rouges se mirent à danser, semblables à des entités farceuses. Elle pensa à sa mère. Mary lui écrivait parfois une lettre conventionnelle pleine des récits de ses déjeuners et de ses réunions charitables. De temps en temps un mot sur Springfield, la floraison du parc, le passage des oies sauvages et des cygnes. Elle terminait toujours par ces mots : Avec mes meilleurs souhaits pour toi et ton mari. Que voulait-elle dire ? Qu'espérait-elle vraiment pour sa fille ?

Elaine ouvrit les yeux et respira profondément. Etre mère, était-ce ressembler à Mary Carter ?

A nouveau, elle prit le téléphone, composa le numéro de Philippe, personne ne répondit.

« Shit ! » cria-t-elle.

Et, se levant, elle lança son verre contre le mur du salon. Le thé glissa sur la paille des murs en une longue rigole que la moquette absorba.

## CHAPITRE XXII

Patrick et Elaine repartirent au début du mois de novembre pour Hammamet, emportant Bumbi avec eux. Le matin de son départ, Elaine avait appris par un appel téléphonique de son père que Franklin Roosevelt venait d'être élu président des Etats-Unis. Etant républicain, il ne s'en réjouissait guère.

« N'achète pas tout le village, lui avait-il conseillé en riant, ton vieux banquier de père a des ennuis.

— Graves ?

— Pas vraiment. Mais Mary et moi faisons attention. J'ai vendu le haras. Trop coûteux. Ces pur-sang meurent pour une mouche avalée de travers.

— Nous achetons un simple terrain.

— Bien sûr, ma chérie. Tu peux même en acheter deux ou trois. William Carter n'a pas encore dit son dernier mot. »

Entendre la voix de son père donnait toujours beaucoup d'émotion à Elaine. Qu'il l'ait appelée le matin de son départ en Tunisie, lui semblait un heureux présage.

Le voyage fut long, train jusqu'à Marseille, bateau jusqu'à Tunis, train encore pour arriver à Hammamet. Il pleuvait, le vent venait du nord, secouant les branches nues des amandiers.

« On dit qu'il faut toujours acheter sa maison par mauvais temps », remarqua Patrick.

Les patrons de l'Hôtel de France les accueillirent chaleureusement. Ils étaient les seuls clients. Un feu de bois d'olivier brûlait dans la cheminée du salon, de la cuisine venaient des odeurs de cannelle et de miel chauffé. On leur servit un thé à la menthe et des pâtisseries saupoudrées de sucre-neige sur un plateau de cuivre. Profitant d'un moment où ses maîtres se chauffaient à la cheminée, Bumbi s'avança vers les gâteaux et en dévora la moitié.

« Ne vous inquiétez pas, dit le patron, j'ai l'habitude des bêtes, nous avons ici trois chiens et six chats. Avec les restes des clients, on pourrait nourrir une ménagerie. »

Bumbi, honteux, s'était couché sous un fauteuil, les oreilles collées à la tête, les yeux relevés vers son maître, attendant le geste qui le punirait.

« J'ai vu les propriétaires de votre terrain ce matin, continua le patron. Tout est clair. Vous avez de la chance parce qu'ici, ce sont des familles entières qui possèdent les parcelles des jardins, les héritages sont compliqués. Avant d'acheter, il faut convaincre quatre, parfois dix propriétaires différents et ces négociations peuvent prendre des années. C'est pour cela qu'il n'y a guère de mouvement sur les terres en Tunisie. »

Elaine but d'un trait sa tasse de thé. Elle avait redouté ce voyage, obsédée par la peur d'être déçue, de regretter ce choix de vie. Paris l'avait reprise, Philippe, les déjeuners avec ses amies, les cours de claquettes et les visites de musées. Le paysage qu'elle avait aimé à Hammamet, la lumière, les odeurs étaient différents mais devant ce feu de bois d'olivier, au milieu du décor simple et gai de l'hôtel, la magie s'imposait à nouveau.

« Avez-vous fait des plans pour votre maison ?

demanda la patronne avec son accent chantant du Midi.

— Oui », répondit Patrick.

Il désigna un sac de cuir posé à ses pieds.

« Nous les avons ici.

— Alors, il vous faut un bon entrepreneur. Nous avons à Hammamet un jeune maçon italien que je vous recommande absolument. Il est travailleur et comprend très bien ce que l'on attend de lui. Demain, après la signature, je lui demanderai de venir vous voir. »

Ils achevèrent leur thé, engourdis par la chaleur venant de la cheminée. Le patron se leva.

« Vous devez être fatigués. Montez vous reposer, je vous ferai prévenir par Meuftar lorsque le dîner sera servi : au menu couscous de poisson et salade d'oranges. Les ressources du pays. »

Les fenêtres de leur chambre donnaient sur le jardin de l'hôtel planté de cactus, d'arbres fruitiers et de quelques fleurs revenues à l'état sauvage. Le potager se trouvait derrière le mur, entouré d'une haie d'arbustes épineux. Sur le lit de cuivre, ils déplièrent les plans de leur maison, suivant du doigt le déroulement des chambres autour du patio. En bas de la feuille, Patrick avait dessiné l'arrondi des voûtes, les portes et les fenêtres.

« Si nous allions jusqu'au jardin ! » proposa Elaine.

La pluie ne cessait pas, poussée par le vent elle s'infiltrait sous les croisées, tombant goutte à goutte sur les carreaux de terre cuite. Violemment, Patrick prit sa femme par les épaules et l'attira contre lui.

« Allons », dit-il.

Le bonheur lui donnait un regard un peu sauvage, des gestes impétueux.

« Un petit garçon indompté, pensa Elaine. Comme j'aurais voulu connaître l'enfant qu'il a été ! »

Ils sortirent, coururent le long de la route boueuse,

atteignirent les remparts, passèrent la porte de la mer. Bumbi s'élança sur la plage, chassant les oiseaux, courant dans l'écume des vagues.

« Que va penser notre hôte en découvrant notre chambre vide ? demanda Elaine en riant.

— Il saura bien où nous sommes. Le couscous nous attendra sagement. »

Ils marchèrent plus lentement, respirant le vent, goûtant les saveurs d'eucalyptus et d'orangers venues des jardins.

« Nous n'aurions pu inventer un plus beau pays », murmura Patrick.

Il s'arrêta face à la mer.

« J'ai peur de me réveiller, peur de me retrouver ailleurs.

— Où ? demanda Elaine.

— Je ne sais pas, peut-être à New York lorsque j'y suis arrivé pour la première fois. La pauvreté est pire que la solitude, la pauvreté c'est l'abaissement, la solitude ce n'est que de la tristesse. Moi, j'étais pauvre et j'étais seul. »

Elaine mit sa main dans la sienne.

« Viens, dit-elle, le jardin nous attend. »

Ils escaladèrent le tertre. Devant eux, se trouvaient leur terre, leurs amandiers, leurs figuiers, leurs orangers avec des rigoles pour l'irrigation et des herbes sauvages poussant un peu partout. Une chèvre au piquet leva la tête et les considéra un moment avant de reprendre sa quête minutieuse d'une touffe d'herbe, d'une branche à arracher. Patrick avait pris Bumbi par son collier.

Lentement, ils remontèrent ce qui ressemblait à une allée sableuse. Après une centaine de mètres, Elaine désigna une cabane où les propriétaires du verger mettaient leurs outils de travail.

« Là, dit-elle, c'est là que sera notre maison. »

En arrivant à la cahute, ils se retournèrent et virent

devant eux la mer, la plage, le rassemblement des arbres, des buissons, des plantes grasses comme le rideau entrouvert d'une scène laissant apercevoir un paysage marin. Patrick posa sa main sur le bras d'Elaine.

« Ecoute ! »

Derrière eux, se faisait entendre un piétinement, le bruit d'un souffle lent et profond.

Ils remontèrent encore l'allée. La pluie collait leurs cheveux, avait trempé leurs chemises et les légers chandails qu'ils portaient. A quelques pas d'eux tournait un chameau attaché à une roue qui suivait le mouvement de sa marche incessante. Des godets d'eau fixés à la roue se remplissaient à un puits avant de se déverser dans les rigoles d'irrigation.

« Mais il pleut, s'écria Elaine, c'est absurde de faire tourner cette pauvre bête ! »

Comme s'il avait entendu la remarque, un jeune garçon surgit, s'arrêta en les apercevant, puis se mit à rire.

« Je suis Ali. Vous êtes les nouveaux propriétaires américains ? » Et sans attendre leur réponse :

« Je viens rentrer la chèvre et le chameau. Le jardin s'arrose tout seul aujourd'hui. Mais vous verrez, il faudra beaucoup le faire travailler si vous désirez des fleurs. Voulez-vous que je sois votre jardinier ?

— Pourquoi pas, répondit Patrick, sais-tu planter, greffer les arbres, fumer la terre ?

— Oui, et aussi faire obéir le chameau.

— Nous ne le garderons pas, dit Elaine d'un ton sans recours, cette bête est trop fatiguée. Nous mettrons un moteur au puits.

— Oui, un moteur c'est bon, c'est très bon, approuva Ali. Je sais aussi faire marcher et réparer les moteurs.

— Alors c'est d'accord, décida Patrick. Ali, tu es notre nouveau jardinier. »

Ils se serrèrent la main. Ali porta la sienne à son cœur.

« A demain, dit Patrick, viens à l'Hôtel de France, nous discuterons de ton contrat d'embauche.

— Monsieur, tu peux compter sur moi », affirma Ali.

Une nouvelle fois, il porta la main à son cœur et, se retournant, alla vers le chameau qui s'était arrêté de marcher.

« Vous êtes de jeunes fous, s'exclama leur hôtesse lorsqu'elle les vit rentrer tous les trois ruisselants d'eau. Allez vite vous mettre des vêtements secs et venez dîner. Mon couscous vous attend. »

Elaine allait monter l'escalier, elle s'arrêta, se retourna.

« Madame, votre maison nous reconnaît déjà, croyez-vous que la nôtre nous adoptera ? »

« Voilà, dit le notaire en enlevant ses lunettes, tout est parfaitement en ordre. »

Le paysan était silencieux sur son siège, il avait signé comme on le lui demandait en bas de la feuille, puis s'était assis à nouveau, les doigts croisés sur ses genoux.

Patrick ne savait pas s'il devait ou non échanger une poignée de main pour sceller leur accord ainsi qu'on le faisait chez lui en Géorgie. Ils allaient se séparer lorsque l'ancien propriétaire se redressa.

« Muhammad Ben Abdallah, celui qui possède le verger à côté du mien, veut bien vendre aussi, monsieur le notaire.

— Ah, s'exclama l'officier public, pourquoi ne l'a-t-il pas fait savoir plus tôt ? »

Le paysan eut un geste de la main.

« Il voulait voir si l'affaire se conclurait.

— Je vois », dit le notaire.

Et, se retournant vers Patrick et Elaine :

« Seriez-vous amateurs ? Ce verger agrandirait votre terrain d'un bon demi-hectare. Vous posséderiez alors une belle propriété, plus d'un hectare en bord de mer. »

Elaine et Patrick échangèrent un regard. Elaine songeait à son père qui lui avait avoué avoir des ennuis financiers. Mais l'occasion n'était-elle pas inespérée ?

« Si, bien sûr, affirma-t-elle d'une voix ferme. Nous sommes intéressés mon mari et moi.

— Dans ce cas, conclut le notaire, nous nous reverrons dans quelques mois. Hassan, demande à Muhammad de passer me voir ! »

Le paysan, toujours silencieux, mit la main sur son cœur, s'inclina et sortit.

« Cela va se savoir dans le pays, remarqua le notaire en riant. Vous avez accepté sans discuter le prix qu'ils demandaient, c'est inespéré pour eux !

— Tant mieux, dit Patrick, nous n'aimerions pas chipoter trois sous à des gens qui sont pauvres ! Ne sommes-nous pas gagnants à la fin puisque nous avons eu sans querelles un magnifique terrain ? »

Ils se levèrent tous trois et se serrèrent la main. Le notaire revint vers son bureau.

« Nous sommes heureux de vous avoir parmi nous. Vous a-t-on parlé de Luigi ?

— L'entrepreneur ?

— Oui, et un excellent maçon. Les artisans locaux lui ont tout appris, il ajoute à leur science son génie de bâtisseur italien. Cela en fait quelqu'un d'unique. Il vous construira tout ce que vous lui demanderez.

« Une simple maison », intervint Elaine.

Dehors le soleil était revenu, un soleil roux qui donnait au paysage des tons de désert. Patrick et Elaine descendirent vers la médina pour voir la mer. A la pointe des remparts, l'eau clapotait, se déroulant en vagues minuscules sur le sable. Un ketch passa, loin au large, ses voiles rouge foncé semblaient glisser sur la mer. Des pêcheurs accroupis près de leurs filets réparaient des mailles arrachées sans lever la tête. Tout près d'eux, un chat blanc détachait d'un poisson ses derniers lambeaux de chair. Bumbi gronda.

« Pas de bagarre, mon chien, commanda Patrick, tu dois désormais être l'ami de tout ce qui bouge ici. »

Après le déjeuner, un petit homme noiraud vint les rejoindre sur la terrasse où ils prenaient le café au soleil.

« Je suis Luigi », annonça-t-il en ôtant sa casquette.

Patrick monta à la chambre chercher les plans qu'ils avaient dessinés. L'entrepreneur les examina avec beaucoup d'attention, suivant du doigt les lignes des murs, les arcs des portes et des fenêtres.

« Qu'en pensez-vous ? » demanda Elaine.

Luigi ne répondit pas tout de suite, s'approcha encore du papier afin de considérer le moindre détail, puis se recula et regarda Elaine.

« Ce sera une jolie maison, je peux vous la bâtir.
— Auriez-vous une estimation du prix ? »

Elaine pensait à son père, il fallait qu'elle le surprenne par la modicité du prix de la construction.

« Je vais voir cela, madame, donnez-moi vingt-quatre heures. »

Ils se serrèrent la main.

« Je crois que nous avons rencontré la personne qu'il nous fallait », remarqua Patrick lorsque Luigi se fut éloigné sur son vélo. Ils retournèrent au jardin avec Ali afin de lui donner les premières instructions : tracer une allée allant de leur future maison à la mer, avec deux allées parallèles et deux perpendiculaires bordées de rigoles d'irrigation, dégager un espace entre la maison et la plage sur une des allées parallèles pour la roseraie d'Elaine, faire apporter de la terre afin de la mélanger au sol trop sableux. Ali écoutait attentivement.

« C'est le point de départ, expliqua Patrick, je ferai le reste avec toi par la suite.

— Tu peux compter sur moi, monsieur Henderson, affirma Ali d'un ton décidé.

— Nous garderons le verger de Muhammad Ben Abdallah lorsqu'il nous l'aura vendu. Nous y mettrons des orangers, des citronniers, des pamplemoussiers. »

Ali hochait la tête.

« Et le chameau ?

— Vends le chameau et négocie un bon moteur pour nous tirer l'eau du puits. Je te laisserai de l'argent. »

Patrick, longuement, contempla la mer et l'arrondi de la plage, l'ombre des arbustes qui s'étirait avec le déclin du soleil. Il lui semblait qu'à cet endroit précis du monde, Dieu avait fait une expérience nouvelle, mêlant l'élément matériel et l'esprit. Au loin, venant des remparts d'Hammamet, commençait l'appel à la prière du soir.

« Quel est ce pays, pensa Patrick, étrange et limpide, mystérieux et tellement disposé à se laisser prendre ? »

Son regard se porta sur Elaine debout devant la mer, Bumbi à ses pieds guettant le bâton qu'elle lui jetterait. Son existence avec elle était paisible, avec Steph, il pouvait juste assembler des morceaux épars que le premier vent dispersait. Steph viendrait à Hammamet, lui aussi aimerait le tissu mêlé de la terre et de l'espace, la lumière, la longue métamorphose du vert, du blanc, du bleu, les lignes nettes, anguleuses des maisons, des minarets, des terrasses portées vers le ciel. Un partage, l'ultime sans doute et peut-être le plus beau.

Le lendemain Luigi fut de retour à la même heure, au moment où Patrick et Elaine achevaient leur café.

Il sortit de sa poche une feuille de papier sur laquelle étaient alignés des chiffres.

« Mon Dieu, s'exclama Elaine après l'avoir regardé, c'est bien cher !

— Madame, répondit Luigi en la regardant, la maison que vous désirez est très grande. »

Ils s'assirent tous trois autour de la table sur laquelle Patrick avait étalé les plans.

« Que pourrions-nous soustraire ? » demanda Elaine.

Patrick prit un crayon, entoura une chambre d'amis, son bureau, un petit salon. La maison ainsi ne comportait plus que deux chambres par côté, six en tout : sa chambre, celle d'Elaine avec la bibliothèque attenante, un salon, deux chambres d'amis. La cuisine demeurait derrière le bâtiment central, dans un prolongement communiquant avec le salon-salle à manger. L'escalier menant à la terrasse donnait sur une levée de terre qu'ils voulaient carreler de tomettes et où ils pourraient prendre le café, s'établir pour les longues soirées d'été. Patrick y voyait une fontaine, des coussins posés sur des banquettes de maçonnerie, des arbres et des fleurs dans des jarres de terre cuite.

« Comment sera la maison ainsi ? demanda Elaine.

— Très belle, madame, ne vous inquiétez pas !

— Je veux une porte d'entrée ancienne, dit Patrick, comme celles que l'on trouve dans la vieille ville, partout des murs lavés à la chaux, un carrelage noir et blanc dans le patio et sur le seuil, en haut des marches, des colonnettes à la florentine. »

Luigi écoutait en silence. Il avait imaginé les choses ainsi et aucun des mots de Patrick ne le surprenait.

Ils achevèrent le café ensemble. Luigi donna un nouveau prix.

« C'est bien, dit Elaine, vous pouvez commencer.

Nous reviendrons au printemps signer pour le deuxième terrain et voir l'avancement des travaux. Nous voudrions passer l'été dans notre maison. Croyez-vous que ce sera possible ? »

Luigi sourit.

« Inch Allah ! Peut-être, oui, c'est possible, tout dépendra des ouvriers. »

Leur hôtesse était derrière eux, une assiette de pâtisseries au miel à la main.

« Ne vous inquiétez pas, intervint-elle en riant, ce sera fait ! Je connais Luigi Mancelli. »

Sur le bateau du retour, Elaine fut malade. A Paris, il pleuvait, la pluie interminable tombant de novembre à avril. La femme de ménage avait laissé un mot disant qu'il ne fallait plus compter sur elle.

« Laisse-moi mourir ! » dit Elaine à Patrick.

Il sourit.

« Sans revoir Hammamet ? »

Elaine se redressa, semblant réfléchir.

« Ce serait impossible. Il va donc me falloir survivre encore un peu ! »

Le lendemain, Maggye téléphonait en larmes à Elaine. Elle venait de faire une fausse couche et se trouvait alitée.

Tout de suite, Elaine vint à son chevet. Son amie l'accueillit avec un petit sourire, à côté d'elle, bien en évidence, était posée une gerbe de roses blanches mêlées de camélias et de branches d'orchidées jaunes.

« Walter, dit Maggye en voyant le regard d'Elaine, il est bouleversé. »

Elle ouvrit le tiroir de sa table de nuit et en sortit un petit cœur serti de brillants.

« David », ajouta-t-elle.

Et, se redressant sur son lit :

« Tout cela est plutôt triste, n'est-ce pas ?

— Tu en auras un autre », murmura Elaine.

Réconforter Maggye était douloureux. Les mots d'espoir qu'elle prononçait ne la concernaient pas.

D'un geste déterminé, Maggye remit le cœur dans son tiroir et le ferma doucement.

« Si je suis enceinte à nouveau, je suis prête à renoncer à tout, à rester ici, sur ce lit, neuf mois s'il le faut. Je ne m'étais pas rendu compte que le bonheur était passé si près.

— Méfie-toi du bonheur, Maggye. C'est un personnage trop considérable, trop intimidant. Les joies sont suffisantes, il y en a tellement au jour le jour. »

Maggye tourna la tête sur son oreiller de satin et regarda Elaine attentivement.

« Qu'est-ce qui te rend heureuse, toi, mon Elaine ? »

Elaine mordit ses lèvres, que répondre : ne pas souffrir ?

« Ma passion pour l'inutile, elle est sans limites et donc sans fin. Je vais partir dans un pays nouveau, me construire une maison, un coin de jardin avec un banc de pierre, un cadran solaire et des roses. Je vais regarder les saisons passer de la route à la plage, m'occuper des bêtes de Patrick, écrire à mes amis, les attendre, apprendre à manger et à boire sans hâte, chercher à connaître enfin le temps, le gagner, le perdre, vivre avec lui.

— Et Patrick, tu ne parles pas de lui ?

— Découvrir Patrick est un voyage. Je voudrais enfin être plus proche de l'homme que j'aime que de l'amour. A New York, à Paris, en Italie, les femmes courent derrière ce merveilleux amour et ignorent les êtres.

— Comme tu ignores Philippe.

— Comme je suis passée à côté de lui. »

Maggye soupira, ferma les yeux.

« Le goût des larmes est délicieux. Comme il doit être difficile de renoncer à elles ! »

## CHAPITRE XXIII

Le téléphone sonna juste au moment où Elaine allait quitter son appartement pour aller chercher à l'agence de voyages leurs tickets de train et de bateau pour Hammamet.

La fin de mars était pluvieuse, sinistre avec le déferlement des nouvelles les plus inquiétantes : Hitler était maître de l'Allemagne, l'incendie providentiel du Reichstag en février lui avait permis de parvenir au pouvoir absolu. Sa propagande contre les communistes, les Juifs, s'intensifiait. Walter signait les pétitions, sans illusions cependant, sûr qu'il lui faudrait un jour ou l'autre quitter l'Europe tandis que Jean-Michel Frank haussait les épaules. Il avait bien trop de travail dans sa nouvelle boutique du faubourg Saint-Honoré pour s'alarmer. Il était né à Paris, deux de ses frères avaient donné leur vie pour la France, que pouvait-il craindre ? L'arrivée à Paris des Juifs venant d'Allemagne donnait du regain à ses activités, Paris dansait, s'amusait, appréciait les œuvres d'art. Le désordre des esprits dérangeait le créateur qu'il était. Elaine fit demi-tour et prit le téléphone. L'appel venait de Virginie, sa mère lui apprenait la mort de sa grand-mère dans le Norfolk.

« Il faut que tu sois aux obsèques, ma chérie, tu nous représenteras ton papa et moi. Donne un coup de fil au manoir, Lawrence viendra te chercher à la gare. »

Elaine raccrocha, s'appuya un instant contre le mur. Que ressentait-elle ? L'impression d'être passée à côté d'une vieille femme, irrémédiablement. Chaque mort était un constat d'impuissance. Elle se redressa, l'organisation du voyage occupait désormais son esprit. Patrick irait seul à Hammamet tandis qu'elle se rendrait dans le Norfolk. Elle était navrée de renoncer à ce voyage en Tunisie.

« Pardonne-moi Granny, dit-elle à mi-voix, je tente seulement de vivre. »

Le lendemain matin, Elaine prit le train pour Dieppe, le bateau vers l'Angleterre et un autre train pour le Norfolk. Patrick partait le soir même avec Bumbi pour Marseille, puis Tunis et Hammamet. La mer, forte, la rendit malade à nouveau. Alors qu'elle était allongée, grelottante sur sa couchette, elle pensa à Philippe. Cette relation étrange la dérangeait, il lui était impossible de le congédier, impossible en même temps de l'aimer. Lorsqu'ils se trouvaient ensemble elle se sentait bien, lorsqu'ils se séparaient elle n'éprouvait pas de chagrin, revenait vers Patrick sans une hésitation. Philippe ne parlait plus de divorce ni de vie commune, il n'avait pas de mots de reproche, ne se montrait jamais amer, et c'était pour elle plus difficile encore d'accepter son propre détachement. La Tunisie les séparerait sans doute définitivement mais elle n'aimait pas devoir cette rupture à un éloignement.

Pendant le voyage en train, Elaine eut froid encore malgré son manteau de renard. Elle avait toujours vaguement mal au cœur, l'idée de savoir Patrick sur la Méditerranée l'attristait presque autant que la perte de sa grand-mère.

Lawrence l'attendait à la gare avec l'Hispano, le même accueil que deux années auparavant mais les circonstances étaient bien différentes. Elaine jugea qu'elle pouvait serrer la main du jeune chauffeur.

« Je suis heureux de vous revoir, lady Elaine, dit-il en lui ouvrant la porte. Depuis votre départ, la vie a été triste au manoir.
— Comment va Ben ?
— Avec lady Pauline, je crois qu'il a perdu la moitié de lui-même. Il était à son service depuis quarante ans. »

Elaine regarda le paysage derrière les vitres de la voiture. Quelques maisons nouvelles s'étaient construites le long de la route protégées par des jardinets bordés de murs de briques.

« La conserverie, expliqua Lawrence. Elle s'agrandit et a embauché de nouveaux ouvriers. Certains viennent même du Pays de Galles. On s'en méfie encore au village. Ici, tout le monde se connaissait il y a peu de temps. »

Elaine se détourna, serra son manteau autour de sa poitrine pour se réchauffer.

« Ma grand-mère a-t-elle souffert ?
— Non. Lady Pauline est tombée d'un coup pendant qu'elle prenait son petit déjeuner. Lorsque la femme de chambre est entrée pour desservir, elle l'a trouvée morte sur sa chaise. Paisible, si l'on peut dire. »

Paisible... Elaine un instant imagina sa grand-mère souriante, la tête sur sa tasse de thé. Elle eut un petit rire nerveux.

La voiture passait la grille, remontait l'allée. Sous le ciel gris, le manoir était lugubre malgré les innombrables jonquilles qui parsemaient la pelouse. Au premier étage les volets étaient tous clos.

Ben lui servit une tasse de thé au coin du feu dans la bibliothèque. Il avait les gestes automatiques d'un bon serviteur mais un regard lointain, absent.

« Désirez-vous voir lady Pauline avant la mise en

bière ? demanda-t-il en posant des biscuits au gingembre sur la table basse.

— Je n'y tiens pas, Ben. Est-ce indispensable ?

— Je ne sais pas, Madame. Il ne faut pas essayer d'être fort, simplement d'être digne. »

Elaine leva la tête vers le vieux maître d'hôtel courbé pour lui servir le thé.

« Qu'allez-vous faire, Ben ? Avez-vous des projets ? »

Le vieil homme se redressa, son regard était toujours lointain.

« Lady Pauline m'a donné le cottage au fond du parc. Il est indépendant et ne gênera en rien la vente de votre domaine. Je vais m'y retirer.

— Croyez-vous, Ben, que le manoir va être vendu ?

— Certainement, Madame. Sir Charles ne s'y intéresse nullement et lady Mary est si loin !

— Mon oncle va-t-il venir aux obsèques ?

— Nous l'attendons, Madame. Lawrence doit aller le chercher au train de dix-neuf heures. »

Ben reprit le plateau vide, se détourna et sortit. Elaine but sa tasse de thé, se leva et alla vers la fenêtre. Sans Patrick dans cette maison où elle avait si souvent séjourné enfant, il lui semblait que le temps en s'inversant la ramenait des années auparavant. Sur la pelouse, juste devant ses yeux, son grand-père, sa grand-mère et elle avaient disputé de longues parties de croquet. Un peu plus loin, elle était tombée de bicyclette, heurtant sa tête au grand cèdre. Ben l'avait ramenée dans ses bras.

Elle laissa retomber le rideau et alla vers la cheminée pour se réchauffer. L'existence humaine était sans continuité, tissée d'instants, d'émotions, de souvenirs et de grandes espérances.

Tout le village était venu à la messe d'enterrement. La chorale chanta d'une façon discordante une très belle partition de Haendel que lady Pauline avait demandée dans une lettre contenant ses dernières volontés et le pasteur prononça un interminable discours dont la longueur même tuait toute émotion.

Elaine, à côté de Charles qui paraissait sommeiller, songeait à sa grand-mère, cherchant désespérément à retrouver une expression de son visage, un sourire, un regard, mais les souvenirs semblaient lui échapper.

Elle serra des mains, interminablement, répondant aux condoléances d'un sourire, d'un mot gentil, essayant de remettre des noms sur des visages connus lorsqu'elle était enfant. Une vieille femme l'embrassa, elle ne la reconnaissait pas.

Ben avait fait préparer un déjeuner froid afin que les domestiques puissent se rendre aux obsèques. Charles, en face d'elle, ne disait rien, mangeait de bon appétit.

« Un peu de vin rouge ? demanda-t-il. Ben ne sert que du vin blanc sous le prétexte que maman l'aimait. C'est ridicule ! »

Il sonna. La femme de chambre apparut.

« Un romanée-conti 1920 s'il vous plaît, Anna ! »

Et, regardant Elaine :

« Je ne pense pas que ni tes parents, ni toi, êtes intéressés par la cave de maman, n'est-ce pas ?

— Elle est à vous, Charles. Prenez tout ce que vous voulez. »

Il eut un petit rire moqueur.

« Je ne suis pas aussi malintentionné que tu le penses, ma chère nièce. Ta mère aura la part qui lui revient ! »

Elaine jouait avec son pain. Depuis longtemps, elle voulait poser à son oncle une question qu'elle retenait au bord de ses lèvres au dernier moment. Maintenant que sa grand-mère était morte, elle n'avait plus de raisons de la garder pour elle.

« Oncle Charles, pourquoi détestiez-vous Granny ? »

Elle s'attendait à le voir protester, mais il eut son habituel sourire ironique.

« Ma petite fille, ce sont de vieilles histoires. Est-il utile d'en parler ? »

Ben entrait dans la salle à manger avec une bouteille couchée dans une corbeille en argent tressé.

« Merci Ben, dit Charles, nous nous servirons nous-mêmes. »

Ben se retira.

« Ma sœur ne t'a rien dit, je vois. Cette chère Mary est maladivement attachée à la bonne réputation de notre famille, elle a dû juger inconvenant d'évoquer cet épisode de notre passé commun.

— Maman ne voyait pas souvent Granny mais elle l'aimait et la respectait.

— Ta maman avait sur elle la même opinion que moi », continua Charles en imitant la voix d'Elaine...

Puis, reprenant son ton normal :

« Elle a été ravie d'épouser ton père et d'échapper elle aussi à l'air par trop étouffant du manoir.

— Dites-moi ce qui s'est passé. »

Charles se versa lentement, avec précaution, un verre de bourgogne, le respira, le tourna dans le verre, en but une petite gorgée.

« Absolument délicieux », murmura-t-il.

Il prit le verre d'Elaine, le remplit.

« Quelle importance ont ces souvenirs ? Ce qui est capital aujourd'hui c'est le bouquet de ce vin. Qu'en penses-tu ?

— Je voudrais savoir », insista Elaine.

Charles haussa les épaules.

« J'avais vingt-trois ans, Mary dix-neuf. Au collège, elle s'était liée avec une jeune fille sans fortune dont les parents étaient divorcés. Maman n'aimait pas ce genre de relation pour sa fille, mais étant comme elle le disait " chrétienne ", elle se donnait le devoir d'être charitable et hospitalière envers les " déshérités ", selon le mot qu'elle employait. Les choses ont mal tourné lorsque j'ai voulu épouser Elisabeth. Maman m'a signifié qu'une fille de divorcés, de plus sans fortune aucune, n'entrerait jamais dans notre famille. Elle avait pris auprès du collège des renseignements. Le père d'Elisabeth avait tenu un commerce de thé ou de café, je ne sais plus, mais ces activités mercantiles le marquaient pour toujours d'une tache déshonorante. Quant à la mère, elle s'était remariée à un Argentin et vivait, me dit maman, avec un sauvage dans la pampa.

« J'aimais Elisabeth, je déclarai à mes parents que je ne tiendrais aucun compte de leurs réticences, que je l'épouserais et qu'elle serait la mère de mes enfants, de leurs petits-enfants. Maman alors jeta ses dernières armes, répandant sur Elisabeth des calomnies indignes, la montrant légère, intéressée, cynique. Elle avait eu des amants avant de m'accaparer par ambition, tout le monde le savait, j'étais le seul imbécile à l'ignorer. Ces diffamations revinrent bien sûr à la connaissance d'Elisabeth. Elle m'écrivit une lettre disant que nos fiançailles étaient rompues, qu'elle me rendait ma parole quoique étant tout à fait innocente de ce dont ma mère l'accusait. Quelques jours plus tard, elle se noya dans la région des lacs où elle séjournait chez une tante. Tout le monde pensa à un accident, je savais que, nageant parfaitement bien, elle avait voulu mourir. Telle était la bonté de ma mère, de ta grand-mère. Maintenant n'en parlons plus, veux-tu ? Cela gâcherait mon bonheur de boire ce merveilleux bourgogne. » Elaine avait froid à nouveau. La fatigue, les émotions des derniers mois, la tendresse pathétique de Philippe, et, beaucoup plus lointains, des souvenirs de sa mère, réservée, presque indifférente, revenaient en elle, la submergeaient. Les paroles de Charles ouvraient grandes les portes d'un fragile barrage, elle se mit à pleurer, la tête entre les mains, en longs sanglots.

« Ma petite, dit la voix moqueuse de Charles, on se console d'une déception en fêtant ce qui vous a déçu. Levons nos verres à la vie ! »

Le bateau était arrivé à Dieppe et les passagers, rassemblés sur le pont, s'apprêtaient à descendre, leurs bagages à la main. Interminablement, les mouettes tournaient au-dessus de la plage, du port, en poussant des cris aigus.

« Attention, madame ! » cria un marin.

Elaine s'écarta, on dépliait la passerelle.

Elle descendit, poussée par un groupe d'enfants qui riaient aux éclats.

« Bonjour ! » dit une voix toute proche, aussitôt qu'elle eut débarqué.

Brusquement, Elaine se retourna. Philippe était derrière elle.

« Comment as-tu su ? » s'écria-t-elle.

Elle avait tout d'abord éprouvé une grande joie en apercevant son visage dans la foule, puis, très vite, elle s'était sentie mécontente de se voir ainsi forcée.

« Je sais tout de toi. »

Il saisit sa valise de cuir et, la prenant par le bras, l'entraîna vers sa voiture.

Un moment ils roulèrent sans se parler. Elaine cherchait les mots définitifs qui montreraient à Philippe combien elle détestait qu'il s'immisce ainsi dans sa vie, mais avant qu'elle ait pu les trouver il posa sa main sur la sienne.

« Ne me fais pas souffrir, demanda-t-il d'une voix grave, je suis tellement heureux ! »

Ils traversaient Dieppe, ses rues étroites bordées de maisons anciennes. Des enfants rentraient de l'école en tabliers gris, leurs cartables sur le dos, deux petites filles couraient en se donnant la main. Elaine se tourna vers Philippe, elle voyait son profil sérieux, son regard attentif, la raie de ses cheveux avec une ligne de peau claire. Elle soupira. Une fois de plus, il n'y aurait pas de disputes, pas de reproches. Elle allait vivre ces moments simples avec simplicité.

« Le Troisième Reich est proclamé, dit Philippe en allumant une cigarette, nos amis juifs vont beaucoup souffrir.

— Ils se défendront », répondit Elaine.

Elle était étonnée de voir la conversation s'engager sur un sujet autre qu'eux-mêmes.

« Se défendre ? » Philippe tourna un instant la tête vers elle. « Crois-tu vraiment ce que tu dis ?

— Mais nous leur viendrons en aide, toi, moi, tout le monde !

— Tu seras en Tunisie et moi Dieu seul sait où. Les autres seront comme nous, absents, tous pour d'excellentes raisons. Les faibles, les fuyards sont toujours romanesques. Ils s'inventent des motifs imparables pour n'être pas là ou pour se boucher les yeux et ce sont des motifs invariablement touchants : la famille, la patrie, la religion. Sais-tu ce que m'a dit un jour Valery Larbaud ? " Le Devoir est le nom que la bourgeoisie a donné à sa lâcheté morale. "

— Tu nous accuses, murmura Elaine, mais que puis-je faire contre le Troisième Reich ? »

Ils s'arrêtèrent dans une maison à colombages au bord de la route. Un marmiton de bois tenant une enseigne vantait aux automobilistes les mérites de sa cuisine normande. Philippe prit Elaine par les épaules, l'attira contre lui, l'embrassa légèrement dans le cou.

« Entrons, je meurs de faim. »

Un grand feu brûlait dans la cheminée de l'auberge. Tout près des flammes, un gros homme s'activait, retournant des andouillettes et des boudins à l'aide d'une longue fourchette. Pendues au mur, des casseroles, des bassines de cuivre reluisaient.

« Très romantique, murmura Elaine, le vrai petit bistrot de rencontre.

— Imaginons que nous déjeunons ensemble pour la première fois.

— Et que me dirais-tu pour me séduire ? »

Philippe la fit asseoir, se pencha vers elle.

« Que j'ai envie de toi », murmura-t-il.

Une servante vint prendre leur commande, posant sur la table sans qu'ils l'aient demandé un pichet de cidre, du pain et du beurre salé.

« Pour attendre plus agréablement », expliqua-t-elle.

Philippe demanda une salade de fruits de mer, un poulet grillé, une tarte aux pommes chaude et remplit leurs verres de cidre.

« Nous coucherons près de Beauvais. Je voudrais te montrer le chœur de la cathédrale. »

Elaine hocha la tête.

« En somme, tu as tout organisé sans me consulter.

— Comment aurais-je pu te consulter ? Tu étais en Angleterre ! »

Il sourit.

« Donne-moi ces deux journées. Je sais qu'elles ne se représenteront pas avant bien, bien longtemps, peut-être même jamais, mais ce mot-là, je le refuse absolument.

— Tu refuses tout ce qui te dérange, n'est-ce pas ? »

Philippe se pencha vers Elaine et, à travers la table, prit ses mains entre les siennes.

« Et si nous parlions d'amour ? »

Philippe avait retenu deux chambres dans un hôtel calme et agréable donnant sur un jardin.

« Il me donne ma place, il ne s'impose pas », pensa

Elaine. Une fois de plus la délicatesse de cet homme la surprenait.

Ils dînèrent et se promenèrent dans les rues désertes de la ville, main dans la main. Philippe désignait à Elaine les vieilles maisons, les cours dissimulées derrière des passages voûtés, des statuettes de saints posées dans des niches au-dessus des portes cochères. Elaine écoutait distraitement. Le voyage en bateau, la surprise de retrouver Philippe, la longue route parcourue en automobile l'avaient épuisée. Dans ce décor étranger, déroutant, elle ne pouvait pas même songer à Patrick, à Hammamet, seulement continuer à marcher, à sentir la chaleur de Philippe contre elle, à percevoir le son de sa voix.

« Rentrons, murmura-t-il, tu es fatiguée. »

Ils regagnèrent l'hôtel, Philippe s'arrêta devant la porte d'Elaine.

« Nos deux chambres communiquent. Si tu veux me retrouver, je t'attendrai. Si tu préfères te reposer, dors. Je te désire heureuse. » Il ouvrit la porte, l'embrassa légèrement sur les lèvres et la quitta. Elaine se déshabilla, brossa longuement ses cheveux. La présence de Philippe dans la chambre voisine la troublait. Elle s'imagina ouvrant la porte de communication.

Dans la salle de bains, elle alla vers le miroir et s'y regarda attentivement. Etait-elle aussi belle qu'il le lui disait ? Elle avait un nez un peu long, une grande bouche trop charnue mais ses yeux, ses cheveux, sa peau lui plaisaient : « una ragazza molto carina » disaient d'elle les Italiens, « une vraie fille du Sud, une jolie Virginienne » jugeait Patrick.

Elle se détourna, quitta la salle de bains. Si elle ouvrait la porte, Philippe la prendrait dans ses bras, la caresserait, lui ferait l'amour. Elle aimait son odeur, sa peau, le goût de sa salive. Avait-elle envie de lui ?

Le lit avait été ouvert par la femme de chambre, sur

l'oreiller était posée une rose. Elaine la regarda, alla vers la porte de communication, s'arrêta, fit demi-tour. « Je vais dormir, pensa-t-elle, me prouver à moi-même que je peux le refuser. »

Elle se coucha. Si Philippe était à son côté, elle sentirait ses bras autour d'elle. Ses mains commenceraient à effleurer son corps doucement, légèrement. Elle fermerait les yeux, immobile comme une idole devant son adorateur.

Elle éteignit la lumière et se recroquevilla sur elle-même afin de trouver un peu de chaleur. La poitrine de Philippe était soyeuse, son ventre doux. Elle aimait y appuyer son propre ventre, peau contre peau, mêler ses jambes aux siennes.

Dormirait-elle ? Une multitude de bruits lui parvenaient aux oreilles venant de la salle à manger, des corridors, de la rue. Elle se tourna, resta un moment sur le dos, regardant au plafond les taches de lumière filtrant à travers les volets clos. La chambre de Philippe était silencieuse.

Les yeux fermés maintenant, elle essaya de penser à sa grand-mère mais la vieille dame se refusait à elle, semblant se moquer de ses hésitations. Charles était absurde. Il n'avait rien compris. Ses parents voulaient le protéger contre lui-même, contre des excentricités qui les inquiétaient depuis longtemps. Il avait aimé Elisabeth pour défier sa mère, mais elle avait gagné.

Elaine se retourna encore. Elle avait soif. D'une main, elle alluma à nouveau la lumière de sa lampe de chevet, se leva, s'arrêta devant la porte de Philippe. « J'ai envie de lui », se dit-elle. Ses pensées maintenant étaient plus précises, plus sensuelles. Philippe savait l'attendre, l'accompagner jusqu'au moment où elle se pliait, se tordait au vent imaginaire du plaisir. Alors il l'apaisait doucement, la caressait encore, lui disait des mots tendres, posait ses mains sur son front, ses yeux, sa bouche, effleurait ses oreilles, son cou, ses épaules, sa poitrine. Elle ouvrait les yeux, le regardait, lui souriait.

Dans sa chemise de soie beige, Elaine avait froid. Elle resta immobile un instant encore, posa son visage entre ses mains comme pour y puiser de la force, puis se redressa et poussa la porte donnant sur la chambre de Philippe. Assis sur un fauteuil, il fumait une cigarette. Sa tête se tourna vers elle. Il se leva. Elaine voyait les attitudes de son amant comme au ralenti, le geste qu'il faisait pour éteindre la cigarette, le mouvement de son corps vers elle.

« J'ai froid, dit-elle. Veux-tu me réchauffer ? »

## CHAPITRE XXIV

La représentation des ballets 1933 au théâtre des Champs-Elysées avait été un triomphe. Au foyer, le Tout-Paris se pressait afin de féliciter Edward James, le mécène anglais à qui l'on devait ce régal, Christian Bérard, Lotte Lenya et Tilly Lasch. Jean-Michel Frank embrassa Bérard, Maggye Kurt Weill, le compositeur de la partition des *Sept péchés capitaux*.

« Votre musique, cher ami, confirme ce qu'a dit Molière : " Et ce n'est pas pécher que pécher en silence. " Quel don vous avez pour commettre harmonieusement vos fautes ! »

Il faisait chaud. Les Parisiennes avaient cependant sorti leurs plumes et leurs fanfreluches, s'éventant à petits coups de poignet en buvant du champagne. C'était la fin de la saison. On oubliait les grèves de la faim de Gandhi dans sa prison de Poona, la fin des syndicats libres en Allemagne avec l'instauration du National-Socialisme comme seul parti politique. Le champagne, le parfum, les robes de prix, les bijoux se mêlaient avec tant d'harmonie ! Dans quelques jours, Deauville, Biarritz, Evian verraient s'ouvrir les villas, circuler les voitures décapotées conduites par de jolies femmes allant en visite ou en courses, laissant leurs lévriers gris sur les banquettes de cuir.

A la sortie du théâtre, David vint baiser la main de

Maggye et d'Elaine. Il était accompagné d'une toute jeune fille, sa sœur Deborah expliqua-t-il. C'était sa première sortie, elle était éblouie.

« Il faudra venir me voir, dit Maggye en effleurant de sa main la joue de la jeune fille, je serais ravie de mieux vous connaître. »

Un instant, Walter considéra en silence le frère et la sœur, étonné par leur charme, leur beauté. Il avait oublié ses griefs contre David, péché de jeune homme pensait-il. David n'osait regarder en face le mari de sa maîtresse par peur qu'il ne perçoive son trouble.

« Ne restez pas ici, dit enfin Walter d'un ton grave. Sauvez-vous, allez en Amérique ! »

Il se détourna. Une étrange émotion s'était emparée de lui, comme s'il pressentait que son conseil resterait vain et que la tempête emporterait ces deux enfants.

Maggye suivit son mari. Elle aurait préféré rester un peu avec David, échanger avec lui les mots insignifiants chargés pour l'un comme pour l'autre de sous-entendus. Ils passeraient ensemble à Deauville le mois de juillet avant que Walter et elle n'aillent rejoindre les Henderson dans leur extravagante nouvelle résidence d'Hammamet. La décision d'Elaine de s'expatrier en Tunisie la désolait. Patrick était assez bizarre pour entraîner sa femme dans des choix impossibles. Cet homme l'intriguait, son intelligence, son mystère, le détachement qu'il aimait afficher en faisaient un personnage séduisant, dangereux. On ne devait pas échapper facilement à son ascendant ! Aurait-elle pu l'aimer ? Maggye en doutait : trop équivoque, trop fort et trop fragile tout à la fois, il lui ferait baisser les armes, rendrait son propre pouvoir puéril et dérisoire. Il fallait une Elaine pour l'aimer, une femme pure et passionnée, indépendante aussi. Patrick ne se chargeait pas d'autrui, ne portait personne sur ses épaules.

« Il a aimé Steph, pensa-t-elle, mais il était incapable d'en assumer les conséquences, d'accepter même cette relation privilégiée. Un sauvage ! »

Walter l'entraînait vers leur voiture que le chauffeur avait arrêtée devant le théâtre. Ils devaient retrouver Jean-Michel, Bérard, les Henderson, Kurt Weill et sa femme chez eux pour un petit souper. Ils dîneraient dans le jardin au milieu des rhododendrons et des azalées. On parlerait de danse, de musique, de peinture sous le grand marronnier en bas de la terrasse, Kurt Weill, peut-être, se mettrait au piano après le souper.

Un taxi poussiéreux déposa Patrick, Elaine, Bumbi et tous les bagages devant la porte de leur maison. L'allée avait été tracée, sablée, mais aucune végétation, excepté des alfas, des plantes grasses desséchées, n'y poussait encore.

Devant eux se dressait la maison, leur maison, blanche, carrée, avec son péristyle à colonnettes protégeant la porte d'entrée. Le carrelage n'était pas encore posé, la dalle de béton était recouverte d'une fine poussière de ciment et sable mélangés.

Elaine la première monta les quatre marches menant au portique, observa la voûte, la porte d'entrée ancienne en bois massif clouté. Patrick était derrière elle.

« Respectons la tradition », demanda-t-il en riant.

Il souleva sa femme en la prenant sous les bras et sous les genoux, ouvrit la porte.

« Votre maison, madame Henderson ! dit-il joyeusement.

— Notre maison, Patrick ! »

Il y eut des aboiements furieux, des cris perçants.

« Mon Dieu, s'écria Patrick, Bumbi fait déjà des siennes ! »

Il se précipita dehors, laissant Elaine au milieu du patio. Un artisan avait commencé à poser les carreaux noirs et blancs de la galerie à colonnettes entourant l'espace carré du bassin encore vide. Les portes des chambres donnant sur ce cloître, anciennes elles aussi, étaient toutes closes, les murs d'un blanc éclatant en faisaient ressortir la beauté.

Patrick la rejoignit.

« Bumbi a déjà à moitié plumé le coq du voisin! Je crois qu'il nous faudra prévoir un gros budget d'indemnisations.

— C'est beau, murmura Elaine, vraiment beau! »

Ils se prirent la main pour faire le tour du patio.

« Là, expliqua Patrick, je mettrai des jarres de plantes, des pierres anciennes, des sculptures romaines si nous avons la chance d'en trouver. Sur les murs, des morceaux de mosaïque ou des pièces de bois sculpté, là un coffre tout simple pour y déposer un bouquet de fleurs, là une lanterne en fer forgé. »

Sa voix était grave, comme s'il parlait d'amour. Elaine l'écoutait, elle voyait la maison prendre vie, les plantes grimper et s'étendre, elle entendait couler l'eau dans le bassin. La chaleur, très forte dehors, était supportable dans la maison, le silence rompu seulement par le bourdonnement de quelques mouches.

« Viens voir ta chambre maintenant », décida Patrick.

Il poussa la porte. Devant Elaine s'ouvrait un vaste espace blanc, lumineux, aérien, avec son plafond voûté s'arrondissant en fines nervures. Le sol était recouvert de grandes dalles de pierres blondes. De chaque côté de la cheminée, des niches étaient aménagées avec des étagères de ciment déjà passées au blanc de chaux. Patrick ne la laissa pas s'arrêter, l'entraîna vers une autre porte donnant sur la chambre.

« Ta bibliothèque », annonça-t-il.

C'était une pièce octogonale, charmante, coiffée d'une coupole, éclairée par deux petites fenêtres carrées. Une grande cheminée occupait la majeure partie d'un mur.

« Le menuisier réalisera ce que tu voudras. Nous le ferons venir demain. »

Elaine s'arrêta. Elle imaginait des étagères recouvertes des livres qu'elle affectionnait, une table pour y poser les photographies de ceux qu'elle aimait : Patrick, son père, sa grand-mère, Maggye et Walter, Jean-Michel, Peggye et Bumbi. Philippe lui aussi en ferait partie, ils avaient été photographiés lors d'un bal chez les Beaumont où elle portait une robe de Jeanne Lanvin en crêpe blanc brodé de fils d'argent. Là, sur cette petite table, ils danseraient ensemble à jamais.

« Veux-tu voir ma chambre maintenant ? » demanda Patrick.

Ils dînèrent assis sur les marches, d'un sandwich tunisien apporté par Ali. Leurs lits n'étant pas encore arrivés, ils devaient passer quelques nuits encore à l'Hôtel de France, mais l'un comme l'autre avaient voulu profiter de leur jardin jusqu'au crépuscule.

Les deux vergers avaient été réunis et la végétation se mélangeait en grand désordre autour des amandiers déjà secs, des orangers, des citronniers et des pamplemoussiers. Dans les mares formées par le débordement des canaux d'irrigation, des grenouilles coassaient, invitant les criquets pèlerins au dialogue. Le coq des voisins poussa son cri strident. Patrick dut retenir Bumbi par son collier.

« Il te nargue, mon vieux, mais il faut apprendre à résister à la provocation. »

Le soleil se couchait, parant le ciel de rose et de gris. Le chant des oiseaux faisait écho à la lumière du soir. Ali qui était resté assis à quelques pas d'eux se prosterna, c'était l'heure de la prière.

« Ce pays est pour moi comme une rivière, dit

doucement Patrick, j'ai envie de le remonter jusqu'à sa source. »

Il se leva, fit quelques pas dans l'allée qui menait à la mer.

« Ici je serai libre, enfant à nouveau. L'homme ne peut être autre chose que la glaise qui l'a façonné. »

Et, se tournant vers Elaine :

« J'achèterai un cheval pour mes voyages. Je l'appellerai Khayyam, du nom d'un grand poète persan qui fut aussi astronome. Il me donnera le rêve et les étoiles. »

Trois jours après leur arrivée, la maison était suffisamment meublée pour leur permettre de s'installer. Le carreleur avait achevé le patio et commençait le portique d'entrée. Un menuisier était attendu pour prendre les mesures de la bibliothèque. Elaine avait déjà dessiné « sa pièce ». Elle la voulait obscure, secrète comme un refuge, avec un dallage noir et blanc dessinant une étoile à huit branches dans un octogone. C'était un souvenir d'enfance : les lattes de bois garnissant le sol du bureau de son père étaient assemblées ainsi.

En espadrilles, chemisettes et pantalons de toile, ils parcouraient la maison et le jardin, allaient à la plage pour se rafraîchir, partaient dans le village pour quelques achats, revenaient à la nuit pour un dîner tardif. En compagnie d'Ali, Patrick arpentait ses vergers, ordonnait des espaces où il planterait des espèces différentes, imaginant les bassins qu'il ferait creuser et qui fixeraient les perspectives autour de l'allée centrale menant à la mer.

Un après-midi de la fin du mois de juillet, il revint avec une pierre romaine trouvée au-delà des remparts d'Hammamet. La frise d'acanthes était effritée par le temps, deux feuilles seulement demeuraient intactes, légères et souples encore, s'enroulant autour de leur colonne tronquée. Patrick la posa dans le patio, près du bassin. C'était sa première pierre, le symbole de la vraie naissance de sa maison.

Parfois, assise à l'ombre d'un citronnier, Elaine observait son mari. Elle suivait du regard sa haute silhouette suivie de celle plus petite d'Ali. Le soleil, la mer, avaient blondi ses cheveux, elle lisait sur son visage les signes d'un bonheur qu'elle n'avait jamais décelé auparavant.

« L'escargot a trouvé sa coquille, pensait-elle, son destin s'est accompli. »

A Nabeul, ils achetèrent des tapis aux couleurs claires pour leurs chambres, en haute laine grège pour le salon, des transatlantiques destinés à la terrasse. Chaque retour à la maison avec leurs nouveaux achats était une fête. Ils dînaient assis par terre devant une bougie plantée dans un pot de terre. Fatima, la servante trouvée par Ali, leur servait des légumes de son jardin, des petites saucisses pimentées, de l'agneau rôti.

Après le repas, ils sortaient dans le jardin, buvaient le thé à la menthe sous les étoiles, parcourant les allées pour sentir les odeurs du soir, imaginer le jardin, leur jardin, qui jour après jour se métarmorphosait. Des oiseaux verts, les chasseurs d'Afrique, volaient au-dessus de leurs têtes, à la recherche des branches. Patrick, longuement, les observait.

« Ali dit qu'ils annoncent une chaleur plus grande encore ! »

Ils pensaient à l'arrivée prochaine de leurs amis, du campement qui s'organiserait dans la maison. Maggye et Walter occuperaient la chambre d'amis qui comporterait une salle de bains, si le plombier se manifestait comme il l'avait promis, Jean-Michel un coin du salon et Peggye l'autre chambre, une petite pièce donnant sur la terrasse par une porte indépendante.

« Elle pourra vivre sa vie en toute liberté », dit Elaine en posant sur le divan une couverture de laine rêche achetée à un bédouin. N'ayant ni radio ni téléphone, ils étaient coupés du reste du monde, vivaient selon la course du soleil et le mouvement des nuages. Le moteur avait été installé sur le puits et tirait suffisamment d'eau pour alimenter la maison. Près du puits, ils avaient fait construire un grand bassin d'irrigation dans lequel ils se dessalaient en revenant de la plage. L'eau glacée les revigorait, ils s'enroulaient dans leurs serviettes de bain et, pieds nus, regagnaient la maison.

Ce fut un soir, alors qu'ils s'apprêtaient à dîner, qu'un taxi déposa Maggye, Walter, Jean-Michel et Peggye devant leur porte.

« Je vais tout de suite me baigner, déclara Maggye après les embrassades, je n'en peux plus ! »

Ils allèrent tous à la plage, s'émerveillant de la nature qui les entourait.

« Ce n'est pas encore mon jardin, dit Patrick, seulement un verger. Le jardin est conçu mais pas encore né. »

La lune était pleine, filtrant une lumière douce qui s'argentait au contact de l'eau. Derrière eux, entre la plage et les vergers, les buissons épineux bruissaient du crissement des insectes.

Ils nagèrent longtemps, s'asseyant un instant au bord de l'eau avant de s'immerger encore. Elaine, immobile sur le dos, regardait le ciel et songeait qu'elle vivait les moments les plus paisibles de sa vie.

Le dîner se prolongea tard dans la nuit. Assis sur des coussins posés çà et là sur la terrasse derrière la maison, ils allongèrent le moment du thé à la menthe et des pâtisseries au miel. Walter avait apporté deux tableaux d'un jeune peintre italien qui furent aussitôt pendus dans le salon, Jean-Michel un oiseau de Giacometti, Peggye deux gros coquillages de nacre montés sur des socles d'ébène.

« Nous voilà munis de l'essentiel, déclara Patrick, l'esprit avec votre présence et la beauté avec vos présents. Je déclare ouverte cette saison 1933 de l'amitié dont, comme le disait Saint-Just : " Celui qui dit qu'il ne croit pas à l'amitié ou qui n'a point d'amis, est banni ". »

Dans la petite Citroën Roadster que Patrick avait achetée, ils partirent ensemble presque chaque jour pour de longues excursions, pique-niquant au bord d'une fontaine, sous un figuier sauvage, entourés d'enfants bruns qui les regardaient en silence. A Sousse, Patrick trouva une pierre phénicienne qu'il acheta à un nomade, sous les remparts de Monastir, Elaine recueillit un chat errant blessé au cou et le ramena au jardin, à Kairouan, ils visitèrent la Grande Mosquée et la Mosquée des Trois Portes.

« Deux Juifs, un baptiste, une épiscopalienne, une anglicane et une catholique dans une mosquée, quel œcuménisme ! murmura Maggye.

— Une seule religion nous unit tous, déclara Jean-Michel en dessinant la voûte de la Grande Mosquée sur le carnet de croquis qui ne le quittait pas : l'eudémonisme, la religion enseignant que le but de chaque action est le bonheur. Ici, je suis un fidèle de cette doctrine-là.

— Et à Paris ? » demanda Elaine.

Jean-Michel leva vers elle son regard :

« Paris grimace beaucoup en ce moment. On ne sait si les contorsions de son visage indiquent un sourire ou un rictus de peur. Il est difficile dans ces conditions d'éprouver cet apaisement que recherchent les fidèles de toutes religions.

— Vas-tu partir ?

— Non. Au milieu des pires pogroms, mes ancêtres

restaient dans leurs villages. J'ai hérité d'eux cet aveuglement ou cette philosophie du malheur.

— Tu partiras, affirma Walter, s'il le faut je t'emmènerai de force en Amérique. »

Ils terminèrent leur visite en silence. Peggye les quitta pour prendre des photos et ils l'attendirent assis sur le parvis, en mangeant des pistaches achetées à un aveugle.

« Ce soir, déclara Patrick, je plante des bougainvillées contre la maison. »

A la mi-août, la chaleur devint si forte qu'ils renoncèrent aux excursions, restant à l'ombre de la maison ou sur la terrasse dès le crépuscule. Fatima servait des brocs de citronnade à la fleur d'oranger, des fruits, du sirop d'orgeat. Ils dînaient tard, de poissons ou de crustacés grillés sur un brasero, jouaient aux cartes ou parlaient interminablement jusqu'au cœur de la nuit.

Tard dans la matinée, ils partaient se baigner, rentraient pour déjeuner dans le patio au bord du bassin, faisant la sieste, allaient parfois jusqu'à Hammamet boire un thé dans un café maure ou se promener dans la vieille ville. Jean-Michel achetait des lampes, des étoffes, des faïences qu'il faisait envoyer à sa boutique du faubourg Saint-Honoré, Peggye montait et descendait les remparts, se faufilant sur les terrasses son appareil-photo en bandoulière.

« Höningen sera enchanté, disait-elle, il aime tellement la Tunisie !

— Qu'il achète une maison à Hammamet, suggéra Patrick. Je voudrais ici une thébaïde peuplée seulement de gens de cœur et de talent.

— Pourquoi pas, répondit Peggye, Höni viendra l'année prochaine avec moi. Il me l'a promis. »

Pour occuper les soirées, ils commencèrent à monter des tableaux vivants, puis de courtes saynètes ou chacun devait choisir, créer, incarner un personnage. Patrick se prononça pour Robinson Crusoé, Walter pour Toulouse-Lautrec, Maggye élut Blanche de Castille, Elaine, Hitler, Peggye, Christophe Colomb, Jean-Michel fit une création extravagante et remarquable de Cléo de Mérode. Ensemble, il leur fallut monter une pièce où ces personnages se retrouveraient. Ce fut pour eux une source de rires, d'enfantillages et d'excentricités. La rencontre du nouveau chancelier du Troisième Reich et de Cléo de Mérode fut à ce point burlesque qu'Ali lui-même, qui ne comprenait pourtant qu'à moitié les situations, fut pris d'un fou rire inextinguible.

Les travaux se poursuivaient, la bibliothèque d'Elaine était carrelée, les étagères posées, les salles de bains s'achevaient avec le départ des invités, le patio était maintenant terminé ainsi que le péristyle, pavé également de carreaux noirs et blancs.

Peu à peu, devant les yeux de Patrick, la maison prenait vie, ce qu'il avait depuis des années et des années conçu dans sa pensée, devenait réalité. Levé le premier, il faisait le tour du patio, arrosait les plantes mises en pots, puis montait sur la terrasse pour respirer l'air du matin. Du jardin, montaient les odeurs des orangers, des citronniers, de la menthe sauvage, puis, plus discrètes, celles des cyprès et des eucalyptus. Au loin la mer bordait l'horizon, confondant son bleu, pâle à cette heure du jour, avec celui du ciel. Patrick s'asseyait sur le muret blanchi à la chaux, fermait les yeux pour s'imprégner du bonheur qui montait du jardin et s'infiltrait en lui, tandis qu'à son côté Bumbi, couché sur le flanc, recevait avec délice le premier soleil.

Descendu dans le jardin, il remontait lentement la grande allée, imaginant les végétaux qu'il planterait sitôt installé définitivement chez lui, ici un baobab, là des lauriers-roses, un frangipanier. Parfois le temps se rompait et, revenant sur ses pas, il se croyait encore à Charleston dans les Jardins des Magnolias. Là où coulait la rivière il mettrait un long bassin, là où s'étendait l'étang, il créerait une vasque d'où l'eau ruissellerait sur des plantes aquatiques. Ali le rejoignait dans ce qui serait la roseraie d'Elaine. Une première plantation avait été faite au printemps mais les rosiers se desséchaient.

« Tu dois attendre l'automne, Monsieur, avait déclaré Ali. Toute vie a un commencement, celui des roses intervient lorsque meurt le grand soleil d'été. »

En revanche, les plantes rapportée du désert poussaient magnifiquement. Patrick se penchait sur elles, voyait les feuilles des alfas, des asphodèles s'épanouir, les tiges se redresser et Ali s'étonnait de tant de sollicitude pour des végétaux aussi ingrats.

« Tu verras, Ali, disait Patrick, les plantes lorsqu'elles sont aimées n'ont plus de limites.

— D'où viens-tu, monsieur Henderson ? lui demanda Ali un matin.

— Je viens d'un pays où la nature est beaucoup plus forte, plus violente, plus possessive que l'homme, il doit se respecter pour la respecter. Leur union est si étroite qu'ils cherchent à se posséder l'un l'autre, mais c'est la nature qui gagne toujours.

— Alors, murmura Ali, tu viens du désert. »

Walter, Maggye, Peggye et Jean-Michel partirent à la fin du mois d'août. Patrick et Elaine devaient rester quelques jours encore avant de regagner Paris pour la dernière fois, arranger le déménagement, mettre en place les bases de leur vie nouvelle. Dans la Citroën, ils accompagnèrent leurs amis jusqu'au bateau, déjeunèrent chez Gaston, émus de retrouver les souvenirs de leurs premières heures à Tunis. Personne n'avait de nouvelles de lord Bertie Guilbert.

« Il faudra lui écrire, suggéra Elaine dans la petite salle à manger du restaurant, lui dire combien nous lui sommes reconnaissants. »

La maison sans l'animation créée par la présence de leurs amis semblait étrangement calme, sereine. Ils firent à nouveau le tour de chaque pièce, s'assirent sur les dalles du patio, s'étonnant du silence et des jeux de la lumière sur l'eau du bassin. Un vent plus frais venait du nord, soulevant la poussière et le sable, semblant chercher à les refouler vers le désert. Elaine le dos appuyé contre un pot de terre songeait à son retour à Paris, à toutes les questions encore en suspens, aux discussions dont le fil allait reprendre et auxquelles il allait lui falloir mettre un terme définitif. Patrick imaginait le bassin entouré de colonnes qu'il créerait au bout de l'allée menant à la mer comme une porte de pierre et d'eau ouvrant sur l'espace immense de sable et de sel. Il y voulait des tortues d'eau pour leur beauté et des grenouilles pour leur chant, des lotus et des nymphéas pour leurs fleurs.

## CHAPITRE XXV

Début février 34, Paris avait été livré à l'émeute. Les affrontements extrêmement violents stupéfièrent les Parisiens : plus de trente personnes avaient trouvé la mort entre la Madeleine et la Chambre des députés. Daladier démissionnait mais les grèves se déclenchèrent, faisant la vie de tous les jours tendue et difficile.

Philippe était exaspéré, l'obstination des mouvements de droite comme celle de ceux de gauche lui faisaient pressentir des affrontements plus durs encore.

« Les Français, dit-il à Elaine, se préparent tout seuls à être mangés.

— Mais, objecta Elaine, protester contre l'injustice ou la corruption est une bonne chose ! Ce n'est pas parce que le loup est à nos portes qu'il faut bêler comme des moutons.

— Chaque bêlement se veut un chant magnifique alors qu'il n'est que stupide ! Les communistes ont manifesté contre les fascistes, les fascistes contre les communistes, les anciens combattants ont déjoué le coup d'Etat organisé par la gauche, les royalistes se sont dressés contre les franc-maçons mais tout le monde a reçu les mêmes coups de matraque ! »

Ils achevaient de déjeuner chez Lipp. Quoiqu'un mois se fût écoulé depuis les manifestations, la salle entière bourdonnait encore des mêmes indignations, mille fois ressassées. La mort du roi Albert I$^{er}$ de Belgique était passée au second plan.

Elaine avait apporté à Philippe des photos d'Hammamet envoyées par Ali : la maison semblait achevée, la bougainvillée, déjà grande, avait fleuri et ses grappes foncées se détachaient sur le blanc cru des murs. L'allée menant à l'entrée avait été recouverte de sable qui camouflait les derniers vestiges des travaux. Lalla Ophélie, la chatte trouvée, trônait en haut du péristyle, l'air lointain tandis que Fatima souriait, les bras chargés des fleurs cueillies dans le jardin.

Philippe examina longuement les photos avant de les rendre à Elaine.

« Ta maison ressemble à un refuge, que cherches-tu à fuir ? »

Elaine prit les photos, y jeta un nouveau coup d'œil, les remit soigneusement dans son sac.

« S'il s'agissait d'une fuite ce serait que ma vie actuelle me blesserait, m'ennuierait ou me ferait peur. Ce n'est pas cela. J'ai plutôt envie d'élargir mon existence, d'aller au-delà de mes habitudes ou même d'une certaine sécurité. En Tunisie, lorsque le vent souffle du sud, l'air sent l'herbe sèche, la poussière, une odeur indéfinissable qui est celle de la liberté. »

Elle se redressa.

« Mais tu dois me comprendre, toi qui détestes toute dépendance.

— J'ai accepté de dépendre de toi. »

Elaine sourit, prit la main de Philippe qu'elle serra un instant dans la sienne.

« Et tu le regrettes n'est-ce pas ? Cette sujétion à l'autre est un des écueils les plus dangereux de l'amour.

— C'est aussi une de ses plus grandes jouissances.

— Tout cela est illusion, on invente ses chaînes

comme on invente ses joies, sans justification, sans autre raison que le plaisir qu'on y trouve. »

Un homme s'avança vers Philippe, lui serra la main, se contentant d'un léger signe de tête vers Elaine.

« On ne salue pas tes maîtresses », remarqua-t-elle en souriant.

Ils descendirent le boulevard Saint-Germain vers la rue du Bac. Elaine s'arrêta un instant devant la vitrine d'un bijoutier, Philippe la prenant par la main poussa la porte du magasin.

Longuement, il examina des chaînes, des anneaux. Il voulait offrir à Elaine un symbole, quelque chose qui lui rappelât leurs liens. Elaine, immobile sur son fauteuil, se taisait. L'amour de Philippe la culpabilisait. Elle n'aimait plus le rôle qu'il lui faisait jouer. Enfin, une bague formée de deux cordes tressées, nouées l'une à l'autre par une boucle de diamant, parut plaire à Philippe. Lentement, il la passa à l'annulaire droit d'Elaine, la bague s'y ajustait parfaitement.

« Ne dis rien, murmura-t-il, porte-la, simplement. »

Ils se retrouvèrent sur le boulevard devant une station de taxi. Elaine n'osa plus dire à Philippe, comme elle en avait l'intention, qu'elle ne désirait pas aller chez lui.

Dès le début du mois de mai, Maggye déploya une grande activité pour préparer la soirée d'adieu qu'elle donnait pour le départ de Patrick et d'Elaine. Enceinte à nouveau, elle rayonnait d'un bonheur qu'aucun événement extérieur ne pouvait ternir. Cette fois-ci la paternité de David était évidente pour elle et la sérénité que lui donnait cette certitude effaçait les malaises, les fatigues des débuts de grossesse.

« Chaque vie forge son destin, avait-elle dit à Elaine un jour où elles se promenaient ensemble. La mienne me fera la femme de Walter et la mère de l'enfant de David, je ne demande rien de plus.

— Vraiment! avait remarqué Elaine avec un peu d'ironie, et tes soirées, tes voyages, tes tendres amis, rien de cela ne compte plus désormais? J'ai du mal à t'imaginer en épouse et mère. »

Maggye avait refusé cette remarque avec vivacité.

« Tu n'as pas du tout compris! Etant la femme de Walter, je dois lui donner ce qu'il attend de moi, être une personne intéressante, élégante, accueillante pour ses amis, ses clients, étant la mère d'un enfant je serai solide, confiante, sécurisante. Les êtres ne sont pas des portes fermées, ils sont des horizons multiples, complémentaires. La position de femme et de mère ne crée pas deux clôtures mais deux élans.

— Peut-être, murmura Elaine, mais je vois beaucoup de femmes immobilisées par la maternité. »

Elle songeait à Johanna enceinte pour la quatrième fois, racontant dans de longues lettres ses déjeuners au club des femmes républicaines, ses parties de golf, les petits mots gentils ou les colères de ses enfants. Dick semblait ne plus exister, elle n'en parlait pas.

La soirée donnée rue du Cirque avait pour thème l'Orient. Bérard devait transformer le grand salon, le petit salon et la salle à manger de l'appartement des Bubert en tente caïdale. Avec Maggye, il avait choisi un tissu lamé d'argent et de bleu outremer, des coussins de velours noirs frangés d'or, loué de grands plateaux de cuivre sur des trépieds d'ébène, des plantes vertes dans des pots de cuivre martelé. Walter prêtait des tableaux orientalistes et Peggye une série de photos prises lors d'un reportage dans les palais de Tanger. Le buffet, l'organisation de la soirée elle-même demeuraient secrets. Maggye voulait garder un effet de surprise afin d'étonner un Tout-Paris blasé.

Walter en personne monta dans la mansarde de

Paul Poiret afin de lui porter un carton d'invitation. Il avait connu le maître alors qu'il travaillait tout jeune homme encore chez un grand marchand de tableaux du faubourg Saint-Honoré auquel Poiret avait vendu sa collection. Un instant il s'arrêta afin de lire, épinglée sur la porte, la fameuse liste des « anciens amis de Paul Poiret qui avaient hanté ses fêtes pour l'abandonner à sa misère ». Le vieux couturier lui ouvrit, il était sale, pas coiffé. Walter eut dans la mémoire le souvenir du prince de Paris, de son élégance splendide et désabusée, de ses soirées spectaculaires.

« Que désirez-vous ? demanda-t-il d'un ton inquisiteur.

— Je suis Walter Bubert. »

Poiret poussa un petit cri et s'effaça pour faire rentrer son ami. Ils burent un verre de vin blanc, assis sur un divan recouvert d'une couverture de coton. Le poêle à bois chauffait trop fort, Walter desserra le col de sa chemise. L'odeur de la pièce, le spectacle de cet homme déchu l'incommodaient.

« Venez à ma fête, demanda Walter en tendant l'enveloppe. Tous mes amis seront heureux de vous revoir.

— Je n'ai rien à me mettre, murmura Poiret.

— Je vous ferai porter un habit. »

Poiret hocha la tête sans répondre.

« Maggye et moi donnons une soirée orientale, insista Walter, vous comprenez pourquoi votre présence serait précieuse pour nous. »

Soudain, Poiret se redressa, ses yeux noirs retrouvèrent l'éclat qu'ils avaient au temps où, vêtu du tussor blanc, il arpentait, de son pas vif d'amateur de bonne chère et de jolies femmes, les rues de Paris.

« Les Mille et Une Nuits ! s'écria-t-il. Vous souvenez-vous de la Mille et Deuxième Nuit dans mes jardins du faubourg Saint-Honoré ?

— Comment l'oublier, cher maître ? Ma soirée ne pourra rivaliser avec la vôtre. Les temps ont changé. Maggye et moi la donnons pour le départ d'un couple de jeunes Américains qui s'installe en Tunisie. Nous voulons leur donner un avant-goût des délices qui les attendent là-bas.

— Ils ont raison de partir, murmura Poiret. Paris ne vaut plus rien. On ne pense plus qu'à gagner de l'argent. Voyez-vous, cher Walter, si je fus dans une vie précédente un prince oriental, je refuse de revenir encore une fois sur cette terre où règnent les banquiers et les avocats. J'écris un livre sur ma vie, je vous le ferai parvenir. »

Walter se leva.

« Nous comptons sur vous, c'est promis ?

— Peut-être, mon ami, peut-être... Si l'idée de revoir tous ces visages ne me rend pas malade. Malherbe n'a-t-il pas dit : " N'espérons plus, mon âme, aux promesses du monde. Sa lumière est un verre et sa faveur une onde. " »

Walter prit son chapeau, ses gants et se sauva, il ne savait plus s'il souhaitait ou non avoir Paul Poiret pour hôte.

Une dizaine de jours avant sa fête, Maggye passa un coup de téléphone à Elaine.

« Désires-tu la présence de Stephane ou te dérangerait-elle ? Je ne ferai rien sans ton approbation.

— Invite-le, cela n'a aucune importance pour moi.

— Et Philippe ? »

Elaine hésita un instant. Elle avait déjà réfléchi à cette éventualité de retrouver son amant chez les Bubert et ne savait pas encore si elle désirait ou non le voir à cette fête.

« Invite-le », demanda-t-elle enfin.

La date de leur déménagement était maintenant décidée, l'appartement vendu. Le 1$^{er}$ juin, Patrick et

Elaine quitteraient Paris par le Paris-Lyon-Méditerranée. L'un comme l'autre étaient désireux de partir, de retrouver leur maison blanche, l'allée menant à la mer, la lumière du matin entre les feuilles des arbres entourant les fenêtres et celle du soir sur la terrasse. Aucun être, eût-il été très aimé, ne pouvait plus les empêcher de s'en aller.

Ils empaquetèrent eux-mêmes les objets auxquels ils tenaient, le dessin que Cocteau avait fait de Patrick, les photos de Man Ray, les livres anciens d'Elaine. De sa grand-mère, elle avait hérité une commode Queen Anne, une paire de fauteuils et deux portraits d'ancêtres qu'elle avait toujours aimés. Sa mère et Charles s'étaient partagé le reste du mobilier avant la mise en vente du manoir.

La veille de la soirée des Bubert, une semaine avant leur départ, Patrick déjeuna une dernière fois avec Steph. Ils s'étaient retrouvés de temps à autre depuis leur rencontre aux Tuileries, toujours avec bonheur. La tendresse avait pris désormais la place de la passion, leur donnant de longs moments heureux où ils parlaient de ce qu'ils aimaient l'un et l'autre, la nature, les livres, la beauté.

Avant qu'ils ne se séparent, Steph promit de venir en juillet à Hammamet et cette promesse effaça la dernière ombre sur la joie de Patrick.

Devant la porte de l'appartement des Bubert, deux Africains, vêtus de longues robes blanches galonnées d'une passementerie d'or, portaient des torchères tandis qu'une petite fille en caftan rose et argent distribuait à chaque invitée une couronne de jasmin.

Le vestibule était tapissé de tissu noir comme si Bérard avait voulu créer un passage neutre, l'impression d'un tunnel à franchir avant de déboucher sur l'éblouissement du salon. Au centre, là où retombait un lourd gland de soie dorée se détachant sur l'argent et le bleu des murs tendus de tissu lamé, une volière

353

*Le jardin des Henderson.* 12.

avait été disposée où, sur des branches laquées de noir, des oiseaux-mouches et des paradisiers se balançaient. La lumière filtrant à travers le tissu donnait l'impression que la tente tout entière flottait dans une clarté diffuse ressemblant aux premières lueurs de l'aube dans le désert ou aux dernières du crépuscule. Dans des bols brûlait de l'encens dont l'odeur se mêlait à celle des fleurs de jasmin.

Le bruit, l'agitation des rues de Paris, s'arrêtaient aux portes de cette tente et les invités tournaient la tête de tous côtés, étonnés d'être dépaysés à ce point en un instant si court. Des serviteurs vêtus de longs caftans blancs offraient des pistaches, des amandes et des dattes sur des plateaux de cuivre. Maggye en culotte bouffante, petit boléro pourpre brodé et résille de mousseline rehaussée de perles dans les cheveux, un léger voile accroché derrière les oreilles par des agrafes de rubis, allait de l'un à l'autre, entraînant quelques groupes vers le petit salon où la tente se faisait intime, ornée des tableaux orientalistes et des photos de Peggye. Dans un coin, entre deux portes, de l'eau coulait d'une fontaine de faïence turquoise, faisant un bruit léger couvert de temps à autre par le roucoulement de deux colombes volant librement dans la pièce.

A huit heures, on servit du poulet aux amandes, du mouton grillé sur de la semoule, de grosses crevettes accompagnées de citrons confits. Trois musiciens jouaient une musique légère et obsédante, laissant les conversations se dérouler autour des tables basses où les groupes d'amis avaient pris place.

Patrick, Elaine, Steph, Philippe, Peggye, Höningen Huene et Jean-Michel s'étaient réunis dans le petit salon. Elaine revoyait Steph pour la première fois depuis Capri. Un instant ils s'observèrent, puis, le premier, Steph alla vers Elaine et l'embrassa.

« Je sais que vous venez nous voir cet été, dit Elaine, vous me faites plaisir. »

Elle était réellement heureuse de le retrouver. A Capri, ils avaient partagé de beaux moments. Lui restaient en mémoire les pique-niques, les rires, les longues conversations sur la terrasse de leur petite maison. Patrick les observait avec sérénité. Une force étrange, présente en lui depuis sa petite enfance, le portait vers l'avant vers un point qu'il définissait mal alors et qui lui apparaissait désormais clairement : son jardin et sa maison dans le pays qu'il s'était choisi.

Un petit garçon enturbanné servait du thé ou du café dans des verres peints tandis que deux jeunes filles portaient ensemble un grand plat de faïence bleue où étaient disposés des pâtisseries au miel, des fruits confits et des pâtes d'amande.

Philippe, qui avait peu pris part à la conversation générale, se pencha vers Elaine.

« Pourrons-nous parler un instant ? »

Elaine fit un signe de tête approbateur. La présence de son amant ne la gênait pas, elle se trouvait déjà détachée de lui. Elle refuserait certainement de se rendre dans son appartement avant leur départ en Tunisie.

Höningen Huene, passionné par le projet de cette installation à Hammamet, posait à Patrick mille questions. Il avait toujours adoré les pays d'Islam et rêvait lui aussi de s'y bâtir une maison.

« Vous m'ouvrez la porte, dit-il à Patrick, je vous suivrai sans doute.

— N'entraînez pas le Tout-Paris à Hammamet, supplia Peggye, avec qui pourrais-je travailler, avec qui pourrais-je faire l'amour ?

— Avec moi », proposa Walter.

Il était derrière eux, un verre de thé à la main.

« Si je comprends bien, poursuivit-il en s'asseyant,

Paris perd de son prestige en ce moment. Cela ne m'étonne pas. Les bruits de bottes que nous percevons chez nos voisins sont par trop incommodants !

— La musique de ces charmants garçons les couvre avec bonheur », intervint Jean-Michel en désignant l'orchestre.

Walter le considéra longuement.

« Toute fête, mon cher ami, est une sorte de rire désespéré, une dernière pirouette avant l'inconnu. C'est pour cela sans doute que Paris en donne autant ces temps-ci.

— Ne pourriez-vous pas plutôt retrousser vos manches et agir, au lieu de les couvrir de passementeries ? » demanda Philippe. Il y eut un silence. Tous les regards s'étaient tournés vers celui qui posait une si étrange question. Elaine seule considérait son assiette avec attention.

Ce fut Jean-Michel qui de sa voix claire, calme, prit la parole.

« Mon Dieu, cher Philippe, vous souvenez-vous de Don Quichotte ? Nous voyez-vous, tous ici présents, partant en guerre contre les moulins allemands, le sabre au clair ? »

Philippe sursauta :

« Ces moulins représentaient une armée imaginaire ! Celle qui existe de l'autre côté du Rhin est bien réelle. Quand cesserez-vous tous de rêver ? Vous particulièrement, monsieur Frank, et vous, monsieur Bubert !

— Pourquoi nous ? s'exclama Jean-Michel.

— Mais parce que vous êtes juifs et qu'Hitler vous hait ! Ne comprenez-vous pas que cet homme est un fou, qu'il veut incendier l'Europe pour vous jeter dans le brasier et vous exterminer ? »

Walter sourit, acheva sa tasse de thé et posa sa main sur le bras de Philippe.

« Je sais cela. Seuls, nous ne pouvons rien et vous ne

nous aiderez pas, aucun de vous ici présents, parce que vous ne le pourrez pas, que le vent sera beaucoup trop fort. Il faudra fuir ou être brisé. »

Philippe hocha la tête, il y eut un silence à nouveau.

« Et si nous parlions d'autre chose que de la guerre ? proposa Peggye. Il paraît qu'en Amérique on vient d'abattre les fameux gangsters Bonnie Parker et Clyde Barrow. La femme semblait plus enragée encore que l'homme. Elle voulait éblouir son amant, peut-être !

— Les femmes sont folles, murmura Elaine, elles ne savent pas séparer l'amour de leurs désirs.

— Mais lorsqu'elles n'aiment plus, constata Höningen, elles oublient non seulement leur amant mais jusqu'aux marques d'amour qu'elles lui ont données. »

Philippe regarda Elaine et ne dit rien.

Ils étaient seuls dans un coin du petit salon près de la fontaine. Il était tard déjà, bien plus d'une heure du matin. Philippe était assis à côté d'Elaine sur un divan bas recouvert de soie rose, une des colombes s'était posée sur un accoudoir et le considérait la tête penchée, comme si elle se concentrait afin de mieux l'entendre.

« Nous reverrons-nous avant ton départ ? demanda Philippe.

— Je ne pense pas », répondit Elaine aussi doucement que possible. Elle voulait absolument éviter tout éclat de voix, toute protestation. Il lui semblait normal que Philippe s'écartât, simplement parce que le temps était venu pour lui de se retirer.

Philippe inspira lentement, manifestement il faisait un effort pour rester calme.

« Tu ne peux pas partir sans que nous ne nous soyons au moins dit au revoir !

— Ce dernier adieu serait plutôt pénible, ne le penses-tu pas ? »

Son cœur battait plus fort, elle avait hâte que la conversation prît fin.

« Pénible ? répéta Philippe lentement.

— Mais que souhaites-tu ? demanda Elaine d'une voix tremblante, que nous pleurions dans les bras l'un de l'autre ? »

Philippe haussa les épaules.

« A tes larmes, je ne croirais guère ! Tu me quittes, tu désires une autre vie, je le sais, mais je ne veux pas que ce départ soit un adieu. »

Il se tut, sa voix, par ses changements d'intensité, révélait son émotion.

« Parce que je ne supporterais pas de ne plus te voir. »

« Mon Dieu, pensa Elaine, il va venir en Tunisie... »

Aussitôt, elle regretta d'avoir eu cette pensée. Philippe s'était montré toujours parfaitement courtois et généreux envers elle.

« Je ne peux rien te promettre, dit-elle en posant une seconde la main sur celle de son amant, mais peut-être, oui, peut-être, la vie nous remettra-t-elle en présence.

— Il faut aider la vie. Reviens en France.

— Je ne peux rien te promettre », répéta Elaine.

La colombe s'envola, frôlant la tête de Philippe, les épaules d'Elaine.

« Tu reviendras au moins une fois », insista Philippe.

Sa voix était calme à nouveau, déterminée.

A les voir assis tranquillement l'un à côté de l'autre sur ce canapé de soie rose, on pensait à deux vieux amis en train d'évoquer leurs souvenirs. Elaine ne trouvait rien à répondre. Elle ne voulait prendre aucun engagement.

« Ecoute-moi, dit doucement Philippe, écoute-moi un instant encore et je te laisserai aller. Un jour, je ne sais pas quand, je te rappellerai et tu viendras me rejoindre. »

Elaine eut un tressaillement, il l'arrêta en posant sa main sur son bras.

« Laisse-moi continuer, Elaine. Tu viendras me rejoindre parce que ce sera la seule et unique fois que je t'adresserai cette demande et, lorsque je la formulerai, elle voudra dire que j'ai absolument besoin de toi. Ce ne sera ni un caprice, ni du despotisme, ce sera vital pour moi. Me promets-tu que tu viendras lorsque je te le demanderai ? »

La voix grave de Philippe, son regard, troublèrent Elaine. Elle savait qu'il engageait son âme dans cette requête.

« Oui », murmura-t-elle.

Elle se leva aussitôt. L'émotion, l'énervement la faisaient trembler. Philippe lui baisa la main longuement, puis se détourna et quitta le petit salon des Bubert.

Elaine avait envie de pleurer. Les musiciens étaient partis, les bougies s'éteignaient, la fête était finie.

## CHAPITRE XXVI

« Quel âge a-t-il ? demanda Patrick.
— Trois ans, monsieur, c'est le bon âge pour un cheval de selle. »

Patrick passa sa main sur l'encolure de l'animal qui transpirait. Non loin de lui, trois bédouins accroupis sur la poussière faisaient chauffer une bouilloire d'eau pour le thé, gestes mesurés, regards baissés, cérémonial infime et considérable ponctuant la traversée du jour.

Le cheval donna un coup de tête en soufflant. Maintenant silencieux, le marchand attendait la décision de Patrick.

« Je l'achète », décida-t-il.

Un petit garçon apporta du café aromatisé à la cardamome sur un plateau de cuivre.

« Tu as fait un bon achat, monsieur Henderson, déclara le marchand. Ce cheval te ressemble, il est beau et fier comme toi... » Patrick sourit. La facilité avec laquelle les Tunisiens disaient les mots lui rendait plus pesants encore les silences, les pudeurs des gens de chez lui, le Géorgien semblait être né dans le mépris de son corps, le Tunisien dans sa jubilation.

Il paya le marchand, prit son cheval par la bride.

« Tu t'appelles Khayyam », dit-il doucement.

Le cheval eut un mouvement de tête, souffla encore. Les mouches, incessamment, tournaient autour d'eux.

Le retour vers le jardin se fit à pas lents. Patrick voulait sentir son cheval, apprendre à le connaître. Déjà la courbe de ses flancs lui semblait familière, son odeur et les mouvements de son corps. Khayyam parfois faisait un écart pour éviter une pierre, un chien errant, et Patrick le rassurait en posant la main sur son col.

« Khayyam, répétait-il doucement, Khayyam. »

Il avait tout désormais, sa maison, son jardin, son cheval. Le fleuve, tumultueux à sa source, puis sinueux, aboutissait à la mer. Un mois après leur arrivée, le jardin se développait chaque jour. Là, il avait planté des bambous qui, correctement arrosés, prenaient déjà de l'ampleur. Ici, Ali avait placé des plantes du désert qui se mêlaient en buissons épineux et fleuris. Les cyprès de Sicile envoyés par la marquise formaient une haie de bienvenue de chaque côté de l'allée menant vers l'entrée de la maison. Patrick laissait toujours son imagination prévaloir. Les plantes occupaient son esprit comme les notes celui d'un musicien. Dans sa tête s'enlaçaient les fougères, les bougainvillées, les acacias, les lis belladones, les lauriers-roses, les yuccas, en une symphonie si ample qu'il était parfois comme enivré. Assis sur le sol de son jardin, il y enfonçait les doigts, sentait sur sa peau la fraîcheur de l'humus, la chaleur du sable. La terre collait ses mains, il les frottait longuement l'une contre l'autre, les approchait de son visage pour en découvrir l'odeur. Sa terre... Une rencontre plus grisante qu'aucune rencontre amoureuse parce que sereine, ouverte, souveraine.

A Khayyam, Bumbi et Lalla Ophélie, il joignit des paons, des poules, des canards, un chat siamois, Tibère, acheté à Tunis et offert à Elaine. Tibère et Lalla Ophélie s'observèrent un long moment avant de s'adopter. Bumbi supportait avec stoïcisme ses nouveaux compagnons. Avec l'arrivée de Khayyam au jardin, l'emploi du temps de Patrick se modifia. Désormais, il commençait ses matinées par un tour du verger, son café à la main, suivi d'une longue promenade à cheval, jusqu'à l'heure du déjeuner, parfois beaucoup plus tard. Jour après jour il repoussait les limites de ses découvertes, il alla jusqu'à Bou Ficha, puis atteignit Saouf, ne rentrant au Jardin qu'à la nuit. Tout dans ce pays l'étonnait, le séduisait : la lumière, la ligne précise des maisons, des arbres sur le ciel, les nuances de la terre et du sable, le silence, les odeurs sèches, sensuelles, nettes d'un feu de bois, des épices, de la poussière, d'une touffe de menthe poussant à l'orée d'un jardin. Parfois, au détour d'un chemin, un groupe d'enfants surgissait en riant, une femme rabattait un pan de son fichu sur son visage, le regard espiègle. Il aimait ce mélange de pudeur et de sensualité, de dévotion et de panthéisme. Ici, Dieu ne contraignait pas les corps, ne figeait pas les gestes, n'arrêtait pas les regards, ne brisait pas les espérances. Dans la mémoire de Patrick, tandis qu'il se laissait bercer par le pas de Khayyam, revenait le souvenir du mutisme absolu de son père, du visage immobile de sa mère, puis surgissait la vision de ses élèves du Tennessee, les bouches ouvertes sur le vide de la mémoire, les yeux toujours ailleurs. Parfois le visage d'Ada apparaissait, si proche qu'il avait l'impression de pouvoir le caresser en tendant la main. Il donnait alors un coup de talon à Khayyam qui s'élançait, le vent avait l'odeur de la terre sèche, il le respirait, le buvait pour laver sa mémoire, laisser derrière lui les fantômes d'Ada, de Liza, de Ruby, de Nancy, de Grace et celui d'un bébé qu'il n'avait jamais vu, de Shirley, de Charles, de Steph, de tous les êtres qui avaient marqué son corps et son cœur comme les fatigues et les joies laissent leur empreinte sur un visage.

Dans les villages, les campements de nomades, il s'arrêtait, on lui offrait du thé, des dattes, des galettes cuites sur la braise. La fatigue alors s'effaçait, il engageait une conversation plus mimée que parlée : possédaient-ils des pierres, des statues antiques, étaient-ils prêts à les vendre ? On l'écoutait. Le temps passait avant que l'un de ses interlocuteurs ne répondît. « Oui, peut-être... » Combien offrait-il pour un tronçon de colonne, un visage de pierre amputé de sa chevelure, une main encore tendue dans un geste d'offrande ? Il buvait une gorgée de thé. Un peu de temps s'écoulait encore. Que lui demandait-on ? Enfin des chiffres étaient avancés, parfois considérables, parfois dérisoires mais il possédait déjà en esprit ces fragments venus de l'histoire, les plaçait devant une fontaine, à l'intersection de deux allées, dans son patio. « Demain, vous me les remettrez au Jardin Henderson à Hammamet. C'est entendu ? » On buvait encore du thé, on parlait d'autre chose, du vent, des sauterelles, de la récolte des oranges, de la Grande Fête qui approchait. L'Américain désirait-il un mouton bien gras pour un bon prix ? Patrick refusait, s'inclinait, remontait en selle, distribuait parfois quelques francs à des enfants qui s'approchaient. Ils refermaient leurs petites mains et riaient, éblouis par cet étranger blond qui savait donner.

Au contact des nomades, Patrick découvrit l'importance de l'eau, sa valeur. Le Jardin avait son puits, il décida de le partager, fit construire un abreuvoir le long de son mur afin que les bédouins puissent y boire en passant. C'était pour lui un bonheur très grand de pouvoir se montrer généreux et secourable, l'âpreté de la vie dans les montagnes de Géorgie ne permettait pas d'être trop humain, la légèreté de l'existence dorée qu'il menait à Paris rendait vaine la bonté.

Dans l'allée prolongeant le portique d'entrée de la maison, les travaux du grand bassin avaient commencé. Patrick souhaitait qu'ils fussent achevés avant l'arrivée de Peggye, de Jean-Michel et de Steph afin de donner une grande fête d'inauguration. Ensemble, ils planteraient les premiers lotus, les premiers nymphéas.

Tout au bout de la perspective, adossé à un bois d'eucalyptus et d'oliviers, le petit temple rond était déjà construit avec ses niches pour les tourterelles. Bumbi aimait y aller dormir le soir, lorsque Patrick surveillait les premières olives, suivi de ses paons et de ses chats. C'était l'heure où le jardin délivrait les odeurs emprisonnées par le poids du jour. Le soleil déjà bas jetait entre les feuilles une lumière douce que le vent déplaçait, formant de minces échelles qui permettaient aux rêves de s'évader. Patrick et Elaine marchaient jusqu'à la mer pour contempler les teintes du couchant.

Elaine avait embelli sa roseraie, planté des espèces anciennes pâles et odorantes, des roses grimpantes jaunes et pourpres, des roses thé semblables à celles de Virginie. Le matin, lorsque Patrick et Khayyam s'étaient éloignés, elle venait y lire avant de descendre à la mer, nager longuement, étonnée encore d'être si libre, d'avoir tant de soleil, de rentrer dans une maison où chaque pierre, chaque meuble, chaque bouquet provenait d'un désir. Le téléphone la reliait au monde, elle ne l'utilisait guère, trop occupée qu'elle était à découvrir son domaine.

Maggye appelait régulièrement. Elle se portait bien, mènerait l'été à Deauville une existence paisible, David à son côté. Il ne pouvait rien donner d'autre que sa présence, elle ne lui en demandait pas plus. Walter préparait un éventuel départ vers les Etats-Unis. Il pensait ouvrir une galerie à Boston, une autre à Chicago, songeait à Los Angeles. Lorsque le bébé serait né, il partirait le premier, organiserait leur nouvelle vie avant de revenir les chercher.

« Et David ? demanda un jour Elaine.

— Il émigrera aux Etats-Unis.

— Il n'a que vingt-deux ans, Maggye, de quoi vivra-t-il ? »

Maggye avait ri, c'était sa façon à elle d'éluder les questions qui l'embarrassaient.

« Es-tu heureuse dans ton bled ? lui avait-elle demandé.

— Oui, Maggye, je suis heureuse.

— Tu ne le seras pas longtemps, tu es quelqu'un de bien trop passionné pour vivre à l'écart du monde.

— Toute passion n'est pas forcément amoureuse. Il me semble que l'important est de savoir goûter la douceur de la vie. »

Après ses conversations avec Maggye, Elaine demeurait perplexe un long moment. Des souvenirs lui revenaient en mémoire : leurs déjeuners, le petit salon jaune de la rue du Cirque, leurs visites bras dessus, bras dessous chez les couturiers, leurs fous rires, leurs projets, puis, invariablement, elle se souvenait de Philippe ou plutôt il resurgissait d'une façon plus précise encore dans son esprit car son image demeurait sans cesse présente en elle. Il avait écrit une courte lettre disant qu'il travaillait, que ses journées n'étaient désormais que des mots, des ordres, des gestes, des habitudes. Il attendait une occasion de s'enthousiasmer à nouveau mais elle ne se présentait pas encore. Elaine avait eu un serrement de cœur en lisant ces mots, Philippe était-il prêt à aimer une autre femme ? Elle avait répondu sur une carte postale.

Dans sa bibliothèque où étaient maintenant disposés tous ses livres, la photo où elle dansait avec Philippe la considérait parfois gaiement, parfois amèrement. Elle soutenait son regard. Il lui fallait s'endurcir, ne plus voir ce visage que comme celui d'un homme ordinaire. Ne pas l'oublier mais le rendre inoffensif.

Le mois de juillet arrivait à son terme, les travaux du grand bassin étaient achevés. Tout était prêt pour l'arrivée de Steph, de Jean-Michel et de Peggye. Patrick avait fleuri lui-même la chambre qu'occuperait Steph. Au-dessus du lit, il avait accroché une branche de bois sculptée, venant probablement d'une église copte égyptienne, et y avait collé une petite carte. « Tu l'emporteras avec toi, c'est le rameau de la paix. »

« Du champagne, s'écria Jean-Michel, du champagne aux confins du désert ! Nous sommes donc chez le roi Salomon. »

Tout au long du grand bassin des torchères avaient été plantées, jetant sur la surface immobile de l'eau des taches dorées annonciatrices des fleurs qui bientôt allaient y éclore. Sous le temple aux colombes, Fatima, sa sœur Sonia et Ali avaient disposé un buffet de fruits et de pâtisseries. Des brochettes cuisaient sur un feu de braises.

« Tu n'as rien vu encore, dit Patrick. Mon cher Jean-Michel, t'étonner est une gageure que j'ai voulu tenir ! »

Elaine, vêtue d'une robe de toile blanche, coupa le fil barrant le bassin aux lotus, le déclarant « partie intégrante du jardin ». On appela Bumbi pour lui demander son avis, il avait disparu.

« Ce pauvre chien vient de découvrir le sexe à quatre ans, expliqua Elaine, cela le rend fou, dissimulé et ingrat.

— Enfin, il est normal ! » s'écria Steph.

Depuis son arrivée, Stephane vivait un peu à l'écart du groupe, se levant le dernier, aimant partir seul dans la vieille ville en longeant la plage, revenant parfois tard, sans explications, mais toujours charmant, serviable, attentif aux autres lorsqu'il se trouvait en leur compagnie. Patrick avait essayé de l'entraîner dans ses longues randonnées à cheval, il avait refusé.

Un soir, ne le voyant pas rentrer, Patrick était parti à sa rencontre sur la plage. Il l'avait trouvé assis sur le sable, face à la mer, immobile. Sans rien dire, il s'était installé à côté de lui. Le coucher de soleil était somptueux ce jour-là, la Méditerranée semblable à un désert où se déplaçaient des vents de lumière. Une petite fille en robe fleurie, portant du bois sur le dos, leur fit un signe de la main en passant devant eux.

« Pourquoi me fuis-tu ? demanda doucement Patrick sans cesser de regarder la mer. Me détestes-tu maintenant ?

— Tu me fais peur. »

Patrick resta un moment silencieux. La réponse de Steph le surprenait.

« Pourquoi peur ? A cause de nos souvenirs ?

— Parce que tu es inatteignable. Tu es comme un oiseau qui plane, on te regarde, on t'admire, on ne peut te rejoindre. »

Une risée de vent jeta sur la mer une couche légère de lumière.

« Tu sais très bien, Steph, que je peux souffrir. Voudrais-tu me voir encore vaincu ? »

Steph eut un petit rire ironique.

« On n'est jamais aussi vainqueur, ni aussi vaincu qu'on se l'imagine, a dit Montalembert. »

Soudainement le jeune homme se tourna vers Patrick, le regardant bien en face.

« Tu as beaucoup parlé de ta propre souffrance. Le sujet me semble épuisé. Te voilà maintenant à l'abri, chez toi. Le Jardin est l'écran que tu souhaitais entre toi et le monde.

— Oui, répéta lentement Patrick, le Jardin est l'écran que je souhaitais depuis toujours.

— Parce que tu refuses de vivre.

— Parce que je refuse de me battre sans cesse, je refuse les rapports de force, la jalousie, l'agressivité, la violence. Tu sais tout de moi, tu sais qu'il a fallu que je lutte dès ma naissance pour ne pas devenir un sauvage à moitié idiot, ou un insurgé. C'est assez maintenant. Je n'ai plus rien à prouver !

— Ecris, dit Stephane d'une voix soudainement douce, écris. Parle enfin de toi et tu feras un beau livre. »

Steph tendit la main, paume ouverte en un geste de paix. Patrick prit cette main, la serra dans la sienne longuement.

« Les aveugles entendent mieux que personne, les sourds voient plus loin, qui a dit cela, Steph ?

— Gobineau.

— Alors, pour ne pas faire mentir M. Gobineau et pour plaire à Stephane Buck, j'écrirai encore un livre. »

« Dînons, décida Elaine, tant pis pour Bumbi ! Nous irons à sa recherche plus tard. »

Fatima et Sonia apportaient ensemble un grand plat de semoule entourée de légumes. Ali retirait du feu les brochettes, les saupoudrant de poivre, de cumin et de sel. D'un verger voisin venait un son de tambourin et de flûte.

« On dirait qu'il y a ce soir une autre fête toute proche », remarqua Peggye.

A ce moment surgirent les musiciens et la danseuse qui s'élança vers le bassin dans le cliquetis des sequins qui ceignaient son front, ses poignets et ses chevilles. Les trois hommes vêtus de blanc prirent place devant le temple.

« Nous souperons ce soir en musique, déclara Patrick.

— Bagdad, Bagdad... » murmura Jean-Michel.

Ali passait les brochettes. Tout le monde s'était assis

sur les coussins disposés au bord de l'eau et la danseuse les frôlait, s'attardant devant les hommes qu'elle semblait inviter par les mouvements ondoyants de ses hanches. Devant Steph, elle eut un petit mouvement de la main. Le jeune homme se leva, essaya un moment de suivre son rythme rapide, puis en riant reprit sa place. Jean-Michel lui succéda. Son corps frêle semblait agité par le vent de la musique, il avait ôté ses lunettes et tournoyait à l'aveuglette, les bras tendus devant lui.

On l'applaudit à tout rompre. Fatima, Sonia riaient aux éclats les mains sur les hanches, Ali scandait le rythme en battant des mains. Bumbi n'était toujours pas de retour.

Au dessert, Patrick alluma les feux de Bengale et le bassin se couvrit de rouge, de vert, de bleu. Les couleurs se mêlaient, se séparaient selon les mouvements de la brise et des flammes, semblaient s'enfoncer dans l'eau pour en resurgir. La danseuse se reposait, assise sur les marches du temple, accompagnant de la tête les mouvements incantatoires de la musique.

Soudain on entendit un souffle, un pas rapide sur le sable de l'allée. Patrick se redressa aussitôt.

« Bumbi ? » demanda-t-il.

Le chien surgit à ce moment, laissant derrière lui une traînée de sang.

« Mon Dieu ! » murmura Elaine.

Elle se leva à son tour mais Bumbi allait vers Patrick, posant sa tête ensanglantée sur les genoux de son maître.

Doucement, lentement, Patrick prit son chien entre ses bras, le serrant contre lui. Les musiciens jouaient toujours et chacun des mouvements de la bête comme de l'homme semblait accompagner la musique. Patrick releva la tête, il avait du sang sur sa chemise, sur ses mains, Bumbi, accroupi, semblait exténué, entièrement confiant dans le pouvoir de son maître. Elaine d'abord, puis tout le monde vit les larmes de Patrick, coulant sur son visage, se mêlant au sang de son chien, larmes légères, régulières, silencieuses, les premières qu'il versait en public de sa vie. Personne, excepté Steph, ne l'avait vu pleurer.

A la fin du mois d'août, quelques jours avant leur départ, Steph, Peggye et Jean-Michel partirent en excursion dans le Sud. Ali et un cousin les accompagnaient dans deux camionnettes bâchées, louées à l'Hôtel de France. Elaine avait préparé des provisions, des réserves d'eau minérale, Ali ayant de la famille tout au long du parcours promettait les fruits, la viande et les légumes. Steph conduisait une des camionnettes, Peggye l'autre, personne ne faisait confiance à Jean-Michel. On lui laissait volontiers le rôle de guide et de conférencier.
« Revenez vite ! » cria Elaine en agitant la main.
Les voitures quittèrent le Jardin dans un flot de poussière, Bumbi remis de ses blessures courut un moment derrière elles avant de faire demi-tour et de venir s'allonger à l'ombre d'un eucalyptus.
Le silence retomba sur le jardin, Patrick et Elaine se regardèrent, un peu étonnés de se retrouver seuls dans la paix d'une maison vide.
« Allons jusqu'à Hammamet par la plage, proposa Patrick. La matinée est si belle ! »
Le sable était chaud déjà, l'éclat de la lumière sur la mer éblouissant. Ils se baignèrent longuement, marchèrent lentement, jetant à Bumbi des cailloux ou des morceaux de bois.
« N'as-tu pas peur de l'automne ? demanda Patrick. Nous serons seuls toi et moi, vraiment seuls alors. »
Elaine s'arrêta pour regarder le vol d'un oiseau.
« Regarde, dit-elle en pointant le doigt, c'est une de nos colombes. »

Puis, se retournant vers Patrick :
« Que veut dire le mot " seul " ?
— Cela dépend, peut-être simplement " douceur ".
— Et rêve.
— On peut rêver à la cour des rois.
— On peut y dormir pour s'en retirer, pas y rêver.
— Je t'aime », murmura Patrick.
Depuis des mois et des mois il n'avait pas dit ces mots.

« Pauvre bête, murmura Elaine, il est si maigre ! »
Le singe pouilleux, assis sur l'épaule du jeune bédouin, les regardait avec des yeux émouvants. Patrick allongea doucement la main pour le caresser, le petit animal ne le mordit pas.
« Combien ? » demanda-t-il.
Le bédouin fit un signe de tête.
« Je ne le vends pas. »
Elaine s'était approchée à son tour, le singe tendit les bras vers elle, poussant un cri qu'elle interpréta comme étant un appel pathétique.
« Je le veux, Patrick, il a besoin de nous.
— Dis-moi ton prix », demanda-t-il au jeune garçon.
Des badauds s'étaient arrêtés autour d'eux, amusés par le marchandage qui allait avoir lieu. Un enfant essaya de s'approcher du singe, il montra les dents.
« C'est moi qu'il veut, insista Elaine. Il m'a choisie. »
Le garçon après avoir réfléchi annonça enfin un prix, ridiculement élevé. Le jeu avait commencé.
« Ton singe ne vaut pas la moitié de ce que tu me demandes, dit Patrick, je t'en donne cinq cents francs, c'est un prix inespéré pour toi.
— Eh ! s'écria le garçon, je ne t'ai rien demandé, monsieur, c'est toi qui le veux, mon singe.
— Ne te fais pas voler, murmura un vieillard

derrière Patrick, c'est un bédouin, tous les bédouins sont rusés.

— Cinq cents francs, insista Patrick.

— Tu ne sais pas ce que tu veux, affirma le bédouin, si tu désires mon singe, donne-moi mille francs.

— Donne-les-lui », demanda Elaine.

Le jeune garçon l'avait entendue, son visage s'éclaircit.

« Madame comprend mieux les choses que toi, monsieur. Elle a envie de mon singe, on ne refuse pas un cadeau à une belle femme !

— Ne paye pas, insista le vieillard, son singe est tuberculeux, il ne vaut pas cent francs ! »

Patrick sortit mille francs de son portefeuille. Les badauds s'écartèrent, le jeu était fini. Il n'avait pas été intéressant, les étrangers n'y comprenaient rien.

Le bédouin tendit le singe à Elaine. D'un bond, il fut sur son épaule, penchant la tête de droite et de gauche, comme pour narguer son ancien maître.

Ils revinrent au Jardin par la route. Le singe, déjà baptisé Jickie, passait des épaules d'Elaine à celles de Patrick, se penchant parfois pour observer Bumbi avec méfiance. Le chien semblait l'ignorer.

« Un bon bain et un dîner, voilà ce qu'il lui faut, décida Patrick, ensuite nous le présenterons aux autres bêtes. Je veux l'harmonie chez moi. »

Elaine hocha la tête. Elle n'était pas certaine que l'arrivée de Jickie sous leur toit allait faire régner la paix et l'union.

# CHAPITRE XXVII

Les Sebastiani arrivèrent au début du printemps 35. Patrick et Elaine furent tous deux stupéfaits de les voir franchir le seuil du Jardin.

« Quelle surprise, n'est-ce pas ? s'écria Andréa en descendant d'une voiture louée à Tunis. Nous venons en curieux, figurez-vous ! Notre ami commun Höningen Huene nous a presque convaincus que le bonheur était ici et nulle part ailleurs. »

Si Elaine éprouvait un certain plaisir à revoir Vickye, Patrick se sentit irrité de cette intrusion dans son domaine. Andréa Sebastiani ne lui était pas particulièrement sympathique.

Mourad, le nouveau cuisinier qui avait remplacé Fatima, enceinte, prit les valises. Avant même d'être invités, les Sebastiani s'installaient. Vickye embrassa Elaine, regarda longuement autour d'elle.

« Comme c'est beau, murmura-t-elle, on se croirait vraiment au paradis ! »

Le jardin en un an avait pris une ampleur extraordinaire. Les arbres formaient maintenant une voûte, le toit d'une maison végétale où vivaient les fleurs, les buissons et les bêtes. La lumière y pénétrait voilée, douce, laissant des zones d'ombres où poussaient des plantes étranges, des fleurs lourdes et rampantes, des lianes et des mousses. Au croisement des allées, au bout de chaque perspective, Patrick avait placé des fontaines, des pierres antiques, des tronçons de colonnes qui semblaient les derniers vestiges minéraux d'un monde rendu à la végétation. Parfois, derrière un lacis de branches, l'arc en pierre d'une porte ancienne s'ouvrait sur le vide, la perspective d'un massif de fleurs ou la mer. Les paons circulaient paisiblement, s'envolant pour se poser au sommet d'une colonne, sur la vasque d'une fontaine. Dans les bambous, le vent tambourinait, soufflait, grinçait, opéra étrange et mélancolique avec des mots neufs, des vocalises tantôt pures, tantôt maléfiques.

« Un peu oppressant, votre jardin ! observa Andréa. Mon goût me porterait davantage vers des perspectives plus ouvertes, des colonnades, des bassins de mosaïque, une allée d'ifs, mais, bien sûr, chacun est roi en son domaine n'est-ce pas ? »

Il faisait frais encore. Le vent du nord, en traversant l'orangeraie, apportait l'odeur douce des premières fleurs.

Elaine ouvrit sa bibliothèque dans la cheminée de laquelle Mourad chaque jour allumait un feu.

« Nous arrivons directement de Milan, expliqua Vickye en ôtant son manteau de petit-gris. L'atmosphère est tendue depuis que l'Italie se mobilise, que l'Allemagne s'arme. On craint la guerre. »

Elaine songea à Philippe dont elle n'avait plus de nouvelles. Ses sombres prédictions étaient toutes en train de se réaliser.

« Si vous la craignez, c'est qu'elle est déjà une réalité. Vous ne retournerez pas en Italie, n'est-ce pas ?

— Sans doute pas, en effet, répondit Andréa en considérant attentivement les livres d'Elaine... Beaux exemplaires, félicitations. Je suis moi-même bibliophile, cette édition de Dante est très rare, très recherchée. »

Mourad entrait avec, sur un plateau, du thé, du café, des beignets saupoudrés de cannelle.

« Pourquoi êtes-vous en Tunisie ? » demanda Patrick.

Il était resté debout devant le feu, immobile comme pour mieux se dissocier de ses hôtes.

Andréa eut un dernier regard pour la bibliothèque d'Elaine, puis se retourna lentement.

« Parce que je veux acheter un terrain à Hammamet et m'y faire construire un palais. »

La voix était neutre, Elaine ne pouvait discerner si Andréa était ironique ou sérieux. Vickye, aussitôt, balaya ses doutes.

« Vous nous avez ouvert la voie en quelque sorte et nous serons bientôt voisins !

— Allez plutôt chez les Yankees, dit Patrick d'une voix sourde, en Tunisie il n'y a rien à faire, rien à vendre, pas d'argent à gagner. »

Andréa semblait avoir choisi d'ignorer les réticences de Patrick, il restait souriant, aimable comme à son habitude. « Un grand seigneur de la Renaissance », avait dit Vickye dans l'Hispano-Suiza sur la route de Taormina. Patrick songeait plutôt à un commerçant levantin. Mais il avait du talent, c'était indéniable, et à cause de ce talent il devait le respecter.

« Ces temps troublés ne dureront pas, expliqua doucement Andréa, mais ensuite le monde sera autre : meilleur, pire, je n'en sais rien, différent en tout cas. D'autres fortunes verront le jour qui exigeront des décors nouveaux, attendront des créateurs des idées, des formes neuves. Je veux me retirer ici pendant la tourmente afin de réfléchir, de prendre une autre inspiration. L'Italie m'attendra bien, ce pays ne s'est-il pas toujours moqué du temps ?

— Notre palais tunisien, continua Vickye avec son accent anglais recherché, sera ouvert à tous, nos anciens, nos futurs clients et nos amis, bien sûr. Vous y serez chez vous. »

A ce moment, le singe fit son entrée par la porte demeurée entrouverte. Vickye poussa un petit cri de surprise.

« Notre fils, expliqua Patrick, il vous tiendra compagnie pendant votre séjour au Jardin. »

Grâce à de généreuses gratifications distribuées aux domestiques, Andréa fut rapidement mis en relation avec les propriétaires du verger voisin. Vickye, les yeux fermés, signa un chèque exorbitant, désormais une simple haie d'arbres les séparait des Henderson. Patrick et Elaine ne les voyaient guère, leur architecte, leur entrepreneur étant de Tunis, ils y passaient le plus clair de leur temps. Le palais Sebastiani, jour après jour, s'édifiait.

Avant Pâques, Elaine reçut une grande lettre de Maggye avec la photographie de son petit garçon Nathanaël, né à la fin du mois de janvier. Le bébé, dans les bras de sa nurse, était superbe. Elaine décida de faire faire à Hammamet un cadre de cuivre martelé et de déposer le portrait de l'enfant dans sa bibliothèque à côté des photos de tous ceux qui lui étaient chers.

« Le rabbin n'a pas voulu le circoncire parce que je ne suis pas juive, écrivait Maggye, un chirurgien s'en est chargé. C'est bien la même chose, n'est-ce pas ? »

Elaine s'était arrêtée de lire un instant. On reconnaissait bien Maggye à cette remarque, le monde devait se plier à elle et non elle au reste du monde. Aucune tradition n'avait plus la moindre importance en face de sa volonté.

« David est venu faire la connaissance de Nathanaël fin février, il y a deux semaines. Il fallait garder un délai raisonnable pour expliquer sa présence à la maison. Ce nigaud a pleuré en le voyant et moi, tout aussi sotte, j'avais la larme à l'œil. Ridicule. Nathanaël était le seul à garder sa dignité. Il a souri à ce beau monsieur, enfin j'ai cru le voir sourire et c'est cela qui compte.

« Paris ne va pas bien. On sort, on dîne, on danse, on s'amuse. Ce n'est pas normal. Walter part demain aux Etats-Unis, il sera de retour en juin et m'a promis de venir vous voir afin de vous présenter notre héritier. Il en est fou. Sa vie, son travail, ses projets, ses efforts tournent désormais autour de cet enfant. Dieu le bénit ! Mon père ne s'est jamais occupé de moi.

« J'ai vu Philippe lors d'une soirée à l'Opéra. Il était avec une dame d'un certain âge, sa mère je crois. Sérieux, comme d'habitude. Nous n'avons pas parlé de toi mais tu étais dans nos pensées à l'un comme à l'autre. En partant je lui ai dit : " Venez me voir, tant d'amis, tant de souvenirs nous unissent ! " Il m'a regardée : " Je ne suis pas un homme à souvenirs. " La foule nous a séparés.

« Peggye prépare une exposition dans une galerie de l'Odéon, elle a fait de merveilleux portraits et un reportage étonnant sur la mode. Höningen Huene ne peut plus s'en passer. Notre baron balte parle sans cesse de sa maison d'Hammamet où il n'a pas le temps de se rendre. Cet été il y sera, il me l'a promis. Comme nous aurons du bonheur à nous retrouver tous ensemble ! »

Maggye avait signé et ajouté un post-scriptum :

« Nathanaël a bouleversé ma vie. Je veux qu'il ait une mère heureuse. Après David, il n'y aura plus personne, seulement lui. »

Elaine replia la lettre. Des visages tournaient devant ses yeux : Maggye, David, Walter et puis Peggye, Philippe. L'image s'arrêtait alors. Philippe la regardait, son regard était celui d'après l'amour, chargé de tendresse, de douceur. « Je ne suis pas un homme à souvenirs », avait-il déclaré à Maggye.

L'avait-il oubliée ? Alors pourquoi cette promesse qu'il lui avait arrachée ?

Patrick était au jardin, élaguait, greffait, plantait encore des espèces nouvelles. Sous ses doigts, la végétation semblait éprouver un plaisir extrême, s'épanouir, comme un corps de femme. Le jardin avait changé jusqu'à son comportement sexuel, il ne faisait plus que rarement l'amour.

La nuit il se levait parfois, se glissait dans les allées. Les paons éveillés poussaient leur cri sinistre, Bumbi derrière Patrick reniflait chaque buisson, chaque canal d'irrigation, lui aussi maître absolu du jardin. Derrière ses volets entrouverts, Elaine regardait s'éloigner leurs deux silhouettes dans la grande allée de la mer. L'univers de Patrick était étrange mais immense, elle ne pourrait désormais s'habituer à vivre petitement avec un homme ordinaire. Avec lui, il n'existait pas de chemin de retour.

On frappa à la porte de la bibliothèque. Elaine posa la lettre de Maggye, la photographie de Nathanaël. Ali était devant elle, bouleversé.

« Viens vite, Madame, balbutia-t-il, Jickie est en train de mourir. »

Sur la terrasse, recroquevillé contre le mur, le singe était agité d'horribles soubresauts. Ali sur ses talons, Elaine s'approcha, vit qu'un peu de mousse blanchâtre coulait aux coins de la bouche de Jickie dont les yeux étaient révulsés.

« Ali, s'exclama-t-elle, cours chercher Monsieur ! Il doit être dans l'orangeraie. »

Elle s'approcha encore, s'accroupit, posa la main sur la tête du petit animal.

« Jickie, répéta-t-elle, Jickie ! »

Le regard du singe soudain fixe se posa sur elle, suppliant, et Elaine éclata en sanglots. Un sentiment total d'impuissance la prenait, elle aimait Jickie et ne pouvait rien faire.

Patrick arriva quelques instants plus tard avec Bumbi. Le chien, brouillé avec Jickie depuis le jour où celui-ci lui avait jeté à la tête des fruits pourris, réalisa peut-être que la fin de son ennemi était proche et se mit à gémir, toute querelle oubliée. Ali allait de droite et de gauche sans oser approcher.

Patrick tendit les bras, souleva le singe qui se raidissait, l'examinant attentivement.

« Il a été empoisonné, Monsieur, murmura Ali derrière lui, tu ne peux plus rien faire ! »

La petite bête eut encore une convulsion en poussant des cris affreux, Elaine, la tête entre les mains, sanglotait, Patrick, pâle, les traits tendus, se retourna.

« Et par qui Ali, tu le sais n'est-ce pas ? »

Ali eut un geste vague signifiant que, peut-être, oui, il savait.

« Par qui ? » répéta Patrick.

La tête de Jickie retomba sur sa poitrine, il était mort. Bumbi se mit à gronder.

« Tu sais, Monsieur, bredouilla-t-il, la vérité est entre les mains de Dieu seul mais Mourad n'aimait pas ce singe, c'est sûr. Il venait sans cesse voler la nourriture dans la cuisine.

— Appelle Mourad ! » ordonna Patrick.

Le cuisinier arriva en traînant les pieds, eut un bref regard pour le cadavre de Jickie.

« Ce n'est pas ma faute, Monsieur, si ton singe est mort. Il a volé du désherbant dans la remise.

— Comment le sais-tu, Mourad ? » demanda Patrick calmement.

Il était blême mais gardait parfaitement son sang-froid.

« J'étais dans le potager à cueillir des carottes, je l'ai vu se sauver avec le paquet de poudre.

— Et tu n'as pas cherché à le rattraper ?

— Est-ce que tu veux me voir monter aux arbres, Monsieur ? »

Ali, qui jusqu'alors avait gardé le silence, s'immisça dans la conversation.

« Jickie n'a jamais touché au désherbant, Mourad, tu le sais bien ! »

Le cuisinier eut un regard venimeux.

« Je l'ai vu !

— Et tu ne m'as pas appelé aussitôt ? demanda Patrick. J'étais à côté. Jickie m'obéissait parfaitement. »

Mourad baissa la tête.

« Va-t'en, Mourad ! dit doucement Patrick. Je ne te garde pas au Jardin. Peut-être n'as-tu pas donné le poison à Jickie mais tu as voulu qu'il meure et c'est grave pour moi.

— Il volait sans cesse tes provisions, murmura le cuisinier.

— Va-t'en ! répéta Patrick. Je vais te donner ce que je te dois. Ce soir, tu seras parti. »

Et tournant la tête vers Ali :

« Viens, Ali, nous allons enterrer Jickie dans le jardin. »

Un autre cuisinier, Abdel, cousin d'Ali, arriva le lendemain. Patrick ressentit pour lui une sympathie immédiate, Ali et Abdel faisaient partie désormais de la famille Henderson.

Le jour de Pâques, les Sebastiani installés à Tunis vinrent déjeuner au Jardin. Les murs de leur maison étaient montés, les ouvriers travaillaient aux arcs des fenêtres, aux voûtes, tandis que les jardiniers perçaient des allées, creusaient des bassins, plantaient des ifs, des buis, des eucalyptus, des grenadiers, une roseraie prolongeant la colonnade du patio. Andréa avait voulu un jardin arabe, d'abord les épineux pour le protéger du reste du monde, puis le potager avec le jardin d'herbes, les arbres fruitiers, abricotiers, dattiers, pêchers, vigne, enfin les fleurs, lis, jasmins et roses entourant les fontaines. Côte à côte, l'univers des Sebastiani et celui des Henderson étaient deux mondes opposés. L'un, civilisé, parfait, innocent, offert aux regards, à l'admiration de tous, l'autre secret, difficile, méandres de végétaux noués, mêlés, enlacés, jardin de mémoire, de chimères et de rêves, jardin piège où l'imagination se perdait, jardin tapi comme une bête sauvage, paisible ou dangereuse selon les moments du jour, traversé d'animaux libres, de senteurs oubliées, à nouveau réunies, à nouveau harmonieuses. Les baobabs, d'abord timides, se frayaient maintenant leur propre chemin vers le ciel, repoussant les citronniers, écrasant les lauriers-roses. Leurs racines soulevaient la terre, rampaient vers le verger, vers l'allée et les canaux d'irrigation. Les paons qui aimaient s'y brancher jusqu'alors les abandonnèrent, apeurés sans doute devant cette puissance qui les poussait trop haut, trop fort. Le jardin des Henderson devenait support de l'invisible.

De Tunis les Sebastiani rapportaient les dernières nouvelles d'Europe, la dévaluation du franc belge, la marche triomphale des troupes allemandes à Sarrebruck, la mort de vingt-trois musulmans tués par les troupes anglaises en Inde, la découverte à Jérusalem de manuscrits vieux de trois mille ans.

Elaine et Vickye étaient parties se promener sur la plage, il faisait très doux, la douceur lumineuse du printemps méditerranéen.

Sur la terrasse, Patrick et Andréa fumaient un cigare, Bumbi dormait entouré des deux chats qui semblaient le veiller. Un paon poussa un cri et fit la roue, c'était la saison des amours. Andréa acheva son café, but une gorgée d'eau fraîche.

« Cette eau est légèrement salée, remarqua-t-il, vous devriez surveiller votre puits.

— Vraiment ! » fit Patrick.

Il avait remarqué depuis plusieurs jours ce petit

goût saumâtre mais son esprit repoussait l'éventualité de l'épuisement de la nappe d'eau. Il signifiait un problème grave qui perturberait leur vie quotidienne.

« Peut-être de légères infiltrations.

— Peut-être ! répéta Andréa sans conviction. Enfin, il vous restera la possibilité de venir puiser à mon eau comme la Samaritaine. »

Lalla Ophélie s'étira patte après patte, courbant la tête, arrondissant le dos.

La crainte de dépendre des Sebastiani pour leur eau provoqua la décision immédiate de Patrick.

« Vous avez raison Andréa, je vais faire venir le sourcier. »

Andréa tapota de l'index la pointe de son cigare afin d'en faire tomber la cendre. Par la force des choses, Patrick avait accepté maintenant le couple Sebastiani, leurs modes de vie tellement différents serait la plus sûre des frontières.

« Faites plutôt venir un ingénieur de Tunis, suggéra Andréa, comment pouvez-vous faire confiance à un sourcier d'Hammamet ? »

L'homme se présenta dès le lendemain, commença à parcourir seul, longuement, le jardin, s'arrêtant ici et là. Patrick le rejoignit devant le puits.

« Pourquoi ne creuserions-nous pas ici ? » suggéra-t-il.

Le sourcier le regarda un court instant, puis sembla à nouveau perdu dans ses pensées.

« Pourquoi pas, en effet ! Nous pourrions creuser plus profond mais tu prendrais un grand risque, monsieur Henderson ! Sous le puits, il peut y avoir une autre source, il peut également y avoir une nappe d'eau saumâtre. En creusant, tu gâches irrémédiablement ton eau. Je ne crois pas qu'il y ait d'autre source dans ton jardin.

— Je prends le risque, dit Patrick soudainement, tu sens l'eau, moi aussi. Fais venir le puisatier. »

L'homme hocha la tête. La fermeté de Patrick l'impressionnait.

« Inch Allah, murmura-t-il, je vais te chercher Sadock. »

L'après-midi même deux ouvriers commencèrent à creuser, le sourcier et le puisatier assis côte à côte sous un figuier échangeaient à voix basse quelques remarques sur les risques encourus. Patrick, debout au bord du puits, considérait le trou qui s'approfondissait.

« Creusez encore ! » ordonna-t-il.

Il y eut un petit toussotement, Andréa Sebastiani était derrière lui.

« La source miraculeuse a-t-elle jailli, cher ami ? Je repars pour Tunis. Si je peux vous en rapporter quoi que ce soit, ce sera un plaisir pour moi. »

A ce moment, un ouvrier poussa un cri de joie. Le sourcier, le puisatier, aussitôt debout, coururent au bord du puits.

Au fond du trou, de l'eau bouillonnante semblait vouloir s'élancer du fond de la terre.

« La source, la source, s'écria Sadock, nous l'avons trouvée !

— Tu es un marabout, monsieur Henderson », déclara le puisatier.

Andréa et Patrick se serrèrent la main, les deux ouvriers riaient, montrant l'eau qui jaillissait à Patrick.

Elaine et Vickye, Ali et Abdel, alertés par les cris, arrivèrent, tout le monde s'embrassa.

« Et maintenant, dit Patrick à Andréa, je vais vous demander de me rapporter deux anguilles de Tunis, un mâle et une femelle, vivants bien entendu. »

Le petit groupe resta interdit devant cette exigence bizarre, les ouvriers souriaient, Patrick éclata de rire.

« Les sorcières de Géorgie m'ont confié des recettes

que le monde a oubliées, hommes de peu de foi ! Je vais vous les apprendre. Prenez-en note, cher Andréa, vos ingénieurs de Tunis n'auront pas ce pouvoir de maintenir pure l'eau de votre source. Si vous mettez un couple d'anguilles au fond d'un puits, elles vont, mues par leur instinct ancestral, s'agiter afin de regagner la mer et s'y reproduire. Le mouvement qu'elles donneront à l'eau, les parasites dont elles la débarrasseront pour se nourrir, elles et plus tard leurs enfants, garderont sa limpidité. Je vous donne ce secret en gage de notre futur et excellent voisinage. Et maintenant, Abdel, va faire tuer un mouton. Ce soir ce sera fête ! Prépare le couscous, des pâtisseries, je veux tous nos amis dans le jardin du marabout Henderson ! »

# CHAPITRE XXVIII

Elaine acheva la lecture de la lettre et la tendit à Maggye.

« Lis ! » demanda-t-elle.

Elle était très pâle. Le jardin entourait les deux femmes de son silence, c'était l'heure de la sieste, tout le monde, Patrick, Steph, Walter, la nurse et Nathanaël, dormait. Seules Elaine et Maggye avaient prolongé le moment du café pour bavarder.

Dix jours avaient passé déjà depuis l'arrivée des Bubert, dix jours encore et les deux amies devraient se quitter pour longtemps. Le départ en Amérique était fixé au mois de novembre, les places sur le *Normandie* avaient été retenues.

Maggye prit la lettre que lui tendait Elaine.

« Madame, lut-elle, je ne vous connais pas et souhaite ne jamais vous rencontrer. N'étant pas mère, vous comprendrez sans doute difficilement les motivations qui m'ont poussée à vous écrire. Elles ont été engendrées par la vue du malheur dans lequel mon fils vit désormais par votre faute. Qu'aviez-vous besoin, étant mariée, riche, comblée d'amis, de vous attaquer à un homme qui se construisait par son intelligence, son cœur, son courage, une vie exceptionnelle ? Notre famille n'a jamais failli à l'honneur ni au devoir,

Philippe ne s'y dérobera pas mais la flamme qui le portait vers l'avant semble éteinte et je vous en tiens pour responsable. Il est mon fils unique, à la mort de mon mari, il a été ma seule consolation. Le voir ainsi éprouvé me bouleverse et je suis impuissante à lui apporter le moindre réconfort. Sans doute avez-vous eu du plaisir à jouer avec lui votre jeu équivoque, il est bon maintenant que vous sachiez les dégâts que ce jeu a provoqués. Ce serait trop facile pour vous de vous retirer dans votre nouveau pays et de ne plus vous préoccuper de lui. Vous êtes, soit mauvaise, soit inconsciente, de toute manière méprisable. Si Philippe cherche à vous revoir, ayez la décence de le repousser. Seul le temps pourra lui apporter la guérison. Aidez-moi. Je crois deviner chez lui une espérance de n'être pas à jamais séparé de vous. Brisez-la. J'ignore si vous désirez réparer quoi que ce soit, au moins ne détruisez pas davantage. Adélaïde Tardieu. »

« Que dois-je faire ? demanda Elaine d'une voix tremblante.

— Rien, il n'y a pas de réponse à donner. Déchire cette lettre et oublie-la. »

Tibère dormait sur les genoux d'Elaine, elle posa une main sur sa tête grise pour le caresser, sentir sous ses doigts quelque chose de chaud, de doux, de rassurant.

« Pourquoi cette femme m'agresse-t-elle ainsi ? Qu'ai-je fait à son fils ?

— Tu l'as laissé tomber, ce n'est ni le premier, ni le dernier homme auquel cette disgrâce arrive. Elle peut tout aussi bien frapper les femmes mais, plus accoutumées aux destitutions, elles les prennent avec généralement plus de philosophie. »

Elaine semblait réfléchir.

« Maggye, est-on responsable toute sa vie d'un être que l'on a un moment aimé ?

— Tu veux dire : doit-on payer pour les dommages que l'on a causés ? »

Maggye éclata de rire.

« Fait-on ce que l'on veut dans la vie ? Tu n'as pas plus désiré faire le bonheur de Philippe que tu ne souhaites maintenant son malheur. On prend les choses, les hommes comme ils se présentent, pour tenter d'être soi-même heureux. Le partenaire nourrit le même rêve : être heureux, un instant, un moment, une époque de sa vie. Dans cette course au bonheur, un seul arrivera le premier. Si le perdant est sportif, il prendra sa défaite avec élégance, s'il ne l'est pas, il sera jaloux ou amer. Tant pis pour lui !

— Philippe n'est ni jaloux ni amer, c'est un homme merveilleux. »

Maggye s'étira, offrant son visage au soleil qui filtrait à travers un pin parasol.

« Alors, pourquoi l'as-tu quitté ?

— Parce qu'on ne peut vivre longtemps avec deux hommes à la fois. »

Tibère avait sauté à terre et se dirigeait vers une jarre de terre cuite afin de s'y gratter les flancs. D'un bond, Lalla Ophélie qui sommeillait sous un laurier-rose vint le rejoindre.

« On peut très bien aimer deux hommes en même temps, dit doucement Maggye. On peut aussi y trouver du bonheur.

— Mais dans trois mois tu auras quitté David.

— Il me rejoindra à New York.

— Et s'il ne le fait pas ?

— J'ai son enfant, d'une façon ou d'une autre, David sera toujours avec moi. »

Elaine tendit la main, prit la lettre restée sur le plateau du café et la déchira en menus morceaux.

« Cette femme n'a aucun conseil, aucun ordre à me

donner. Philippe m'a arraché une promesse, je la tiendrai. Contrairement à ce qu'elle pense de moi, pas un instant je n'ai joué un jeu quelconque avec son fils. Je l'ai aimé autant que je pouvais l'aimer.

— C'est-à-dire bien moins que tu n'aimes Patrick.

— Je n'aime pas Patrick, Maggye, je suis une partie de lui. »

Elaine se leva, fit un pas vers Maggye.

« Je ne te demande pas de partager mes idées. J'ai quitté New York, puis Paris parce que j'ai renoncé à être approuvée ou comprise. J'ai mon existence à vivre, cela me suffit. »

Maggye avait elle aussi quitté sa chaise longue, elle rejoignit Elaine, la prit affectueusement par le bras.

« Tous les amours se ressemblent, il n'en est pas de bons ou de moins bons. Ce qui est important c'est de mettre un peu de lumière sur le temps qui passe.

— Le bonheur est toujours angoissant, Maggye!

— Alors, vivons, tout simplement! Walter dit souvent : " Faisons un art de notre existence. " L'art est inséparable de l'espérance. »

Abdel, derrière elles, débarrassait la table du plateau à café, la maison était toujours silencieuse, le jardin immobile sous le soleil.

« Puisque nous avons parlé de folies, soyons folles tout à fait, proposa Maggye, et allons nous baigner. »

La pendaison de crémaillère des Sebastiani fut l'apothéose de ces vacances d'été. Jusqu'au moindre détail, Andréa avait organisé une fête de sensations multiples, allant du spectacle des servantes vêtues de caftans de soie blanche brodée, le front, les bras, les chevilles ceints de bijoux, aux odeurs de jasmin, de mandarine, de santal brûlant dans des coupes de cuivre, jusqu'aux mélodies de la musique arabe, jouée par un orchestre venu de Tunis.

Höningen Huene avait quitté Paris et *Vogue* pour y

participer avec Peggye, avant l'achèvement des travaux de sa propre maison, un peu plus loin sur le golfe. Beaucoup d'invités arrivaient de Tunis, la plupart semblaient déjà fort liés avec le couple Sebastiani.

« L'attrait de l'argent est le lien le plus rapidement noué », murmura Steph à Maggye en voyant Andréa entouré de jolies femmes, Vickye radieuse au bord de la fontaine de marbre blanc qui coulait au centre du patio carrelé de faïence blanche et bleue.

Tout autour, la galerie à colonnes était éclairée de torches, d'énormes bouquets de fleurs se déployaient entre chaque arche, disposés dans des amphores romaines. Des coussins confectionnés dans des tissus lamés d'or ou l'argent avaient été jetés un peu partout autour de grands plateaux de cuivre posés sur des trépieds, et, derrière chacune de ces tables improvisées, une servante se tenait debout, prête à remplir les coupes d'un champagne qui semblait inépuisable.

Patrick, Walter, Steph, Maggye et Elaine firent à pas lents le tour du jardin. Le son de la musique leur parvenait dans le lointain, parfaitement uni au paysage tranquille et secret tout à la fois que les jardiniers avaient créé. Le jardin Sebastiani était un épanouissement heureux de végétaux et de fleurs, la retraite élégante et oisive d'un sage musulman parvenu au terme de sa vie.

« Bouddha s'était retiré sous un arbre en fleur, remarqua Walter, notre ami Andréa le prend pour exemple. Il y gagnera sans doute en sérénité.

— Il n'habitera pas ce jardin, répondit Patrick, il le traversera. Un jardin s'invente, il ne se commande pas comme un objet d'art sur un catalogue. »

A leurs pieds, l'herbe verte commençait à surgir du sable, arrosée par de multiples fossés d'irrigation, tous reliés à quatre grands canaux partageant le jardin.

« Les Quatre Fleuves du Paradis, expliqua Patrick, qui irriguent d'eau, de vin, de miel et de lait le Jardin d'Eden, mais cela, Andréa l'ignore sans doute. La mémoire de ses jardiniers n'est pas la sienne, leur monde lui demeurera fermé.

— Il sera le gardien du Mystère, dit Maggye en riant. Comme ce rôle lui convient mal ! »

Ils étaient dans la roseraie où coulait, de la gueule d'un lion scellé dans une fontaine murale, une mince cascade d'eau. Du thym, du romarin, des touffes de menthe plantés autour du bassin, là où retombait l'eau courante, montait une odeur délicate et persistante. Patrick ferma les yeux. Le bruit monotone de l'eau, l'arôme des plantes si savamment, si traditionnellement ordonnées, les bouquets de roses enlacées aux treillis, écartaient tout esprit vivant. Il aurait fallu être animal ou fleur pour posséder ce jardin, il s'y sentait bien mais y demeurait étranger. Les jardiniers d'Andréa, simples maillons d'une chaîne immémoriale, ressuscitaient le vieux rêve de Byzance : mêler les végétaux aux matières précieuses, sublimer le sable et la poussière devenus témoins, grâce à la main de l'homme, de la puissance de Dieu.

De tous côtés, la roseraie avait été bordée de cyprès, d'une taille encore modeste, mais qui ne tarderaient pas à devenir un écran entre le monde et les fleurs, fleurs-femmes jalousement gardées pour la jouissance d'un seul homme.

D'autres groupes d'invités les rejoignirent, leur coupe de champagne à la main, riant, parlant à voix forte.

« Partons, demanda Patrick, le silence est le seul luxe dans lequel je suis né. Personne ne me l'ôtera. »

Ils revinrent à pas lents vers la maison. Dans le patio, trois serviteurs vêtus de blanc découpaient un mouton rôti et les flammes des torchères donnaient à la bête écorchée comme un dernier frisson de vie.

A minuit, alors qu'ils prenaient les pâtisseries et le thé à la menthe, les danseuses surgirent de la maison, agitant des tambourins, faisant sonner les sequins de cuivre qui ceignaient leurs poignets et leurs chevilles. Les femmes se retournèrent, les hommes s'écartèrent des tables afin de les regarder. Tous ensemble, marquant le rythme de la musique par les mouvements de leurs corps, les musiciens s'avançaient, entourant le bassin qui reflétait leur visage impassible.

Après être restées un moment réunies, les danseuses se séparèrent, tournant autour des tables, s'arrêtant devant les hommes qu'elles provoquaient d'un regard.

Le cigare à la bouche, Andréa se réjouissait : sa fête était irréprochable, ses hôtes tunisiens, italiens, américains, français, en seraient longtemps étonnés. Dans toute ville il fallait un seigneur, il serait celui d'Hammamet.

Non loin de lui, Vickye bavardait tranquillement avec un avocat de Tunis. Habituée dès son enfance aux réceptions somptueuses, elle vivait des moments ordinaires, restant bonne maîtresse de maison, attentive, un peu lointaine. Ses tentatives pour séduire Steph assis à côté d'elle étant restées vaines, elle avait pris le parti de se consacrer à son autre voisin, échangeant avec lui des considérations polies sur les événements locaux, l'administration française, les rumeurs de guerre, sujets nourrissant l'essentiel des conversations en Tunisie.

Un homme que l'excès de champagne faisait tituber se leva, tentant d'agiter ses hanches au rythme de la danseuse lui faisant face. Il levait les bras, et son ventre allait d'avant en arrière, de droite et de gauche en des mouvements ridicules et indécents. La danseuse tournait autour de lui, s'écartait, s'approchait, tantôt accélérant le rythme de son corps, tantôt le modérant, excitante et inaccessible. L'homme s'impatientait maintenant, cherchant à la saisir par la taille, mais d'un bond, la jeune femme lui échappait sans cesse. L'assistance battait des mains en riant, encourageant cette poursuite folle, excitée par le désir manifesté dans le regard, le corps de l'homme, le jeu provocant, calculé de la danseuse, la chaleur et le vin.

« C'est insupportable de voir ce coq battre aussi grotesquement des ailes, murmura Patrick à Maggye. J'espère qu'il saura s'arrêter. Nous sommes en Tunisie, pas à Pigalle. »

Maggye, qui buvait du thé, se retourna afin de considérer le couple encore une fois.

« Vickye devrait intervenir en effet, qui est cet homme ?

— Un Français je crois, négociant à Tunis.

— A moitié grec, précisa Höningen Huene, assis non loin. Il exporte du vin tunisien, importe du vin français. C'est lui qui a fourni cet excellent Dom Pérignon que nous buvons ce soir. »

Le juge tunisien installé à leur table se taisait, manifestement gêné, absorbé ainsi que sa femme dans la dégustation des pâtisseries qu'ils mangeaient du bout des dents afin de se donner une contenance.

Soudain, rompant le rythme de la musique, la voix du négociant s'éleva, forte, emportée.

« Combien, espèce de putain, combien veux-tu pour te laisser prendre ? »

Andréa, laissant son cigare, se leva. Sa merveilleuse fête risquait de se trouver gâchée.

« Monsieur Deskouri, dit-il cordialement en avançant vers le couple, un peu de calme, s'il vous plaît ! »

L'homme, tout à fait hors de lui, se retourna brusquement.

« Pourquoi payez-vous ces filles si vos hôtes ne peuvent y toucher ? Qu'est-ce que c'est que cette fête où on vous met l'eau à la bouche sans rien offrir derrière ! »

Les musiciens ne jouaient plus, la danseuse s'était

éclipsée, suivie de ses compagnes. Toutes, rassemblées derrière une colonne du patio, observaient maintenant la scène de loin, amusées et inquiètes.

« Voyons, cher ami, insista Andréa, calmez-vous ! Ces danseuses vous donnent un joli spectacle, ne leur demandez rien de plus. »

Il tenta de prendre le bras de Marc Deskouri afin de le ramener vers sa table, mais celui-ci se dégagea brutalement.

« Vous êtes un rigolo, monsieur Sebastiani, un de ces Orientaux de pacotille qui montrent de faux bijoux, des prétendues danseuses, dans une fête truquée. Venez chez moi un soir, vous verrez ce que l'hospitalité orientale signifie vraiment ! »

Il tremblait. A nouveau, Andréa voulut l'entraîner, cherchant à garder son sourire, des gestes cordiaux.

Le coup de poing de Deskouri partit soudain. Andréa tituba, chercha à se rattraper à un support imaginaire et tomba sur sa mosaïque bleue, juste à côté du bassin dont l'eau imperturbablement ruisselait avec le même bruit monotone.

On se précipita pour le relever. Vickye gardait toute son éducation, sa retenue, appelant deux serviteurs afin qu'ils maîtrisent l'homme ivre et le remettent dans sa voiture.

Andréa se releva, essuyant d'un revers de main un peu de sang qui coulait de sa bouche. Un instant, vacillant encore près du bassin, il hésita, puis sourit et tapa dans ses mains.

« Que la fête continue ! » s'écria-t-il.

Les musiciens recommencèrent à jouer. Des servantes surgirent portant des bassines d'eau tiède et des serviettes de lin afin que les hôtes puissent se laver les mains. Deux petites filles, adorables dans leurs robes fleuries, distribuaient des colliers de jasmin.

« Cet Andréa n'est pas si mal, murmura Maggye, il a

de l'à-propos et de la sagesse, ce sont des qualités que j'admire. »

Patrick sourit. La conduite d'Andréa lui avait plu.

« Il est des fous qui font parfois des actes de bon sens et des sages qui commettent des folies. »

Il leva son verre et dit à voix forte :

« Buvons à notre ami Andréa et à sa fête qui est incomparable !

— A Andréa ! » s'écria toute l'assistance.

Rassurées, les danseuses regagnèrent le patio et elles recommencèrent à tournoyer dans un tonnerre d'applaudissements.

Elaine pleura le jour du départ des Bubert, serrant contre elle Maggye et le bébé. Walter, lui-même très ému, prit Patrick, puis Elaine entre ses bras.

« Que Dieu vous bénisse, put-il seulement articuler, nous nous reverrons un jour, cela est certain. »

Patrick longuement regarda chacun de ses amis, posant sa main sur la petite tête brune de Nathanaël.

« Partez vite ! La tenaille semble se resserrer en Allemagne. Ceux qui ne se sauveront pas à temps seront broyés. »

Voyant les larmes de sa mère, Nathanaël se mit à pleurer.

« Quel tableau ! parvint à dire Maggye dans ses pleurs.

— *La mort de Léonard de Vinci* par Menageot, ajouta Walter. Un peu grandiloquent pour notre goût moderne. »

Le chauffeur venu de Tunis attendait devant la Citroën noire. La nurse monta devant, Maggye gardait son bébé dans ses bras.

« Allez chez moi en Virginie, demanda Elaine en tenant ouverte la portière. Dites à mes parents qu'ils viennent me voir, que je les attends au Jardin. »

Le moteur tournait, Walter installa Maggye, lui

tendit Nathanaël, se casa lui-même dans l'espace laissé libre. Il ouvrit la vitre, la voiture démarra, soulevant du sable fin et de la poussière.

Elaine vit une main qui s'agitait, le visage de Maggye contre la vitre arrière de la traction, ses cheveux blonds, son front bombé, son petit nez, puis la Citroën passa la grille et disparut.

Steph avait regagné Paris deux jours plus tôt, ils étaient seuls à nouveau avec la certitude que ces départs ne ressemblaient pas aux précédents, qu'il n'y aurait pas de retour avant bien longtemps.

« On ne part jamais, murmura Patrick en prenant Elaine par les épaules et en la serrant contre lui, on continue simplement son chemin. Cette amitié que nous avons pour Walter et Maggye, nous la ferons chaque jour plus forte avec nos souvenirs.

— Peut-être, murmura Elaine, mais les souvenirs ne mentent-ils pas parfois, comme se trompe le cœur ? »

Fin novembre, Maggye écrivit une longue lettre racontant leur traversée de l'Atlantique sur le *Normandie*, leur arrivée à New York, leur installation dans un joli appartement au coin de Park Avenue et de la 70ᵉ Rue.

A Hammamet il pleuvait depuis deux jours. Elaine se trouvait seule dans sa bibliothèque au coin de la cheminée. Patrick, parti depuis le matin avec Khayyam, n'était pas encore de retour. Sur une table d'angle en marqueterie, Abdel avait arrangé un bouquet avec les dernières fleurs du jardin, et tout autour, dans des cadres de tailles et de formes différentes, des visages familiers souriaient : William et Mary Carter, les Bubert, Nathanaël dans les bras de sa nurse, Peggye et Jean-Michel, Bérard déguisé en clown blanc avec son sourire radieux et son regard triste. Un peu à l'écart, comme pour marquer une différence avec les autres portraits, Elaine avait posé la photo où elle dansait avec Philippe, le corps légèrement rejeté en arrière, souriante, elle regardait un cavalier semblant fasciné par la femme qu'il tenait entre ses bras. Depuis la lettre envoyée par sa mère, Elaine n'en avait plus de nouvelles. Avait-il eu connaissance de cette démarche inamicale ? L'avait-il approuvée ?

Elle détourna son regard de la photo, le vent poussa une rafale de pluie contre les vitres et les flammes de la cheminée jetaient une lumière mordorée sur les reliures de cuir des livres, sur les visages immobiles aux sourires figés, aux gestes arrêtés.

Un très court instant, alors qu'elle reprenait la lecture de la lettre de Maggye, Elaine songea qu'elle aussi pourrait se trouver à New York dans la jolie maison de Gramercy Park, inviter ses amies à déjeuner, courir les boutiques, visiter les galeries, s'amuser, danser le soir, voir grandir Nathanaël, aller en Virginie avec lui pour les vacances d'été. « On ne peut vivre avec deux hommes à la fois », avait-elle confié à Maggye. Elle savait qu'on ne pouvait davantage vivre deux existences. Tout homme devait savoir choisir et se maintenir, c'était une question de fidélité.

Maggye parlait de Jean-Michel Frank. Elle n'avait pu lui arracher la promesse de venir lui aussi s'installer en Amérique. S'il concevait la possibilité d'un conflit armé, il ne se jugeait pas en danger. Il était français à part entière, né à Paris, il resterait en France. Sa boutique du 140, faubourg Saint-Honoré était en pleine expansion, son associé, Adolphe Chanaux, et lui avaient obtenu un grand succès au salon des Artistes Décorateurs, mais au-delà de cette réussite, au-delà de sa renommée, Maggye et Walter pressentaient le péril. Le petit Jean-Michel, si fragile, si tendre, tellement amoureux de la nature, restait le fils d'un Juif allemand, le petit-fils d'un rabbin de Philadelphie et cela ne lui serait pas pardonné.

Pour David, elle était plus sereine. Il avait promis de quitter Paris dans les deux ans à venir avec sa famille qu'il se chargeait de convaincre. Walter lui trouverait un travail à New York, dans la banque ou le commerce de l'art. Ils s'écrivaient chaque jour, se téléphonaient chaque semaine. Nathanaël lui ressemblait de plus en plus, il allait bientôt faire ses premiers pas. Cet enfant était entre Walter et elle un lien qui ne pouvait plus être dénoué. Désormais, ils étaient une famille.

Au téléphone, Maggye avait parlé à William Carter qui les avait invités pour Noël à Springfield. Ils iraient sans doute, Elaine serait au centre de leurs conversations. Ensemble, ils tenteraient de la joindre le jour de l'an.

« Déjà 1936, écrivait Maggye pour conclure, le temps règle bien des choses... »

Elaine replia la lettre, demeura immobile longtemps, le regard perdu dans les flammes. C'était Walter et Maggye qui reviendraient en Virginie, Nathanaël qui égayerait la grande maison de ses rires. Il ne fallait pas pleurer, l'essentiel était que son amour pour cette terre puisse demeurer vivant, même dans d'autres cœurs.

Patrick rentra à la nuit, radieux. Il avait acheté à des bédouins une tête romaine presque intacte.

« Regarde, dit-il en ôtant le keffieh qui la recouvrait, ce garçon ne ressemble-t-il pas étrangement à Steph ? »

## CHAPITRE XXIX

Lorsque Abdel vint la prévenir dans la roseraie qu'il y avait un appel téléphonique pour elle, Elaine eut un mouvement de joie. Dans sa dernière lettre reçue au début du mois de juillet, Maggye avait promis de lui téléphoner de New York, avant leur départ à Long Island pour les vacances d'été. Nathanaël lui dirait quelques mots, il prononçait très bien : papa, maman et aussi Elaine.

Les croisées étaient ouvertes sur le jardin, un paon s'était posé au bord d'une fenêtre et regardait curieusement à l'intérieur de la pièce.

« Oui ! » s'écria-t-elle, toute joyeuse, en prenant le combiné. Son cœur brusquement se serra, elle eut l'impression que ses jambes se dérobaient sous elle, c'était la voix de Philippe qu'elle entendait.

« Toi », murmura-t-elle seulement.

Philippe était calme au bout du fil, demandant de ses nouvelles comme s'ils s'étaient quittés la veille. Les mots semblaient tellement dérisoires : « Oui, je vais bien, et toi ? Merci. »

« Mon Dieu, s'exclama-t-elle soudain horrifiée par ces banalités, pourquoi veux-tu me parler, Philippe ?

— J'ai besoin de te voir.

— Maintenant ?

— Nous sommes le 20 juillet, je veux que tu viennes avant la fin du mois d'août. »

Le cœur d'Elaine battait si fort qu'elle respirait avec peine. Elle mordit ses lèvres violemment.

« Pourquoi, Philippe, pourquoi ?

— Tu m'as juré que tu viendrais une fois encore si j'avais besoin de toi. »

Elaine ne répondit pas.

« Tu tiendras ta promesse ?

— Oui.

— Bien, dit Philippe. J'irai t'attendre au bateau de Marseille. Peux-tu me donner une date ou veux-tu que je te téléphone demain à nouveau ?

— Je serai en France le samedi 1$^{er}$ août, vérifie l'heure d'arrivée à Marseille du bateau de Tunis. »

Elle raccrocha. Prononcer « je t'embrasse » ou « à bientôt » lui était impossible. Ce que Philippe exigeait d'elle l'irritait et la bouleversait.

Elle s'assit un instant pour réfléchir, laisser se calmer les battements de son cœur. D'un coup de tête, Bumbi ouvrit la porte et vint se coucher à ses pieds.

Patrick ne lui demanderait rien, il n'était pas homme à poser des questions. Ce qui l'inquiéterait serait de la savoir à nouveau dans une Europe qui grondait. La guerre civile avait éclaté en Espagne, l'Allemagne y envoyait des navires de guerre, les troupes italiennes revenaient victorieuses d'Ethiopie acclamées par l'Etat fasciste de Benito Mussolini, la France, ayant désormais un gouvernement de Front populaire, était paralysée par les grèves. En Tunisie, leur parvenaient par la presse et la radio les échos de ces mouvements confus et violents. Pourquoi, pour quelle raison folle aller se jeter dans ce tourbillon ? Un long moment, Elaine demeura assise, l'esprit vide, engourdie par la chaleur, le réflexe involontaire d'écarter d'elle la perspective d'un voyage qui l'importunait. L'idée de revoir Philippe restait une abstraction, elle ne pouvait s'imaginer lui parlant, le touchant après tant de jours, autant de mois passés loin de lui. Si le souvenir n'évoluait pas, la vie, elle, transformait les êtres. Quel homme était-il désormais ? N'allaient-ils pas demeurer en face l'un de l'autre comme des étrangers ? Elaine savait que son corps lui-même avait changé, faisant peu l'amour, elle n'en avait plus vraiment l'envie. La jouissance éprouvée autrefois entre les bras de Philippe lui semblait bizarre, aliénante. Elle se sentait libre désormais, sans exigences physiques, enfin paisible. Lorsque le soir, à la tombée du soleil, elle s'asseyait sur la plage devant la mer, elle ne ressentait plus ni inquiétudes, ni angoisses. De l'eau montait le silence, le principe d'une éternelle renaissance, Patrick lui avait montré un chemin, elle en faisait son univers. Le temps lui ferait un visage lisse, comme les vagues qui allaient et venaient devant elle sur le sable. Tout était simple, l'amour passion n'était qu'un accident de l'âme. Elle regagnait sa maison, traversant le jardin enchanté, reconnaissant chaque perspective, chaque odeur, chacun des jeux de la lumière à travers les branches. Le jardin, prolongement végétal de Patrick, lui faisait l'amour plus poétiquement qu'un homme, la laissant libre et heureuse.

Au-dessus de la plage, là où aboutissait la grande allée, Patrick avait commencé la construction d'un bassin entouré de colonnes. L'eau coulerait d'un mur vertical fait de pierres antiques et de blocs de marbre blanc encadré de marches qui suivraient la pente du sable. Chaque jour, il partait à la recherche de pierres, de colonnes, marchandait désormais interminablement avec les bédouins, restait assis avec eux de longs moments, un verre de thé ou de café à la main, insensible au temps, aux vents de sable, au harcèlement des insectes. Les enfants venaient jouer près de l'étranger blond devenu familier, les jeunes filles riaient en cachant leurs bouches derrière leurs mains. Elaine ne l'accompagnait jamais, elle savait qu'il désirait cette solitude, ces moments de silence, ces courses folles avec Khayyam. L'homme paisible, cultivé, bon, redevenait sauvage, goûtait le vent qui fouettait son visage, souffrait les arbustes épineux déchirant ses jambes.

L'âpreté, la douceur, la rigueur de l'Islam le pénétraient peu à peu. Les bédouins, lentement, poétiquement, lui racontaient leurs errances, leur quête éternelle d'un horizon lointain, poussés par le vent et par le destin. Le nom de Dieu, toujours, était sur leurs lèvres.

Elaine se leva, elle avait dix jours devant elle pour préparer cet absurde voyage. Le 5 août, elle devait être de retour à Hammamet, Höningen Huene inaugurait sa maison. Elsa Maxwell, Giacometti, Jean-Michel Frank, Peggye bien sûr seraient de la fête, il n'était pas question qu'elle n'y assistât pas. Peggye lui avait envoyé une robe du couturier américain Mainbocher qui s'imposait à Paris, robe de mousseline fleurie, serrée au buste, évasée à partir des hanches. Le décolleté arrondi était bordé d'un volant léger bougeant à chaque mouvement. Par son amie, Elaine se maintenait au courant de la vie parisienne. Elle recevait *Vogue*, *Féminal* et, par Sylvia Beach, tous les livres récemment parus en anglais. Elle avait aimé *Les sept piliers de la sagesse* de Lawrence qui s'était tué en moto un an auparavant et découvrait l'œuvre d'O'Neill. La petite bibliothèque octogonale était son refuge, sa tanière. La lumière y pénétrait toujours diffuse, laissant l'esprit en paix tandis qu'un jasmin, accroché à une fenêtre, appelait à l'évasion à travers le lacis des feuilles et les nœuds des nuages. Lorsque l'odeur se faisait trop douce, Elaine posait son livre et allait retrouver le jardin.

« De bonnes nouvelles de France, Madame ? » demanda Abdel. Elle traversait le patio où le cuisinier refaisait les bouquets, des brassées de bougainvillées roses et mauves dans des vases chinois de faïence bleue vernissée offerts par Jean-Michel.

Elaine s'arrêta.

« Tu as le secret des fleurs, Abdel, que te disent-elles ? » Abdel rit.

« Que tu as l'air soucieuse, Madame.

— Un peu, je dois passer quelques jours en France. »

Une branche de bougainvillée rose tomba à terre, Abdel, le reste de fleurs entre les bras, hocha la tête.

« Tu dis que c'est un souci pour toi de devoir partir en France, ce serait pour moi le plus grand des bonheurs. La logique de Dieu n'est pas la nôtre, sans doute. »

Et ramassant la branche abandonnée sur les carreaux noirs et blancs, Abdel reprit la confection de son bouquet, aucune amertume, aucun regret de devoir renoncer à ses rêves ne l'habitait. N'était-il pas entre les mains de Dieu ?

Il y eut un long coup de sirène, puis les marins du *Massilia* jetèrent les cordages à d'autres marins qui debout sur le quai les attrapaient à la volée.

Accoudée au bastingage, Elaine avait regardé s'approcher la terre de France, essayant de discerner les petits personnages qui au loin s'agitaient, sachant que Philippe se trouvait parmi eux.

Au moment du départ, Patrick l'avait longuement regardée, puis, tendant la main, avait caressé doucement son visage.

« Le Jardin et moi t'attendons, reviens vite ! »

Elle était émue encore de cette séparation. Devoir quitter, même pour un court moment, ce qui était désormais le cadre de son existence, lui procurait une souffrance, témoin de la place qu'il occupait dans son cœur. Elle allait vers Philippe sans joie, comme l'on va rendre ce que l'on doit à un ancien débiteur.

La chaleur humide attachait les vêtements au corps, collait les cheveux. « Je suis certainement affreuse, pensa Elaine, tant pis pour Philippe ! » Elle eut peur de le trouver ridicule, debout sur le quai à la chercher du regard, et craignait d'avoir envers lui un mouvement de répulsion. Pourquoi n'avait-il pas voulu demeurer à jamais le danseur souriant, léger de la photo posée dans sa bibliothèque ? Rien n'était plus triste que de vouloir faire renaître une relation arrivée à son terme. « Une preuve stupide d'orgueil, se dit-elle, ou une fausse espérance qui dupe. »

La passerelle venait d'être abaissée. Des familles chargées de paquets, des enfants s'y lançaient, se poussant et se pressant. Elaine laissa s'écouler la foule, adossée à la rambarde de l'autre côté du quai. Là où elle se trouvait, personne ne pouvait la voir.

Lorsque le pont se fut vidé, elle s'avança lentement, rester davantage cachée devenait un enfantillage. Le quai était toujours bondé, des chauffeurs de taxi interpellaient des clients potentiels, des familles se retrouvaient au milieu de grands cris et embrassements, bousculées par les porteurs évacuant les valises des passagers. De l'eau montait une odeur fade de décomposition. Çà et là des déchets surnageaient, des poissons morts flottaient, leur ventre blanc ressemblant à de gros yeux révulsés.

Descendue sur le quai, Elaine regarda autour d'elle, essayant de discerner au milieu de la cohue le visage de Philippe. « Si je ne le vois pas dans cinq minutes, pensa-t-elle, je reprends tout de suite le bateau pour Tunis. » Cette défection ne la blesserait en rien, elle serait libérée de sa promesse, débarrassée de ce fardeau.

Un petit Marseillais l'aborda et d'un ton goguenard lui proposa un gîte.

« Une belle fille comme vous ne peut pas coucher seule, si votre galant vous a posé un lapin, ne le regrettez pas, je suis là !

— Filez », dit une voix autoritaire derrière eux.

Le petit homme décampa sans demander son reste. Philippe était arrivé.

« Bonjour », murmura Elaine.

Sa voix s'étranglait dans sa gorge, elle tendit la main. Philippe la prit et la porta à ses lèvres.

« Bonjour », dit-il à son tour.

Il attrapa le sac de voyage et, prenant Elaine par le bras, l'entraîna à sa suite.

« Deuxièmes retrouvailles sur un quai ! remarqua-t-il d'une voix gaie. Cela signifie-t-il que notre relation est faite de départs et de retours ?

— Cela signifie que tu es plus tenace que moi. Tu es celui qui attend, je suis celle qui part.

— Mais qui revient !

— Les vrais voyageurs ne reviennent jamais pour longtemps. »

Elaine se détendait, curieusement, retrouver Philippe, c'était pénétrer un monde où il avait sa place, où elle avait la sienne. Les cloisons hermétiquement fermées se traversaient avec une étonnante facilité.

« C'est une raison supplémentaire, rétorqua Philippe de sa même voix gaie, pour jouir de chaque moment de leur présence. Je t'amène dans le Lubéron.

— Je dois être dans trois jours à Marseille pour reprendre le bateau.

— Tu y seras. N'en parlons plus maintenant, veux-tu ? »

Elaine s'arrêta pour regarder Philippe. Il n'avait pas changé. Son visage semblait seulement plus détendu, plus heureux.

« Je te trouve bien, dit-elle.

— Je suis bien maintenant. Rien ne peut plus m'effrayer, m'angoisser ou m'indigner. »

Elaine n'osa pas lui demander pourquoi mais elle pressentait que cette sérénité n'était pas due à sa seule présence.

« Comment va Bumbi ? demanda Philippe.

— Bien, très bien. Il est devenu un vrai séducteur et accumule les relations amoureuses, parfois au péril de sa vie. »

Philippe eut un rire ironique.

« Les chiens comprennent mieux que certains hommes les valeurs essentielles. »

Ils étaient arrivés devant une Packard Super-8 rouge, à la carrosserie étincelante. Des enfants tournaient tout autour, se montrant les pneus blancs, le tableau de bord en loupe de bois clair, les sièges de cuir fauve.

« Est-elle à toi ? demanda Elaine, étonnée de voir Philippe s'arrêter.

— Elle est à moi, je viens de l'acheter.

— Tu es riche.

— Je suis heureux, c'est beaucoup plus difficile. »

Ils quittèrent Marseille par la route d'Aix-en-Provence. Aussitôt sortis de la ville, Philippe immobilisa la voiture au bord d'un champ de blé.

« Bonjour Elaine », dit-il doucement.

Elle se pencha vers lui et l'embrassa sur la joue, retrouvant intacte l'odeur du Cuir de Russie.

« Merci d'être venue », murmura Philippe.

Il la dévisagea longuement, avidement, puis remit le contact et la voiture repartit.

« Où allons-nous ? demanda-t-elle en tentant de prendre une voix aussi enjouée que possible.

— A Manosque. Un ami me prête sa bastide au bord de la Durance. Là-bas j'aurai enfin le temps de te regarder vivre. Nous n'avons jamais été toi et moi dans une vraie maison. »

De chaque côté de la route se succédaient les champs d'oliviers et d'amandiers, un troupeau de chèvres, conduit par un vieil homme, traversa devant leur voiture les obligeant à s'arrêter à nouveau. Elaine ne connaissait du sud de la France que les paysages entrevus dans le train allant à Marseille. Elle était étonnée de la dissemblance qu'elle remarquait entre les deux rives de la Méditerranée. Ici, la lumière semblait plus tendre, douce comme une main de femme, caressant les étroits chemins bordés de pierres sèches, chaque ferme, chaque maisonnette lui paraissait familière avec un chien attaché à la niche, des poules picorant les cailloux, une balançoire pendant à la branche d'un grand pin que les enfants devaient pousser le dimanche après la messe, avant le repas de famille. Chacun vivait la même histoire répétée de génération en génération, célébrait les mêmes fêtes, pleurait des mêmes chagrins. La mémoire démêlait les fils du temps, des traditions, de chaque geste quotidien depuis le café du matin jusqu'à la soupe du soir. Là-bas, en Tunisie, la lumière brûlait les arbres, tordait les oliviers, faisait les branches des amandiers décharnés comme des bras morts. Survivant à sa propre poussière, la mémoire se faisait incantatoire, poésie refleurissant à chaque prière récitée. Le monde extérieur avait-il une réalité ? Tout dans l'univers était Dieu, détenait le secret de son nom. De luttes en sommeil, l'âme allait vers son éternité. « Nous ne sommes rien, lui avait déclaré un soir Abdel qu'elle interrogeait sur ses projets d'avenir, c'est ce que nous cherchons qui est tout. » La Provence avait ses frontières, la Tunisie n'en avait pas hors la mer et le désert.

Ils avaient dépassé Aix-en-Provence, la route montait maintenant entre les chênes-lièges, les plants de vigne. Au loin, les rochers accrochaient une lumière rose devenant violette à la hauteur de la vallée. Des busards, suivant les courants du vent, semblaient danser ces pas anciens et lents faisant tournoyer des couples qui ne se touchaient jamais.

« Nous allons retrouver la Durance, dit Philippe, c'est une rivière instinctive, sauvage et douce, elle ressemble à une femme que j'aime. » Il rit, ce n'était pas son rire habituel et l'impression de malaise qu'Elaine éprouvait depuis le départ de Marseille s'accentua. Qu'était-elle venue faire dans ce désert avec un homme qu'elle ne connaissait plus ? La peur légère qu'elle éprouvait l'embarrassait. Philippe ne méritait pas cette défiance. C'était elle, probablement, qui avait changé. A Peyrolles, ils s'arrêtèrent pour boire une bière sous la tonnelle d'un café surplombant la Durance.

« Dans moins d'une heure nous serons à Manosque », annonça Philippe en allumant une cigarette.

Elaine le regardait de profil et le trouvait beau, plus beau que dans ses souvenirs, un peu maigri, le regard plus énergique, moins tendre. Lentement, elle tira une bouffée de sa cigarette. En contrebas, l'eau contournait les rochers en bouillonnant. De l'autre côté d'une ferme toute proche du cours de la rivière, un cyprès se dressait haut et sec sur le ciel nu.

« Je vais solliciter une promesse, demanda Philippe les yeux toujours fixés sur les remous du courant.

— Encore ! s'exclama Elaine en souriant.

— Un avant-dernier engagement. Lorsque tu partiras, je te réclamerai le dernier.

— Je ne te dois plus rien, Philippe.

— Je sais, et c'est pour cela que tu promettras. »

Après avoir disposé sur la table deux rondelles publicitaires en carton, une femme en blouse apporta les bocks de bière.

« L'addition ! » demanda Philippe.

Elle tendit un papier gris. Sur la route, deux jeunes gens collaient leurs visages contre les vitres de la

Packard, se montrant du doigt les aménagements intérieurs. Un chien leva la patte et urina contre un des pneus blancs. Les jeunes gens éclatèrent de rire.

« Je t'écoute », murmura Elaine.

Elle n'était pas du tout disposée à prendre le moindre engagement.

Philippe, se tournant brusquement, regarda Elaine avec tant d'attention que, gênée, elle baissa les yeux.

« Nous avons trois jours devant nous. Ne parle pas de départ, ne parle pas de Patrick ni de ta maison. Faisons comme si nous avions une vie à partager, veux-tu ? »

C'était une promesse possible. Elaine s'y engagea.

Ils achevèrent leur bière, main dans la main devant la rivière que la fin du jour faisait mélancolique.

« Regarde ! » demanda Philippe.

Un martin-pêcheur plongeait, et son plumage était comme un trait de lumière violente s'enfonçant dans les eaux. Une lune pâle occupait un coin du ciel près des montagnes, oiseau femelle posée en haut d'un pic. Le fond du jour était rouge, le vent se levait.

« Il pleuvra sans doute », murmura Elaine.

Elle avait envie de dormir, de se couper du monde, de Philippe, de se sauver dans ses rêves.

La maison était rude, carrée, sévère, accrochée à la pente du Lubéron à quelques kilomètres de Manosque. Une femme de ménage avait ouvert les volets, préparé deux chambres, un feu dans la cheminée de la cuisine, un repas froid. Du vin rafraîchissait dans un seau à côté d'un gros bouquet de tournesols planté dans un pot de grès brun.

« Bienvenue, madame, dit Philippe en franchissant le seuil, je vous attendais. »

Il tendit les bras, souleva Elaine pour l'emmener dans la maison.

« Tu es chez toi ici. Tout ce que tu désires je te le

donnerai. » Il se tut un instant et, d'une voix plus basse :

« Tes refus aussi seront respectés. »

Le bouchon de la bouteille sauta avec un bruit joyeux, ils choquèrent leurs verres en se regardant.

« J'allume le feu, dit Philippe, nous dînerons ensuite et tu iras te reposer. Ta chambre n'est pas à côté de la mienne, tu n'as pas à te faire de soucis. »

Ce fut un oiseau cognant de son bec sur le volet qui réveilla Elaine le lendemain. Il faisait doux, le ciel était couvert. Une odeur de pin sec, de romarin sauvage venait de la montagne, poussée par un vent imprégné d'humidité. Elaine éprouva alors l'impression fugace, indéfinissable, qu'elle se réveillait chez elle en Virginie, un matin d'été. Elle avait quinze ans, une vie intacte devant elle, comme une étoffe neuve. Les années avaient taillé dedans, l'étoffe s'usait, le vêtement parfois trop grand, parfois trop petit, la gênait ou la blessait. Accoudée à la fenêtre, Elaine revit le visage de sa mère se penchant sur son lit. Elle l'embrassait sans sourire, sans la caresser, murmurant chaque soir les mêmes mots : « Bonne nuit mon enfant » qui ressemblaient aux textes des petits livres illustrés que lui envoyait Granny d'Angleterre. Elle observait sa mère avec curiosité mais pas avec tendresse. Et cependant, Mary Carter, malgré ses dérobades, ses refus, ses silences, demeurait le cœur battant de sa propre vie.

On frappait à la porte, Elaine se retourna, brusquement angoissée. C'était la femme de ménage portant un plateau sur lequel étaient posés une cafetière, un pot de lait, du miel et une corbeille de brioches.

« M. Philippe est sur la terrasse, annonça-t-elle avec un accent chantant.

— Je vais le rejoindre, voulez-vous descendre le plateau ? »

Elle avait décidé de racheter les nuits solitaires qu'elle lui imposerait par une présence affectueuse pendant la journée. Après avoir voulu se montrer égoïste afin de le punir de ses exigences, elle réalisait qu'elle ne pourrait l'être tout à fait sans éprouver des remords, ceux que laisse une mauvaise action inutile.

Pendant deux jours il avait plu, une pluie orageuse et tiède avec des rafales d'un vent trop doux qui caressait la peau, se glissait dans les cheveux, mettait à la bouche des odeurs de genévriers et de caroube. Protégés par des imperméables, des chapeaux trouvés dans une armoire de la bastide, Philippe et Elaine étaient sortis pour de longues promenades dans la montagne. Le soir, fatigués, ils prenaient au coin du feu le repas préparé par Thérèse : des légumes du jardin, des omelettes froides, des salades, des compotes et de petits fromages de chèvre conservés dans de l'huile d'olive. Ils parlaient d'amitié, d'amour, de tendresse, d'indifférence sur un ton léger, buvant le vin rosé de la propriété, fumant de petits havanes devant les flammes, la fenêtre ouverte sur les odeurs et les bruits nocturnes du jardin.

« Demain il fera beau, déclara Philippe en attisant le feu, nous irons pique-niquer dans la montagne. Sur le retour, je te montrerai l'église Saint-Sauveur et les portes de Manosque. »

C'était leur dernière journée ensemble, tôt le surlendemain matin, Philippe ramènerait Elaine à Marseille.

Le lendemain il faisait beau en effet, la température était plus fraîche, le vent soufflait de l'est. Elaine avait mal dormi. A chaque instant, elle était tentée de se lever et d'aller rejoindre Philippe, non par amour ni poussée par un véritable désir, mais parce qu'il lui semblait finalement absurde d'être venue de si loin retrouver un homme charmant pour ne vivre que des moments d'amitié tranquille. Rien dans l'attitude de Philippe ne montrait qu'il était malheureux, chacun de ses gestes, chacun de ses mots, la célébrait comme une femme aimée.

Parfois cependant, mais si fugitivement qu'elle pensait se tromper, Elaine discernait une expression de joie artificielle, comme s'il faisait semblant, non pas de l'aimer, mais d'éprouver du bonheur à cause d'elle.

Ils mangèrent au bord d'un ruisseau les provisions que Thérèse leur avait préparées dans un panier de vannerie. Couché dans l'herbe, sa casquette de toile blanche posée à côté de lui, Philippe fumait en regardant le ciel. Elaine s'allongea tout près, mais sans le toucher cependant. La terre sentait bon, une odeur de tilleul et de menthe.

« Penses-tu quelquefois à la mort ? » demanda Philippe.

Il avait une voix grave et douce, lointaine.

Elaine avait le soleil sur son visage, elle était assoiffée à cause du vin rosé et de la longue marche dans la garrigue. La main de Philippe était proche de la sienne, elle ferma les yeux et la saisit, la caressant doucement, il la lui laissa, sans bouger, sans répondre à ses caresses.

« La vie est violente, comment ne jamais y penser ? »

Philippe tourna vers Elaine son visage et lui sourit.

« Je t'aime désespérément et il suffit que tu prennes ma main pour que tout le bonheur du monde me revienne, pour que je me remette à espérer.

— Qu'espères-tu, Philippe ? »

Il détourna la tête, fixant à nouveau les nuages.

« Bernanos a écrit : " L'espérance est la plus grande et la plus difficile victoire qu'un homme puisse remporter sur son âme. "

— L'espérance est une petite fille aveugle qui marche à tâtons dans sa nuit.

— C'est étrange, murmura Philippe, ce sont tes propos qui sont les plus mélancoliques. »

Ils se regardaient, Philippe sourit le premier.

« D'où viens-tu Elaine, où vas-tu, pourquoi fuis-tu sans cesse ? » Elaine brusquement se redressa, lâchant la main de Philippe. Des hirondelles volant très bas les frôlaient.

« Il n'y a rien à comprendre », murmura Elaine.

Elle redoutait cette conversation qui la blesserait.

Philippe s'était agenouillé derrière elle, l'entourant tendrement de ses bras.

« Qui t'a blessée ?
— Personne.
— Ce n'est pas vrai, Elaine, pourquoi te mens-tu à toi-même ? »

Elaine arracha un brin d'herbe qu'elle se mit à mordiller. Qui donc l'avait fait souffrir ? Sa mère ? Patrick ? Son oncle Charles lorsqu'il avait parlé de Granny ?

« Je veux oublier. »

Sa voix monta d'un ton, elle refusait de se justifier.

« Comprends-tu, Philippe, je veux vivre sans regarder sans cesse derrière moi !
— Tu veux vivre comme une enfant. »

Philippe s'écarta, s'assit un peu plus loin, les bras autour de ses genoux.

Elaine ne répondit pas, elle fermait très fort les yeux, essayant de comprendre ce qui l'avait amenée en Tunisie et pourquoi elle y était heureuse. Derrière ses yeux clos, venait l'image de Patrick au seuil de son jardin. Il avait besoin d'elle plus que n'importe qui au monde.

« On ne trouve pas le bonheur en se battant sans cesse, Philippe, la passion n'est jamais vécue sans angoisse, je ne veux plus de ces sentiments bouleversants, ils ne me rendent pas heureuse.
— L'amour est le début du jour.

— Alors l'heure est venue pour moi de dormir un peu. »

Elle ouvrit les yeux, vit Philippe à quelques pas d'elle, la tête sur les genoux.

« Viens, demanda-t-elle, je voudrais te sentir près de moi ! »

Elle percevait son désarroi et avait envie de le bercer entre ses bras. Philippe vint à nouveau contre elle, prit Elaine par les épaules. Leurs visages se touchaient presque.

« Je veux rester au port, murmura-t-elle, je veux comprendre désormais ce que j'ai fait de ma vie et pourquoi je l'ai fait. Si je courais sans cesse droit devant moi, je ne serais plus qu'une mécanique que le temps arrêterait un jour à bout de souffle.

— Tu as raison, répondit Philippe lentement, il faut savoir s'arrêter un jour. »

Leurs lèvres se frôlaient. Philippe chuchota :

« Mon Dieu, ne m'impose pas cela ! »

Il voulut s'écarter mais elle s'approcha à nouveau de lui. Il l'embrassa doucement, effleurant d'abord ses lèvres avant de pénétrer sa bouche. Elaine eut un sursaut, son corps n'avait pas oublié ! Il se tendait vers Philippe, vers cette source de plaisir et de bonheur.

Soudain, se redressant, Philippe la repoussa :

« Je ne veux pas te faire l'amour, Elaine, je refuse que tu continues ainsi à me prendre et à me rejeter à ta guise ! »

Il ramassa sa casquette, s'en coiffa, se leva.

« Allons, je veux te montrer Manosque avant de rentrer à la bastide. »

Un moment, Elaine resta interdite sur l'herbe. Philippe l'écartait, lui ôtant toute sécurité. Debout devant elle, souriant, il lui tendit la main.

« Reste au port, ma chérie, tu ne seras pas heureuse, tu ne seras pas malheureuse non plus. »

Ils redescendirent en silence. Le ciel se couvrait à

nouveau et les nuages se glissaient entre les ondulations des montagnes, tarissant la profusion de lumière.

Philippe prit la main d'Elaine, elle la lui laissa. La perspective de son prochain départ était une délivrance.

Ils mirent le couvert sur la terrasse. L'orage n'avait pas éclaté encore mais le ciel emportait de gros nuages, s'étendant, se rétractant comme des végétaux marins dans le mouvement de la houle. Depuis l'après-midi, Elaine était mal à l'aise, ne sachant plus si Philippe la désirait ou se moquait d'elle. Pourquoi avait-il tellement voulu ce voyage, que dissimulait son appel ? Les hommes américains ne l'avaient pas habituée à ces faux-fuyants. La femme désirait ou repoussait, ils se pliaient à cette volonté. Le jeu n'était pas entre leurs mains. Avec Philippe, elle ne pouvait être tranquille.

Thérèse avait préparé une soupe au pistou, un poulet froid en gelée, une salade de melon et de framboises. Elaine toucha à peine au repas, Philippe la regardait avec tendresse comme on regarde une petite fille qui a du chagrin.

Le vent se levait par rafales, couchant la flamme des bougies, faisant claquer la nappe, soulevant la poussière et les feuilles du gros platane en contrebas de la terrasse. Les nuages se chevauchaient, couraient, s'entrelaçaient en labyrinthes où se perdait une lune opaque, presque invisible.

« As-tu peur de l'orage ? » demanda Philippe.

Elaine fit non de la tête.

« Tu n'as peur de rien alors ?

— J'ai peur d'être seule. »

Il haussa les épaules.

« Tu crains ce que tu désires, tu es une vraie femme ! C'est pour cela que je t'aime tant.

— Tu m'aimes d'une façon étrange.

— Et toi, ne me détestes-tu pas d'une façon tout aussi insolite ?

« Pour toi l'amour est un rapport de force, pour moi il est l'alliance de deux faiblesses. »

Elaine ne répondit rien. Elle avait promis à Philippe de ne pas parler de Patrick et voulait tenir cette promesse mais chaque mot prononcé par lui décrivait l'amour qu'elle portait à son mari. Elle admirait Philippe, elle le désirait, ces sentiments n'étant pas de l'amour lui avaient donné un recul ayant le pouvoir de le tenir à distance, et de s'en faire aimer. Sa dérobade la dérangeait parce qu'elle remettait en cause la certitude de cet attachement.

« Tu rencontreras certainement bientôt une femme qui t'aimera mieux que moi. »

Elle alluma une cigarette, le regarda avec défi.

« J'espère la rencontrer, dit Philippe, je l'espère très fort. »

Et comme pour atténuer l'apparente dureté de ses paroles, il se leva, embrassa Elaine dans le cou.

« Tu es douce et chaude. Ne crois pas que je ne te désire pas, je refuse seulement d'être plus malheureux.

— Pourquoi m'as-tu fait venir ? »

Il posa un doigt sur ses lèvres, les caressant doucement.

« Tu le sauras bientôt.
— Tu te maries ? »

Le rire de Philippe éclata, clair et malheureux.

« Peut-être. Viens. »

Il l'entraîna dans le salon, mit un disque sur l'électrophone.

« *Porgy and Bess* », dit Elaine à voix basse.

Cent fois, elle avait écouté avec Patrick le tout récent opéra de Gershwin dans leur salon d'Hammamet. Patrick vivait cette musique, elle faisait partie de lui.

Elaine avait une envie absolue de rentrer en Tunisie, de retrouver son mari, le Jardin, Abdel, Ali, Bumbi, les chats, la mer. Dans cette bastide du Lubéron, elle était orpheline.

Le tonnerre se mit à gronder. Philippe à ce moment la prit dans ses bras pour la faire danser, il crut que son mouvement de recul était dû à la peur.

« Ne crains rien, murmura-t-il en lui caressant les cheveux, personne ne te fera de mal. »

La fatigue, l'émotion, la tension de ses nerfs, enlevèrent à Elaine toute résistance, elle se mit à pleurer. Philippe l'effleurait du bout des doigts, embrassait légèrement son front, ses yeux, les coins de sa bouche, buvait ses larmes.

« Ne crains rien, ne crains rien », répétait-il.

La musique de Gershwin, puissante et mélancolique, accompagnait ces mots dérisoires.

Ils partirent à l'aube pour Marseille. Ni Philippe, ni Elaine n'avaient dormi. Longtemps, ils étaient restés au coin du feu, serrés l'un contre l'autre. Vers une heure du matin, Elaine était montée se coucher, Philippe l'avait embrassée comme une sœur, avec une infinie tendresse. Elle s'était allongée habillée, face à la fenêtre sur laquelle ruisselait la pluie. A six heures, Philippe avait frappé à la porte, elle avait pris sa valise. La bastide dans la nuit semblait immense et hostile.

A Manosque ils burent un café debout au comptoir d'un bistrot pour routiers. Le jour se levait, la campagne était déserte. La Packard traversait des villages immobiles derrière des volets clos. A l'entrée de Venelles, avant Aix, un chien errant traversa brusquement. Elaine poussa un petit cri.

« Tout va bien », dit Philippe.

Ils n'avaient échangé que quelques mots depuis Manosque.

A Aix, ils reprirent un café et des croissants sur le cours Mirabeau. Dans son bonheur d'être le lendemain à Hammamet, Elaine se sentait prête à écouter Philippe, à mettre la conversation sur des sujets qui le passionnaient. Ils étaient désormais en terrain neutre, à l'abri l'un de l'autre.

« Que va-t-il se passer en Europe maintenant ? demanda-t-elle en allumant sa première cigarette. Tes prévisions pessimistes semblent se vérifier chaque jour.

— Si les Européens continuent ainsi à attiser le feu, la guerre sera inévitable.

— Ne faut-il pas de la patience plus que de l'héroïsme ? »

Philippe reprit une tasse de café, allongea ses pieds sous la table comme un homme fatigué.

« Comment se sentir libre quand tout le monde ne l'est pas ?

— Il suffit peut-être d'arrêter de se lamenter et de vivre.

— Le don d'insouciance n'est pas donné à tout le monde, Elaine, garde-le précieusement si tu le détiens, il te fera transiger avec le mensonge et il te fera accepter avec talent tout ce que tu subiras.

— Je ne suis plus en Europe.

— La guerre te rejoindra. »

Philippe regarda sa montre.

« Nous partirons dans cinq minutes, veux-tu quelque chose d'autre ? » Des consommateurs arrivaient, des hommes seuls, des touristes matinaux.

« Que vas-tu faire, Philippe ? » demanda Elaine.

Elle avait la certitude que Philippe connaissait exactement la voie qu'il allait suivre maintenant.

« Je payerai le prix de ma liberté. Nous n'avons plus le temps maintenant de rêver.

— Que veux-tu dire ? »

*Le jardin des Henderson.* 14.

Il prit la main d'Elaine, la serra tendrement dans la sienne.

« Le destin est l'explication d'une vie, tu dois comprendre cela toi qui vis en terre d'Islam.

— Tu ne parles pas d'avenir.

— Quel avenir ? L'idée de l'avenir est plus féconde que l'avenir lui-même. Je crois au miracle, n'ai-je pas su que tu viendrais ? »

Il sourit, lâcha la main d'Elaine, se leva :

« Allons maintenant ! Ne te soucie pas pour moi. Lorsque tu m'auras quitté, je serai seul et libre.

— Comme Sisyphe sur sa montagne.

— Sisyphe est un mythe. »

Elaine jeta sa cigarette, rajusta son chapeau :

« Puisque tu refuses de me parler, partons. »

Philippe la prit par les épaules, la serra un court instant contre lui.

— Peut-être avons-nous manqué cette ultime chance mais j'ai reçu trop de blessures pour en accepter davantage. Nous sommes arrivés toi et moi au point final de l'attente. »

Philippe ouvrit la porte de la Packard, installa Elaine.

« Sois heureuse, tu seras demain chez toi. »

La sirène du bateau avait signalé le départ imminent. Elaine était au bas de la passerelle, deux marins attendaient qu'elle soit montée à bord pour la tirer.

Philippe la regardait avec intensité comme pour graver à tout jamais en lui le souvenir de cette jeune femme brune qu'il avait tant aimée. Elaine se pencha, l'embrassa légèrement sur les lèvres.

« Donne-moi de tes nouvelles, Philippe ! »

Elle monta quelques marches puis soudain s'immobilisa, se retourna :

« Quelle était ta dernière requête ? »

Philippe la rejoignit, prit ses mains qu'il embrassa l'une après l'autre.

« Ne m'oublie jamais, Elaine. »

Avec le mois de mai, octobre était le moment de l'année qu'Elaine préférait en Tunisie. Le jardin se faisait tendre, généreux comme une femme pour son dernier amour. Dans la roseraie, les fleurs trop lourdes s'affaissaient, les soirées rousses effleuraient leurs teintes délicates, impatientes de les effeuiller. Elaine y passait de longs moments à la tombée du jour, son imagination courait, retrouvait la Virginie de son enfance, le Norfolk, New York, Paris et souvent le visage de Philippe, immobile et muet en bas de la passerelle du bateau de Tunis. Elle n'en avait pas eu de nouvelles.

Ce jour d'octobre, Elaine était venue s'asseoir dans sa roseraie plus tôt qu'à l'accoutumée. Patrick ramassait les olives avec Ali entouré des poules et des paons guettant celles qu'on leur abandonnait. Tibère, allongé à côté d'elle, lançait la patte de temps à autre pour attraper une mouche ou une feuille que la brise soulevait.

« Le courrier, Madame », annonça Abdel.

Il se penchait vers Elaine, tendait un petit plateau de cuivre sur lequel étaient posées deux enveloppes.

« Merci Abdel. As-tu refait les bouquets du patio ?
— J'y vais Madame. Je vais cueillir quelques roses si tu permets. »

Elaine fit un signe de tête, ouvrit la première enveloppe sur laquelle figurait un timbre américain.

« Ma chérie », lut-elle. C'était William Carter parlant à sa fille de l'automne virginien, du départ des rouges-gorges bleus, des arbres de Springfield qui commençaient à flamboyer, de la vieille miss Gatwin que la mort venait d'emporter, d'un vent violent qui, fin septembre, avait abattu le grand sapin proche de l'étang. Dans l'enveloppe, il avait glissé quelques brins d'herbe, un pétale de pensée. « Ton amie Maggye est charmante, ajoutait le vieux monsieur, je lui ai fait un peu la cour. Elle reviendra pour Noël avec son adorable petit garçon qui a cassé la jardinière en Wedgwood de ta maman. Maggye nous en a fait parvenir une autre de New York mais Mary l'a mise au rancart. Tu connais ta maman et ses lubies... Elle t'embrasse et t'écrira lorsque ses occupations à l'Association pour la rénovation du patrimoine virginien lui en laisseront le temps. N'attends rien avant 1937. »

Elaine sourit, posa la lettre sur ses genoux afin de la relire tranquillement et ouvrit l'autre enveloppe.

« Madame, vous ne me connaissez pas et je ne vous connais pas. Je suis américain et compagnon de combat de Philippe Tardieu dans les rangs républicains espagnols. Philippe m'avait fait promettre de vous écrire s'il lui arrivait malheur. Ce malheur s'est hélas produit, il est mort à Tolède, très courageusement... Je ne sais pas qui vous êtes pour lui, moi, son ami, j'ai perdu un être exceptionnel. Grâce à des hommes comme Philippe, notre cause triomphera peut-être.

« Très sincèrement à vous : Peter Jacobson. »

« Non, non », murmura Elaine à plusieurs reprises. Elle n'arrivait pas à pleurer, il lui fallait auparavant remonter le temps, revenir en arrière pour dérouler le film de leur dernière rencontre, image après image afin de retrouver le moment exact où Philippe avait annoncé la décision qu'il avait prise de se battre et peut-être de mourir à une femme aimée qui ne l'écoutait pas. Il lui fallait comprendre, pour pouvoir enfin pleurer un amant, la fin d'une époque heureuse, le début d'une autre qui la meurtrirait.

## CHAPITRE XXX

Chaque jour à l'heure de la sieste, Patrick écrivait. Pour la première fois, son héros avait un visage, celui de Steph, une mémoire, la sienne. Des images passaient devant lui alors qu'il travaillait dans sa chambre comme un grand fleuve dont il observait le cours. Il n'avait pas de plans, à peine une histoire.

L'hiver s'était achevé, le jardin fleurissait, se développait encore, formant un univers fermé sur lui-même, un organisme autonome échappant désormais à la main de son créateur.

Elaine, qui avait été malade tout l'hiver, sortit au bras de Patrick un matin d'avril pour admirer le mur de marbre dominé par quatre colonnes romaines et les deux escaliers qui le prolongeaient. Ali avait immergé les pots de nénuphars dont on attendait la floraison, quelques grenouilles déjà y avaient élu domicile.

« Les grands travaux sont achevés maintenant, dit Patrick, c'est à la nature de faire désormais. Je lui fais confiance, elle a très bien commencé son œuvre.

— C'est étrange, murmura Elaine, la vie est tellement forte dans ce jardin qu'on ne peut penser longtemps à la mort, quelque chose vous force à l'oublier. »

Patrick lui prit le bras, l'entraîna vers la plage.

« La vie n'est que de l'eau fraîche et de l'ombre. Veux-tu te promener un peu avec moi ? »

Ils allèrent vers Hammamet marchant à la lisière du sable et de l'eau. Bumbi flânait, les dépassait, s'arrêtait pour renifler un coquillage, une branche morte, un sac d'engrais vide rejeté par la mer. La villa des Sebastiani était close mais Andréa et Vickye s'annonçaient pour le printemps. Ils hivernaient en Sicile, en Grèce, à Tanger, toujours entre deux fêtes, entre deux voyages. Vickye avait écrit une petite lettre à Elaine, une liste plutôt des invités qu'ils attendaient pour l'été à Hammamet. Elaine avait souri. Certaines femmes comme Vickye ne pouvaient dire trois mots sans citer tous les personnages célèbres qui étaient de leurs intimes.

« Pourquoi les Sebastiani ont-il choisi notre plage ? demanda Elaine. Il y a des palais à Tanger, et en Sicile avec quantité de célébrités. »

Patrick eut un geste vague, il avait la supériorité de ne jamais se préoccuper de ce qui ne l'intéressait pas.

Les vacances de Pâques avaient commencé. Quelques familles étaient arrivées de Tunis avec leurs domestiques et des ribambelles d'enfants qui couraient sur la plage. Elaine et Patrick s'arrêtèrent un moment pour regarder jouer à la balle deux petits garçons tandis qu'une fillette suivie par une gouvernante ramassait des coquillages.

« J'ai eu des nouvelles de Maggye, dit très vite Elaine pour atténuer le serrement de cœur que lui donnait toujours la vue d'un joli bébé, peux-tu imaginer que Nathanaël a plus de deux ans maintenant ? »

Maggye avait envoyé une photographie sur laquelle Nat, habillé en petit joueur de polo, souriait, assis sur un poney. David n'était pas encore venu les rejoindre, il ne pouvait se résoudre à abandonner ses parents, la petite sœur qu'il adorait. Walter avait écrit lui-même afin de l'inciter à prendre une décision. Lorsque la guerre éclaterait, il serait trop tard pour quitter la France.

Jean-Michel, lui non plus, ne pouvait se décider à s'expatrier, remettant sans cesse ce projet à plus tard. « Tout va bien, disait-il au téléphone, on vend ce que l'on veut. Personne n'est vraiment inquiet malgré les bagarres entre les troupes du colonel de La Rocque et les communistes. Cela passera, les Français aiment trop la vie pour se lancer dans la guerre. »

« Il rêve, commentait Maggye, Jean-Michel a toujours été un poète. Comment un personnage de Proust peut-il imaginer ce qui se passe dans la tête d'Hitler ? Walter le sauvera malgré lui comme il sauvera, je l'espère, David. Il me manque terriblement. Je lui téléphone chaque semaine, il m'aime toujours. » Derrière sa signature, Maggye avait ajouté un post-scriptum : « Ton père est un vrai gentleman, pendant les dernières vacances de Noël, il m'a fait comprendre que si je disais oui, il ne dirait pas non. »

Patrick rappela Bumbi.

« Je rentre au Jardin, dit-il, Ali m'attend pour mettre de nouvelles azalées près de l'orangeraie, là où le baobab empêche la plupart des fleurs de pousser. Je veux aussi surveiller les pivoines blanches. M'accompagnes-tu ?

— Non, répondit Elaine, je vais m'asseoir un moment au soleil et revenir tout doucement. »

Depuis la mort de Philippe, tout lui paraissait difficile, laborieux. Un simple geste lui coûtait et, cependant, elle n'avait pas même pleuré. Elle était lasse, simplement. Tout lui était sensible, un sourire, un mot gentil ou indifférent, un regard chaleureux. Des minutes entières, elle observait une fleur ou le vol d'un oiseau, refusant de penser à Philippe, de comprendre sa mort. Lire la délivrait, elle s'était enfermée dans sa bibliothèque des journées entières pendant l'hiver, découvrant à nouveau Shakespeare, Dickens, Kipling, Homère. Sa petite histoire n'avait plus d'importance. Où se trouvait Peter Jacobson ? Etait-il mort lui aussi pour ses rêves ? Les enfants jouaient devant ses yeux en riant, un des petits garçons donna au ballon un grand coup de pied, l'envoyant dans la mer. La gouvernante le gronda puis, retroussant sa longue jupe de coton fleuri, s'avança dans les vagues tandis que la fillette assise sur le sable l'appelait d'un ton geignard. Deux mouettes avaient pris possession d'un courant du vent. Il était cinq heures de l'après-midi, le soleil étirait les ombres des enfants qui se fondaient, se séparaient selon le rythme de leurs jeux. Elaine prit du sable encore chaud, le fit couler d'une main dans l'autre. Le temps inventait des histoires qui troublaient l'esprit des hommes, des histoires d'amour, d'amitié, tristes ou gaies, jusqu'à ce que le dernier souffle du conteur dépose dans l'espace la fin du mot.

Elaine ne bougeait plus, il faisait tiède encore, la petite fille riait maintenant. Elle était bien.

Patrick leva la tête. Bumbi à côté de lui s'était redressé, les oreilles attentives, silencieux cependant, comme s'il savait que la petite personne qui avançait vers eux ne représentait pas un danger pour son maître. C'était une fillette d'une dizaine d'années, marchant lentement, un peu intimidée mais décidée.

« Bonjour, dit Patrick. Tu aimes mon jardin ? »

La petite fille leva la tête, le regarda puis posa ses yeux sur Bumbi.

« N'aie pas peur, murmura Patrick, il ne te fera pas de mal. »

L'enfant avait un visage fin, des yeux immenses et graves. Depuis deux années, lorsque chaque vacance scolaire la ramenait à Hammamet, elle allait jusqu'à la porte du Jardin donnant sur la plage, fascinée par le monde étrange qu'elle devinait, cet univers féerique et clos, semblable à celui des contes que lui disait sa nourrice. De la place, on entendait parfois des cris étonnants, on sentait des odeurs inhabituelles. Elle restait longtemps devant la grille, n'osant la pousser, puis revenait à pas lents jusqu'à la ville.

Le jour de ses neuf ans, elle avait eu la hardiesse d'entrer.

Debout devant elle, l'homme semblait immense, elle devait lever la tête très haut pour le regarder mais il ne semblait pas surpris de la voir et elle n'était pas étonnée de le rencontrer.

« As-tu soif ? » demanda-t-il.

Elle fit oui du menton et il la prit par la main. Ensemble ils remontèrent une allée enfouie sous la végétation, puis la maison fut devant eux, une belle maison tunisienne comme elle en avait vu chez des amis de ses parents à Carthage.

Abdel apporta un grand bloc de citronnade parfumée à la fleur d'oranger, ils s'assirent sur les marches du péristyle, côte à côte comme de vieux amis.

« Comment t'appelles-tu ? demanda Patrick en français.

— Yasmina.
— Tu es de Tunis ?
— Oui. »

La petite fille avait une voix minuscule, elle baissait les yeux et étrangement, en la regardant boire avec précaution son verre de citronnade, Patrick eut la sensation qu'une très vieille tendresse, enfouie si profondément en lui qu'il la croyait oubliée, revenait, superbe, bouleversante. Sa voix tremblait.

« Yasmina, je voudrais être ton ami. »

La petite fille leva alors les yeux et eut un sourire lumineux :

« Moi aussi monsieur, je voudrais être ton amie. »

Ils ne dirent plus rien parce que le bonheur d'être ensemble leur causait une émotion violente.

Yasmina revint au Jardin tous les jours. Patrick l'attendait dans l'allée, lui prenait la main et lui faisait visiter son royaume. La petite fille regardait intensément, respirait les fleurs, écoutait les paons, les grenouilles, les cris des coqs. Parfois, elle levait son visage vers Patrick, demandait un nom. « Cet arbre est un jacaranda, expliquait-il, il fait des grappes mauves comme celles de la glycine, cette plante, un ricin, tu le reconnais à ses grandes feuilles palmées. » Elle écoutait, attentive.

« J'aime ton jardin, c'est là où je voudrais vivre. »
Il riait.
« Tu feras le tien un jour, ma Yasmina. Chacun d'entre nous doit construire son propre gîte. »
Un après-midi, il l'appela « Ada ». La fillette se mit à rire.
« Tu me confonds avec une autre ! »
Mais elle avait déjà la voix jalouse d'une femme découvrant une rivale.
« J'ai beaucoup aimé Ada, murmura Patrick en se baissant vers l'enfant afin que leurs regards se mêlent, mais elle est morte alors qu'elle était juste un peu plus âgée que toi.
— C'est triste de voir mourir une petite fille, n'est-ce pas ?
— Oui, dit lentement Patrick, c'est triste mais on s'aperçoit que l'amour demeure vivant même si on le cache, on le force à disparaître. Un jour il surgit et refleurit aussi beau, aussi vigoureux.
— Comme une fleur.
— Oui, comme une fleur. »
Elle tendit les bras, Patrick saisit le petit corps fragile et le serra contre lui.
« Je repars demain à Tunis, annonça l'enfant.
— Mais tu reviendras l'été prochain ? »
Elle avait le visage au creux du cou de Patrick, c'était un bonheur comme elle n'en avait jamais

ressenti de sa vie. Il se dégageait du corps de cet homme une force qui la soulevait, l'exaltait, lui donnait l'envie de grandir haute et solide comme lui.

Il la raccompagna jusqu'à la plage, l'embrassa dans ses cheveux bruns et frisés.

« Je t'attends, Yasmina, ne sois pas triste. La lumière, les fleurs, les paons me parleront de toi, tu es maintenant au fond de moi. »

Elle le regarda longuement, les yeux pleins de larmes, puis mit sa main sur son front, sur ses lèvres, sur son cœur.

« Toi aussi, tu es avec moi. »

Elle se détourna et partit en courant. Le vent faisait battre la jupe blanche sur ses jambes minces et nues.

Patrick rentra dans le salon, se servit un whisky, sortit sur la terrasse. C'était l'heure où les paons allaient regagner leurs branches, le jasmin de Toscane embaumait. Des bassins venaient les cris assourdissants des grenouilles. Yasmina, étrangement, reconstruisait l'enfant qu'il avait été, le recommençait. La petite fille aux jambes d'oiseau, venue de la plage, retournée à la plage, ouvrait les portes du cachot où il avait voulu enfermer ce singulier petit garçon de Géorgie ayant décidé un beau matin de quitter le monde que les adultes lui proposaient pour se construire son propre royaume.

En juin, Steph annonça à Patrick, par téléphone, qu'il ne pourrait venir passer l'été à Hammamet comme il l'avait promis. Le 14 juillet, il devait remettre un article sur la nouvelle pièce de Jean Cocteau, *Les chevaliers de la Table ronde*, en août, il partait en Italie interviewer Gabriele d'Annunzio. « Si j'ai un moment de libre en septembre, lui avait-il assuré, il sera pour toi. »

« Tu es amoureux ? » avait demandé Patrick.

Steph avait éclaté d'un rire provocant. La communication était mauvaise, à chaque instant elle pouvait se trouver coupée.

« Pourquoi me poses-tu cette question ? Tu t'en fiches bien que je sois ou non amoureux !

— De qui ? interrogea Patrick d'une voix dure.

— Tu ne le connais pas. »

Patrick fut étonné de pouvoir souffrir encore à cause de Steph.

En août, Yasmina fut de retour avec les longues soirées sur la terrasse, les siestes derrière les volets clos. Patrick écrivait, prenait soin du jardin, se promenait avec la petite fille, parlant inlassablement avec elle de bêtes et de plantes, de rêves et de souvenirs. Il lui revint en mémoire les contes des vieilles négresses des montagnes de Géorgie, histoires peuplées de sorcières, de démons et d'animaux maléfiques. Yasmina les écoutait, sa petite main dans celle de Patrick. Parfois, ils restaient simplement côte à côte sur la terrasse. Patrick lisait, Yasmina dessinait. Elaine, parfois, venait boire un verre de citronnade, jetait un coup d'œil sur les croquis de la petite fille.

« Je dessine les histoires de ton mari », expliquait-elle très sérieusement.

Patrick s'émerveillait.

« Il faudra que tu continues à dessiner ; tu as du talent. »

Elle haussait ses petites épaules brunes.

« Papa ne veut pas que je sois peintre, il dit qu'aucune femme en Tunisie n'a jamais fait ce métier-là.

— Tu le seras. Aie simplement le courage de marcher, même si la route est dure, même si tu es fatiguée. Ne t'arrête pas avant d'avoir atteint ton but. »

Elle regardait Patrick de ses yeux pleins de doute mais animés cependant par les perspectives d'une vie dont elle rêvait déjà.

« Ne t'arrête jamais, répétait Patrick en français avec son fort accent du Sud. Il y aura toujours des gens pour te critiquer, te juger, te ralentir, insinuer que ta vie n'est pas belle ou n'est pas bonne, ignore-les. Que savent-ils eux-mêmes du bon et du juste ? »

A la fin du mois d'août, avant leur départ pour Tunis, Elaine et Patrick firent la connaissance des parents de Yasmina, de grands bourgeois alliés aux familles les plus respectées. Une petite sœur, Aïcha, les regardait curieusement tandis qu'ils buvaient un alcool anisé dans le patio de leur villa. A quelques pas, assise sous un figuier, Yasmina, sérieuse, fière, regardait son ami et son père se parler. Leur affection désormais n'était plus clandestine, elle pourrait marcher à côté de lui dans les rues d'Hammamet, la tête haute, comme une jeune épousée.

Ils fêtèrent le début de l'année 1938 au Jardin, seuls avec Vickye et Andréa qui rentraient d'Egypte et avaient assisté au renvoi de Nahas Pacha par le roi Farouk.
« Notre monde fout le camp, affirma Andréa en se servant de mouton grillé. Aucun pays n'est plus sûr !
— Notre Tunisie peut-être », hasarda Elaine.
Andréa haussa les épaules.
« La Tunisie pas plus que l'Ethiopie ou l'Egypte ! Lorsque les Allemands auront l'Europe, traverser la Méditerranée sera pour eux un jeu d'enfant. Ici même, dans ce jardin que vous considérez comme votre abri, les Allemands allumeront leurs cigares, tordront le cou de vos poules pour les faire rôtir.
— Ils n'y entreront pas, affirma Patrick.
— Ils y entreront. C'est vous qui en serez peut-être sorti ! »
Elaine changea la conversation, Patrick était capa-

ble de se battre avec Andréa s'il poursuivait ces affirmations.

Elle songeait à Jean-Michel et à David. Que deviendraient-ils s'ils s'obstinaient à rester à Paris ?

L'hiver fut triste, beaucoup de pluie et de vent avec parfois la lumière d'une journée offerte en cadeau. Patrick avait délaissé ses longues promenades avec Khayyam pour écrire. Il s'enfermait des matinées entières dans sa chambre, la fenêtre ouverte sur le jardin quel que soit le temps. Ni Ali, ni Abdel, ni Elaine n'étaient autorisés à entrer. Bumbi, seul, grattait parfois à la porte et se voyait admis dans ce lieu interdit.

Un soir, devant la cheminée du salon, Patrick lut à Elaine quelques pages de son manuscrit. Elle fut émue par leur sincérité. En quelques mots, Patrick se livrait plus qu'en des années de vie commune. Le 12 mars, ils apprirent par la radio que les troupes allemandes avaient pénétré en Autriche.

« Ce maudit Andréa finira par avoir raison », murmura Patrick. Une menace diffuse planait désormais sur le Jardin, chaque arbre, chaque fleur, chaque plante lui en devint plus cher encore. Walter, Maggye, Jean-Michel pouvaient échapper au danger en traversant l'Atlantique, lui ne pouvait rien faire, seulement attendre, oublier les mauvaises nouvelles que la radio diffusait chaque jour : heurts violents en Tchécoslovaquie, exécutions à Moscou, arrestations massives en Allemagne, attentats meurtriers en Palestine.

Seul le retour de Yasmina avec l'été fut un dérivatif. La petite fille avait grandi mais restait menue avec ses traits de garçon, ses grands yeux noirs et la masse de ses cheveux frisés.

« N'aie pas peur, dit-elle un soir où ils venaient d'apprendre l'explosion d'une bombe à Haïfa, tous les hommes ont une douceur dans la vie, cela les aide à continuer. Si tu te sens triste ou inquiet, tourne-toi vers ton jardin.

— Et toi, petite Yasmina, avait-il demandé en posant la main sur ses cheveux, vers quoi regardes-tu lorsque tu as du chagrin ? »

Elle avait levé son joli visage vers ce grand homme blond qui ne comprenait rien.

« Tu sais très bien que je me tourne vers toi. »

# CHAPITRE XXXI

Le 15 mars 1939, jour où les troupes allemandes pénétraient dans Prague, Bumbi ne revint pas au crépuscule comme il en avait l'habitude. Patrick l'attendit toute la nuit, parcourut les allées du jardin, alla jusqu'à Hammamet par la plage.

Le lendemain matin, un bédouin vint signaler à Abdel que l'on avait trouvé mort près des remparts le chien de M. Henderson. Il voulait bien le ramener si on lui donnait un dédommagement. Patrick prenait un café dans la bibliothèque d'Elaine, lorsqu'il vit entrer Abdel, il se leva aussitôt.

« Où est Bumbi ? » demanda-t-il.

Abdel baissa les yeux.

« Laisse-moi t'accompagner », demanda Elaine.

Ils suivirent Abdel. Le bédouin les attendait devant la porte, assis sur une marche. Les salutations d'usage accomplies, Patrick sortit un billet de son portefeuille.

« Amène-moi à mon chien », exigea-t-il.

Tous montèrent dans la Citroën, Elaine avait pris le volant. En bas des remparts donnant sur la mer, sur un tas de gravats, à quelques pas de l'endroit où Patrick était passé dans la nuit, gisait Bumbi. Les mouches bourdonnaient autour de lui, s'agglutinant sur une tache de sang, quelque part dans les plis de son cou. Une de ses oreilles pendait à moitié arrachée, dissimulant son regard mort.

Elaine saisit la main de Patrick et la serra très fort entre les siennes. Des passants s'arrêtaient, restant à distance afin de respecter le chagrin de M. Henderson. Il n'y avait pas un habitant d'Hammamet ignorant l'affection de Patrick pour Bumbi. La vue du grand Américain et de son chien marchant côte à côte faisait partie de la vie quotidienne au village.

Lâchant la main d'Elaine, Patrick s'avança lentement, doucement, comme s'il craignait de réveiller son ami. Arrivé devant le corps déjà raidi, il s'accroupit sur ses talons, tendit la main, n'osant cependant le toucher.

« Je suis là, Bumbi, murmura-t-il, je suis là. »

Il ne voulait pas pleurer, Bumbi était mort courageusement.

Les mouches, rassurées par l'immobilité de Patrick, arrivaient à nouveau, se posaient sur la bête mais aussi sur l'homme, sur ses cheveux, ses oreilles, ses yeux. Ne les sentant pas, il ne les chassait pas.

« Je vais te ramener à la maison, dit Patrick, tu dormiras dans le jardin. »

Et sa main s'approcha encore, caressa la tête avec tendresse.

Il se releva.

« Aide-moi, Abdel, veux-tu ? »

Ils mirent le corps dans le coffre de la voiture et regagnèrent en silence le jardin. Alors qu'ils passaient la grille, Elaine tourna la tête vers son mari, ses yeux étaient pleins de larmes.

« Quel sera le prochain ami qui nous quittera ? » murmura-t-elle.

Le jour même, ils se rendirent à Tunis afin d'acheter un autre chien. Cookie, une petite cocker, découvrit son nouveau domaine à la tombée de la nuit.

« La guerre, monsieur, c'est la guerre ! »

Abdel surgit dans la bibliothèque, son couteau à découper encore à la main, Ali le suivait.

Elaine se dressa, toute pâle. Dans son agitation, elle eut un geste incontrôlé et envoya à terre le portrait de Steph qui se brisa.

« Mon Dieu ! » s'exclama Patrick en se levant à son tour.

Alternativement, il regardait la photo gisant sur les carreaux puis Abdel, comme s'il pressentait un lien secret entre les mots qu'il venait d'entendre et la chute du cadre d'argent.

Ils allumèrent la radio et tous, groupés autour du poste, essayèrent de capter les nouvelles.

A ce moment, le téléphone sonna. Steph était au bout du fil, une voix lointaine, hachée de grésillements. Elaine se dirigea vers la porte.

« Allons à la cuisine, demanda-t-elle aux deux hommes, le poste de radio y est bien meilleur. »

« Steph, demanda Patrick, que va-t-il t'arriver ? »

Il perçut un rire éloigné semblant venir d'un autre monde.

« Je vais partir à la guerre comme les autres.
— Quand ?
— Demain, je t'appelle pour te dire au revoir. »

Patrick était dans un terrible état de tension morale, il se sentait impuissant à retenir Steph, impuissant même à lui parler. Les grésillements de l'appareil devenaient insupportables.

« Steph, dit-il enfin en s'appliquant à parler calmement, Steph, je ne sais pas si tu m'entends mais fais attention à toi, ne prends aucun risque, j'ai besoin de toi. »

Il y eut un long silence, Patrick crut que la communication avait été coupée.

« Merci ! répondit enfin Steph. Moi aussi j'ai besoin de toi. »

Une voix vint se mêler à leur conversation, une voix de femme qui pleurait.

« Steph ! insista Patrick, tu es toujours là ?
— Oui, je te donnerai bientôt de mes nouvelles.
— Steph, j'ai terminé mon roman. »

Il y eut un nouveau gémissement de la femme puis un cri de joie.

« Bravo, je suis heureux.
— Les Allemands ont déjà tué papa », hoquetait la femme...

La communication fut coupée. Patrick demeura immobile, le récepteur toujours dans la main.

« Comme je t'ai aimé, Steph », dit-il doucement.

Une pluie fine tombait sur le jardin, une pluie d'octobre encore tiède qui le faisait respirer, dégager l'odeur parfaitement juste de la terre et des végétaux mêlés. Patrick, les mains couvertes de gants de cuir, cueillait les figues de Barbarie. Il aimait ces gestes simples laissant son esprit au repos, ses sens prêts à capter une grâce de la lumière, une senteur, le chant des oiseaux, le bruit léger des grenouilles ou des tortues d'eau plongeant dans les bassins.

La pluie, se détachant des bords du vieux chapeau de toile, s'écoulait sur sa chemise, il le prenait parfois et le secouait, faisant s'envoler les oiseaux perchés sur le grand paulownia. Un coq chanta. Une telle sérénité se dégageait du jardin que Patrick s'arrêta un instant, se redressa pour le sentir, les yeux clos. Il était tôt encore, dans peu de temps il sellerait Khayyam et partirait droit devant lui sur la plage.

« Patrick, cria la voix d'Elaine, un coup de téléphone de William Bradley ! »

Patrick enleva ses gants, les posa à terre à côté du panier de figues. William l'appelait au sujet de son manuscrit. Peut-être avait-il trouvé un moyen pour qu'il lui parvienne à Paris.

Il courut vers la maison. La pluie venait sur son visage, c'était une sensation douce, apaisante comme un effleurement.

« William, vous êtes toujours là ? »

La voix de Patrick était claire et gaie, il se sentait heureux.

« Oui, Patrick, tout va bien ?

— Très bien. J'ai toujours ce maudit manuscrit dans mon tiroir. Le voulez-vous ?

— Bien sûr que oui, mais nous en parlerons plus tard. Je vous téléphone pour une autre raison. »

William hésitait, il semblait embarrassé. Patrick perçut aussitôt cette gêne.

« Que se passe-t-il, William, un problème ?

— Un vrai problème.

— Allez-y, mon vieux, ordonna Patrick d'une voix forte, dites-moi ce qui ne va pas.

— Bien, répondit William, mais je vous en supplie, ne dites rien, ne répondez rien, écoutez-moi bien et raccrochez ensuite immédiatement. Nous nous rappellerons plus tard pour parler en amis. »

Il y eut un très court silence, Patrick entendait la respiration de Bradley au bout du fil.

« Steph a été tué lors de la première offensive française dans la forêt de la Warndt en Sarre entre les lignes Maginot et Siegfried. Il... »

Patrick avait déjà raccroché.

Un long moment il resta debout devant la fenêtre du salon à regarder la pluie. Son corps avait disparu, il ne le sentait plus, c'était une sensation étrange, à la fois merveilleuse et terrifiante, libérant son esprit qui franchissait la mer, parvenait à Paris dans un appartement de la rue de Sèvres, errait entre les meubles, les portraits, les plantes vertes jusqu'à un grand lit vide au milieu d'une pièce aux murs tendus de soie grenat. L'appartement était désert, le silence effrayant.

« Steph ! » appela Patrick.

Il n'y avait pas de réponse, aucun mouvement, aucune chaleur indiquant une présence, alors Patrick se mit à pleurer, des larmes d'homme, lentes et rares, menus fragments d'une tendresse désassemblée.

Il se détourna de la fenêtre. Son corps lui était revenu, pesant, lourd et misérable.

Khayyam souffla en le voyant pénétrer dans l'écurie, l'heure heureuse de la promenade était venue. Patrick sella son cheval lui-même, caressa sa tête entre les oreilles, posa sa main sur la peau douce des naseaux, il ne pensait à rien, voyant seulement les différents visages de Steph comme les moments d'un film passant dans sa mémoire. S'il laissait le film s'arrêter, le visage se figeait : yeux fixes, sourire immobile, un visage mort. Alors, il fallait le dérouler encore, voir à nouveau Steph bouger, rire, nouer sa cravate devant la glace de la salle de bains, lever un verre avec ce regard provocant, enfantin, sensuel qui le chavirait.

Khayyam était prêt, donnait des coups de tête dans sa hâte à partir. Patrick accrocha à la selle le paquet qu'il tenait à la main et, saisissant les rênes, amena le cheval dans l'allée.

La pluie tombait maintenant en rafales, arrachant les feuilles jaunies de l'acacia, courbant les amaryllis, faisant grincer les bambous qui gémissaient à chaque bourrasque. Sur la route, Khayyam libéré se mit au trot. Patrick regardait droit devant lui vers la mer. Ils furent sur la plage. Alors, poussant un cri bref, Patrick mit Khayyam au galop. Le cheval bondit droit devant lui, courant à la lisière du sable et de l'eau, la tête basse, dépouillant l'écume, la dénudant pour mieux la pénétrer de ses sabots. Patrick à ce moment-là accepta de pleurer.

Khayyam galopait à perte de souffle, excité par le vent, la pluie, les mains du cavalier crispées sur les rênes. Des bribes de conversations revenaient dans la mémoire de Patrick avec toujours le rire de Steph pour les conclure et les lui faire oublier. D'une main, il ouvrit la sacoche de cuir pendue à la selle, prit une liasse de feuillets et les jeta au vent, une autre encore. Les feuilles blanches semblaient voler un moment puis la mer ou l'écume les recueillait, les dévorait. Il avait rendu à Steph ce qui venait de lui : son roman. Jamais il n'écrirait plus.

Elaine attendit Patrick jusqu'à tard dans la nuit. En rentrant de Nabeul, elle avait lu, tracé à la craie rouge sur un mur de sa chambre : Steph est mort. Ces mots l'avaient étourdie, avaient-ils une signification autre que des traits rouges sur un mur blanc ? Elle était restée immobile devant ces lettres vides de sens, puis, très vite, était venue l'inquiétude. Où était Patrick, qu'allait-il faire ? Les mots dansaient devant ses yeux comme des armes imprégnées de sang. Ils étaient dangereux, ils pouvaient tuer, d'abord Steph, ensuite Patrick, elle enfin. Elle courut chercher un chiffon, de l'eau, afin de les effacer, de les rendre inoffensifs. L'eau ruisselait sur ses mains, ses bras, rougie par la craie. Elle jeta le morceau d'étoffe à terre, épouvantée. « Philippe ! » appela-t-elle. Ce fut Ali qui entra, la prit par le bras, la fit asseoir. « Je vais te faire du thé, Madame, dit-il, ne bouge pas. »

Elle se laissa faire, but le thé.

« Sais-tu où Monsieur est allé ? » demanda-t-elle d'une voix lasse.

Ali ne savait pas, mais il avait lu les lettres de sang, lui aussi.

« Ne t'inquiète pas, expliqua-t-il doucement, il reviendra. Il faut juste lui laisser le temps de placer dans son cœur la volonté de Dieu. La mort est seulement un arc-en-ciel venu avant l'aurore, si on ne peut en voir la beauté, il faut essayer de l'imaginer. »

Elaine s'écoutait parler comme dans un rêve, elle avait froid, elle était fatiguée.

« Patrick a tellement aimé Steph ! J'ai peur qu'il ne revienne pas. »

Ses propres mots la terrifiaient, elle se mit à pleurer.

« L'amour retient la vie comme la lune retient la mer. M. Patrick rentrera. »

Elle avait dîné dans sa bibliothèque, au coin du feu : un peu de bouillon et un fruit. Cookie dormait sur ses pieds comme si la chienne voulait l'empêcher de partir. La pluie avait cessé.

Peu à peu Elaine se calmait. Patrick reviendrait et il faudrait savoir l'accueillir comme s'il rentrait d'une promenade ordinaire. Instinctivement, elle comprenait qu'il ne supporterait aucune pitié.

Au hasard, elle avait pris un livre, le texte n'avait pas de sens ou plutôt tous les sens, multiforme, ambigu, miroir de ses propres pensées.

Elaine posa le livre, renversa la tête sur le fauteuil : Philippe était mort, Steph était mort, leurs voyages avaient trouvé leur achèvement, leur justification.

Il y eut un bruit dans le patio. Quelle heure était-il ? Minuit ? Ali et Abdel veillaient eux aussi, elle perçut leurs voix et un bruit de pas. La porte de la bibliothèque s'ouvrit, Patrick était devant elle, immense, trempé par la pluie, harassé, pitoyable et magnifique.

« Veux-tu du thé ? demanda-t-elle, Abdel en a gardé au chaud. »

## CHAPITRE XXXII

Pendant tout l'hiver 39-40, la vie au Jardin se mit à dépendre de la radio. Le courrier était rare, irrégulier, les lignes de téléphone la plupart du temps interrompues. Seule la Croix-Rouge acheminait les lettres avec quelque sûreté.

En décembre, de Suisse, ils reçurent des nouvelles de Peggye réfugiée à Genève en attendant de regagner New York. Jean-Michel avait finalement accepté de quitter Paris, désespéré. Il laissait tout derrière lui, sa boutique, ses amis, ses espérances, ses rêves. En fermant son appartement du 7 de la rue de Verneuil, il avait pleuré. Bérard, venu lui dire au revoir, n'était pas parvenu à l'égayer malgré sa bonne humeur et ses plaisanteries. « J'espère que Walter et Maggye sauront le divertir, écrivait Peggye, il ne faut pas oublier que son père s'est suicidé, que sa mère est morte folle. Jean-Michel est fragile, très fragile. Il lui faudra du temps pour se reconstruire. »

Elle-même prévoyait de rester encore quelque temps à Genève. Elle avait pris des photos du lac en hiver destinées au *Vogue* américain. Tout était si nostalgique... « Nous avons vécu une époque admirable, disait-elle pour conclure, une époque privilégiée, mais il faut savoir tourner la page. Je rêve souvent de

Steph et, curieusement, son image me réconforte et me redonne l'envie de créer, d'aimer, de vivre. »

Patrick avait mis la lettre dans le tiroir de son bureau où il conservait tous les papiers auxquels il tenait. Il ne parlait jamais de Steph, pas plus qu'Elaine ne parlait de Philippe. Leurs portraits continuaient à sourire dans la bibliothèque, éternellement légers et heureux.

L'Europe était sous la glace, la Tamise avait gelé, la Seine charriait des glaçons. A Hammamet ce fut un hiver dur aussi, Vickye sortit ses manteaux de fourrure. Son apparition en renard bleu dans les ruelles de la ville fit sensation.

Les Sebastiani semblaient occulter la guerre, parlaient de voyages, de fêtes, de décorations somptueuses qu'Andréa envisageait pour un marquis vénitien. Conviés au « palais », comme disait Elaine, les Henderson devaient s'habiller. Elle sortait ses bijoux, mettait du parfum, se faisait coiffer par une jeune fille du village et cet effort qui l'aidait à vivre lui était salutaire. Parfois ils se rendaient à Tunis, invités par des amis ou pour flâner, faire quelques courses, acheter la presse française. Les nouvelles les plus dissemblables s'y côtoyaient : la mobilisation générale en Italie et le championnat de France cycliste, l'invasion de la Belgique et la première de *Médée* à l'Opéra de Paris.

Andréa buvait une gorgée de boukra glacée apportée sur un plateau d'argent par un serviteur en gants blancs et riait. « Les Européens jouent à la guerre, ils vont avoir un réveil difficile.

— Allez vous battre si vous les jugez à ce point inopérants », suggéra Elaine.

Andréa l'avait regardée comme un enfant qui vient de dire une absurdité.

« Ma petite Elaine, j'ai engrangé trop de doutes et trop d'incertitudes au cours de ma vie pour m'installer autrement que dans l'éphémère. J'ai quitté la Roumanie, j'ai quitté l'Italie, je quitterai un jour la Tunisie pour Dieu sait où. Si la sérénité ne peut être atteinte que par un esprit désespéré, comme a dit Cendrars, je ne suis pas loin d'atteindre cette égalité d'âme. Je me contente de découvrir, je me garde d'expliquer. Que diriez-vous d'aller demain à Tunis manger des crevettes chez Gaston ? »

Pendant les vacances de Pâques, Yasmina ne vint pas à Hammamet, elle était chez sa grand-mère en Algérie. Patrick, chaque jour, l'attendit dans la grande allée du jardin à l'heure où elle venait habituellement. Il revenait lentement vers la maison, Cookie sur ses talons, pour boire seul la citronnade qu'il avait fait préparer.

« Tout le monde nous quitte, dit-il un soir à Elaine, quel sera le prochain abandon ? »

La nouvelle de la capitulation française éclata comme une bombe en Tunisie. Après avoir occupé la France, les Allemands allaient-ils franchir la Méditerranée ? Verrait-on des troupes S.S. dans les vieilles rues d'Hammamet ?

Un matin à l'Hôtel de France, Patrick eut des mots très durs pour les Allemands, leurs tendances à la domination morale et intellectuelle, leur intolérance fanatique qui faisait fuir vers l'Amérique l'élite juive européenne.

« Parlez plus bas, conseilla le patron en débouchant une deuxième bouteille de vin blanc, il faut se méfier de tout le monde désormais. »

Patrick haussa les épaules.

« J'ai le plus grand mépris pour les mouchards », dit-il à voix forte.

Depuis la mort de Steph, il ne cachait plus sa haine pour Hitler. Il ne pouvait y avoir de pacte loyal entre les hommes et les loups, pas plus qu'entre les hommes et les rats. Si tout était simulacre, il s'était assez débattu dans sa vie contre la pauvreté, la solitude, l'égoïsme, pour revendiquer sa liberté. Jamais il ne céderait.

Yasmina fut au Jardin en août, sa petite main dans celle de Patrick, son rire au détour des hibiscus et des frangipaniers. Sur la plage, elle refusait désormais de changer de maillot de bain devant Patrick, elle devenait une jeune fille.
De plus en plus souvent, en évoquant Yasmina, Patrick disait « ma fille ». Il était ébloui par ses dessins et, s'il ne la félicitait jamais directement, il avait décidé de l'appuyer jusqu'au bout afin qu'elle puisse travailler ses dons, aller à Paris, devenir une grande artiste.
« Papa ne voudra jamais, répétait l'enfant.
— Moi je veux, répondait-il. Ce sera à toi de choisir. Chacun a son destin entre ses propres mains. Ce que j'ai fait, tu peux aussi le faire, ne sois pas de ceux qui se lamentent, sois de ceux qui agissent. Personne ne te résistera. »
Yasmina l'écoutait attentivement. Il était le premier à lui dire qu'elle existait, qu'elle avait une intelligence, une âme.
« Est-ce difficile de décider ? demandait-elle.
— Très difficile parce qu'il faut se moquer de ceux qui t'entourent et te jugent, même de ta propre famille. Si tu laisses à quiconque un droit moral sur toi, tu es perdue.
— Alors, je ne me marierai pas », murmura Yasmina.

« Tu as tort d'influencer cette petite, remarqua Elaine lorsqu'il lui rapporta cette conversation, tu es en train de gâcher sa vie.
— Je suis en train de lui donner la vie. N

comprends-tu pas que je me considère comme son père ? »

Lorsque les combats gagnèrent l'Egypte puis la Libye, tout le monde comprit que la Tunisie n'échapperait pas à la guerre. Elaine surveillait le potager, le poulailler, il fallait envisager les restrictions, un approvisionnement difficile. L'activité lui plaisait. Lorsqu'elle arrachait des mauvaises herbes ou qu'elle transportait des sacs d'engrais, ses pensées cessaient de revenir sur le passé, sur des moments perdus dont elle n'avait pas réalisé alors pleinement l'harmonie : un déjeuner chez Lipp, une soirée au théâtre, la bouche de Philippe sur son corps dans la chambre du boulevard de Courcelles, les ruelles d'Anacapri à la tombée du jour, la mélancolie lointaine du regard de Jean-Michel, ces bribes de visages, de temps, qui tissaient l'étoffe de la vie.

Un soir elle eut le bonheur de recevoir une lettre de Maggye, transmise depuis Genève par l'intermédiaire de Peggye et de la Croix-Rouge. Le mois de décembre était beau. Elaine prit la précieuse enveloppe, alla vers le bassin de la plage pour l'ouvrir devant la mer. Le soleil couchant faisait le marbre rose, l'eau dorée. A l'approche de ses pas, les grenouilles avaient sauté dans les herbes aquatiques, éclaboussant les marches. Elaine se pencha, cueillit une fleur séchée d'immortelle, respira son odeur poivrée. Le silence se déplaçait d'arbre en arbre, chassé par les oiseaux et le jour qui se dégradait, laissait déjà traîner des ombres grises à la lisière des végétaux et du sable.

« Ma chérie, écrivait Maggye.

« Cette difficulté à te joindre est une angoisse de plus. Il n'y a pas un matin où je ne m'éveille le cœur battant. David n'est pas là, David ne viendra plus. Il est trop tard et j'ai peur. Que va-t-il leur advenir à tous ? Peggye a promis de les contacter puis de m'écrire. Elle tarde beaucoup, est-ce mauvais signe ? Je ne suis pas juive, je pourrais rentrer à Paris, mais que m'adviendrait-il si l'on découvrait que mon mari, mon fils le sont ? Il paraît que l'on a enfermé tous les Juifs de Varsovie dans leur ghetto pour mieux les massacrer. Mon Dieu, l'histoire doit-elle donc toujours recommencer de la même façon ! David doit-il mourir ? Je croyais que les Français ne permettraient pas ces horreurs dans leur patrie mais on me dit que les arrestations, les déportations ont déjà commencé. On sait tout à New York et on ne peut rien faire que pleurer et attendre. Nathanaël est ma lumière, mon émouvante lumière. Il est David et moi, petit être ambigu qui nous recommence, minuscule besace m'aidant à me sentir moins démunie dans cette route difficile. Son rire me tire de l'enfermement.

« Walter est un homme fort, il m'aide parce qu'il est vivant, créateur, généreux. Nous parlons de vous, de Peggye, de tous nos amis, de David et de sa famille aussi. Il a tout fait pour les convaincre de rejoindre les Etats-Unis mais Robert Nathanson a refusé de quitter la France, son hôtel particulier de la rue de Téhéran. " Je suis français, a-t-il écrit, depuis trois générations. On ne peut rien contre moi. Je n'ai ici que des amis. Partir, ce serait fuir, nous n'avons commis aucune faute. " Quelle folie de croire encore que les justes sont récompensés et les méchants punis ! La fortune, les œuvres d'art qu'il possède rendent sa situation encore plus précaire. " Fiez-vous aux personnes jalouses du soin de vous connaître " disait Marivaux.

« Si d'une façon ou d'une autre tu avais un jour des nouvelles de David, transmets-les-moi par tous les moyens. Ameute s'il le faut les autorités françaises !

« Jean-Michel ne va pas bien. Il n'arrive pas à reprendre espoir, refuse les propositions qu'on lui fait à New York. Il a l'âme encombrée de souvenirs, de regrets. Je l'entraîne à l'Opéra, au théâtre, nous nous appuyons l'un sur l'autre mais Jean-Michel est seul, trop seul. Cette époque violente, hypocrite, le déchire, il rêve de délicatesse, du savoir-vivre qu'il trouvait chez Marie-Laure et Charles de Noailles. A New York, l'anonymat engloutit tout le monde. Le nom de Frank n'y signifie rien.

« Hier, j'ai été voir *The Great Dictator* avec Charlie Chaplin. Le film est drôle parce que dramatiquement vrai. Il aura du succès.

« Harriot Stanton Blatch, cette féministe qui s'est démenée pour le vote des femmes, est morte, on dit que Scott Fitzgerald est très malade. Te souviens-tu de nos conversations sur ses livres ?

« Mon Elaine, nous chantons *You are my sunshine* et *When you wish upon a star*. On croirait que chacun a le cœur brisé par ce qui se passe en Europe et pourtant la vie continue... Il le faut. »

Il y eut un frôlement à côté d'Elaine, la faisant sursauter. Lalla Ophélie l'avait rejointe et se frottait à ses jambes.

La BBC était brouillée, impossible d'en capter un seul mot ce soir-là. Seule Radio Pétain émettait des chansons, des informations, des feuilletons que ni Patrick ni Elaine n'écoutaient.

« Je n'accepte pas tous ces drames, murmura Elaine, ami après ami, souvenir après souvenir, j'ai l'impression que nous sommes nous-mêmes en train de mourir. »

Depuis que Peggye leur avait annoncé par câble le suicide de Jean-Michel à New York, elle avait refusé de manger, de sortir de sa chambre. L'image de leur ami se jetant par une fenêtre lui donnait des nausées. Patrick ne la quitta pas, sa force, sa tendresse, empêchèrent Elaine de sombrer tout à fait.

« Viens avec moi dans le jardin, la suppliait-il, il va te parler, te consoler, te dire que nos tendresses ont leur saison, elles se succèdent, toujours les mêmes, toujours autres. La vie m'a pris Ada, puis Steph, tu es là maintenant et elle me donne Yasmina. Jean-Michel n'est pas mort, il a simplement sauté hors de notre époque. »

Elaine suivit Patrick au jardin. Un paon les accompagna un moment avant de s'élancer sur un tronçon de colonne romaine où il demeura solennel et figé. Devant eux, derrière le rideau des bambous et celui des eucalyptus, la mer semblait assoupie entre le sable et l'horizon, balançant nonchalamment deux bateaux de pêcheurs aux voiles blanches.

« Te souviens-tu de ce que disait Chiara ? demanda Patrick en prenant les épaules d'Elaine pour la serrer contre lui : l'amour est un oiseau, on ne sait rien de ses voyages. »

Dans la roseraie, Elaine s'arrêta, elle avait passé ici des heures merveilleuses à lire, rêver, tailler des tiges, couper des pousses, respirer ses fleurs. Lorsque Jean-Michel était au Jardin, ils aimaient s'y retrouver, parlaient longuement assis sur le banc. Il lui disait son enfance parisienne, la mort d'Oscar et de Georges ses deux frères, tués sur le front en 1915, le suicide de son père la même année, la lente chute de sa mère dans la neurasthénie. Parfois, mais rarement, Jean-Michel lui confiait ses liaisons, des garçons de passage, des artistes comme lui, fragiles et difficiles à comprendre, à aimer. Le corps l'intéressait peu. « Je préfère les âmes, disait-il de sa voix claire, un peu haute, j'aurais voulu être Spinoza ou Pascal et suis seulement un décorateur parisien. » « Mais je sais qu'il existe une communion des vivants et des défunts, ajoutait-t-il. J'ai découvert après la mort de mes parents que ceux que nous n'avons cessé d'aimer deviennent comme les murs d'une demeure qui lentement se rapprochent jusqu'à nous emprisonner. L'amour à la fin anéantit. » Elaine l'écoutait, Jean-Michel n'attendait pas vraiment de réponse.

« Pourquoi n'es-tu pas croyant? lui avait-elle demandé une nuit d'août où, ne pouvant ni l'un ni l'autre dormir, ils s'étaient retrouvés par hasard dans la roseraie.

— Toute espérance, avait-il répondu, est une espérance de vie éternelle. Nous les Juifs, nous nous soutenons au-dessus de l'abîme depuis la nuit des temps à cause de cette certitude. Les Sémites ont donné à la communauté humaine ses mythes les plus forts, comment n'y croirions-nous pas? Mais aujourd'hui le temps semble être venu pour une sorte d'assimilation. »

Elaine reprit sa marche au bras de Patrick, seuls demeuraient, parmi les roses jaunies par la pluie, les mots de Jean-Michel, dérisoires et mortels.

« Je suis heureuse que tu aies fini par accepter de nous accompagner à ce dîner, dit Vickye en s'installant dans la voiture. Il y aura des gens très importants. Avec les temps que nous vivons, qui peut se passer de bonnes relations? »

Elaine, encore amaigrie, portait la robe fleurie de la fête berbère des Sebastiani. Depuis le début de la guerre, elle n'avait acheté aucune toilette nouvelle, se contentant de découvrir les collections des couturiers dans *Marie-Claire*. Les publicités la faisaient sourire : comment se protéger de la grippe, comment perdre vos kilos inutiles. Les uns se battaient, souffraient, mouraient, d'autres, tout à côté, faisaient des flans aux poires, brodaient des serviettes, embrassaient sans crainte leurs fiancés grâce au rouge Guitare.

A Tunis, la villa du notable Si Hassan Bey était déjà fort animée. Toute une société internationale s'y côtoyait, commentant avec passion les dernières nouvelles de la guerre : l'avance de Rommel en Egypte, la lutte de Leclerc en Libye, la contre-offensive belge sur l'Ethiopie.

Une femme, parfois, se risquait à demander à son interlocuteur s'il avait lu le dernier recueil de poèmes de Louis Aragon, *Le crève-cœur*, ou si la mort récente de Virginia Woolf lui avait fourni le prétexte de relire l'œuvre de ce grand écrivain, mais ce genre de questions tournait vite court, on revenait inlassablement à la guerre.

Après le dîner, Elaine avait été rejointe par son voisin de table, un jeune homme très bavard qui lui avait épargné la peine d'une conversation.

« Je voulais vous saluer avant de partir, déclara-t-il en se penchant sur sa main, je dois me lever à l'aube demain pour prendre le bateau de Marseille. »

Elaine sursauta, son regard soudain se posa sur ce garçon qu'elle avait à peine vu.

« Vous allez en France ?
— A Paris. Mon métier de journaliste m'y appelle. Je vous ai dit, je crois, durant notre charmant entretien de tout à l'heure, que je travaillais pour un journal genevois. J'ai un passeport suisse grâce à la fortune de ma mère. »

Le jeune homme eut un rire mondain.

« Vous connaissez le vers de Racine : Point d'argent, point de Suisse, et ma porte était close.
— Pouvez-vous me rendre un service ? » demanda Elaine brusquement.

Le rire du journaliste s'arrêta.

« Oui madame, si j'ai le pouvoir de vous le rendre, mais ma puissance n'est pas bien grande. »

Elaine tendit la main et l'appuya sur le bras du jeune homme afin d'insister sur ses mots.

« Ce n'est pas grand-chose. Allez de ma part voir une amie, Mme Sylvia Beach.

— Celle qui possède la librairie américaine rue de l'Odéon ?

— Elle-même. Demandez-lui de se rendre le plus vite possible au 17 de la rue de Téhéran. C'est un hôtel particulier appartenant à la famille Nathanson.

— Les banquiers ?

— Oui. Qu'elle entre en contact avec eux et me donne au plus vite de leurs nouvelles. »

Le garçon se dérida. Le service demandé n'était pas considérable et la dame avait du charme avec ses yeux noirs, sa bouche sensuelle et son accent américain.

« Je le ferai, comptez sur moi. Doit-elle vous écrire ?

— S'il vous plaît. Elle trouvera bien un moyen de me faire parvenir la lettre. »

D'un geste galant, le journaliste s'inclina.

« Je vous la rapporterai moi-même, madame, fin mai je serai de retour à Tunis.

— Merci ! » s'écria Elaine.

Elle était si heureuse que, s'approchant du jeune homme, elle déposa un léger baiser sur une de ses joues.

« Madame, annonça Abdel en rejoignant Elaine au poulailler, il y a un M. Alexandre Vollat qui demande à te voir !

— Alexandre Vollat ? »

Elaine s'essuya les mains à son tablier, ce nom ne lui disait rien.

« Il arrive de Paris, il a une lettre pour toi.

— Mon Dieu, s'exclama Elaine, le journaliste ! »

Vivement, elle défit les rubans de son tablier, remit de l'ordre dans ses cheveux avec ses doigts.

« Fais-le entrer dans le salon, Abdel, j'arrive. »

Elle poussa la porte. Le jeune homme, debout devant une fenêtre, regardait un paon qui faisait la roue.

« J'aime votre maison, dit-il en allant vers elle pour lui baiser la main, elle a infiniment de charme. »

Il hésita un instant : « Elle vous ressemble. »

Elaine brûlait d'envie de demander la lettre et de le renvoyer, elle n'osa pas.

« Voulez-vous boire quelque chose ?
— Volontiers. »

Ils prirent une citronnade en parlant de Paris, de la France coupée en deux, des difficultés de la vie quotidienne. A Marseille, il avait vu des navires français revenus chargés de blé des Etats-Unis pour ravitailler la zone dite libre. En interrogeant des membres de l'équipage, il avait acquis la certitude que les Américains allaient prochainement intervenir. Roosevelt finirait bien par céder aux pressions de Churchill.

Le temps passait, Elaine se décida :

« Avez-vous une lettre, monsieur ? »

Il sourit, glissa une main dans sa poche.

« La voilà. Mme Beach a été tout à fait charmante. Elle m'a offert l'œuvre de James Joyce. »

Elaine tendit la main, prit la lettre qu'elle serra entre ses doigts. Ils bavardèrent un instant encore, puis Alexandre Vollat se leva.

« Madame, je vous laisse. Puis-je avoir l'espoir de vous revoir ?

— Certainement », répondit Elaine.

Elle aurait promis n'importe quoi pour s'en débarrasser. Malgré son impatience, elle se crut obligée de l'accompagner à sa voiture, lui fit un signe de la main et un sourire qui se figea dès que la Peugeot eut franchi le portail.

« Je vais dans ma bibliothèque, dit-elle à Abdel qui fermait les grilles, que personne ne me dérange ! »

« Chère Elaine, disait la lettre.

« Les circonstances ne se prêtent guère aux formules de politesse usuelle. Je veux vous dire simplement qu'au milieu des désastres que nous subissons, j'ai été heureuse de vous savoir en sécurité et en bonne santé. Vous m'avez chargée d'une mission que j'ai accomplie avec joie et qui me laisse dans un profond chagrin. Les Nathanson n'étaient rien pour moi avant votre message, ils sont désormais comme une famille que je porte à jamais dans mon cœur. Que Dieu leur vienne en aide! Je me suis rendue rue de Téhéran et ai trouvé la porte de leur hôtel close. Une concierge, après beaucoup d'insistance de ma part, est venue m'ouvrir et m'a demandé d'un air inquiet ce que je cherchais. Je le lui ai dit. Elle m'a regardée longuement comme si elle désirait juger de ma sincérité. " Entrez, me déclara-t-elle enfin, je vais vous raconter ce qui s'est passé le 14 mai. "

« Nous sommes allées dans la loge qu'elle occupe juste à l'entrée de l'hôtel particulier, elle m'a préparé une de ces boissons chaudes que nous appelons encore café par habitude ou par ironie. Avant même de commencer à parler, elle avait déjà les larmes aux yeux.

« " Ils sont arrivés le matin de bonne heure, me raconta-t-elle. C'était des Français, madame, arrogants et brutaux. Je leur ai demandé ce qu'ils désiraient : 'La famille juive qui habite ici, m'ont-ils répondu. — Vous voulez dire M. et Mme Nathanson ?' Ils m'ont regardée avec mépris. 'Etes-vous juive vous aussi ? — Je pourrais l'être, ai-je rétorqué, mais je ne le suis pas, je m'appelle Germaine Duval, je suis d'Orléans.'

« " Ils m'ont fait taire. 'Allez chercher les Nathanson.'

« " Je suis montée dans le salon de Madame où elle prenait selon son habitude le petit déjeuner en compagnie de Monsieur. M. David et Mlle Deborah dormaient encore. 'Bonjour Germaine, me dit Monsieur avec sa gentillesse habituelle, que se passe-t-il ? J'entends du bruit dans le hall. — Il y a des policiers qui veulent vous parler. — Des Français ? — Oui Monsieur, mais ils ne valent guère mieux que les Allemands. — Taisez-vous, Germaine, murmura Madame, vous pourriez vous attirer des ennuis.'

« " Monsieur posa sa serviette sur la table et se leva. 'Je vais voir ce qu'ils désirent, Madeleine', dit-il calmement.

« " Je voyais cependant qu'il était tout pâle.

« " Dans le vestibule, celui qui semblait le chef des policiers s'avança. 'Monsieur Nathanson ? — Oui. — Vous êtes arrêté ainsi que votre famille. Suivez-nous. — Qu'avez-vous à nous reprocher ? demanda Monsieur d'une voix forte. — Vous êtes juifs, n'est-ce pas ?'

« " Le policier avait un ton tellement insolent que l'envie me prenait de le gifler. 'C'est un motif suffisant pour vouloir vous écarter du chemin des vrais Français. Réunissez tous quelques effets indispensables, dans dix minutes vous devez être prêts, nous n'avons pas de temps à perdre.' 'Mon Dieu, Monsieur, demandai-je toute tremblante, que puis-je faire ? — Rien, Germaine, allez dire à Jacques de préparer ma valise et à Marguerite celle de ma femme et de ma fille. David fera la sienne seul.'

« " Il remonta l'escalier, je voyais ses mains trembler sur la rampe et moi, les doigts crispés à mon tablier, j'aurais voulu donner dix ans de ma vie pour que ce cauchemar prenne fin. Mon mari qui est gardien de nuit allait rentrer, j'avais peur qu'il ne devienne violent en voyant ces choses iniques et fasse quelque geste irréparable. Je suivis Monsieur.

« " Jacques, le valet de chambre, devint livide, Marguerite, la femme de chambre de Madame, éclata en sanglots. Je dus l'aider à rassembler quelques affaires pour Madame et pour Mlle Deborah. Monsieur pendant ce temps avait réveillé les enfants,

M. David criait qu'il fallait faire quelque chose, qu'on ne pouvait pas se laisser ainsi mener à l'abattoir comme des moutons. Le mot d'abattoir me terrifia. 'Croyez-vous qu'on va les tuer?' demandai-je à Marguerite. Elle secoua la tête. 'On dit tant de choses! — Mais pourquoi, pourquoi? — Les Allemands ont décidé d'éliminer tous les Juifs de la surface de la terre, intervint Jacques. L'envie et la haine sont sœurs jumelles.'

« " Madame pleurait avec Mlle Deborah. M. David voulait descendre pour parler aux policiers, Monsieur et Jacques le retenaient. 'Nous interviendrons plus tard et plus calmement, expliqua Monsieur, ces gens-là sont des exécutants. Il faut les suivre.'

« " Les valises étaient prêtes. Madame et Mlle Deborah descendirent les premières, se soutenant l'une l'autre, Monsieur suivait avec M. David, pâle comme un revenant.

« " Dans le vestibule, le chef de la police a appelé un groupe de ses hommes qui se sont avancés vers Madame et Mademoiselle. 'Comment, s'écria Monsieur, vous nous séparez? — Les femmes vont ailleurs', expliqua le policier d'un ton sec.

« " Madame poussa alors un cri et se jeta dans les bras de Monsieur. Il fallut trois hommes pour les séparer. Monsieur pleurait aussi. Moi, je défaillais et dus m'asseoir sur les marches de l'escalier pour ne pas tomber raide. On entraînait Madame et Mademoiselle lorsque M. David bondit. Je ne sais pas si vous le connaissez mais c'est un beau garçon, grand et sportif, un champion d'équitation. Il a sauté sur le chef et lui a lancé un coup de poing en pleine figure. 'Ne touchez pas à ma mère et à ma sœur!' cria-t-il.

« " Quatre hommes l'ont maîtrisé. L'un d'eux sortit un revolver et lui donna un coup de crosse sur la tête. Il y avait du sang partout. J'ai vomi, là, sur l'escalier, tout mon petit déjeuner. Marguerite est alors tombée à genoux, la figure dans les mains, criant comme une folle : 'Madame, Madame !' Madame s'est retournée, elle avait un visage vieilli de vingt ans : 'Marguerite, dit-elle doucement, nous sommes désormais entre les mains de Dieu, priez pour nous.'

« " Monsieur posa ses mains sur la tête de sa fille pour la bénir, puis un policier le repoussa et on les entraîna toutes deux. Monsieur ne cessait de répéter le nom de Madame.

« " A leur tour, on les fit monter dans une voiture noire, M. David reçut un coup de pied dans les reins alors qu'il s'installait. Il se retourna et cracha au visage du policier. Tout était fini. Il s'était passé un quart d'heure, vingt minutes au plus entre le premier coup de sonnette et leur départ. "

« " Savez-vous où ils furent emmenés ? " ai-je demandé à Mme Duval.

« " Non. On dit dans le quartier qu'ils sont dans des camps en Allemagne. Mais je garde espoir de les revoir. S'il y a un Dieu juste, c'est sûr, ils reviendront. Tous les jours je mets des fleurs dans le petit salon de Madame pour qu'elle le trouve à son retour comme elle l'avait laissé. J'ouvre les fenêtres, je laisse entrer le soleil, je leur parle. Duval, mon mari, dépose des cigares frais dans la boîte de Monsieur, brosse ses habits, met de l'eau de vétiver sur son mouchoir. Ils reviendront, n'est-ce pas madame ? "

« Je me levai.

« " Espérez. Ce qui est arrivé aux Nathanson nous ne devons jamais l'oublier. "

« La pauvre femme pleurait à chaudes larmes. Elle alla vers le buffet, ouvrit un tiroir et sortit une photo. Dans le jardin de l'hôtel particulier de la rue de Téhéran, Robert, Madeleine, David et Deborah Nathanson souriaient assis sur les marches de la terrasse. Une famille comblée, heureuse, avec le soleil dans les yeux et les premiers lilas autour d'une pelouse où était abandonné un maillet de croquet.

« Mon cœur me dit que personne ne les reverra.

« Sylvia Beach. »

## CHAPITRE XXXIII

Au bord du grand bassin, derrière le petit temple dont les quatre colonnes se reflétaient dans l'eau, Patrick taillait les oliviers, éliminant les branches mortes, les olives desséchées. Il faisait si doux qu'il pouvait travailler les bras nus, et la chaleur du soleil sur sa peau était le premier bonheur du printemps. Au loin éclatait parfois le bruit d'un tir d'artillerie.

L'avance alliée semblait désormais irrépressible. Quelques semaines encore et l'Afrikakorps du général Rommel devrait se replier ou se rendre.

Patrick se redressa, cherchant des yeux Cookie. Il aperçut Elaine sous le porche d'entrée, désherbant les vasques de pierre où pousseraient bientôt les premières marguerites. Elle portait une robe blanche, un petit chapeau de paille rond où était piqué un coquelicot de soie tout défraîchi par le soleil de l'été précédent. Au bout de l'allée, Abdel revenait du poulailler, son grand tablier blanc noué autour de la taille. Une voix le fit s'arrêter, faire demi-tour et aller vers la grille de l'entrée. Elaine leva la tête, restant immobile, attentive, son sarcloir à la main.

Patrick allait reprendre son travail lorsque l'appel d'Abdel l'immobilisa. Le domestique avait une voix étrange, haute, tremblante comme s'il avait peur.

« Monsieur, cria-t-il, des soldats allemands te demandent. »

Patrick soupira, posa sa serpette. Voir les Allemands chez lui, au Jardin, lui était extrêmement désagréable.

Lentement il remonta l'allée le long du bassin, jetant un coup d'œil de temps à autre sur les lotus qu'il venait de rempoter. Les tortues d'eau faisaient de véritables dégâts, il lui faudrait se résoudre à en éliminer.

Un officier et deux soldats se tenaient immobiles en bas des marches de la maison. Elaine n'avait pas bougé, ne voulant ni les faire entrer ni paraître s'effacer devant eux.

« Monsieur Henderson, dit l'officier dans un très bon anglais, je suis envoyé ici pour vous arrêter.

— Vraiment ! » s'exclama Patrick.

Il hésitait entre le rire et la franche colère.

« Vous êtes accusé d'espionnage au profit des forces américaines. Nous voudrions vous interroger. Préparez quelques affaires et suivez-nous ! »

Elaine porta les mains à sa bouche. L'image de l'arrestation des Nathanson revenait à son esprit, insupportable.

« Je suppose, prononça lentement Patrick, que je n'ai rien à dire pour ma défense ?

— Vous pourrez vous défendre ultérieurement. Madame, ajouta-t-il en se tournant vers Elaine, réunissez quelques effets pour votre mari si vous voulez que nous ne l'emmenions pas les mains vides. »

Elaine se détourna, rentra dans la maison. Elle se sentait sans substance, lasse à mourir. Comme un automate, elle pénétra dans la chambre de Patrick, mit dans un sac en cuir deux pyjamas, son nécessaire de toilette, des pantoufles, une couverture de cachemire chaude et légère. Abdel, pétrifié, se tenait derrière elle.

« Vont-ils emmener Monsieur ? demanda-t-il.

— Oui, Abdel. La guerre est en train de nous détruire tous, un par un. J'ai hâte maintenant que le sort s'arrête sur moi.

— Ne dis pas cela, Madame, murmura Abdel, il faut se battre pour sauver Monsieur. Si tu lâches sa main, qui la retiendra ? »

Elle sortit, tendit le sac à Patrick.

Un moment, ils restèrent debout l'un devant l'autre, stupéfaits, désorientés, puis Patrick tendit les bras et Elaine vint contre lui. Lentement, il enleva le chapeau de paille, caressa ses cheveux, les embrassa.

« Je reviendrai bientôt. Attends-moi. »

Elle se laissait faire, muette, inerte.

L'officier, d'un geste, montra qu'il était temps de partir, Patrick lâcha Elaine.

« Tu sauras m'attendre, n'est-ce pas ? »

Il s'éloignait. Debout au milieu de l'allée, Elaine le regardait s'en aller. Une dernière fois Patrick se retourna, hésita à parler puis, se contentant d'un signe de la main, suivit les soldats allemands.

Il n'y eut aucun interrogatoire, pas la moindre comparution devant un tribunal. A Tunis, on mit Patrick dans une cellule où il fut laissé trois jours en compagnie d'un commerçant juif qui refusait de parler. Le matin du quatrième jour, la porte de la cellule s'ouvrit, un gardien lui annonça qu'il partait pour Naples et l'Allemagne. L'avion qui les emmenait hors de Tunisie semblait à bout de course, l'intérieur était sale, sentait l'urine et les vomissures. On fit asseoir Patrick sur le sol avec le consul de Finlande qui ne décolérait pas d'avoir été arrêté, deux Algériens et des sacs contenant du matériel militaire endommagé.

La prison de Naples où ils passèrent la nuit était glaciale. Patrick s'enroula dans la couverture de cachemire à même le sol. En Géorgie, il avait si souvent dormi à la belle étoile que le dur contact du ciment fit remonter dans son esprit des souvenirs qu'il refusait afin de ne pas s'attendrir sur lui-même. S'il voulait résister il fallait faire le vide en lui, ne conserver ni émotions, ni affections, ni mémoire. Juste subir.

A l'aube on leur apporta une soupe de pommes de terre, une eau teintée de café, un morceau de pain.

« Vous partez ce soir, lui apprit le gardien avec lequel il avait parlé en italien. Je vous conseille de conserver votre ration de pain, le voyage sera long.

— Où nous emmène-t-on?

— En Silésie, au camp de Mooseberg. Mais, bien sûr, je ne vous ai rien dit.

— Bien sûr, répéta Patrick. Avez-vous une cigarette? »

L'homme lui tendit son paquet, Patrick le mit dans sa poche.

« Merci. J'ai toujours beaucoup aimé votre pays.

— Pauvre Italie, murmura le gardien, pauvres Italiens! »

Il fit le signe de la croix et se retira.

Le soir, effectivement, on le fit monter dans un wagon désaffecté. Les banquettes étaient de bois mais il pouvait s'asseoir. L'officier allemand, en embarquant le petit groupe composé de Français, de Yougoslaves, d'un Anglais et de Patrick, leur apprit qu'étant considérés comme prisonniers de guerre, on les acheminait vers un camp où leur dignité de soldats serait intégralement respectée. Chacun reçut un pain noir et un morceau de lard. Les portes claquèrent, les prisonniers perçurent le bruit sec des cadenas qu'on fermait.

Le voyage fut interminable. Depuis longtemps ils avaient achevé le pain et le lard. Chaque soir, on leur apportait un seau d'eau fraîche et, parfois, une poignée de cigarettes.

Ils n'étaient pas encore en Silésie que déjà, malgré sa détermination, l'esprit de Patrick revenait constamment au Jardin. En fermant fort les yeux, il se trouvait de nouveau au bord du grand bassin. Les lotus, les nymphéas bleus venaient juste d'éclore, Bumbi, couché sur la margelle, dormait. L'air avait cette transparence, cette lumière que donne le printemps lorsqu'il dérive d'une frondaison neuve à une fleur depuis peu épanouie. A droite, vers la mer, les orangers, les citronniers, les pamplemoussiers, étaient en pleine floraison, embaumant d'un parfum qui évoquait le miel, le broc de citronnade en été, l'odeur de la lingerie d'Elaine.

Comment allait-elle vivre tout ce temps seule au Jardin ? Saurait-elle en prendre soin ? Il ouvrait les yeux, voyait le paysage triste et gris, les champs lourds d'une terre noire, les haies de peupliers encore décharnés derrière lesquels des maisons basses ressemblaient à des tombeaux oubliés. Où se trouvaient-ils, en Autriche encore, déjà en Tchécoslovaquie ?

Les prisonniers se parlaient peu, somnolant la plupart du temps pour oublier la faim et le froid. Un Yougoslave soudain se mit à pleurer en silence, tous le regardèrent, impuissants. Personne n'avait de mots pour ce genre de souffrance. L'avenir n'était possible pour tous que dans le détachement.

Ils arrivèrent en Pologne quatre jours après le départ de Naples. La pluie cinglait les carreaux du wagon, personne ne bougea lorsque le convoi s'immobilisa.

« Dehors, descendez ! » cria un soldat.

Ils se levèrent, les jambes raidies par l'immobilité prolongée.

« Dehors ! » répéta la voix rageuse.

Le ciel était bas, les nuages si épais que Patrick eut l'impression que jamais la pluie ne cesserait de tomber.

On les mit en rang par deux, puis la pitoyable colonne s'ébranla dans la boue d'une rue vide, bordée de hangars et de magasins aux volets clos.

Un sentiment d'irréalité totale habitait Patrick, l'empêchant de se révolter. Ce cauchemar allait certainement prendre fin, il se réveillerait dans sa chambre d'Hammamet, contemplerait, filtrant à travers les volets, le jeu du soleil sur le plafond, les meubles, la couverture blanche de son lit, Cookie gratterait à sa porte tandis que Lalla Ophélie et Tibère, sautant du canapé, viendraient se frotter contre lui. « Si je ne rêve pas, pensa-t-il, alors je me réfugierai dans ma montagne. » Devant eux se dressaient des barbelés, des miradors, une haute porte de bois, renforcée par des barres de fer qui se croisaient. Ils étaient arrivés à Mooseberg.

On les dirigea vers la gauche du camp, le Yougoslave pleurait encore. « Il va mourir, pensa Patrick, on ne vit pas si on n'espère rien. » La porte se referma, le vent était si violent que le groupe des prisonniers avançait en se courbant. « Qu'il souffle un peu plus fort, murmura le voisin de Patrick, un petit Français roux, nous nous envolerons au-dessus de ce camp, au-dessus de la Pologne, au-dessus de la guerre ! »

La vie à Mooseberg était étonnamment immobile, hiérarchisée. Les Français, Australiens, Néo-Zélandais, Anglais, Polonais, se regroupaient, essayant de vivre selon leurs habitudes. Les journées s'écoulaient avec des horaires immuables : la soupe du matin, la soupe du soir, la douche hebdomadaire, une cigarette de temps à autre, du pain noir et mou, pas de travail, aucune activité organisée.

Lorsque le temps le permettait, les prisonniers pouvaient se promener dans l'enceinte du camp jusqu'aux hautes grilles les séparant des détenus russes. Aussitôt que les sentinelles semblaient occupées ailleurs, les Russes se précipitaient, imploraient du pain, des cigarettes. Les Allemands les traitaient comme des bêtes.

Patrick, un matin, prit sa ration de pain, trois cigarettes qu'il avait gardées, les mit dans les poches de sa vareuse.

« Si tu te fais prendre, remarqua un Australien, tu es bon pour le cachot, et crois-moi, tu le regretteras. »

Patrick sourit.

« Je ne crois pas pouvoir nourrir davantage de regrets. »

C'était le début du moi de mai, il faisait un peu moins froid, mais le vent d'est soufflait toujours avec violence comme s'il était décidé à ne jamais céder la place.

« Je t'accompagne », décida l'Australien.

Ils se promenaient toujours par groupes de deux ou de trois, certains riaient. La vie l'emportait sur le sentiment permanent que le pire allait sans doute arriver. Chaque jour de passé était un répit.

Patrick et son compagnon se dirigèrent lentement vers la grille, les soldats allemands faisaient leur ronde tranquillement.

« *Spassiba, spassiba* », imploraient des êtres squelettiques à quelques pas des promeneurs.

« Comment peut-on regarder le ciel, murmura Patrick, après avoir réduit des hommes à cet état ? »

Et, s'avançant, il glissa entre les mailles du grillage son pain et les cigarettes.

« Voilà, dit-il à l'Australien en se retournant, lorsque deux mains se retrouvent, la liberté n'est plus très loin. »

Un soir de juin, des cris, des appels, des aboiements furieux, les firent sortir de leurs baraquements. Des soldats allemands couraient vers la grille les séparant des Russes, tenant en laisse des dobermans qui hurlaient, comme devenus fous.

« Un prisonnier russe a dû s'évader, remarqua un Polonais, ils vont lâcher les fauves. »

Une curiosité morbide les tenait tous immobiles derrière l'enceinte. A quelques dizaines de mètres, dans un labour où pointaient déjà les premières pousses vertes du blé, un homme se battait contre des chiens. Sans relâche, le prisonnier russe attrapait un doberman, lui cassait les reins, en saisissait un autre à pleins bras, insensible aux morsures des autres chiens qui s'acharnaient sur lui. Debout, au paroxysme de la fureur et de la détresse, l'homme ressemblait à un géant mythique, à quelque Hercule terrassant le lion, solitaire, abandonné, dressé contre un destin qu'il devait affronter jusqu'à l'extrême limite de l'absurde et de l'horreur, jusqu'à la lie.

Patrick grelottait. Une amertume infinie lui montait à la bouche, celle qu'il goûtait lorsqu'il voyait souffrir des êtres ou des bêtes, brûler ou saccager des plantes. Du temps où il se berçait encore d'illusions, il croyait comme son père que le mal finissait toujours par être vaincu, désormais il le savait maître du temps, maître des hommes.

Le combat allait s'achever, un soldat sortit son pistolet, mit le cosaque en joue, tira. L'homme s'immobilisa, un chien accroché à sa cuisse, un autre à sa main, arbre solitaire défiant la foudre et le bûcheron, debout encore après la rupture du fer, la mort du feu. Puis, Patrick le vit chanceler, se plier en deux, se redresser une nouvelle fois avant de tomber au milieu des cadavres des chiens, la tête sur la douceur verte du blé, les yeux fermés sur ce tunnel trop long, trop noir, qui l'avait empêché de voir se lever le début du jour.

Le groupe des prisonniers se détourna. Personne ne parlait. Ils regagnèrent à pas lents les baraquements pour s'allonger, essayer de dormir. Patrick songeait au désert, à ces immensités silencieuses, vierges des idées, des ambitions et des folies des hommes.

L'été 43, le bruit circula d'une débâcle allemande à Koursk, d'un débarquement allié en Sicile entraînant la chute de Mussolini. D'un baraquement à l'autre, les prisonniers essayaient de compléter ces bribes d'informations en faisant circuler le courrier apporté par la Croix-Rouge. Patrick était sans nouvelles d'Elaine. Des heures entières, il restait sur son lit, les yeux fixés au plafond de planches jusqu'à ce que son corps devienne si léger qu'il pouvait franchir les barbelés, voler vers le sud jusqu'à sa maison, son jardin où l'attendait sa femme. En août, il savait quelles plantes, quelles fleurs s'épanouissaient. Là-bas, près de la roseraie, la brise de mer devait emporter les pistils blancs des eucalyptus qui neigeaient sur le sable des allées, les fontaines, l'eau des bassins, sur les campanules des daturas. Le paulownia était en fleur, ses grappes bleues à l'odeur de violette attiraient le jour les abeilles et les mouches, la nuit les minuscules papillons de lune. Il voyait Elaine en robe blanche lisant dans sa roseraie, les chats à côté d'elle, Cookie à ses pieds. Un peu plus loin, Ali ouvrait les robinets afin de remplir les fossés d'irrigation. Le jardin vivait.

Un proverbe arabe lui revenait souvent en mémoire : « Reste devant la porte si tu veux qu'on t'ouvre, ne quitte pas le chemin si tu veux qu'on te guide, rien n'est jamais fermé sinon à tes propres yeux. » Ces mots l'aidaient à chasser la lassitude, l'ennemi, la tristesse profonde de la bête prisonnière qu'il était devenu.

« Une lettre pour vous, Henderson ! »

Le prisonnier anglais chargé du courrier lui tendait une enveloppe. Patrick se redressa. Avec septembre, le ciel était redevenu bas, le vent soufflait à nouveau de l'est, faisant craquer les planches des baraquements. Depuis quelques jours, Patrick ressentait dans les jambes des crampes violentes qui le torturaient. Il avait beaucoup maigri, il lui fallait faire un effort désormais pour se lever, faire quelques pas dans la cour. Il n'allait plus vers le camp des Russes.

L'enveloppe que lui tendait l'Anglais semblait vieille, fripée, tachée par la pluie. Patrick reconnut l'écriture d'Elaine. Une détresse infinie s'empara de lui, alors que l'espérance de ce courrier lui avait donné du courage depuis son arrivée. La maison d'Hammamet, le jardin, Elaine, le rejoignaient à Mooseberg, rendant leur absence plus insupportable encore.

Elaine racontait la vie de tous les jours, elle avait su trouver les mots poétiques et simples de leurs conversations l'hiver au coin du feu, l'été sur la terrasse. Elle travaillait beaucoup au jardin avec Ali, ensemble ils venaient à bout de tout. On l'attendait avec tendresse, avec impatience. Lalla Ophélie avait été malade mais Tibère l'avait veillée jusqu'à sa guérison, les Sebastiani séjournaient à Tunis où ils avaient acheté un appartement, Abdel se mariait. Il y aurait une fête pour les noces, elle offrait le mouton et le vin. Sa jeune femme, Farida, viendrait travailler avec lui au Jardin, elle lui apprendrait la cuisine, les soins du poulailler.

Il avait beaucoup plu en mai, la bougainvillée avait donné moins de fleurs, les tortues d'eau étaient décidément la cause de trop de ravages, il faudrait se résoudre à en éliminer beaucoup.

Les Allemands vaincus en Tunisie, le général Giraud avait fait son entrée solennelle à Tunis. Mast était devenu Résident général, Sidi Lamine Bey avait reçu l'investiture après la destitution de Sidi Mohammed Ben Moncef. L'Afrique du Nord peu à peu se libérait, il fallait espérer, la guerre allait se terminer.

« Je t'aime, disait-elle en conclusion, mon amour pour toi me permettra de tout surmonter. Le souvenir du bonheur n'est plus du bonheur, celui de la souffrance est encore douloureux. Ton départ reste une blessure. Tant que tu étais là, je savais que je ne m'étais pas trompée de route. Toi absent, ma certitude est plus grande encore. » Elle avait glissé dans l'enveloppe une petite violette cueillie dans l'une des plates-bandes entourant la roseraie.

Patrick posa la lettre à côté de lui. Quelque chose d'oppressant, de tenace, serrait sa poitrine comme les ventouses d'une bête accrochée à lui. Comment survivre à la séparation de tout ce qu'il avait aimé? Alors, surgit devant lui l'image que depuis son arrestation il avait toujours réussi à refouler, le visage de Steph avec son regard comme une prière. Depuis combien de temps l'avait-il quitté? Où reposait-il, dans quel cimetière inconnu de l'est de la France? Pourquoi ne lui avait-il pas dit plus souvent qu'il l'avait aimé? Steph semblait écouter ces questions sans réponses, il était lointain déjà, inaccessible, bien au-delà de ce théâtre en folie où les hommes se tuaient pour d'éphémères premiers rôles. Patrick essayait de comprendre : il avait voulu la contestation et la compréhension en même temps, tenir Steph à distance et s'en faire aimer, ne jamais atteindre un point de non-retour. Cette inconséquence lui semblait maintenant puérile, il avait aimé Steph, s'était senti devant lui vulnérable, offert. Rien d'autre n'avait plus d'importance.

Le froid revint dès le mois d'octobre. L'Armée rouge repoussait les Allemands vers la Crimée. Bientôt les Russes seraient en Pologne. Ce fut lorsque les prisonniers commencèrent à évoquer la possibilité d'une libération prochaine qu'un convoi de femmes et d'enfants arriva à Mooseberg. On les parqua d'un autre côté des grilles, en face des Russes, dans un camp nouvellement aménagé. Lors de la promenade, sous un vent glacial, les prisonniers aperçurent à travers les grillages leurs regards pathétiques et une émotion vieille comme l'humanité les envahit tous. Aucun homme ne pouvait accepter la souffrance de ces femmes, de ces petits enfants squelettiques, vêtus de haillons, accrochés à leurs mères, dernière certitude dans la tragédie de leur courte vie.

Les prisonniers revinrent aux baraquements, réunirent les couvertures, ce qu'il leur restait de pain, de lard, quelques cigarettes, tout ce qu'ils possédaient, puis, ensemble, regagnèrent la cour où les soldats allemands, le fusil-mitrailleur au poing, tournaient lentement, le col de leur vareuse relevé pour se protéger du vent. Lorsque le groupe compact s'avança silencieusement mais sans hésitation vers les grilles, les soldats s'immobilisèrent, étonnés.

« Halt ! » cria l'un d'eux.

Personne ne sembla l'entendre, les hommes avaient atteint maintenant les clôtures. Ils s'arrêtèrent. Un court instant il y eut entre les prisonniers et leurs gardiens, sous le regard terrifié des femmes, un affrontement terrible, puis un Anglais, le premier, jeta son paquetage, suivi de tous. Les soldats, en rang, les avaient mis en joue et le vent par rafales soulevait la poussière, jetait de vieux papiers, des chiffons contre les grilles, semblait lui aussi narguer les gardes et leurs fusils. Un jeune soldat abaissa son arme, puis un autre l'imita. L'officier qui les commandait observa ses hommes un par un avant de les disperser d'un geste. Personne n'avait dit un mot.

Les prisonniers revinrent aux baraquements. Patrick songeait au regard de l'une des prisonnières, lointain et paisible tout à la fois, le regard de sa mère.

Les nuits d'été, à Sugar Valley, ne pouvant dormir, il descendait dans la véranda, il la trouvait souvent assise sur un fauteuil de paille, immobile, les yeux perdus dans l'obscurité du jardin.

« Te voilà », murmurait-elle sans même tourner la tête.

Il s'asseyait par terre dans un coin du porche, pas trop près de sa mère afin de ne pas la déranger. Elle pouvait rester longtemps ainsi, fixe comme une statue, puis se levait, semblait sortir d'un songe.

« Bonsoir, mon fils », disait-elle en regagnant la maison.

Jamais elle ne s'était arrêtée pour le prendre dans ses bras. Il restait seul dans la chaleur moite au milieu des cris stridents des insectes, regardait le ciel et pensait que chaque être naissait chargé d'un fardeau dont personne, jamais, ne pouvait le délester. Certains sombraient sous le poids, d'autres se débrouillaient pour avancer quand même. Leur victoire était de ne pas avoir plié, de ne pas s'être cassés. Il serait de ceux-là.

La première nuit sans couverture fut horrible mais personne ne se plaignit. De temps en temps un prisonnier se levait, courait sur place un instant avant de se recoucher. Le ciel était clair, constellé d'étoiles.

Avant l'aube, Patrick se leva à son tour, engourdi par le froid. Une neige légère commençait à tomber, semblable à un vent de sable dans le désert : la même transparence de l'air, le même ciel étoilé. Le jour où il avait appris la mort de Steph, il était resté longtemps allongé, immobile, la face contre le sable, puis la nuit était arrivée, il s'était retourné, avait contemplé la voûte céleste et l'apaisement était venu. Il avait détourné son regard du ciel et décidé de continuer à vivre.

Ses mains étaient raidies par le froid. Il les étendit devant lui et vit ses doigts recroquevillés. Quand avait-il éprouvé pour la dernière fois cette souffrance ? C'était une sensation tellement lointaine ! Une musique d'abord revint dans sa mémoire, le chant triste d'une femme noire à côté de lui évoquant la chaleur, la fatigue, la solitude. Leurs doigts sans relâche arrachaient les filaments du coton, ils saignaient mais il fallait poursuivre la tâche, tirer et tirer encore la fleur blanche avant de la jeter dans les sacs de jute qu'ils portaient sur le ventre. La cueillette du coton l'été, l'insupportable chaleur sous les chapeaux de paille, la sueur, la souffrance... Mais lorsque s'était achevée la récolte, venait le moment de la fête. On allumait un grand feu devant l'église baptiste, près de l'épicerie de M. Brown, les fermiers, les bûcherons descendaient de la montagne dans leurs carrioles tirées par des mules avec leurs banjos, leurs harmonicas et leurs violons. Depuis le matin, les femmes faisaient frire les poulets, cuisaient des beignets de patates douces et de courges, enfournaient les tartes aux fruits. Les enfants ouvraient les bouteilles de cidre, remplissaient les brocs de thé glacé à la menthe fraîche.

A la tombée de la nuit, le plus vieil homme du village allumait le feu et l'on commençait à danser. La nuit était humide, chaude, collant les mèches de cheveux, faisant transpirer les corps qui sautaient et tournoyaient au son des banjos. Lorsque rougeoyaient les dernières braises, avant que l'aube ne pointe, les Noirs se mettaient à chanter et, soudain, tout le monde s'immobilisait, la gorge serrée par ces mélopées bouleversantes, ces voix rauques qui disaient le souvenir d'un pays perdu, l'humiliation et l'agonie d'un peuple loin du regard de Dieu.

« Ce sont de vieilles rengaines », chuchotait Mark à son oreille.

Patrick avait les larmes aux yeux.

En mars 1944, un avis distribué en allemand et en anglais par les soldats apprit aux détenus que, le camp de Mooseberg devant être réquisitionné, les prisonniers de guerre seraient acheminés vers d'autres lieux de détention. Chacun recevrait un ordre lorsque le moment du départ serait venu.

Patrick ne quittait plus la planche qui lui servait de lit, la faiblesse, une crise de malaria qui entrechoquait ses dents, le rendaient insensible à tout événement nouveau. Il dérivait, tantôt en Géorgie, tantôt à Hammamet, tantôt à Paris. Les visages d'Elaine, de Steph, de Charles, de Shirley, de Yasmina apparaissaient et disparaissaient, inaccessibles désormais. Il ne cherchait plus à les retenir. Le Jardin redevenait imaginaire, une quête idéale toujours repoussée, un mirage s'effaçant avec la progression du voyage. Un instant, il avait cru pouvoir toucher son rêve, l'avoir possédé et cette illusion perdue le laissait désemparé. Il n'avait plus la force de reprendre le chemin.

A la fin du mois, avec deux Français et un Belge, on lui fit refaire en sens inverse le chemin accompli un an plus tôt. La gare, le wagon, le froid. Patrick ne vit ni la campagne qui se déroulait derrière les vitres, ni les jours, ni les nuits. Un matin, en ouvrant les yeux, il crut apercevoir dans une gare une affiche rédigée en français. Le Belge avait déposé sur ses épaules sa propre veste, lui donnait à boire. Ses lèvres brûlaient au contact de l'eau.

Il sentit l'air doux sur son visage, ses compagnons le soutenaient, il marchait.

« Où ? demanda-t-il.

— Compiègne », lui répondit le Belge.

A nouveau il y eut des guichets, des barreaux, des mots saisis au vol, incompréhensibles.

« Mourant... Infirmerie. »

Il dormait. Ada riait, elle avait du soleil plein les yeux dans le verger qui fleurissait. Elle lui prenait la main, ils franchissaient la barrière de bois, partaient dans la campagne. Tout autour d'eux, les champs étaient en fleurs, cette floraison pourpre, jaune, orange des printemps du Sud : lupins, coquelicots, têtes-d'éléphant, ancolies, sous un ciel d'un bleu intense. En courant, ils franchissaient le Rocky Creek qui les éclaboussait.

« Regarde, disait Ada en s'arrêtant pour lui désigner la montagne couverte de hêtres, de pins, de châtaigniers, de chênes, voilà les sommets de la splendeur. Viens, ce soir nous les aurons atteints. »

Il hésitait et pourtant la montagne, Sa montagne l'appelait.

« Viens », répétait Ada.

Le vent amenait des odeurs de miel et de lavande, il se sentait bien, il avait envie de marcher jusqu'à l'Oostanaula River et de se reposer en la regardant couler.

Ada s'éloignait. Il voyait sa robe blanche parmi les fleurs pourpres et bleues comme un petit oiseau qui ne pourrait voler. Vers qui courait-elle ainsi ?

Un homme doucement le manipulait. Patrick avait chaud, en ouvrant les yeux, il vit qu'il était couché dans un vrai lit, qu'on passait une lame froide sur ses joues.

« Ne vous inquiétez pas, dit le barbier en le maintenant fermement, j'ai l'habitude de raser les morts. »

Lentement, patiemment, une femme en blanc essayait de lui mettre une cuillère dans la bouche, il eut un geste brusque de la main, la cuillère tomba sur le sol.

« Où suis-je ? » demanda-t-il.

L'infirmière le prit dans ses bras comme un tout petit enfant, le redressa, mit un oreiller derrière son dos.

« Tu es à l'hôpital de Compiègne, mon petit, tout va bien aller. Nous te soignons. »

Patrick se mit à pleurer et la femme le serra contre elle, caressant doucement ses cheveux.

« Mon petit, mon fils », répétait-elle.

Il s'endormit. Son père le regardait comme il l'avait

regardé dans le train à Atlanta la dernière fois qu'ils s'étaient vus.

« Pourquoi ? » balbutia Patrick.

Il voulait enfin une réponse pour tous ces silences, toute cette indifférence. Le train démarrait, son père le regardait toujours, muet, pathétique. Puis il sortait du tabac à priser, une Bible et se mettait à réciter des psaumes d'une voix monotone. Il ne recevrait pas plus de réponse qu'il n'en avait donné à Steph, les paysans des montagnes restaient silencieux.

Patrick sentit le soleil sur son visage, l'odeur de l'infirmière à côté de lui. Il ouvrit les yeux et sourit. Sa poitrine ne le faisait plus souffrir, la fièvre n'entrechoquait plus ses dents.

« J'ai eu si peur que tu ne meures, murmura l'infirmière, mais je sais que tu vas guérir maintenant. »

Elle tendit la main, il la prit dans la sienne et la serra très fort.

« Ne me quittez pas, demanda-t-il, aidez-moi encore un peu. »

En mai, il put descendre au jardin. Les jonquilles et les forsythias ensoleillaient la pelouse. Près du mur, au sud, un prunier du Japon perdait ses dernières fleurs.

« Voulez-vous de l'aide, monsieur ? » demanda l'infirmière.

Depuis qu'il était guéri, elle ne le tutoyait plus, l'appelait monsieur. Patrick refusa. Il avait envie de s'asseoir sur un banc, de goûter un peu de soleil encore. Des hommes jeunes, infirmes, tournaient autour des allées poussés par des aides-soignantes ou appuyés sur des béquilles. Au milieu de l'épanouissement des fleurs et des arbustes, leur regard semblait plus malheureux encore, leurs gestes maladroits plus misérables.

Le soir, Patrick resta longtemps dans son fauteuil, il avait envie de lire, d'écouter de la musique, de vivre.

« Regardez ce que je vous apporte », annonça l'infirmière.

Elle avait une bouteille de vin dans une main, un bouquet de jonquilles dans l'autre.

Le vin avait un goût léger, un peu acide. Patrick accepta une cigarette anglaise, elle la lui alluma.

« La vie est bonne, n'est-ce pas ? » demanda-t-elle.

Patrick tira une longue bouffée de sa cigarette.

« Quand la guerre se terminera-t-elle ? »

L'infirmière eut un geste vague de la main.

« Bientôt. L'Allemagne est sous les bombes, le renard va être asphyxié dans son propre terrier. Tout le monde l'abandonne. Rommel lui-même a pris contact avec les Alliés.

— C'est bien, murmura Patrick, je vais pouvoir rentrer à la maison. »

La nuit, il se réveilla transi. Le vasistas de la fenêtre de sa chambre s'était ouvert, laissant pénétrer un air glacé. En chancelant, Patrick se leva, essaya d'attraper la cordelette qui commandait son fonctionnement, n'y parvint pas. Les efforts qu'il faisait le mettaient en nage tandis que l'air froid l'enveloppait. Il voulut aller prendre la chaise proche de son lit afin d'y grimper, elle était si lourde qu'il chancela. « Mon Dieu, pensa-t-il, je n'y arriverai jamais. »

A nouveau il y eut l'absence, la chaleur, la sensation de s'abandonner, privé de toute énergie. Deux bras le saisirent, l'emportèrent, le recouchèrent.

« Il ne fallait pas te lever, mon enfant, disait une voix douce, il ne fallait pas... »

On lui faisait des piqûres, il s'endormait, la main de l'infirmière sur son front. Un bateau l'emportait, il quittait l'Amérique, la Géorgie. Au loin se découpaient encore la forme des grands magnolias, des cèdres, des cyprès. Un Noir sur une borne d'amarrage jouait du banjo. Le son ne lui parvenait plus qu'à peine, juste les petites notes mélancoliques d'une vieille chanson du Sud qui parlait d'amours passionnées dérangées par la vie. Il fallait bien partir, emporter avec soi sa jeunesse. Le bateau jetait l'ancre dans un port nouveau, le ciel était bleu aussi, la mer douce. Il y avait des palmiers dans les jardins, des orangers et des pamplemoussiers, des maisons blanches avec des volets bleus et des terrasses. Il n'avait pas la sensation d'arriver dans un pays nouveau mais celle, rassurante et douce, d'être de retour. Dans la nuit de son esprit, le Jardin s'imposa soudain comme une lumière, un point de repère au bout de son long voyage montrant le seul séjour possible pour lui entre l'origine et la mort.

« Elaine ! dit Patrick à voix haute.

— Qui est Elaine, mon petit, demanda l'infirmière, ta femme ?

— Non, répondit doucement Patrick, mon jardin. »

Il s'endormit paisiblement.

Juin avait fleuri le grand bassin des éphémères fleurs de lotus, accroché aux jacarandas les lourdes grappes mauves et aux ambrias des boules parfumées. Après avoir jeté un coup d'œil aux ruches, Ali se dirigeait vers le puits afin de commencer à remplir les canaux d'irrigation, Elaine, assise au pied d'un figuier, Cookie à ses pieds, lisait. Elle revenait de la plage et ses pieds nus restaient couverts de sable fin. Le soleil était haut encore, enfoui derrière de légers nuages que le vent étirait.

Cookie se releva, attentive, les oreilles dressées. Elle entendait un pas dans l'allée, le pas lent et régulier d'un homme qui cheminait depuis longtemps. Elaine posa son livre. Elle ne voyait rien encore, entendait seulement le crissement du sable sous les pieds du marcheur. Cookie s'élança soudain, elle ne voyait du petit chien qu'une forme ronde et dansante soulevant de la poussière dans sa course joyeuse.

« Cookie ! » appela-t-elle.

La chienne n'obéit pas. Une force plus grande que la volonté de sa maîtresse l'attirait droit devant elle, vers l'entrée du Jardin. Au même moment, Ali s'immobilisa, Abdel sortit de la maison, s'arrêtant lui aussi en haut des marches. Il sembla à Elaine que le Jardin entier se figeait autour de Cookie qui courait toujours.

Alors, à son tour, Elaine se redressa et le livre tomba à ses pieds sur les feuilles mortes du figuier. A quelques pas d'elle, Patrick la regardait. Elle ouvrit la bouche pour crier mais aucun son n'en sortit. Il avança encore, était si proche qu'elle pouvait le toucher en tendant la main. Cookie autour d'eux sautait, gambadait, mordillait les chaussures de son maître, se roulait dans la poussière.

Ils se regardèrent un instant, pensées et paroles suspendues l'un à l'autre, puis Elaine fut contre Patrick, la joue contre son épaule. Il referma les bras.

« Tu vois, dit-elle doucement, j'ai su t'attendre. »

Virginie, mai 1988

## DU MÊME AUTEUR

*Aux Éditions Gallimard*

LE GRAND VIZIR DE LA NUIT, *roman*.
L'ÉPIPHANIE DES DIEUX, *roman*.
L'INFIDÈLE, *roman*.

*Aux Éditions Olivier Orban*

LA MARQUISE DES OMBRES, *roman*.
ROMY

*Impression Bussière à Saint-Amand (Cher),
le 22 juillet 1991.
Dépôt légal : juillet 1991.
1er dépôt légal dans la collection : février 1991.
Numéro d'imprimeur : 2247.*
ISBN 2-07-038341-5./Imprimé en France.

53822